Saskia Louis kam 1993 mit einer Menge Fantasie zur Welt, die sie seit der vierten Klasse nutzt, um Geschichten zu schreiben. Zusammen mit ihren zwei älteren Brüdern wuchs sie in der Kleinstadt Hattingen auf und über die Jahre hat sie ihr Zuhause in unterhaltsamer Frauenliteratur und Fantasy gefunden.
Heute wohnt sie in Köln, schreibt Songs und wünscht sich, dass Menschen mehr singen als schimpfen würden. Ihr größter Traum ist es, den Soundtrack zur Verfilmung eines ihrer Bücher zu schreiben.

SASKIA LOUIS

BASEBALL LOVE

DER GROSSE FANG

Überarbeitete Neuausgabe Februar 2022

© 2022 dp Verlag, ein Imprint der dp DIGITAL PUBLISHERS
GmbH

Made in Stuttgart with ♥
Alle Rechte vorbehalten

Der große Fang

ISBN 978-3-98637-586-7
E-Book-ISBN 978-3-98637-448-8

Copyright © 2017, dp Verlag, ein Imprint der dp DIGITAL
PUBLISHERS GmbH
Dies ist eine überarbeitete Neuausgabe des bereits 2017 bei dp
Verlag, ein Imprint der dp DIGITAL PUBLISHERS GmbH erschiene-
nen Titels Der große Fang (ISBN: 978-3-96087-080-7).

Covergestaltung: Vivien Summer
Umschlaggestaltung: ARTC.ore Design
Unter Verwendung von Abbildungen von
shutterstock.com: © Eugene Onischenko, © Oleksii Sidorov,
© LightField Studios, © Pooh photo, © BaLL LunLa,
© ExpertOutfit
Lektorat: Astrid Rahlfs
Satz: dp DIGITAL PUBLISHERS GmbH
Druck und Bindung: Books on Demand GmbH, Norderstedt

Das Werk darf – auch teilweise – nur mit
Genehmigung des Verlages wiedergegeben werden.

Sämtliche Personen und Ereignisse dieses Werks sind frei
erfunden. Etwaige Ähnlichkeiten mit real existierenden Personen,
ob lebend oder tot, wären rein zufällig.

*Für Lukas Nuxoll, weil seine Fotos wunderbar sind
und er mein Leben positiv färbt.*

Prolog

Vor zehn Jahren ...

„Grace?"

Sie tippte sich mit den Fingerspitzen aufs Kinn und blickte in ihren Spind. Sie musste sich neue Pinsel kaufen. Die Borsten ihrer alten waren viel zu trocken.

„Grace, hast du mich gehört?"

Abschlussball. Alle redeten vom Abschlussball, aber sie wusste ehrlich gesagt noch gar nicht, ob sie überhaupt gehen sollte. Ihre Mitschüler waren alle so dämlich. Wollten Polizisten, Anwälte oder gar Baseballer werden – dabei waren sie alle so untalentiert und dumm, dass sie kaum als Kartoffel geeignet waren. Nein, sie würde nicht gehen. Es gab wichtigere Dinge, auf die sie sich konzentrieren musste.

„Grace!"

Sie schloss ihren Spind und wandte sich ungeduldig zu der Stimme um, die sie einfach nicht in Ruhe lassen wollte. Sie gehörte einem schlaksigen Jungen, dessen Nase so groß war, dass man eine ganze Farbtube darauf hätte abstellen können.

„Was?" fragte sie genervt.

Sie kannte den Typen von irgendwoher. Vielleicht aus dem Unterricht. Hatte er sie nicht sogar schon einmal gefragt, ob sie einen Kaffee mit ihm trinken wollte?

„Ähm ..." Der Junge rang nervös seine Hände ineinander. „Ich hatte gefragt, ob du ... nun ja ... möglicherweise mit mir zum Abschlussball gehen wollen würdest."

Irritiert betrachtete sie ihr Gegenüber, dann schüttelte sie den Kopf. „Nein, danke."

„Ähm ... du hast nicht einmal darüber nachgedacht."

„Das muss ich auch nicht. Ich werde meine Zeit nicht auf einem langweiligen Tanzball vergeuden."

„Oh. Bist du sicher?"

„Ja, bin ich. Außerdem kenne ich nicht einmal deinen Namen, das spricht nicht gerade für dich. Und jetzt hör auf, dich lächerlich zu machen, indem du nochmal fragst."

Ihr Gegenüber war weiß geworden, die Augen weit aufgerissen. „Er ... ist Eric Green."

„Was?" Wieso sprach er immer noch mit ihr? „Mein Name. Er ist Eric Green."

„Das ist ja schön für dich, warum sollte mich das interessieren? Geh."

Das brauchte er sich nicht zweimal sagen zu lassen. Er stolperte über seine Füße und rannte beinahe Nelly um, die ihm entgegenkam.

Die Haare von Grace' Freundin waren schwarz und glatt, ihre Haut makellos. Grace hatte sie immer darum beneidet, dass sie so graziös aussah – wie ein ganz eigenes Kunstwerk.

„Hey", murmelte sie, während ihr Blick dem Typen folgte, dessen Namen Grace schon längst wieder vergessen hatte. „Was ist denn mit ihm?"

„Keine Ahnung, wollte mit mir ausgehen." „Oh, okay." Ihre Freundin schien abgelenkt und knabberte an ihren Fingernägeln herum.

„Alles okay?“, wollte Grace wissen, während sie den Spind abschloss und auf ihre Uhr sah. Sie musste unbedingt noch ins Atelier, wenn sie ihren Zeitplan einhalten wollte.

„Nein, nicht echt“, stellte Nelly fest und ließ ihre Hand vom Mund sinken. „Mein ... mein Opa ist ja letzte Woche gestorben und heute soll die Beerdigung sein ...“

„Oh, richtig.“ Grace nickte. Das hatte sie schon fast wieder vergessen. „Du schaffst das schon.“

Nellys Mundwinkel zuckten. „Ich weiß nicht ... ich dachte, du könntest vielleicht mitkommen? Als emotionale Unterstützung?“

„Oh.“ Grace’ Augenbrauen flogen nach oben.

Ihr tat es wirklich leid, dass Nellys Opa tot war. Sie wusste, dass es ihrer Freundin nicht gerade gut ging und sie hätte ihr die Situation gerne erträglicher gemacht. Aber sie war nicht wirklich in der Position dazu. Sie konnte ihn nicht zurückholen und sie hatte so viel um die Ohren ...

Sie tätschelte Nelly tröstend den Arm. „Nelly, das würde ich wirklich gerne, aber ich habe heute den Termin mit der Galeristin und ...“

Ihre Freundin versteinerte unter ihrer Berührung und machte einen Schritt zurück. „Grace, die Beerdigung geht nur ein paar Stunden und ich dachte, du könntest deine Kunst vielleicht für einen Moment hintenanstellen.“

Also, das war jetzt nicht fair. Sie hatte so hart gearbeitet!

„Nelly“, sagte sie geduldig. „Wenn es jeder andere Zeitpunkt wäre, ich würde sofort mitkommen. Aber ... du weißt, wie wichtig das für mich ist. Der Termin steht fest. Ich will nächstes Jahr meine zweite Ausstellung machen, ich darf mein Ziel nicht aus den Augen verlieren, ich …"

„Du! Du, du, du!" Nelly biss die Zähne aufeinander und wandte den Kopf ab. „Lass es einmal auch um mich gehen, Grace! Ich brauche dich heute."

„Ich … ich …" Grace' Kehle schnürte sich enger. Sie wollte ihr helfen, aber … sie hatte so viel Zeit in ihren Traum investiert und ihr Vater zählte auf sie.

„Nelly, ich kann dir nicht helfen. Dein Opa, er … er ist tot, aber meine Karriere ist es nicht. Ich muss mich nun einmal darauf konzentrieren."

Sie hatte ein Ziel. Einen Traum. Das musste ihre Freundin doch verstehen! „Es tut mir leid, ich kann nicht mitgehen."

Ihre Freundin starrte sie mit großen Augen an und Grace' Magen zog sich zusammen, als sie Tränen darin glitzern sah.

„In Ordnung, Grace", sagte Nelly mit zitternder Stimme. „Werde doch glücklich mit deiner Kunst. Ich glaube, du hast keine Zeit für eine Freundschaft, also mache ich es einfacher für dich: Unsere ist hiermit beendet."

Sie drehte sich auf dem Absatz um und lief davon.

Grace' Augen brannten und Wut fraß sich durch ihre Adern. „Schön!", schrie sie ihr zornig nach. „Ich wollte mir sowieso Freunde suchen, die ein wenig hübscher sind als du! Die besser zu mir passen! Die mir nicht dauernd im Weg stehen!"

Nelly lief schneller und Grace schloss die Augen.

Warum hatte sie das gesagt? Das hätte sie nicht tun sollen.

Nur ... die Worte waren ihr aus dem Mund geflogen, bevor sie sie hatte aufhalten können. Sie waren ihr so leichtgefallen. Grace starrte ihrer Freundin nach, die so unendlich verletzt ausgesehen hatte und schluckte. Schön. Sie brauchte sie nicht. Sie brauchte niemanden. Es war, wie ihr Vater immer sagte: Wenn man seine Bestimmung gefunden hatte, gab es nichts, was einen daran hindern konnte, diese zu erfüllen. Ihr ganzes Leben lag noch vor ihr! Sie hatte keine Zeit, sich von ihren Freunden herunterziehen zu lassen. Sie hielten sie nur auf. Sie ...

Das Brennen in ihren Augen wurde unerträglich und sie senkte ihr Kinn. Grace starrte auf ihre Schnürsenkel, auf ihre Finger, an denen Kobaltblau klebte.

Es war ihr Traum, oder? Erfolgreich zu sein. Berühmt zu werden. All das zu haben, was ihr Vater ihr prophezeite. Träume forderten nun einmal Opfer.

Sie brauchte keine Freunde. Sie würde sie nächstes Jahr auf dem College ja ohnehin aus den Augen verlieren. Ja, sie war vielleicht egoistisch gewesen, aber Nelly musste es doch verstehen! Verstehen, dass ... dass was?

Sie hatte ihren Opa verloren und eine Freundin gebraucht. Nichts weiter. Grace' Fingernägel gruben sich in ihre Handinnenfläche und sie atmete tief ein und aus. Tränen bahnten sich ihren Weg und sie versuchte verzweifelt sie wegzublinzeln. Ihr Leben war so, wie sie es wollte. So wie sie es sich ausgemalt hatte.

Oder?

Nur – warum tat ihr Herz dann so weh?

Kapitel 1

Heute ...

„Ich bin kein Held!"

Ryan Hale zog sich genervt die Baseballkappe tiefer ins Gesicht und versuchte sich sanft, aber bestimmt weiter mit der Schulter einen Weg durch die Reportermasse zu kämpfen. Mit dem sanften Teil hatte er ernsthafte Probleme, aber es würde niemandem helfen, wenn er jemanden zu Boden schubste und er am nächsten Tag vom Helden zum Feindbild gemacht wurde.

„Aber Sie haben den Jungen doch gerettet!", schrie ihm einer der Anzugträger ins Gesicht.

Jetzt ging das wieder los!

„Jeder hätte den Jungen gerettet."

„Aber nicht jeder *hat* den Jungen gerettet."

„Das ist mir doch egal, was nicht jeder hat", fluchte er und stieß das Mikrofon, das ihm jemand den Hals hinunterzustopfen versuchte, aus seinem Gesicht. „Es macht mich nicht zum Helden, den Arm ausgestreckt und jemanden umgeschubst zu haben. Das macht mich lediglich zu einem Mann mit guten Reflexen."

„Aber es waren Ihre Reflexe, die den Jungen gerettet haben."

Es war aussichtslos.

Jeder sah, was er sehen wollte und zuhören tat ihm ohnehin keiner. Abrupt blieb er stehen und hob mit einem verkniffenen Lächeln das Gesicht in die Kamera.

„Schön. Ich bin ein beschissener Held! Man sollte mir eine Statue bauen und einen Feiertag nach mir benennen. Den *Ryan-Hale-ist-ein-Held-Tag.* Dort halte ich dann auch gerne eine Rede darüber, was für ein toller Mensch ich bin! Würden Sie mir jetzt bitte das Mikro aus dem Gesicht nehmen? Sonst werde ich meine außergewöhnlichen Reflexe dafür nutzen, es Ihnen aus der Hand zu schlagen.“

„Moment. Sie haben mir noch gar nicht gesagt, wie Sie sich dabei gefühlt haben.“

„Grandios natürlich“, knurrte Ryan und trat mit seinem Fuß gegen ein fremdes Schienenbein. „Endlich konnte ich der Held sein, als der ich geboren wurde! Ich habe meine Bestimmung gefunden.“

„Möchten Sie der Familie des Jungen noch irgendetwas sagen?“

„Ja, ich würde gerne allen Eltern auf der Welt etwas sagen: Besorgen Sie sich eine Leine und achten Sie drauf, dass Ihre verdammten Kinder nicht einfach so auf die Straße laufen!“

„Ähm ...“ Der Reporter ließ sein Mikrofon etwas sinken, bevor er leise murmelte: „Könnten Sie das noch einmal ohne das *verdammt* vor den Kindern sagen? So können wir das nicht für die 12-Uhr-Nachrichten benutzen.“

„Das ist mir doch egal!“, fuhr Ryan ihn an. „Ich habe sowieso keinen Schimmer, warum Sie mich verfolgen. Meine heroischen Zeiten sind vorbei. Mehr als ein Leben rette ich nicht pro Monat!“

„Aber ...“

„Meine Güte, sind denn alle heute Strühs!?“, rief er aufgebracht, bevor er im nächsten Moment die rettende Tür erreicht hatte und sich ins Innere des Stadions flüchtete.

Sobald die Tür hinter ihm zuschlug, konnte er wieder frei atmen und die Stille, die ihn plötzlich umgab, war ihm so willkommen, dass er gerne für mehrere Sekunden einfach nur dagestanden und gelächelt hätte – aber wer wusste schon, wie lange sich die Schakale von so etwas wie einer Tür würden aufhalten lassen? Deswegen schritt er schleunigst weiter. Einfach immer weiter weg von dem verdammten Blitzlicht und dem wirren Stimmdurcheinander.

Ryan hatte sich die letzten Jahre nichts sehnlicher gewünscht, als dass die Presse endlich aufhören würde, ihn wie einen Frauenhasser und bösartigen, gemeinen Menschen darzustellen. Wenn er gewusst hätte, dass es noch viel schlimmer war, der Gute zu sein, hätte er doch glatt lieber nochmal seine Ex-Freundin auf offener Straße als Miststück beschimpft.

Kopfschüttelnd ging er die steril-weißen Gänge entlang auf die Treppen zu. Es war schon absurd genug, dass er sich gerade dabei hatte fotografieren lassen müssen, wie er zu einem Fotoshooting ging, bei dem er sich würde fotografieren lassen! Er fragte sich, ob irgendeiner der Hampelmänner da draußen auch die Ironie darin sah.

Er war nicht erfreut gewesen, als Sam Parker, der PR-Manager der Delphies, ihn darum gebeten hatte, an einem Publicity Shooting teilzunehmen. Das Problem war nur: Wenn Sam um etwas bat, dann war es eigentlich ein Befehl und wenn Sam etwas befahl, dann wehrte ein intelligenter Mensch sich nicht dagegen. Und Ryan war intelligent. Das hatte ihm zumindest seine Mutter immer gesagt – und die würde ja schließlich nicht lügen …

Jedenfalls durfte er jetzt, wegen eines bescheuerten Nachmittags, an dem er aus Versehen ein Leben gerettet hatte, das Werbegesicht der Delphies sein! Die Saison ging in zwei Monaten los und er verstand ja, dass Sam seinen derzeitigen Heldenstatus ausnutzen wollte, doch … Gott.

Heldenstatus! Er musste dringend ein paar Kaninchen überfahren und ein paar kranke Kinder auslachen, damit er dieses Wort nie wieder denken oder gar benutzen musste. Sein Handy klingelte und er war dankbar für die Ablenkung.

„Hale.“

„Ryan, Schatz, wie geht es meinem Helden?“

Großartig. „Witzig, Mom“, presste er zwischen den Zähnen hervor. „Sehr witzig.“

„Ach, du darfst die ganzen Leute nicht ernst nehmen. Die reden eben gerne. Freu dich stattdessen lieber darüber, deinen alten Titel losgeworden zu sein. Nach deiner letzten furchtbaren Freundin warst du immer nur der ‚Frauenhasser‘ – so eine Schauspielerin kommt mir nicht mehr ins Haus, hast du das verstanden? Ich hoffe doch, du wählst dir deine nächste Liebhaberin sorgfältiger aus.“

Er verzog das Gesicht bei dem Wort ‚Liebhaberin‘ aber im Grunde genommen … ja, das hoffte er auch. Nur schien die Vergangenheit bewiesen zu haben, dass er in dem Bereich kein gutes Händchen hatte. Trotzdem versprach er: „Die nächste Frau, die ich nach Hause bringe, wird süß und einfach und lieb sein.“ *Und nicht das*

Verlangen haben, unsere ganze Beziehung in den Medien breitzutreten, setzte er in seinem Kopf hinzu.

Wo er gerade schon dabei war: Sie würde keine Drama-Queen sein und außerdem genau wissen, was sie wollte und immer klar artikulieren können, wo sie in der Beziehung gerade stand.

Mehr als diesen bescheidenen Wunsch hatte er nicht.

Er wollte wissen, woran er war.

Das sollte nicht zu viel verlangt sein, oder?

„Wie geht es dir denn nun, Schatz? Hast du den Schock überwunden?"

Ryan brauchte ein paar Momente, um zu verstehen, dass seine Mutter nicht von seiner Ex-Freundin sprach, sondern von seinem neu gewonnen und lächerlichen Ruhm. „Ich ja! Die Presse offenbar nicht."

„Nun, die schreibt doch sowieso, was sie will. Vielleicht ist alles, was du brauchst, ein wenig Ablenkung."

„Vielleicht. Du hörst dich an, als hättest du auch schon einen Vorschlag, was genau diese Ablenkung sein könnte."

„Das habe ich in der Tat. Deswegen rufe ich auch an. Ich habe entschieden, deinen Bruder zu dir zu schicken."

Ryan hielt mitten im Schritt inne. „Du hast was?"

„Ich werde deinen Bruder für ein paar Wochen zu dir schicken."

„Aha ... in Ordnung", sagte er langsam nickend. „Mom, nur noch eine kurze Frage: warum?"

„Er will das College abbrechen, Ryan! Er schreibt erstklassige Noten, meint aber, er will nicht mehr hingehen. Stattdessen möchte er die Welt bereisen und DJ werden."

Ryan musste grinsen. „Na, das hört sich doch nach einem Plan an.“

„Ryan Michael Hale, wage es nicht, dich darüber lustig zu machen! Ich werde Ruffy seine Zukunft nicht wegwerfen lassen. Doch er hört einfach nicht auf mich. Dein Vater hat es auch schon versucht und hat kläglich versagt, deswegen bist du jetzt dran. Zu dir hat er immer aufgesehen.“

Schnaubend erklomm Ryan die nächste Treppe. „Hat er nicht! Er findet Baseball bescheuert.“

„Nun ja, ich will nicht bestreiten, dass er dich lieber als Basketballer sehen würde, aber dennoch hast du immer eine gewisse Vorbildfunktion erfüllt. Wann darf er also kommen?“

„Wann? Würdest du ihn gerne direkt morgen schicken, oder was?“

„Wenn ich könnte, ja. Aber eine kleine Wahl möchte ich dir schon geben. Wie wäre es mit März?“

„Im März bin ich in Arizona beim Frühlingstraining und mitten in der Saisonvorbereitung.“

„Dann wird er eben danach kommen und dann wirst du ihm in ganzer Bandbreite davon berichten, wie das College – und vor allem der Abschluss – dich menschlich und intellektuell gefordert, verbessert und reifer hat werden lassen.“

Wenn Ryan ehrlich war, dann war das College für ihn Zeitverschwendung gewesen und das Einzige, was er gelernt hatte, war, wie man Frauen aufriss. Also ja, schon: Es hatte ihn verbessert. Über das *reifer werden* ließ sich diskutieren. Aber er würde einen Teufel tun, seiner Mutter das zu sagen.

„Ich weiß nicht, Mom, ich bin im Moment sehr beschäftigt. Dieses Heldentum ist gerade sehr anstrengend und zeitaufwändig. Da sollte ich mich voll und ganz drauf konzentrieren.“

„Du bist kein Held, das wissen wir beide, also reiß dich zusammen und rücke Raphael den Kopf gerade! Ich melde mich noch einmal, wenn ich Genaueres weiß.“

Ryan lachte leise. Es ging doch nichts über mütterliche Liebe. Wenigstens sprach sie endlich aus, was er schon längst wusste. Er war *kein* Held!

Er war Baseballspieler, machte sich gut auf Cornflakes-Packungen, war ein talentierter Koch und Mensch-ärgere-Dich-nicht-Spieler – aber er war kein bescheuerter Held, nur weil er ein anständiger Mensch war!

„Okay, in Ordnung. Ich versuche, Raphaels Kopf deine Werte und Vorstellungen zu infiltrieren. Kann aber nichts versprechen.“

„Könntest du das bitte taktvoller ausdrücken?“

„Ich werde versuchen, Raphaels Traum kaputtzumachen?“

„Besser. Und du hast ja noch mehr als zwei Monate, in denen du vorbereiten kannst, was du zu ihm sagst. Hab’ dich lieb, Ryan.“

„Ich dich auch, Mom. Grüß Dad und pass auf deinen Blutdruck auf.“

„Meinem Blutdruck wird es fantastisch gehen, sobald Ruffy wieder auf dem College ist.“

„Klasse, Mom. Setz mich bloß nicht unter Druck.“

„Das ganze Leben besteht aus Druck, Schatz, und meine Aufgabe ist es, dich darauf vorzubereiten! Wir sehen uns, rette nicht allzu viele Jungen, bis dann!"

„Bye", seufzte Ryan und legte auf.

Einige Sekunden blieb er auf dem Treppenabsatz stehen und sah auf sein Handy. Wenn er sich nicht irrte, dann würde ... jap.

Das Telefon vibrierte und eine Nachricht von Ruffy leuchtete auf:

Versuch ruhig, mich zu überzeugen, du rennst bei mir gegen eine Wand.

Ich habe mehr Angst vor Mom als vor dir, tippte er zurück und schob sich das Telefon wieder in die hintere Jeanstasche. Raphael und er hatten es sich angewöhnt, über den Zweitapparat in ihrem Haus die Gespräche ihrer Mutter zu belauschen. Sie war bis heute nicht dahintergekommen – was vor allem daran lag, dass Ryans Dad die Leitung ebenfalls benutzte, um sie dabei zu belauschen, wenn sie sich über ihn bei ihren Freundinnen beschwerte und das Geheimnis akribisch unter Verschluss hielt. Ryan hatte das schon immer für sehr intelligent von seinem Vater gehalten, denn so wusste dieser, was er tun musste, um seine Frau Janine glücklich zu machen – und konnte es so aussehen lassen, als wäre er selbst darauf gekommen. Er wollte die Ehe seiner Eltern nicht riskieren, würde seiner Mutter also nie etwas verraten.

Er nahm die letzten Stufen und warf der Tür, vor der er nun stand, einen miesepetrigen Blick zu.

Manchmal wünschte er sich, einfach so richtig häss-
lich zu sein. Dann würde sicherlich niemand sein Gesicht in einer Zeitschrift sehen wollen.

Leider war er wunderschön.

„Verdammte Gene!", murmelte er, bevor er die Tür
aufstieß.

Kapitel 2

„Oh mein Gott, Grace, oh mein Gott, Grace!"

„Was? Alles gut? Dein Gesicht ist ganz fleckig, Kay."

„Ich weiß!", sagte ihre Freundin aufgeregt und lief hastig um sie herum, um die Tür hinter ihr zu schließen. „Aber Grace! Ryan hat es im Fernsehen benutzt!"

Grace seufzte und eilte mit den vollgepackten Einkaufstüten in die Küche. Sie war spät dran. Wieder einmal.

„Was hat er benutzt? Ein Kondom? Einen Sonnenhut?"

„Nein, du Verrückte! *Strüh*! Er hat das Wort *Strüh* im Fernsehen benutzt!"

Ach, Strüh. Das Wort, das eine Million Bedeutungen hatte und das ihre beste Freundin in Amerika verbreiten wollte. Das Wort, das ihr tierisch auf die Nerven ging.

„Das ist der Anfang, ich sag' es dir", fuhr Kaylie fort. „Bald werden es alle kennen und dann ..." Sie hielt abrupt inne, als Grace sich zu ihr umdrehte und sie sie offenbar zum ersten Mal ansah.

Ihr Mund öffnete sich zu einem schockierten ‚Oh'.

„Ja, ich weiß, ich weiß!", seufzte Grace und bückte sich, um die Milch aus der Papiertüte zu fischen und im Kühlschrank zu verstauen. „Meine Haare sind kurz!"

„Ähm, ja ...", sagte Kaylie langsam. „Und orange."

Mist. Grace hatte gehofft, sie hätte das verdrängen können.

„Ja, sie sind orange und kurz und hätte ich das Geld, würde ich meinen Frisör verklagen!", stöhnte sie und richtete sich wieder auf. „Aber ich habe das Geld nicht und ich bin spät dran für einen Termin."

„Oh, okay." Entschuldigend hob ihre Freundin die Hand. „Ich sage nichts mehr."

„Natürlich musst du etwas sagen, Kaylie! Meine Haare sind orange", jammerte Grace und legte sich beide Hände aufs Gesicht. „So kann ich doch nicht rausgehen! Ich hab' gleich einen wichtigen Job und ich will nicht gefeuert werden, weil ich unangemessen am Arbeitsplatz erscheine!"

Dieser Tag war ein verdammtes Desaster – und Grace hatte nicht einmal die Zeit dafür, sich darüber ausgiebig zu beschweren, denn wie gesagt: Sie war spät dran.

Schon wieder!

Und sie durfte nicht zu spät kommen.

Schon wieder!

„Hier, warte", sagte Kaylie optimistisch, machte einen Schritt in den Flur hinein und zog eine Kappe vom Garderobenhaken. „Setz die auf."

Skeptisch nahm Grace die Kappe entgegen. „Und dann?"

„Dann setzt du sie nie wieder ab!"

„Toller Rat!", schnaubte sie und beeilte sich damit, auch die restlichen Einkäufe zu verstauen. Die Kappe platzierte sie dennoch auf ihrem Kopf.

Kaylie lächelte entschuldigend und bückte sich nun nach dem Gemüse. „Hast du wenigstens dein Geld zurückverlangt?"

„Ich ..." Grace stockte, öffnete den Mund und schüttelte schließlich verdrießlich den Kopf. „Nein, habe ich nicht. Sie sah so jung aus. Und ich glaube, sie hat Kinder, da konnte ich ihr doch nicht mein Geld wegnehmen."

„Grace, deine Haare sind orange! Du hättest ihr viel mehr als ihr Geld wegnehmen sollen!"

Ja, rein logisch gesehen war das richtig, aber ... die Frisörin hatte so begeistert ausgesehen. Und wer war Grace, ihr die Laune kaputtzumachen? Außerdem war sie ja schließlich dort gewesen, um eine kleine Typänderung zu durchlaufen und die hatte sie nun definitiv bekommen, oder? Und der Schnitt an und für sich war ja gar nicht schlecht. Vielleicht etwas kürzer als schulterlanges Haar, wie sie es sich vorgestellt hatte, und auch etwas stufiger und mit etwas mehr Pony als sie verlangt hatte, aber ... das Mädchen war sehr höflich gewesen und hatte ihr einen amüsanten Witz erzählt und ... ach, verdammt nochmal, ihre Haare waren orange und Grace hasste eben Konfrontationen mit fremden Menschen! Harmonie war so viel angenehmer als Streit und Missbilligungen und Missgunst und all diese anderen hässlichen Gefühle.

Und wenn sie mit orangefarbenen Haaren leben musste, um einer Frisörin nicht das Herz zu brechen, dann würde sie das eben tun.

„Ich muss mich wirklich beeilen", sagte sie und stopfte die nun leere Tüte in eine Schublade. „Das ist mein erstes Sport-Shooting und ich bekomme einen Haufen Geld, wenn ich mich vernünftig anstelle."

„Ach, das schaffst du schon. Sportler zu fotografieren stelle ich mir simpel vor. Zieh ihnen das T-Shirt aus, lass sie die Arme hinter dem Nacken überkreuzen und schon hast du ein Bild, das alle lieben werden!"

„Du meinst, Frauen."

„Ja. Ist das nicht die Leserschaft?"

Grace lachte. „Eigentlich nicht wirklich." Aber sie hatte keine Zeit, Kaylie zu erläutern, dass die SportsIn größtenteils an Männer verkauft wurde, von denen sich die meisten nicht sonderlich für einen muskulösen Oberkörper interessieren würden. Abgesehen von den Steroid-Opfern, die sich an dem Blick von Muskeln ergötzten. Aber höchstwahrscheinlich würde es dennoch mindestens ein Bild geben, auf dem das Fotoobjekt halbnackt zu sehen war. So war die ungeschriebene Regel. Und die Bilder konnten immer noch an ein Frauenmagazin verkauft werden.

„Ist auch egal", stellte sie fest und fegte an Kaylie vorbei in ihr Schlafzimmer, um sich aus ihrer Jeans zu schälen und in einen grauen Businessrock zu schlüpfen. Sie hatte den Job erst seit zwei Wochen und sie war darauf angewiesen, einen professionellen Eindruck zu machen.

Na ja, andererseits hatte sie orangefarbene Haare, sie könnte also auch gleich mit zerrissenen Jeans und Bikinioberteil zum Termin gehen.

Sie stopfte die weiße Bluse in den Rock und sah zu ihrer Freundin auf, die im Türrahmen lehnte. „Bist du wirklich nervös?", wollte Kaylie wissen.

Grace zuckte mit den Schultern und suchte nach ihren Perlenohrringen, die ihrer Meinung nach Professionalität ausstrahlten.

Eigentlich, wenn sie ehrlich war, machte sie sich keine großen Sorgen darum, dass sie einen guten Job erledigen würde. Grace war gut in dem, was sie tat. Sie war einer der glücklichen Menschen, denen alles zuflog. Sie strengte sich an, ja, aber oftmals musste sie nicht ganz so viel Disziplin aufbringen wie so manch anderer. Ja, sie hatte Glück gehabt mit ihrem Genpool – aber leider gab es zu jedem Talent auch eine Kehrseite.

„Keine Ahnung", stieß sie schließlich aus, als ihr klar wurde, dass Kaylie noch immer auf eine Antwort wartete. „Ich habe nicht direkt Angst, eher ... Respekt?"

Ja, das war eine akkurate Beschreibung.

„Respekt zu haben ist immer gut!", unterstützte sie Kaylie. „Und wenn ich das so sagen darf: Es wurde Zeit, dass du aufhörst, dich unter Wert zu verkaufen! Dieser blöde Foto Shop, in dem du vorher gearbeitet hast, war wirklich keine Herausforderung für dich. Ich bin stolz auf dich."

Grace nickte, hielt ihren Blick jedoch auf die Stiefel gesenkt, die sie sich gerade über die Füße zog. Es war Ende Januar und noch immer verdammt kalt draußen.

„Grace, das war ein Kompliment, das dich zum Lächeln, nicht zum Nachdenken bringen sollte", bemerkte Kaylie misstrauisch. Ach, sie war einfach zu aufmerksam.

Grace sprang auf und seufzte schwer. „Ich weiß! Ich bin auch stolz auf mich."

„Du hörst dich aber nicht so an."

„Woher willst du das wissen? Wie hört sich denn eine Stimme an, wenn sie Stolz ausstrahlt?"

Kaylie tippte sich mit Zeige- und Mittelfinger gegen das Kinn und schien kurze Momente über diese Frage nachzudenken, bevor sie sagte: „Ich weiß nicht ... schwulstig?"

„Na, dann hoffe ich wirklich, dass ich mich *nicht* stolz angehört habe", bemerkte Grace und lief wieder an ihr vorbei, um ihre Jacke überzuwerfen. „Würdest du die restlichen Einkäufe einräumen?", bat sie und schlang sich einen Schal um den Hals. Vielleicht konnte sie den ja auch einfach um ihren Kopf binden …

„Mach' ich."

„Danke. Ich werde dich auf ewig lieben", versprach Grace und fiel ihrer Freundin spontan um den Hals.

Dieser Tag war jetzt schon so unglaublich anstrengend gewesen – dabei hatte ihre Arbeit doch noch nicht einmal angefangen! Aber ihre kleine Schwester hatte sie darum gebeten, sich um das Geburtstagsgeschenk für ihre Mutter zu kümmern und Grace hatte nicht Nein sagen können, weil Madison doch gerade erst – vor zwei Monaten – den Blinddarm entfernt bekommen hatte und Amelia, ihre ältere Schwester, hatte sie auch nicht behelligen wollen. Sie war Krankenschwester und ohnehin schon dauergestresst. Also war sie in das Einkaufszentrum gehetzt, nur um sich von einem Verkäufer für Lederwaren vollquatschen zu lassen und komplett die Zeit zu vergessen – schon wieder!

„Ich weiß deine Liebe zu schätzen", murmelte Kaylie und tätschelte ihr den Rücken. „Und Grace, ich weiß, du bist gerade in Eile, aber ich wollte dir noch etwas sagen …"

Grace ließ ihre Freundin los und grabschte nach den Schlüsseln, die sie vorher auf die Anrichte gelegt hatte. „Klar, wenn du dich beeilst." Kaylie nickte und erst jetzt bemerkte Grace, dass sie die Hände ineinander verkrampft vor ihren Körper hielt.

Na, das war ja mal ein gutes Omen …

„Nun, du weißt doch, dass ich mit Dex zusammen bin …"

„Dex? Ist das der riesige Muskelmann, der mir meine Milch wegtrinkt und andauernd halbnackt in unserer Küche steht? Nein, der ist mir noch nicht aufgefallen.“

Kaylie verdrehte grinsend die Augen. „Haha. Nun, Dex und ich sind jetzt schon über drei Monate zusammen und es ist vielleicht zu früh, aber wir hängen sowieso fast die ganze Zeit aufeinander. Und jetzt, wo Chloe ausgezogen ist und Dex das Penthouse für sich alleine hat ...“

Der Schlüssel fiel aus Grace’ Fingern und schlug auf dem Boden auf. „Du willst ausziehen?“

Dexter war ein toller Kerl. Er war Spieler der Delphies, der ortsansässigen Baseballmannschaft, kümmerte sich liebevoll um seine Chaoten-Schwester Chloe und war wohl als Jackpot im Männerlotto zu bezeichnen, aber ... Grace wollte Kaylie trotzdem nicht an ihn verlieren!

„Na ja, nicht jetzt sofort, aber nächsten Monat, wenn der Mietvertrag ausläuft ... natürlich nur, wenn du eine neue Mitbewohnerin gefunden hast! Oder vielleicht willst du ja auch alleine wohnen? Mit deinem neuen Job verdienst du deutlich mehr und könntest es dir ganz sicher leisten ...“

Grace starrte ihre Freundin an, deren Lippen sich weiterbewegten, doch sie fühlte sich nicht dazu imstande, weiter zuzuhören. Natürlich hatte sie damit gerechnet, dass sie und Kaylie nicht ewig zusammen wohnen bleiben würden, aber sie hatte zumindest gehofft, dass sie noch mindestens ein halbes Jahr hatte, bevor Kaylie, die bisher vor jeder Beziehung weggelaufen war, sich mit ihrem Baseballgott in einem Bunker verschanzte.

Sie wohnten nun bereits seit fünf Jahren zusammen und wenn sich das plötzlich änderte, dann …

„… hoffe, das ist okay, Grace.“

Grace blinzelte und zwang sich zu einem Lächeln. „Natürlich ist das okay. Du liebst Dexter, ihr wollt zusammenziehen. Das kommt nicht überraschend.“

Doch es kam überraschend! Und Grace wollte es nicht zugeben, aber sie brauchte Kaylie. Sie mochte es, nach Hause zu kommen und mit ihr zu tratschen. Sie mochte es, sie einfach in den Arm nehmen zu können, wenn sie sich gerade verloren fühlte.

Sie war ihre beste Freundin und sie freute sich, dass sie so glücklich war … aber konnte sie mit Dexter nicht noch eine Weile in getrennten Wohnungen glücklich sein?

„Ich freue mich für dich“, sagte Grace und bückte sich hastig nach dem Schlüssel. „Wirklich. Danke, dass du so früh Bescheid gibst. Ich muss jetzt wirklich los, aber wir reden heute Abend drüber!“

Kaylies Ohren liefen dunkelrot an. „Ich bin heute Abend schon bei Dex, tut mir …“

„Dann morgen Abend“, setzte sie beschwingt hinzu, mit Mühe und Not das Lächeln haltend.

Gott, sie war ein schrecklicher Mensch. Sie wollte ihrer besten Freundin ihr Glück verwehren, nur damit sie selbst nicht einsam war? Was war nur los mit ihr? Sie hatte auch einen Freund. Sie war auch glücklich. Und vielleicht würde sie Henry einfach fragen, ob er nicht bei ihr einziehen wollte!

Sie mochten in ihrer Beziehung nicht so innig sein wie Dex und Kaylie – aber ganz ehrlich, wer war das schon? Das hieß nicht, dass sie nicht verliebt waren!

Schön, er hatte ihre Freunde bis heute nicht kennengelernt, weil er dauernd auf Geschäftsreise war und immer meinte, er sei nicht scharf darauf, neue Leute kennenzulernen, aber ... das würde sie bald ändern. Er sollte sich nicht so anstellen. Sie massierte doch auch seine Füße, obwohl sie die ekelig fand. Jeder musste Opfer in einer Beziehung bringen.

„Ich freue mich wirklich", wiederholte sie, an Kaylie gewandt, bevor sie aus der Tür trat. Denn sie sollte wahrlich kein schlechtes Gewissen haben, weil sie mit ihrem Freund zusammenzog.

Während sie die Treppe hinuntereilte, knöpfte sie ihren Mantel zu und sog schließlich auf der Straße die kalte Luft in ihre Lungen. Grace mochte den Winter. Im Winter schien alles ruhiger und entspannter.

Was für eine trügerische Jahreszeit.

Wenn sie es sich recht überlegte, fing sie langsam an, den Winter dafür zu verurteilen, dass er allen Menschen etwas vormachte! Und als sie sah, dass innerhalb der letzten halben Stunde, die sie ihr Auto nicht benutzt hatte, wieder eine dünne Eisschicht die Windschutzscheibe befallen hatte, entschied sie spontan, dass sie den Winter wohl doch eher hasste.

Sie kratzte den eisigen Belag vom Glas, setzte sich hinters Lenkrad und rieb sich die abgefrorenen Hände. Grace zog die Brille aus dem Handschuhfach und setzte sie auf, bevor sie rückwärts aus der Parklücke fuhr. Natürlich klingelte in genau diesem Moment ihr Telefon ...

Nur die Tatsache, dass es klug war, weiter auf die Straße zu schauen, hielt sie davon ab, sich die Hände vor die Stirn zu schlagen. Sie hätte es ausschalten sollen – doch jetzt blinkte schon das Wort *Dad* auf und womöglich brauchte er sie und … ach, Mist. Sie hob ab und schaltete den Lautsprecher ein.

„Hey, Dad. Was gibt's? Ich hab' nicht viel Zeit, ich sitze im Auto und …"

„Ich habe es beendet, Gracie", unterbrach sie der aufgeregte Bass ihres Vaters unsanft. „Es ist fertig. Du musst herkommen und es ansehen."

„Was ist fertig, Dad?"

„Die Delfinballerina natürlich!"

„Ach so. Klar." Vor Grace schaltete die Ampel auf orange und sie drückte das Gaspedal durch. Sie hatte noch zehn Minuten und eigentlich benötigte man diese Zeit beim Delphies Stadion schon allein dafür, einen Parkplatz zu finden. „Wann hast du den letzten Schliff angelegt?"

„Vor zwanzig Sekunden! Du musst herkommen und mir deine Meinung dazu sagen."

„Dad, ich arbeite, ich kann nicht …"

„Ich spreche nicht von jetzt. Ich spreche von Sonntag. Bis dahin muss der Ton ohnehin noch gebrannt und getrocknet werden."

Grace presste die Lippen aufeinander und bremste vor einer scharfen Kurve ab. Sie wollte pünktlich sein, aber sich deswegen nicht umbringen.

„Dad", sagte sie vorsichtig, „du weißt, dass Mom Sonntag ihren Geburtstag feiert."

„Natürlich weiß ich das. Wir waren über zwanzig Jahre verheiratet, glaubst du, nur weil wir jetzt geschieden sind, vergesse ich ihren Geburtstag?"

„Nein, natürlich nicht, nur …"

„Na also, was hat also ihr Geburtstag mit meiner Kunst zu tun? Du bist die Einzige von euch drei Mädchen, die mein Genie versteht und du musst dir die Delfinballerina ansehen! Sie ist wunderbar geworden."

„Dad!", sagte Grace lauter. „Mom feiert Sonntag ihren Geburtstag."

„Du wiederholst dich, Gracie. Was hat das mit irgendetwas zu tun?"

„Ich bin auf dieser Feier, Dad!"

„Aber doch nicht den ganzen Tag!"

„Na ja, aber schon ... fast den ganzen Tag."

„Gracie, ich bitte dich nur um ein paar Stunden deiner Zeit, ist das zu viel verlangt?"

„Dad, komm schon, ich kann morgen doch schon kommen, da ..."

„Der Ton muss noch brennen, er wird morgen nicht trocken sein."

„Montagabend, ich könnte ..."

„Montag wollen die Heinis von der Kunstgalerie sich die Skulptur schon angucken. Ich brauche eine professionelle Meinung von jemandem, bevor sie kommen."

Er brauchte keine Meinung, er brauchte Bestätigung! Aber ihr Vater war seit der Scheidung einsam, auch wenn er es nicht zugab. Er verlor sich in seiner Kunst und hatte seine Freunde über den Erfolg hinweg schon längst vergessen. Sie schien die Einzige zu sein, die es noch mit ihm aushielt. Amelia und Madison hatten längst aufgegeben. Sie konnten weder mit Kunst noch mit ausgeprägtem Egoismus etwas anfangen. Grace war wohl der einzige Grund, warum sie überhaupt noch mit ihrem Vater redeten.

„Schön, ich komme", seufzte sie. „Passt dir acht Uhr?"

Kapitel 3

„Passt dir das Kostüm?"

Ryan hob ungläubig die Augenbrauen. „Das ist nicht dein Ernst! Ich dachte, das wäre ein Scherz von dir."

Sam, PR-Manager der Delphies, in Fachkreisen bekannt als *der Eisblock*, hob eine Augenbraue. „Ich bin nicht witzig, Ryan. Ich dachte, das wäre dir inzwischen klar. Und wenn es um gute Werbung geht, verstehe ich erst recht keinen Spaß."

Die Mundwinkel des Mistkerls zuckten! Das konnte Ryan genau sehen.

„Ich sag' dir was, Sam", knurrte Ryan und knackte mit seinen Fingerknöcheln. „In dem Moment, in dem du dich in einem Wonder-Woman-Kostüm neben mich stellst, werde ich die Superman-Uniform anziehen. Solltest du aber kein goldenes Lasso schwingen, rate ich dir, dir das unterschwellige Grinsen vom Gesicht zu wischen, sonst übernehme ich das für dich."

Jetzt gab sich der PR-Mann nicht einmal die Mühe, zu verstecken, wie amüsant er diese verdammte Situation fand. „Da ist heute Morgen aber jemand mit dem falschen Fuß aufgestanden. Schlägt dir das Heldentum aufs Gemüt, Ryan? Und wenn du mein Gesicht deformieren möchtest, musst du damit rechnen, dass Chloe dich umbringt. Sie hängt sehr an meinen perfekten Wangenknochen."

„Chloe ist eine kluge Frau", murmelte Ryan düster. „Sie wird verstehen, wie ich die Welt mit einem winzigen Schlag in dein Gesicht verbessert habe."

„Darauf würde ich nicht bauen", meinte Sam und klopfte ihm freundschaftlich auf die Schulter. „Aber schön. Ich wusste, dass du kleine Diva dich zieren würdest. Nur weil du die Muskelpartien nicht ausfüllen kannst, musst du dich nicht schämen. Aber dann: kein Superman-Kostüm für dich. Wie wäre es stattdessen mit einem Action-Shooting, bei dem du ein Kind erneut davor retten kannst, mit einem Auto zu kollidieren?"

Der Einzige, der bald Rettung brauchen würde, war der Klugscheißer von PR-Mann, der gehörig an Ryans Nerven zerrte. Es war ja schön für Sam, dass er, seit er mit Chloe zusammen war, sein lang verlorenes Lächeln zurückgefunden hatte. Aber konnte er bitte in seiner Freizeit glücklich sein? Das hier war geschäftlich und da hatte Spaß nichts zu suchen.

Zumindest sah Ryan das gerade so.

Herrgott, dieses dumme Getue der Reporter war einfach lächerlich! Er hatte gehandelt wie jeder halbwegs anständige Mensch und die Presse stürzte sich darauf, als hätte er den Weltfrieden herbeigeführt.

„Steck dir dein Action-Shooting sonst wohin, Sam", stellte Ryan trocken fest und riss sich ein paar Weintrauben von der Rebe, die auf dem Catering-Tisch lag.

„Ich hoffe doch sehr für dich, dass du zu deinem Interviewer gerade netter warst, denn sollte der Artikel, der Samstag erscheint, Mist sein, werde ich dich ohne Skrupel bei Panther als den Schuldigen anschwärzen."

Diese Drohung würdigte Ryan erneut mit einem Schnauben.

Cole Panther war seit etwas mehr als drei Wochen der neue Besitzer der Delphies. Er hatte die Mannschaft quasi von seinem Vater geerbt und das Gerücht ging um, dass er einige Verkäufe und eine Horde neuer Einkäufe geplant hatte. Doch Ryan machte sich keine Sorgen. Er war der verdammt beste Catcher der MLB und Cole Panther mochte mit seinen vielleicht dreißig Jahren noch grün hinter den Ohren sein – aber er war nicht blöd.

„Tu das ruhig, Sam", meinte Ryan und schluckte die letzte Traube herunter. „Erzähl Panther doch am besten gleich, dass ich dir auch dein Pausenbrot weggenommen habe. Das könnte ihn interessieren."
„Mann, Mann, Mann, Hale! Du bist ja heute wirklich die Sonne über dem Teletubbie-Land."
„Ich tue, was ich kann."
„Schön, schmoll ruhig noch ein bisschen. Ich geh' den SportsIn Typen fragen, wann endlich die Fotografin eintrifft. Iss nicht zu viel, sonst sieht man gleich deine Bauchmuskeln nicht mehr – und du willst doch Millionen von Hausfrauen nicht enttäuschen, oder?"
Sam gab ihm nicht die Möglichkeit, noch eine patzige Antwort darauf loszuwerden, sondern lief bereits durch den hellen, ausgeleuchteten Raum, der so ziemlich der größte Albtraum des Baseballspielers war.
Ryan war Catcher und die Aufgabe eines Catchers war es, stets aufmerksam zu sein und alles im Blick zu behalten. Er hatte einen der anspruchsvollsten Jobs des gesamten Spiels, sagte den Pitchern an, welche Bälle sie am besten warfen, musste zusehen, dass die Spieler des gegnerischen Teams nicht versuchten, sich einfach so zur nächsten Base vorzustehlen und ja … Ryan war

großzügig genug, sich als einen der wichtigsten Spieler der Mannschaft zu bezeichnen.

Er war gut darin, Dinge vorauszusehen, durchweg konzentriert zu bleiben. Aber diese Fähigkeit beschränkte sich leider nur aufs Spielfeld. In seinem Privatleben hatte er königlich darin versagt, in die Zukunft zu sehen, und sich bei Dingen wie Interviews und Fotoshootings richtig zu konzentrieren. Und das aus einem ganz einfachem Grund: Es interessierte ihn alles einen feuchten Dreck.

Er hielt sich für einen der uninteressantesten Menschen, die diese Welt zu bieten hatte.

Er hatte eine schöne, behütete Kindheit gehabt, seine Eltern waren immer noch zusammen. Er hatte in seinem Leben noch keine Drogen genommen, nicht den Wunsch, das nachzuholen, bezahlte pünktlich seine Rechnungen, wohnte in einem Haus in der Vorstadt und kochte gerne – und wäre da nicht das Debakel mit Mary-Ann gewesen, wären die Medien nie auf die Idee gekommen, ihn ins Fadenkreuz zu nehmen.

Aber jetzt war das Kind in den Brunnen gefallen – oder sollte er lieber sagen, dass die Beziehung in den Brunnen gefallen war – und von der objektiven Seite aus betrachtet, war die gute Publicity, die er gerade genoss, das Beste, was ihm hätte passieren können. Tja, schade nur, dass Ryan Objektivität mit eher gemischten Gefühlen gegenüberstand.

Sie mochte für andere funktionieren – Psychologen, Journalisten und Lehrer – aber er konnte sich einfach nicht damit anfreunden.

Er war nun einmal kein Objekt – warum dann mit Objektivität vorgehen? Das hatte wahrlich keinen Sinn.

Er griff sich eines der Sandwiches, die ebenfalls auf der langen Cateringtheke lagen, biss hinein, verzog den Mund und ließ es wieder fallen.

Widerlich.

Die Delphie-Organisation sollte Cara für diesen Job engagieren. Vielleicht sollte er mit Sam mal darüber reden. Cara war die Ex seines besten Freundes Ty, mit dem sie auch einen Sohn zusammen hatte, und sie war es, die ihm das Kochen nähergebracht hatte. Mittlerweile leitete sie ein Catering-Business. Über die letzten sechs Jahre hinweg, in denen Cara und Ty ihren Sohn immer wieder von Houston nach Philadelphia und wieder zurück geschifft hatten, war sie zu einer guten Freundin geworden. Auch wenn Ty das nicht gerne hörte, weil er Ryan immer vorwarf, er würde sich besser mit der Mutter seines Kindes verstehen als er selbst.

Ryan ließ es sein, ihm zuzustimmen. Cara und Ty erzählten zwar immer allen, sie hätten Frieden geschlossen, aber Ryan kannte beide Seiten – sie logen sich eins ins Fäustchen. Zwischen den beiden gab es so viele unterdrückte Gefühle, dass Ryan jeden Tag damit rechnete, sie würden explodieren. Zurzeit hielten sie die Scharade jedoch noch sehr erfolgreich aufrecht und Ryan hatte nicht vor, ihnen die Illusion zu nehmen. Für Danny, ihren Sohn, war dieser gespielte Frieden derzeit das Beste. Hoffte er.

Er wickelte den Schandfleck von Sandwich gerade in eine Serviette, als die gegenüberliegende Tür aufschlug und eine Frau in den Raum gehetzt kam.

Sie war schmal, flachbrüstig und klein und reichte Ryan wahrscheinlich gerade mal bis zur Schulter. Ihre Wangen waren gerötet, vielleicht von der Kälte, möglicherweise war sie aber auch die Stufen hochgerannt, und sie trug eine riesige Kameratasche über ihrer Schulter. Die Tasche musste verdammt schwer sein und Ryan rechnete fast damit, dass die Frau der Schwerkraft nachgab und einfach zur Seite wegkippte, doch sie hielt sich wacker auf den Beinen, während sie sich hektisch umsah. Bei ihren ruckartigen Kopfbewegungen flogen ihr die kinnlangen Haare um die Ohren, deren Farbe Ryan beim besten Willen nicht anders als mit *Karotte trifft Orange* bezeichnen konnte.

Als ihr Blick auf Sam und dem Interviewer landete, die sich angeregt unterhielten, sackten ihre Schultern sichtlich nach unten und ihre Mundwinkel zuckten kurz zu einem erleichterten Lächeln nach oben. Ihre mit Sommersprossen verzierte Nase kräuselte sich kurz und die Brille, die sie trug, rutschte daran hinab. Sie zog sie von ihrem Gesicht, steckte sie in ihre Handtasche und fixierte ihn schließlich.

Sie lächelte und irgendwie ... war sie süß.

Sie war keine umwerfende Schönheit. Hatte eher etwas von dem Mädchen von nebenan, war aber süß. Sehr süß. Sie sah nicht nach Drama aus. Das gefiel ihm.

Sie bewegte sich auf ihn zu und wenn Ryan den Hüftschwung von ihr näher betrachtete, dann könnte er fast dazu hingerissen werden, sie als dezent *heiß* zu bezeichnen. Außerdem kam sie ihm vage bekannt vor.

Sein Gesichtsgedächtnis war nicht das Beste, aber die dunkelblauen Augen und die Art, wie sie sich durch das Recken ihres Kinns versuchte größer zu machen ...

„Hey.“ Die kleine Frau blieb vor ihm stehen, ließ die Kameratasche zu Boden sinken und streckte die Hand aus. „Schön, dich wiederzusehen, Ryan. Ich habe gehört, wir beide werden heute ein kleines Beauty-Shooting durchführen.“

Ryan runzelte die Stirn, ergriff jedoch ihre Hand. „Du bist die Fotografin“, stellte er fest.

„Du hast eine skandalös gute Auffassungsgabe. Aber du bist ja Catcher, ich schätze also, das ist dein Job“, bemerkte sie lächelnd.

„Ja, danke ...“, sagte er langsam, versuchte sich daran zu erinnern, woher er sie kannte ... und gab auf. „Entschuldige, aber kennen wir uns?“

„Tun wir. Wir haben uns letztes Jahr auf der Weihnachtsfeier der Delphies kennengelernt. Ich bin Grace, Freundin von Emma, Kaylie, Michelle und ...“

Der Groschen fiel.

„Ah, natürlich.“ Er lächelte. „Grace. Tut mir leid, ich habe dich erst nicht erkannt, weil ...“

Sie winkte ab. „Meine Haare so kurz sind, ich weiß.“

„Nun ja, und ... orange.“

Verärgert schnalzte sein Gegenüber mit der Zunge. „Warum müssen alle daran festhalten!? Ich finde die Kürze viel dramatischer. Die Farbe, die ... die trägt man heute so.“

Ryan hob skeptisch eine Augenbraue. „Wann? Zu Halloween, wenn man als Kürbis gehen will?“

„Nein, einfach so! Quasi als ... Accessoire.“

„Orangefarbene Haare sind also wie eine schicke Handtasche?“

„Ja“, beharrte Grace. „Das ist total modisch! Alle großen Stars haben diesen Look.“

„Alle großen Stars wie … Samson aus der Sesamstraße?"

„Samson ist braun und nein, den meine ich nicht. Ich spreche von Rihanna und Taylor Swift und … all den anderen Leuten." Sie wedelte ausdrucksstark mit der Hand in der Luft herum.

Süß.

„Grace, ich fürchte, da hat dein Frisör dich angelogen. Aber Kompliment an dich, du trägst die Farbe mit Stil."

Sie verengte die Augen, als versuche sie zu ergründen, ob er sich gerade über sie lustig machte – aber er tat ihr nicht den Gefallen, ihre stumme Frage zu beantworten. Dafür hatte er viel zu viel Spaß.

Schließlich zuckte sie die Schultern. „Ich hoffe einfach mal für dich, dass das ernst gemeint war, denn sonst müsste ich dir leider mit Photoshop ein paar Pickel aufs Gesicht zaubern", sagte sie fröhlich und Ryan ging erneut durch den Kopf, dass er diese Frau durchaus mögen könnte.

„Solange du mich nicht dazu zwingst, mir Öl auf die Brust zu schmieren – tu mit mir, was du willst."

Grace lachte. „Was ich will? Aber Ryan, wenn ich eine Frau mit weitaus weniger Stil wäre, würde ich jetzt eine frivole, zweideutige Anmerkung machen und dir verheißungsvoll zuzwinkern."

Ja, die Frau gefiel ihm definitiv.

„Tu dir keinen Zwang an", grinste er. „Es gibt Schlimmeres, als von einer hübschen Frau auf billige Art und Weise angemacht zu werden."

Ein dezenter Rot-Ton kroch Grace den Hals hinauf. „Nein danke, ich verzichte." Sie wandte den Blick ab und beäugte die Sandwiches auf dem Tisch. „Das Öl werde ich dennoch weglassen. Denn ich bin ein guter Mensch." Sie streckte die Hand nach einem der Sandwiches aus. Hastig fuhr auch Ryans Hand nach vorne, um ihre abzufangen.

„Tu es nicht!", warnte er sie. „Das schmeckt widerlich."

Grace sah auf die Finger, die er immer noch um ihr Handgelenk geschlossen hatte und Ryan dachte für kurze Zeit daran, sie loszulassen – entschied sich jedoch dagegen. Ihre Haut war weich und warm ... und er flirtete gerne. Er hatte seit einer Ewigkeit nicht mehr geflirtet.

„Hast du versucht, es zu verbessern?", wollte Grace wissen.

Für einen Moment war Ryan verwirrt. Er sollte seine Flirttechniken verbessern? Er brauchte einige Zeit, bis er verstand, dass sie vom Sandwich sprach.

„Inwiefern willst du es verbessern?", fragte er interessiert und ließ sie widerwillig doch los.

„Siehe zu und lerne", versprach sie verheißungsvoll und Ryan beobachtete sie die nächsten drei Minuten dabei, wie sie ein widerliches Sandwich zu ganz neuen Bereichen von ekelig erhob.

Sie quetschte Weintrauben zwischen die labbrigen Brotscheiben, Chipskrümel, einen Dip, der verdächtig kräftig nach Knoblauch und Kapern roch, und toppte das ganze schließlich enthusiastisch mit einem Stück weißer Schokolade.

Also, wenn sie sich gleich nicht übergab, dann würde er es tun.

„Versuchst du gerade, mich mit einem steinernen Magen zu beeindrucken?“, wollte Ryan stirnrunzelnd wissen. „Falls ja: Es funktioniert.“

Grace lachte laut und nahm einen weiteren Bissen. „Warum sollte ich dich beeindrucken wollen?“

„Weil ich süß bin.“

Sie lachte noch lauter und in ihren Augen spiegelte sich das helle Neonlicht der Decke wider. „Das bist du in der Tat. Aber es gibt, glaube ich, Dinge die mehr Sexappeal haben als ein starker Magen. Starke Brüste zum Beispiel.“

Ryan winkte ab. „Starke Brüste sind so furchtbar unoriginell.“

„Auch wieder wahr. Aber ich muss dich enttäuschen: Ich esse das Sandwich nur, weil es delikat gut schmeckt!“

Er glaubte ihr kein Wort. Auch wenn er zugeben musste, dass sie bei ihren Worten überzeugend genießerisch die Augen geschlossen und sich die Lippen geleckt hatte. Aber das konnte jede Frau, die schon einmal einen Orgasmus vorgetäuscht hatte und heutzutage, bei den Weicheiern da draußen, war das eine Fähigkeit, auf die die moderne Frau nicht verzichten konnte.

„Du kannst das unmöglich lecker finden.“

„Natürlich ist das lecker!“, sagte sie mit vollem Mund. „Individuell lecker!“

„Ist das ein Euphemismus für abartig?“

„Du bist ein Euphemismus für abartig“, erwiderte sie lächelnd und schob sich auch das letzte Stück Brot zwischen die Zähne.

„Schlagfertig“, stellte er grinsend fest.

„Danke! Mhm, mjam.“ Sie wischte sich mit dem Handrücken über den Mund.

„Darf ich dir eine persönliche Frage stellen?“, fragte Ryan und lehnte sich leicht vor.

„Klar!“

„Reines Interesse, aber … wie oft wurde dir der Magen schon ausgepumpt?“

Grace fing so laut an zu lachen, dass er beinahe vor ihr zurückgeschreckt wäre. „Gott, du hörst dich an wie Kaylie. Ihr habt einen solch’ engen Essenshorizont. Das tut mir im Herzen weh.“

„Das muss das Sodbrennen sein“, stellte er fest und Grace kam nicht mehr dazu, zu antworten, denn in diesem Moment trat der Interviewer zu ihnen.

„Da sind Sie ja, Miss Hayden“, sagte er angesäuert. „Ich hatte Sie vor einer Viertelstunde erwartet.“

„Ich bin seit einer Viertelstunde hier, aber Mister Hale hier hat mich von meiner Arbeit abgehalten“, stellte sie ungerührt fest.

Ryan war zu amüsiert, um es persönlich zu nehmen, dass sie die Schuld auf ihn abwälzte.

„Oh.“ Der Sportreporter blickte kurz zu ihm und als Ryan nicht widersprach, nickte er. „Schön. Können wir dann anfangen?“

„Können wir.“ Grace schulterte die Tasche und lächelte noch einmal zu Ryan hoch.

Diese Frau hatte ein Lächeln, das Männer sicherlich dazu bringen konnte, ihre ekeligen Sandwich-Variationen zu essen. Sie wäre eine hervorragende Auftragskillerin. Sie könnte ihre Opfer jedes Mal problemlos vergiften.

„Ryan, kommst du?“

Er blinzelte und nickte langsam. Das war eine wirklich verfängliche Frage ...

***

Grace blickte durch die Linse und konnte nicht umhin, festzustellen, dass Ryan lächerlich fotogen war.

Langsam fing sie an zu bezweifeln, dass der Manager der Delphies die Spieler für ihr Können kaufte. Sie bekam das vage Gefühl, dass er eher nach Attraktivität und Schönheit ging. Es war schon mehr als auffällig, wie viele heiße Typen das Philadelphia Baseballteam bevölkerten. Das konnte kein Zufall mehr sein.

Seine dunkle Haut hob sich vom Greenscreen ab, vor dem sie ihn positioniert hatte und kein T-Shirt der Welt hätte seine Muskeln verbergen können – abgesehen davon trug er zurzeit keins. Die schwarzen Haare waren kurzgeschoren, der dunkle Blick eindringlich, der kantige Kiefer angespannt ... die Lippen fest zusammengepresst.

„Ryan, was hältst du davon, zu lächeln?"

„Genauso viel wie von meiner Pose und meiner Kleidung!", knurrte er zurück.

Grace biss sich auf die Zunge, um nicht wieder anzufangen zu lachen. „Du musst dir schon ein wenig Mühe geben, denn ... nimm es mir nicht übel, aber du siehst nicht glücklich aus."

„Ich bin auch nicht glücklich!"

„Ja, aber mit dem Foto wollen wir die Nachricht vermitteln, *dass* du glücklich bist. Du hast ein Leben gerettet!"

„Ich habe eher das Gefühl, dass mit dem Foto vermittelt werden soll, dass ich eine Menge Muskeln habe und ich heiß bin.“

„Wie kommst du darauf?“

„Weil ich kein Shirt anhabe!“

Sie hob den Kopf von der Kamera. „Oh, ja. Ja, das auch. Aber das ist nur ein Teil des Shootings! Die Fotos werden an Frauenmagazine verkauft. Wir machen gleich noch welche in deiner Uniform.“

„Noch welche?“ Ryan sah aus, als hätte sie ihm soeben vorgeschlagen, ihm ohne Narkose alle Zähne zu ziehen. „Wieso denn noch welche? Ihr braucht doch nur eins.“

Ihm schien offenbar nicht klar zu sein, dass der Artikel über ihn vier Seiten einnehmen sollte. Und Grace fühlte sich auch nicht danach, ihn zu erleuchten.

„Zur Sicherheit werden immer mehrere Fotos gemacht“, erklärte sie und hoffte, dass ihre geröteten Wangen sie nicht verrieten. Andererseits hatte sie die schon, seitdem er sein T-Shirt ausgezogen hatte.

Sie war ja eigentlich keine dieser Frauen, die sich von einem durchtrainierten Körper leicht beeinflussen ließ ... hatte sie bis vor fünf Minuten gedacht. Aber Ryans Muskeln waren schon etwas Besonderes. Sie war Künstlerin! Sie wusste Besonderheiten und Perfektion wertzuschätzen. Das war der alleinige Grund dafür, warum sie durch die Linse meistens nicht auf sein Gesicht starrte, worauf ihr Blick eigentlich hätte ruhen sollen.

Ryan hatte keine dieser aufgepumpten, bulligen Muskeln, keinen Stiernacken oder Oberarme, die Baumstämmen glichen. Er hatte diese sehnigen, wunderschönen Sportlermuskeln, die sie gerne mal im Kerzenschein zeichnen würde.

Sie hatte nur die Befürchtung, dass ihr Freund Henry etwas dagegen haben könnte. Ein Jammer ...

Als Kunstobjekt wäre Ryan wirklich was Feines.

„Vielleicht kannst du dein T-Shirt ja einfach wieder anziehen", überlegte Grace, „ich denke ..."

„Nein!", schnarrte ihr Kollege, der eigentlich Benjamin Tersgarden hieß, aber auf der Arbeit nur als *Benny the Bitch* bekannt war. „Das T-Shirt bleibt aus. Herrgott, Miss Hayden. Es ist Ihr Job, ihn gut abzulichten! Sie werden ja wohl ein paar Schnappschüsse von unserem halbnackten Helden schießen können."

Grace räusperte sich und richtete sich auf. „Mister Tersgarden, wenn er sich unwohl fühlt, dann wird das Ganze auf den Bildern zu sehen sein und ... sind die Fotos wirklich nötig?"

Benny the Bitch verengte die Augen und stemmte die Hände in die Seiten. „Wie lange sind Sie im Geschäft, Miss Hayden?"

„Ähm, als Fotografin schon etwas länger, ich ..."

„Ja, als Fotografin, die die Haustiere von gelangweilten Hausfrauen fotografiert! In diesem *professionellen* Business läuft das etwas anders. Also tun Sie verdammt nochmal, was ich sage, und schießen sie die beschissenen Fotos!"

Grace sah ihn an, wollte den Mund öffnen, erklären, dass sie auch ein paar eigene Ideen hatte, tat es jedoch nicht.

Sie schluckte nur, nickte und verschanzte sich dann wieder hinter der Kamera.

Irrte sie sich oder sah Ryan noch angepisster aus als zuvor?

Sie räusperte sich. „Okay, Ryan", sagte sie lauter, „fangen wir noch einmal von vorne an."

Griesgrämig kratzte er sich im Nacken. „Glaub' mir, das *Letzte*, was ich will, ist wieder von vorne anzufangen! Kannst du mich nicht einfach als den düsteren, eigenbrötlerischen Spielverderber darstellen, der in seiner Freizeit Kinder rettet, bevor er den Nachbarshund tritt?"

„Tut mir leid", meinte sie bedauernd. „Den Titel trägt schon jemand anderes. Und könntest du wenigstens versuchen zu lachen? Für mich?"

Interessiert legte er den Kopf zur Seite. „Was kriege ich denn dafür?"

„Jetzt bist du also schon eigenbrötlerischer Spielverderber und Erpresser?", fragte Grace lachend.

„Ich bin ein Mann mit vielen Gesichtern", stellte er grinsend fest, die Hand immer noch im Nacken – und Grace drückte den Auslöser.

Sie betrachtete das Foto auf dem kleinen Bildschirm und hob selbstzufrieden die Augenbrauen in Ryans Richtung. „Ich glaube, wir haben das Bild. Bist du bereit für ein Bild in deiner Baseballuniform und heroischer Pose? Du als Held hast dir doch bestimmt schon Posen für den Moment des Ruhmes ausgedacht."

Schlagartig verdüsterte sich Ryans Miene und er kam vom Greenscreen her auf sie zu.

„Hör mal, ja: Du darfst alles zu mir sagen. *Alles.* Schnucki, Bärchen, Lulatsch, heißer Typ, Kamikaze-Krieger, Penner – mir egal. Aber nenn mich nicht *Held*!" Er spuckte das Wort aus, als habe es ihn persönlich angegriffen und dann nackt an einen Laternenmast gebunden. „Es gibt da draußen echte Helden. Menschen, die jeden Tag ihr Leben riskieren. Menschen, die sechs Kinder bekommen. Menschen, die offen zugeben, dass sie auf Justin Bieber stehen! Aber nur, weil ich anständig genug war, den Jungen nicht von dem Auto über den Gehweg schleifen zu lassen, macht mich das noch lange nicht zu jemandem, der diesen Begriff verdient hat. Ich bin lediglich ein Mann, der zur rechten Zeit am rechten Ort war und vielleicht aufmerksamer ist als der Normalmensch. Und ja, möglicherweise habe ich gute Reflexe – aber verdammt nochmal, es ist mein Job, welche zu haben und das sollte mir nicht als besondere Fähigkeit zugeschrieben werden.“

Grace starrte ihn mit aufgerissenen Augen an – dann brach sie in Gelächter aus.

Verständnislos sah ihr Gegenüber sie an. „Was ist daran bitte witzig?“

Sie lachte noch lauter und tätschelte ihm die Schulter. Als ihr jedoch bewusst wurde, dass er ja immer noch halbnackt war, zog sie ihre Hand hastig zurück.

„Oh Gott, du Armer!“, sagte sie hicksend. „Und ich dachte, ich hätte mit meinen orangefarbenen Haaren schon das schlimme Los gezogen.“

„Was? Ich verstehe kein Wort. Was zur Hölle ist so amüsant?“ „Na ja, deine Taktik ist desaströs! Sie wird total nach hinten losgehen.“

„Welche ...“

„Na, dass du jedem sagst, dass du kein Held bist“, erklärte sie kopfschüttelnd. „Das klingt so ehrlich, dass du bescheiden wirkst. Und was ist besser als ein Held? Ein *bescheidener* Held! Die Reporter werden dich nie in

Ruhe lassen. Sie werden dich verfolgen, dir Denkmäler errichten. Frauen werden auf Postern bekunden, dass sie ein Kind von dir wollen und Männer werden dir folgen, um zu sehen, wie du es zu solch einem Heldentum bringen konntest! Und jedes Mal wirst du abstreiten, dass du ein guter Mensch bist – und die Masse wird dich nur noch mehr lieben."

Ryans Miene hatte sich von griesgrämig zu ungehemmt panisch gewandelt. „Also soll ich einfach bei dem Blödsinn mitmachen, oder was? Soll ich mir selbst auf die Schulter klopfen und mir ein Superman-Cape besorgen?"

„Ach weißt du, so ein Cape sollte jeder im Schrank haben, aber nein … es wäre nur vielleicht besser, wenn du in nächster Zeit etwas mehr das Arschloch raushängen ließest. Nur zur Sicherheit."

Verblüfft blickte er zu ihr hinab. „Aber ich bin kein Arschloch."

Theatralisch ließ sie einen Luftschwall aus, während ihre Schultern nach unten sanken. „Das ist natürlich bitter. Du bist wirklich ein Pechvogel. Und jetzt zieh dich um, damit die Menschen dich endlich bald auch auf einem Cover bewundern können."

„Wird die Unterschrift zu dem Cover *Held* sein?", fragt er verdrießlich.

„Ich entscheide das nicht – also ja."

„Na klasse", sagte er tonlos und wandte sich zum Gehen um. Doch bevor er den Raum verlassen hatte, konnte sie ihn noch deutlich „Ich hätte doch Bäcker werden sollen", murmeln hören.

Kapitel 4

Nach einer weiteren Stunde, in der Ryan dazu gezwungen worden war, nett, charmant und humorvoll und doch bitte nicht so grimmig auszusehen, waren ihm zwei Dinge klar: Er hasste Fotoshootings abgrundtief und er mochte Grace verdammt gerne.

Es war eine Ewigkeit her, dass er eine Frau gemocht hatte – auf emotionaler und nicht nur auf körperlicher Ebene. Er war schließlich auch nur ein Mann mit nicht ganz so heldenhaften Bedürfnissen – und deswegen fackelte er nicht lange und fragte Grace, sobald sie die Kamera verstaut und mit der dummen Kartoffel von Reporter geredet hatte, ob sie Lust hätte, heute Abend mit ihm essen zu gehen.

Grace schaute verblüfft zu ihm auf und fragte mit geröteten Wangen: „Ähm, als Date?"

Er nickte. „Ja, als Date."

„Oh."

Na, das war ja eine wünschenswerte Reaktion.

„Tut mir leid, ich kann nicht."

Sie sah wirklich aus, als würde es ihr leidtun, dennoch legte er den Kopf schief und legte eine leidende Hand auf seine Brust. „Ist es, weil ich schwarz bin?"

Ihre Mundwinkel zuckten und ihre Sommersprossen gleich mit. „Versuchst du mir gerade einzureden, dass ich rassistisch bin, damit ich mit dir ausgehe, um zu beweisen, dass du im Unrecht bist?"

„Ja. Funktioniert es?"

Nachdenklich ließ sie die Fingerkuppen auf ihre Wange prasseln. „Wäre es nicht rassistisch, nur mit dir auszugehen, *weil* du schwarz bist?"

Darüber hatte er noch nicht nachgedacht. Aber das war auch nicht wichtig. „Diese Art von Rassismus ist okay", stellte er klar.

Grace legte den Kopf in den Nacken und fing wieder mit diesem befreiten Lachen an, das ihm eine Gänsehaut bereitete.

„Es tut mir echt leid, Ryan, du bist sehr süß und reich und wirklich heldenhaft – wie du ja weißt – und wäre ich Single, würde ich *sofort* mit dir ausgehen, aber ... ich bin leider kein Single."

Er seufzte.

Natürlich war sie kein Single. Was hatte er sich gedacht? Frauen wie Grace, die heiß waren, Humor hatten und fähig dazu schienen, eine Banane von einer Orange zu unterscheiden, waren nie allein! Weil die Männer so klug waren, sie hastig vom Markt zu nehmen. Kein Wunder, dass er nur an Verrückte geriet. Er war einfach zu langsam! Womöglich waren schon alle guten Frauen weg.

„Das ist verdammt schade", stellte er ehrlich fest und die Röte in Grace' Wangen vertiefte sich gleich noch ein wenig mehr. „Wie glücklich seid ihr?"

Grace lachte erneut und hatte offenbar nicht mitbekommen, dass das wirklich kein Scherz hatte sein sollen. Aber sie darauf aufmerksam zu machen, kam ihm pietätlos vor.

„Danke für das Shooting, Ryan", sagte Grace lächelnd und streckte die Hand aus. „Wir sehen uns bestimmt bald wieder. Die Baseballwelt ist klein und seitdem

Kaylie mit Dex zusammen ist, werde ich regelmäßig zu irgendwelchen Events mitgeschleppt."

Ryan ergriff ihre Hand und hatte das unbestimmte Gefühl, dass kleine Flammen an seinem Arm zu züngeln schienen.

Das war so klar! Natürlich fühlte er sich zu der Frau, die er nicht haben konnte, hingezogen. Denn so tickte er nun einmal. Wer mochte es schon simpel?

Nein. Das musste sich ändern. Kein Drama mehr. Seine nächste Freundin würde völlig undramatisch sein.

„Bestimmt", nickte er. „Und falls du es dir mit deinem Freund anders überlegst, ruf mich an. Kaylie hat meine Nummer."

„Alles klar", sagte sie grinsend, auch wenn er in ihren Augen lesen konnte, dass sie nicht damit rechnete, ihn anrufen zu müssen.

So – ein – Jammer.

Orangehaarige Frauen taten es wirklich für ihn.

Grace hob ein letztes Mal die Hand zum Abschied, bevor sie aus der Tür stakste und ihn neben dem wenig ansprechenden Buffet zurückließ.

Er folgte ihr mit seinem Blick und fuhr sich über die kurzgeschorenen Haare. Na wenigstens hatte er es versucht. Was bewies, dass er die Liebe noch nicht aufgegeben hatte. Das war doch ein wünschenswerter Zustand!

Ach, er hörte sich wie das Weichei an, das er manchmal gerne sein würde. Aber wenn er ehrlich war, dann war er, was Beziehungen anging, verdammt zynisch geworden. Und er mochte es so. Denn er hasste Drama und Frauen schienen zu nichts anderem in der Lage zu sein. Das lag mit Sicherheit an all den Soap-Operas, die sie ständig schauten.

„Na, warst du der Schönling, zu dem deine Mutter dich erzogen hat?“

Ryan wandte den Kopf und blickte zu Sam, der sich während des Shootings schön in sein Büro verzogen hatte. Es hatte bestimmt eine wichtige Partie Solitaire gegeben, um die er sich hatte kümmern müssen.

„Sam, das Angebot, dir die Fresse zu polieren, steht noch. Nur falls du es wahrnehmen willst.“

„Nein, danke. Ich bin kein Schnäppchenjäger. Also, alles gut gelaufen? Chloe hat mir die Fotografin empfohlen und darauf bestanden, dass ich auf sie bestehe – und wenn sie schlecht war, würde das heißen, dass ich ein Pantoffelheld bin, also enttäusch mich nicht.“

Sam *war* ein Pantoffelheld. Keine Frage. Aber es stand ihm.

„Sie war sehr gut. Einwandfrei. Wo wir gerade bei Angestellten sind … erinnerst du dich noch an Cara? Die Frau, die das Catering bei der Weihnachtsfeier der Delphies übernommen hatte?“

„Nicht einmal ein bisschen“, stellte Sam fest.

Ryan lachte leise. „Ist auch egal. Engagier sie.“

„Wofür?“

„Für alles! Immer wenn ihr Essen braucht.“

Sam runzelte die Stirn. „Warum?“

„Darum“, bemerkte Ryan und drückte ihm eines der Sandwiches in die Hand, bevor er ebenfalls aus der verhassten Höhle des falschen Lächelns verschwand.

Er zog sich die Uniform aus und schlüpfte stattdessen in Jogginghose und T-Shirt. Er hatte am heutigen Tag diverse Aggressionen angesammelt, die er mithilfe einer Stemmbank wieder loswerden wollte. Gerade zog er das T-Shirt über den Kopf, als sein Handy klingelte.

Caras Name blitzte auf und lächelnd hob er ab.

„Ich habe gerade noch über dich gesprochen", begrüßte er sie und verließ die Umkleide, um zum Fitnessraum zu schlendern.

„Tatsächlich?", fragte sie laut. Im Hintergrund waren eine elektronische Durchsage und mehrere Menschenstimmen zu hören. Sie war wohl im Supermarkt. „Ich weiß nicht, ob das gut oder schlecht ist."

„Gut. Es könnte sein, dass die Delphie-Organisation dich bald für alle ihre Events einstellt."

„Oh." Für einen Moment herrschte angespannte Stille am anderen Ende.

Ryan seufzte. „Du überlegst doch nicht ernsthaft, den Job abzusagen, nur weil du dann Ty öfter über den Weg rennen könntest?"

„Was, nein, Quatsch!" Die Antwort war etwas zu hastig gekommen. „Ich ... Danny, nimm die Finger aus dem Süßigkeitsregal, das ist Diebstahl!"

Ryan hörte, wie ihr Sohn etwas erwiderte, konnte allerdings die Worte nicht verstehen. Alles, was er mitbekam, war ein rigoroses und von der Hörmuschel weit entferntes Nein, bevor Cara weitersprach:

„Also, klar würde ich den Job annehmen, wenn sie fragen sollten. Apropos Ty ... also, er hat Danny das Wochenende, kann ihn aber erst heute um sechs abholen. Ich muss allerdings schon um fünf bei einem Job sein ... könntest du die Stunde auf Danny aufpassen?"

Ryan hatte den Fitnessraum der Delphies erreicht, dessen Tür sperrangelweit offenstand. Ty hob die

Hand, als er ihn erkannte. Er lief gerade auf dem Laufband. Er sah nicht so aus, als könne er Danny erst um sechs holen. Ryan lehnte sich an den Türrahmen und senkte seine Stimme. „Musst du wirklich schon um fünf beim Job sein oder willst du nicht mit Ty reden müssen, wenn er Danny abholt?“

„Das würdige ich nicht mit einer Antwort“, sagte sie pikiert.

Also ja. „Weißt du Cara, ihr solltet wirklich mal wie zwei Erwachsene über all den Kram reden, der passiert ist. Dann würdet ihr Zwei vielleicht nicht immer so krampfhaft tun müssen, als würdet ihr euch verstehen – und vielleicht tatsächlich miteinander klarkommen.“

„Ich sehe dich dann nachher. Danke, Ryan“, sagte sie kühl und legte auf.

Ja, Cara stand drauf, wenn man ihr Tipps gab.

Seufzend steckte er das Handy in die Tasche und begegnete Tylers misstrauischem Blick.

„Cara? War das Cara? Du hast ihren Namen gesagt.“

„Jap.“

Er wartete eine Sekunde, zwei Sekunden …

„Weißt du, mir gefällt das nicht, dass du dich so gut mit ihr verstehst“, sagte Ty grimmig. Er enttäuschte ihn nie.

„Ich weiß“, grinste Ryan. „Das erzählst du mir seit drei Jahren.“

„Ja. Und trotzdem bist du immer noch mit ihr befreundet.“

„Na ja, wenn ich nicht mit ihr befreundet wäre und als euer Puffer funktionieren würde, wäre einer von euch beiden womöglich schon tot, also …“

Ty fixierte seinen Blick auf die Anzeige des Laufbands. „Du redest Schwachsinn. Cara und ich verstehen uns super. Wir streiten nie."

„Ja, weil ihr nie zusammen in einem Raum seid!"

„Natürlich sind wir das! Erst letztens haben wir uns für mindestens fünf Minuten unterhalten."

Ryan schnaubte und hängte sein Handtuch über das Geländer des Laufbands. „Übers Wetter oder was?"

„Hey! Der Schneesturm war echt heftig."

„Der Schneesturm war vor zwei Wochen, du Pfosten! Ihr habt das letzte Mal vor zwei Wochen geredet?"

Ty dachte kurz drüber nach. „Nein, wir haben heute Morgen geredet ..."

„Über WhatsApp durchzugeben, wann du deinen Sohn abholst, zählt nicht!"

„Sagt wer? Bist du jetzt die Kommunikationspolizei, oder was? Cara und ich verstehen uns, Danny geht es mit der derzeitigen Vereinbarung gut – ich versteh' echt nicht, was dein Problem ist."

Manchmal, da war Tyler mehr als dumm.

Also so richtig Toastbrot-dämlich. So wie die Kinder, die im Fernsehen gezeigt wurden, und Dinge sagten wie: „Eine Giraffe ist ein Nilpferd mit einem langen Hals" oder „Schokolade wächst auf Bäumen." Nur dass die Kinder noch süß dabei waren und Ty ... Ty einfach nur blöd.

„Nun, ich stehe nicht auf Cara und sie nicht auf mich. Wir kochen nur des Öfteren was zusammen – da verstehe ich nicht, was dein Problem ist."

Tylers Augen hatten sich zu Schlitzen verengt. „Ich habe manchmal das Gefühl, ihr redet über ... Dinge."

„Da könntest du recht haben. Wir reden über viele Dinge.“

„Dinge, die *mich* betreffen“, quetschte er zwischen den Zähnen hervor.

„Jetzt hältst du dich für zu wichtig.“ Ryan fing an zu laufen.

„Ihr sprecht also nicht über mich, du und Cara?“

Andauernd. „Nie.“

Er schien erleichtert. „Okay.“

Ryan nickte und fühlte sich nicht schuldig für seine Lüge. Er hatte Cara versprochen zu lügen – es war also ehrenhaft.

„Wer ist Cara?“, wollte Jake wissen, der gerade zur Tür hereinspaziert kam.

„Seine Ex“, meinte Ryan kurz angebunden und stellte das Laufband einige Stufen höher. Eigentlich sollte Jake das wissen. Aber er war zu sehr mit sich selbst beschäftigt, als dass er sich Dinge merken könnte, die andere betrafen.

„Ach so …“, murmelte Jake stirnrunzelnd. „Ist sie heiß?“

„Alter, sie ist die Mutter meines Kindes“, knurrte Ty.

Jake hob unbeeindruckt die Augenbrauen. „Und? Schließt das Ersteres aus? Mütter können heiß sein. Ich habe da letztens mit einer geschlafen, die …“

„Jake“, sagte Tyler ruhig und abrupt verstummte der Baseman. Sie hatten in letzter Zeit oft etwas miteinander unternommen, was vor allem daran lag, dass sie mitunter die einzigen Singles der Mannschaft und keine Rookies waren. Es war einfach etwas anderes, mit einem Mann, der in einer Beziehung war, was trinken zu gehen als mit Männern, die ihre Eier nicht zu

Hause in der Handtasche ihrer Freundin hatten. Es bestand jedoch die stumme Übereinkunft darüber, dass sie, wenn Jake Mist redete, ihn mit einer deutlich betonten Nennung seines Namens zum Schweigen bringen konnten.

„Habt ihr schon das von Taloma gehört?", wechselte Jake das Thema und lehnte sich missmutig an die Wand.

Taloma war ein Infielder der Delphies, der gut in dem war, was er tat, aber lieber für sich blieb.

„Was denn gehört?", fragte Ryan.

„Er heiratet", sagte er angewidert. „Und die Frau von Ray ist schon wieder schwanger! Und Marquez hat sich verliebt, hat er mir letztens erzählt. In irgendeine Frau, die er beim Bäcker kennengelernt hat. Wirklich: beim Bäcker!!! Wer geht denn heute noch zum Bäcker?"

„Ist doch schön für ihn", meinte Ryan schulterzuckend.

„Schön?", spuckte Jake aus. „Mir geht das tierisch auf den Sack, dass sich hier plötzlich alle verlieben! Wenn der Eisblock schon weich wird, was soll der Welt dann bitte noch passieren?"

„Eifersüchtig Jake, weil du dich nur mit körperlicher Liebe auskennst?", bemerkte Ty grinsend.

„Eifersüchtig?", fragte er entgeistert. „Nein. Verängstigt! Wer sagt mir, dass das nicht ansteckend ist? Erst Luke, dann Dex und jetzt Sam! Ich sag dir, wenn dieses Liebesvirus auf mich übergeht, muss ich mich, glaube ich, umbringen."

„Wenn das Liebesvirus auf dich übergeht, dann wird deine Angebetete das mit dem Töten erledigen – weil du sie nach einer Woche betrügst", stellte Ryan abwesend fest, genau in dem Moment, als die Tür erneut aufschwang.

Alle drei hoben den Kopf und Ryan wäre fast über die eigenen Füße gestolpert, als er erkannte, wer da im Türrahmen stand.

Denn es war eine *Frau*! Mit Brüsten und langen Haaren und Sportshorts und allem.

Er kannte sie, sie war auch Teil des Marketings und arbeitete mit Sam zusammen. Allerdings hatte er ihren Namen wieder vergessen.

„Habt ihr noch nie eine Frau gesehen, oder was?", fragte sie schnaubend und legte sich das Handtuch über die Schulter, das sich weiß von ihrer karamellfarbenen Haut abhob.

Jake war der Erste, der sich aus seiner Starre löste.

„Ähm ... doch, aber Frauen kommen nicht hierher", sagte er langsam und deutlich, als hielte er sie für zurückgeblieben. „Außer wenn Chloe, die Schwester von Dex, mal wieder sauer auf ihn ist. Aber sie bleibt hier auch nie lange. Nur ein paar Minuten, bis sie ihn zu Boden gerungen hat."

Die Frau verzog verächtlich den Mund. „Jake, mir wurde ja schon erzählt, dass du ein paar Schwierigkeiten damit hast, Frauen den nötigen Respekt entgegenzubringen, aber wenn du willst, könnte ich dir dabei helfen. Eine Stunde die Woche oder so und in spätestens zwei Jahren werden wir dich auch als ansatzweise menschliches Lebewesen betrachten."

Er sah sie dümmlich an. „Woher weißt du meinen Namen?"

Ryan stöhnte leise. „Jake, sie ist Teil der Organisation – sie wird sich mit den Baseballspielern beschäftigt haben."

„Oh, ach so, ja ... aber das ändert doch nichts daran, dass sie hier nichts zu suchen hat!", sagte er entrüstet.

„Dein Versuch, mich höflich darum zu bitten zu gehen, ist süß, Kleiner – aber mein Hometrainer ist kaputt und ich habe beschlossen, dass Frauen ab jetzt doch hierherkommen können. Dieser Raum ist für die ganze Delphie-Organisation, oder etwa nicht?"

Die Jungs sahen sich an. Keiner konnte ihr widersprechen, auch wenn alle fieberhaft nach einer Ausrede zu suchen schienen. Zumindest war Tylers Kopf tiefrot angelaufen und Jake starrte mit leicht geöffnetem Mund dümmlich in die Gegend.

„Na also. Dann haben wir ja kein Problem", erklärte die Schwarzhaarige süffisant lächelnd und machte sich auf den Weg zum einzigen noch freien Laufband.

„Ey, ich wollte auch aufs Laufband!", stellte Jake prompt fest.

„Alter vor Schönheit", sagte sie schulterzuckend. „Und du bist wirklich zu hübsch für diese Welt. Fast schon mädchenhaft mit deinen langen Wimpern. Außerdem könnte ich deine Mutter sein – und deine Mutter solltest du respektieren."

Jakes Halsadern schwollen an und Ryan konnte sich nur mühsam ein Lachen verkneifen. Der Baseman stand kurz vor einem Wutausbruch. Auch wenn jedem klar war, dass die Fitnessraumbereicherung höchstens seine ältere Schwester hätte sein können – Ryan schätzte sie auf um die dreißig – so war auch jedem klar, dass Jake sich dennoch jedes Mal aufregte, wenn er auf sein Alter angesprochen wurde. Er war dreiundzwanzig, nicht unbedingt jung für den Beruf eines Baseballers und mittlerweile hatten sie schon weitaus jüngere Teammitglieder – aber er regte sich jedes Mal so schön darüber auf.

„Könntet ihr auch mal was sagen?", blaffte Jake ihn und Tyler an. „Wieso muss ich mich schon wieder zum Depp machen?"

„Weil du so talentiert darin bist, Jake", stellte Ty fest. „Und ich muss ihr recht geben: Seine Mutter sollte man respektieren!"

„Das, was *er* sagt", meinte Ryan und deutete mit seinem Finger auf Ty.

„Ihr seid doch echt Scheiße", murrte der Baseman. „Und wenn Sie schon hier Sport machen, können Sie wenigstens sagen, wer Sie sind."

„Savannah Thomas, ich bin PR-Agentin hier", murmelte sie abwesend und zog das Handy aus ihren Shorts, das angefangen hatte zu klingeln. Seufzend stellte sie das Laufband wieder aus und hob das Telefon an ihr Ohr.

„Mister Panther, ich hoffe sehr für Sie, dass es um etwas Überlebenswichtiges geht, denn ansonsten werde ich in den nächsten drei Sekunden auflegen."

Augenblicklich rissen alle ihren Kopf zu ihr herum. Ryan warf Ty einen Blick zu, der genauso perplex zurückblickte. Panther? Der Oberboss Panther? Egal ob Vater oder Sohn – man redete so nicht mit einem Panther! Das war Naturgesetz.

„Weil es nicht meine Aufgabe ist!", fuhr Savannah auf. „Ich bin PR-Agentin für die Mannschaft, nicht für Ihr Liebesleben und selbst wenn ich nicht gerade in meiner Mittagspause wäre, würde ich keine Restaurantreservierung für Sie erledigen, denn dafür haben Sie Ihre Assistentin!"

Kurze Stille, dann: „Ist das mein Problem, dass sie unfähig ist? Ich glaube nicht. Also entschuldigen Sie mich, ich muss Sport machen."

Mit diesen Worten legte sie auf. Als sie die entgeisterten Blicke auf sich bemerkte, blickte sie fragend in die Runde.

„Was denn?"

„War das Mister Panther?", wollte Tyler vorsichtig wissen.

„Ja. Panther Junior."

„Du weißt schon, dass er der Oberboss ist, oder?", rutschte es Ryan heraus.

Savannah schien unbeeindruckt. „Ist mir nicht entgangen. Aber ich weiß auch, dass Hunde, die bellen nicht beißen. Und Cole Panther bellt sehr laut – und das meistens mit irgendwelchem Nonsens, den Leute für ihn erledigen sollen, wozu er aber sehr wohl selbst in der Lage ist."

„Ja, aber Cole ist ein eiskalter Geschäftsmann, Savannah", sagte Jake, der auf einmal ernst geworden schien. „Er hat Leute schon für weniger gefeuert."

Die PR-Agentin legte interessiert den Kopf schief. „Wenn er so ein guter Geschäftsmann ist wie du sagst, dann wird er mich nicht feuern. Einfach, weil ich zu gut bin. Und woher weißt du das über ihn?"

„Ich … kenne ihn", sagte Jake sich räuspernd und schritt zur Stemmbank.

„Du kennst ihn?", fragte Tyler ungläubig. „Woher?"

„Ist doch egal, woher! Ich kenne ihn und ich weiß, dass er kein geduldiger Mann ist – also rate ich Ihnen, Savannah, sich zusammenzureißen.“

Die PR-Agentin schien immer noch nicht beeindruckt. „Das gerade *war* zusammenreißen. Und sollte Mister Panther mich feuern, weil ich mich geweigert habe, lächerliche Aufgaben zu übernehmen, die nicht in meinen Tätigkeitsbereich fallen, werde ich ihn auf alles verklagen, was er hat – und dann werden wir ja mal sehen, wer sich lieber hätte zusammenreißen sollen.“

Dieser Ansage folgten einige Momente angespannter Stille, bis Jake leise aus den Mundwinkeln zu Ryan bemerkte: „Wow. Ich glaube, ich habe soeben eine Frau kennengelernt, vor der ich mehr Angst habe als vor einer Emma, der auf einer Party der Champagner ausgegangen ist.“

Ryan nickte langsam – das sollte schon was heißen.

Kapitel 5

Grace saß auf der Couch und starrte auf den schwarzen Fernseher. Es war nach sechs, sie hatte frei und es war so furchtbar leer hier, dass sie nicht einmal ein Nutellabrot mit Salami hatte glücklich machen können. Zu allem Überfluss hatte sie, als sie nach Hause gekommen war, einen Brief auf der Küchenanrichte gefunden, der sie zum 10-jährigen Highschool-Reunion-Treffen in zwei Monaten einlud. Sie wollte nicht zu diesem Treffen gehen, dachte aber gleichzeitig, dass es feige war, einfach nicht aufzutauchen. Aber wenn Nelly da war … Sorgen, die warten konnten!

Heute war einer der Tage gewesen, an denen sie dringend eine Umarmung gebraucht hätte – und normalerweise hatte Kaylie das immer übernommen, aber die war ja bei Dex und würde bald nie mehr da sein, um ihr an einem stressigen Tag zur Seite zu stehen.

Verdammt, sie vermisste sie jetzt schon. Sie zog ihr Handy aus der Tasche und rief Henry an. Wofür war ein Freund sonst gut?

Nach dem zweiten Klingeln ging die Mailbox dran. Ja, er hatte gesagt, dass er heute Abend bei sich zu Hause den Papierkram erledigen musste – aber ganz ehrlich: Darauf konnte Grace heute wirklich keine Rücksicht nehmen.

Sie war einsam, die nächsten Tage würden einfach nur anstrengend sein, Benny the Bitch hatte natürlich ausgerechnet die Fotos genommen, die kompletter

Schrott waren und Ryan als den sensiblen Helden darstellten, der er auf keinen Fall sein wollte, und ihre Schwester hatte sich über das Geschenk beschwert, das sie besorgt hatte.

Dieser Tag war furchtbar gewesen und sie brauchte eine Umarmung. Jetzt!

„Hey, Henry", sagte sie in den Hörer und sprang vom Sofa auf. „Ich weiß, du bist beschäftigt, aber ich komme trotzdem vorbei. Ich hatte einen wirklich schlechten Tag und ich könnte jemanden brauchen, der mich in den Arm nimmt, mir über die Haare streichelt und mir die Lüge auftischt, dass alles besser wird. Also, bis gleich."

Sie zog sich an, ließ das Telefon in ihrer Jackentasche verschwinden und war im nächsten Moment aus der Tür. Es hatte angefangen zu nieseln und kalte Tropfen klatschten ihr Dank des übereifrigen Windes ins Gesicht. Sie zog sich die Kapuze über und hockte sich hinters Steuer, bevor sie ihre Brille aufsetzte und den Fünfzehn-Minuten-Weg zu Henry antrat.

Henry war Geschäftsführer einer Staubsaugerfirma und besaß eine kleine, aber luxuriöse Wohnung in der Innenstadt Philadelphias. Hauptsitz der Firma war das vierzig Minuten entfernte Wilmington, wo er den Großteil seiner Woche verbrachte, was es oftmals schwer machte, ihre Termine miteinander zu koordinieren. Aber er war blond, breitschultrig, humorvoll und der erste Mann seit Langem, den Grace wirklich interessant gefunden hatte. Er war warmherzig und gut und vielleicht etwas schüchtern, was ein Treffen mit ihren Freunden anging, aber zumindest konnte sie sich bei ihm sicher fühlen. Er war attraktiv, aber nicht so gutaussehend, dass sie Angst haben musste, die Frauen legten sich nachts nackt zu ihm ins Bett. Er war witzig, aber nicht so lustig, dass er mit seinem Charisma ein Aufreißer hätte sein können. Er war einfach nur nett und würde nie auf die Idee kommen, sie zu verletzen. Und so etwas war rar gesät – was machte es da aus, dass er bei manchen sozialen Dingen etwas kompliziert war und ihr Magen nicht jedes Mal einen Salto machte, wenn sie sich trafen?

Grace parkte am Straßenrand, atmete einmal tief durch und freute sich einfach nur noch auf die Umarmung und die beruhigenden Worte, die Henry sicherlich finden würde. Im Beruhigen war er gut. Das war einfach seine natürliche Ausstrahlung. Sie brauchte sich nie über ihn aufzuregen. Sie eilte den schmalen, grau gepflasterten Weg zum Haus hinauf und schlüpfte in die Eingangstür, durch die ihr eine untersetzte Frau Ende sechzig entgegenkam, die ihr wohlwollend zuzwinkerte. Grace versuchte wohlwollend zurückzuzwinkern, hatte aber das unbestimmte Gefühl, dass es lediglich so aussah, als habe sie keine Kontrolle über die Lidfunktion ihres Auges. Zumindest blickte sich die Dame noch einmal irritiert zu ihr um.

Na ja, ihre Intention war gut gewesen! Das war es, was zählte.

Zwei Stufen auf einmal nehmend, erklomm sie die drei Treppen zu Henrys Wohnung und klingelte. Es dauerte nicht lange, da konnte sie Schritte hören und die Tür schwang auf.

Grace lächelte erleichtert – bevor ihre Mundwinkel im nächsten Moment nach unten klappten.

Entweder Henry trug eine blonde Perücke und hatte sich in den letzten zwei Tagen ein paar Brüste wachsen lassen oder eine wildfremde Frau hatte gerade seine Tür geöffnet.

Verwirrt machte Grace einen Schritt zurück. „Hallo", sagte sie vorsichtig. „Ich wollte zu Henry, ist er da?"

Die Frau lächelte und stand im Türrahmen, als würde sie dort hingehören. „Er ist gerade unter der Dusche. Erwartet er Sie? Sind Sie aus seinem Büro hier?"

Die Frage hatte Grace eigentlich auch gerade stellen wollen. „Nein, er erwartet mich nicht ...", erwiderte sie langsam. „Und ich bin nicht aus seinem Büro ... ich bin Grace. Und wer sind Sie?"

„Oh, wie unhöflich!" Die Frau lachte und streckte die Hand aus. „Ich bin Eliza, Henrys Frau! Sind Sie ..."

Sie sprach wohl weiter, aber Grace hörte ihre Worte nicht mehr. Ein lautstarkes, penetrantes Rauschen hatte in ihrem Kopf eingesetzt, das ihr weismachen wollte, sie befände sich gerade in einem Katherine Heigl Film, der aufgrund seiner wenig vorhandenen Originalität von der Presse zerrissen wurde. Was war denn jetzt los?

Er war verheiratet! Und ein Klischee!

Das Zweite konnte sie ihm eigentlich noch viel weniger verzeihen!

Ein Kloß bildete sich in ihrem Hals und schien sich durch ihre Speiseröhre zu brennen, während sie fieberhaft versuchte, das Blut hinunter zu zwingen, das ihr in den Kopf gestiegen war.

Verheiratet!

„... wer sagten Sie, dass Sie sind?"

Die Ehefrau ihres Freundes musterte sie interessiert und Grace fühlte sich nicht dazu in der Lage, etwas anderes als: „Ich schätze, seine Affäre", hervorzuwürgen.

Das Lächeln ihres Gegenübers erstarb schlagartig und es war, als würde Grace ihr eigenes Gesicht in ihrem Ausdruck widergespiegelt sehen. Aber es war dennoch sehr undeutlich, weil sich ein grauer Schleier über ihre Augen gelegt hatte und alles, was passierte, wie ein Film wirkte, den sie gerne vorzeitig verlassen würde. Jetzt.

„Seine was?", fragte Eliza scharf.

„Affäre. A.F.F.Ä.R.E", buchstabierte sie, denn es konnte ja sein, dass sie vor lauter Scham und Wut undeutlich gesprochen hatte.

Eliza öffnete entsetzt den Mund. „Sie schlafen mit meinem Mann!?", brüllte sie – laut genug, um besagten Mann aus dem Bad eilen zu lassen.

„Eliza, was ist denn ..."

Er sah Grace in der Tür und wurde augenblicklich kreidebleich. „Grace", würgte er hervor.

Na wenigstens wusste er noch ihren Namen, wenn er schon vergessen hatte, das kleine Detail einer Ehefrau zu erwähnen.

Grace wurde schlecht. Ihr war bis in die Eingeweide hinunter übel.

Hatte sie eben noch gedacht, dass Henry ihr Fels in der Brandung war?

„Ich bin so eine dumme Kuh", flüsterte sie atemlos und hasste sich dafür, dass Tränen in ihren Augen brannten. „Du bist ja doch nur ein weiterer Mistkerl."

Sie war so verblüfft über diese Erkenntnis, dass sie kopfschüttelnd von der immer dunkelroter anlaufenden Ehefrau zu Henry und zurück blickte.

„Wer ist sie, Henry?", verlangte die legitim mit ihm schlafende Ehefrau fauchend zu wissen.

„Niemand!", sagte er hastig. „Sie ist absolut niemand."

Ungläubig, während kleine Nadeln in ihre Lungen stachen, sah Grace ihn an.

„Ich bin ein Niemand?", wiederholte sie fassungslos, während ihre Stimme eine Oktave höher rutschte. Der graue Schleier färbte sich rot. „Ich bin seit zwei verdammten Monaten ein Niemand!?"

„Ich kenne sie nicht wirklich, ich schwöre es dir! Ich habe ihr mal einen Staubsauger verkauft!", verhaspelte sich Henry und blickte bittend zu seiner Frau.

Aber so dumm war niemand.

„*Sie* war der Grund für all deine Überstunden?", zischte Eliza und schubste ihn gegen den Türrahmen. „Dabei ist sie nicht einmal ein Dessous Model!!! Sie sieht aus wie eine Lehrerin!"

„Entschuldigen Sie mal, aber Lehrerinnen können sehr heiß sein!", fuhr Grace sie an. „Und ich bin Künstlerin."

„Sie sind eine Schlampe!", spuckte Eliza aus. „Das ist es, was Sie sind!"

Okay, der Katherine Heigl Film wurde gerade zu einem FSK 16 Streifen hochgestuft und Grace überlegte wirklich, wem sie zuerst eine scheuern sollte – dabei war sie doch Pazifistin! Und dafür, dass sie normalerweise jedem Konflikt aus dem Weg ging, fing sie gerade an, sich wirklich in diesen hineinzusteigern.

„Die einzige Schlampe, die hier steht, ist Ihr Mann!", fuhr Grace sie an und starrte wütend zu Henry, der in sich zusammengesunken war.

„Das muss ich mir von einer schlampigen Zweitbesetzung nicht anhören", höhnte Eliza, „ich gehe!" Sie stürmte in die Wohnung und als Grace an ihren Armen hinabblickte, bemerkte sie überrascht, dass sie die Hände zu Fäusten geballt hatte.

„Du bist so ein Arschloch!", schrie sie Henry an und schlug ihm mit der Faust auf die Brust. Er gab einen befriedigenden Uff-Laut von sich.

„Warum zum Teufel lügst du denn nicht?", fragte dieser verdattert. „Man erzählt doch nicht einfach, dass man die Affäre des Ehemannes ist!"

„Man erzählt auch nicht einfach, dass man Single ist, wenn man verheiratet ist!"

„Ich ... ich ...", stammelte er und seine Gesichtsfarbe variierte in den verschiedensten Rot- Weiß- und Grüntönen. Wenn sie nicht so wütend gewesen wäre, hätte Grace das jetzt gerne gemalt. Aquarellfarben erschienen ihr hier die richtige Wahl.

„Es tut mir leid, aber nun ... eine Frau wie du ... ich hätte meine Ehefrau nicht für dich verlassen. Da dachte ich, dass es sich sowieso nicht lohnt, es dir zu sagen ..."

„Eine Frau wie ich!?", spuckte Grace aus und ihre Augen brannten so schmerzhaft, dass sie fest damit rechnete, die Tränen müssten jeden Moment daraus hervorplatzen.

„Versteh mich nicht falsch, du bist hübsch! Ich habe dich gerne. Ich wollte gucken, wo es hinführt, es läuft schon länger nicht mehr mit Eliza, aber du ... bist so nett. Du lässt zu viel mit dir machen. Das zeugt nicht gerade von Charakter und ..."

„Aber mir nicht zu erzählen, dass du verheiratet bist, ist Beweis von einer Menge Rückgrat, oder was!?" Sie schlug ihn gleich nochmal. „Weißt du was? Du bist es einfach nicht wert!"

Mit diesen Worten wandte sie sich um und rannte die Treppen hinunter. Ihr Blut kochte, ihr Gesicht glühte und ihre Fäuste kribbelten. Sie war so unglaublich wütend und ... Scheiße, jetzt fielen doch die ersten Tränen ihre Wangen hinab. Zornig presste sie sie mit der Faust in ihre Haut, bevor sie ihr Handy aus der Tasche zog. Sie rief bei Kaylie an.

„Hey Süße, was gi..."

„Gib mir Ryans Telefonnummer", knirschte sie und stapfte zum Auto.

„Was?"

„Schick mir einfach seine Nummer, Kay!"

„Grace, ist alles in Ordnung, du ..."

„Schick sie mir!", sagte sie laut und legte auf.

Eine Minute später hatte sie eine besorgte WhatsApp-Nachricht und Ryans Handynummer. Die Nachricht ignorierte, die Nummer wählte sie, während sie wütend hinter den Fahrersitz glitt und die Tür zuknallte. Das Freizeichen ertönte dreimal, bevor sich jemand meldete.

„Hale", meldete sich eine männliche Stimme.

„Ryan? Hier ist Grace!", presste sie zwischen den Zähnen hervor. „Du weißt schon, die Fotografin, die du heute angemacht hast!"

Kurze Stille, dann: „Ähm, ja. Ich erinnere mich. Hey Grace, wie geht's dir?"

„Einfach fantastisch“, zischte sie. „Willst du immer noch mit mir ausgehen?“ Sie war verdammt noch mal eine begehrenswerte Frau! Heiße Baseballer standen auf sie!

„Ohm …“ Ryan hörte sich mehr als besorgt an. „Bist du sicher, dass es dir gut geht?“

„Ja! Willst du jetzt mit mir ausgehen oder nicht?“

„Na ja, hast du nicht gesagt, du hättest einen Freund? Ich mische mich nicht in Beziehungen ein und ich will nicht …“

„Um meinen Freund brauchst du dir wirklich keine Sorgen mehr zu machen! Seit zwei Sekunden habe ich keinen mehr. Also?“

„Du hast dich gerade getrennt?“, fragte er verblüfft.

„Rede ich irgendwie undeutlich?“

„Nein, nur …“

„Darauf brauchst du mir nicht zu antworten! Also, was ist jetzt?“

„Na ja, es wirkt ziemlich frisch. Bist du sicher, dass …“

„Du kannst mich nicht auch noch in den Wind schießen!“, fuhr sie auf und schlug ihren Ellenbogen am Fensterglas an. „Du hast mich heute Mittag angemacht und wolltest mit mir ausgehen. Du bist quasi einen Vertrag eingegangen!“

„Ich bin einen was?“

„Ist alles nicht wichtig. Gehst du jetzt mit mir aus oder was?!“

Wieder schwieg Ryan für einige Momente, bevor er fragte: „In einer Stunde bei Costo’s?“

***

Ryan hatte schon seinen guten Anteil an Dates gehabt.

Gute Dates, schlechte Dates, lange Dates, kurze Dates, lustige Dates, traurige Dates – aber das, was er gerade hatte, konnte er partout nicht einordnen. Vielleicht verrücktes Date? Er würde sich eine Cosmopolitan kaufen müssen, um das zu recherchieren. Oder er fragte Jake. Der hatte doch sicherlich schon alles mitgemacht. Tatsache war, dass sein Gegenüber bereits am dritten Martini nippte, ihn betrachtete, als sei er persönlich Schuld daran, dass alle Männer Schweine waren und er insgesamt das Gefühl hatte, dass sie nur mit ihm ausging, um sich selbst und der Welt etwas zu beweisen.

Das war eine Schlagzeile, die darauf wartete, geschrieben zu werden und das konnte er zurzeit eigentlich wirklich nicht gebrauchen. Grace hatte so unscheinbar gewirkt! Und jetzt war sie ein Drama auf zwei Beinen. Schön, es war irgendwie auch süß, wie ihre Wangen innerhalb der letzten zehn Minuten immer dunkler und ihre Stimme immer schriller geworden war. Sie wirkte nicht hysterisch, sondern einfach nur gut begründet aufgebracht und ... na ja, ein wenig hysterisch vielleicht doch.

Ihre orangefarbenen Haare leuchteten im gedämpften Licht des Lokals und wären sie in einem anderen Zeitalter, hätte sie sich innerhalb von Sekunden auf dem Scheiterhaufen wiedergefunden.

„... und dann wagt er es, mir ins Gesicht zu sagen, dass ich eben nicht die Art von Frau wäre, für die ein Mann seine Ehefrau verlassen würde! Weil ich zu *nett* wäre! Was ist das für ein Argument? Wie kann jemand zu *nett* sein!?“

„Ich habe keine Ahnung. Und wenn es dir hilft: Nett ist gerade nicht das Wort, das mir zu dir einfällt", unterstützte sie Ryan, denn das kam ihm wie ein genialer Zug vor.

„Danke!", brüllte sie ihn an und belustigt bemerkte er, wie die Kellner ihm interessierte Blicke zuwarfen. Er lächelte ihnen zu und wandte sich dann wieder zu der bezaubernden Furie vor sich, die nickte und krampfhaft ihr Martiniglas umklammerte.

„Denn das bin ich auch nicht! *Nett*! Nur, weil ich Harmonie mag, heißt das nicht, dass ich unerträglich nett bin! Herrgott, ich bin Malerin, natürlich stehe ich auf Harmonie!"

„Du bist Malerin?", fragte Ryan verblüfft und ließ sein Bier von den Lippen sinken. „Ich dachte, du wärst Fotografin."

„Bin ich auch! Kann ich nicht Malerin *und* Fotografin sein? Ist das *netten* Frauen etwa nicht erlaubt? Muss ich mich jetzt für eine Sache entscheiden, während mein Freund zwei Sachen gleichzeitig besteigen durfte?"

„Ich würde aus dem Bauch heraus mal mit ‚Nein' antworten", überlegte Ryan langsam.

Das hier war ein Tanz auf Glasscherben. Die Chance, dass er etwas Falsches sagte, war achtzig zu zwanzig – und das nicht zu seinen Gunsten.

„Ja, das solltest du auch." Sie stürzte den Martini herunter und winkte nach dem Kellner für einen neuen. „Und ich verdiene ja auch gar kein Geld mehr mit dem Malen, also bin ich vielleicht auch gar keine richtige Malerin mehr, aber darum geht es doch auch gar nicht!"

„Worum geht es dann?“, wollte Ryan wissen, denn er hatte ernsthafte Schwierigkeiten damit, es herauszufinden. Grace hatte schon so viele Problematiken angesprochen, dass es möglicherweise einfach um den bevorstehenden dritten Weltkrieg ging, von dem sie mehr zu wissen schien als er. Oder aber auch um eine schwierige mathematische Gleichung. Sie hatte zumindest kurzzeitig über eine Formel geredet ... doch er war sich ziemlich sicher, dass es dabei um eine Formel gegangen war, wie man jemanden umbringen konnte, ohne dass man ins Gefängnis musste.

„Es geht um dich!“, fuhr sie auf und überraschte ihn somit erneut.

„Um mich?“ Nein, dabei fühlte er sich nicht wohl.

„Ja! Um dich – und um euch!“

„Euch?“ Frauen sprachen wirklich eine andere Sprache.

„Ja, um euch! Ich meine, er hat mich von vorne bis hinten belogen, sich eine Ausrede nach der anderen zurechtgelegt und ich habe es nicht gemerkt, weil er so charmant und unscheinbar war! Ich meine – was ist los mit *euch*!?“

Ryan lehnte sich verwirrt in seinem Sitz zurück. „Uns?“

„Ja, euch!“

„Ähm, ich kenne deinen Ex-Freund nicht, er ...“

„Euch Männern!“, fauchte sie. „Was ist nur falsch bei euch im Kopf?“

„Ist das eine Fangfrage? Denn ich glaube, viele Wissenschaftler arbeiten bereits an dieser Frage, und ...“

„Wir sind bereit, euch alles zu geben“, unterbrach sie ihn wirsch. „Und ihr trampelt auf uns herum!“

„Also ich finde, du solltest hier nicht verallge…"

„Und das noch nicht einmal besonders gut, weißt du!?", fuhr sie fort. „Ihr stellt euch dämlich an, aber wir Frauen sind von eurem guten Aussehen und eurem charmanten Getue geblendet und werfen jede Emanzipation aus dem Fenster! *Warum ist mein Martini schon wieder alle?*"

Ryan hatte zugegebenermaßen einige Erfahrung mit hysterischen Frauen – keine Tatsache, auf die er stolz war – aber diese hier schoss den Vogel ab. Sie hatte heute Mittag so gefasst und normal gewirkt. Wie hätte er ahnen können, dass sie sich wie ein Werwolf bei Nacht verwandelte?

„Und er war noch nicht einmal sonderlich vorsichtig!", führte sie ihre Tirade fort. „Männer sind so blöd!"

„Also, zu unserer Verteidigung", räusperte sich Ryan und verkniff sich sein Grinsen mit einem weiteren Schluck Bier. Dieser Abend war wirklich höchst unterhaltsam. Das musste er ihr lassen. „Menschen im Allgemeinen stehen doch eher auf der dummen Seite der Geschöpfe. Zumindest was Emotionen und alles andere angeht."

„Woher nimmst du denn diese Weisheit?"

„Von Einstein. Er hat mal gesagt: *Zwei Dinge sind unendlich, das Universum und die menschliche Dummheit, aber bei dem Universum bin ich mir noch nicht ganz sicher.*"

Grace' Mundwinkel zuckten und sie ließ ihr Glas sinken. „Das hat Einstein gesagt?"

„Jap."

„Ich mag den Typen." Und weg war der Inhalt ihres Martinis. „Aber selbst Einstein war ein Frauenheld!"

„Ja, er war eben Genie in jedem Lebensbereich", nickte Ryan anerkennend. Einstein sollte ein Vorbild für jeden Mann sein.

Nachdenklich tippte Grace mit ihren Fingern an das Glas, ließ ihren Nacken kreisen, blickte auf die schweren Teppiche und hellen, runden Tische, mit denen das Restaurant ausgestattet war, bis sie schließlich in sich zusammensank – und zu Ryans Entsetzen Tränen in ihren Augen glänzten.

Um Gottes willen.

In seinem Kopf gingen Alarmglocken los und sofort sah er sich nach der nächsten Fluchtmöglichkeit um.

Warum hatte er zugesagt? Er hatte doch bereits am Telefon gewusst, dass dieses Treffen in einem Desaster enden würde! Aber er mochte Grace und sie hatte sich so niedergeschlagen angehört, dass er gar nicht anders gekonnt hatte, als sich mit ihr zu treffen. Dabei hatte er Drama doch verdammt nochmal aus dem Weg gehen wollen!

Und jetzt fing sie an zu schniefen und ihre Unterlippe bebte und Ryan fragte sich, ob es auffallen würde, wenn er mit einem Hechtsprung unter dem Tisch verschwand. Oder ob es verwerflich wäre, ihr zehntausend Dollar dafür anzubieten, jetzt nur nicht anzufangen zu weinen.

Er würde hunderte Jungen davor bewahren, von einem Auto überfahren zu werden, wenn es nur hieß, dass er nie wieder eine Frau würde weinen sehen müssen. Denn wenn Frauen weinten, dann passierte etwas Furchtbares mit ihrem Gesicht – und er fühlte sich jedes Mal, als hätte er gerade einen Hundewelpen getreten und ihn dann zum Metzger gebracht.

„Tut mir leid, dass ich dich den ganzen Abend nur angeschrien habe", schniefte sie und tupfte sich mit einer Serviette ihre Wange ab. „Ich ... ich ... ich ... habe nur noch mit niemandem darüber geredet und ich wollte nicht platzen."

„Verständlich", sagte Ryan und rutschte unwohl auf seinem Sitz hin und her. „Wer will schon gerne platzen?"

„Ein Luftballon?", schlug sie vor. „Damit die Leere in ihm endlich verschwindet?"

Er lachte leise. „Vielleicht reicht dem Ballon ja auch eine Therapie."

„Vielleicht mache ich auch einfach eine Therapie. Aber eigentlich ist er es auch gar nicht wert! Wir haben noch nicht einmal das L-Wort benutzt. Aber andererseits habe ich noch nie das L-Wort benutzt. Es hatte auch einfach noch niemand verdient. Und ich sollte das Ganze vielleicht positiv sehen, es ist nur ... meine Haare sind orange! Und mein Vater ist einsam, aber ein Arschloch und ich kann nicht Nein sagen und Kaylie zieht aus. Alle sind glücklich und zufrieden und in einer Beziehung mit irgendwelchen Hammer-Männern und ich sitze hier und heule einen heißen, reichen Baseballer zu, der vielleicht tatsächlich mal an mir interessiert war!" Sie hickste laut. „Und ich würde sehr gerne deine Lebensgeschichte hören, Ryan, denn du wirkst wie ein interessanter Typ, aber ich fürchte fast, dass ich jetzt schon zu betrunken bin, denn du hast vier wunderschöne Augen."

„Ähm ... danke."

„Gerne! Und weißt du, was das Traurige ist?"

„An meinen Augen?"

„Nein! An dem heutigen Abend."

„Nein, keinen Schimmer."

„Das hier ist nicht einmal mein furchtbarstes Date!"

Ryan blickte sie an und musste trotz der Salzspuren auf ihren Wangen anfangen zu lachen. „Meins auch nicht. Wenn dich das beruhigt."

„Kein bisschen", hickste sie, lächelte wacklig und winkte erneut dem Kellner. „Was kann denn bitte für dich noch schlimmer als eine heulende Furie gewesen sein?"

Er zuckte mit den Schultern und konnte sich nicht daran erinnern, dass er jemals auf einem Date, schon bevor das Essen gekommen war, über so etwas geredet hatte.

„Nun, ich war mal mit einem Mädchen aus, deren Ärmel Feuer fing, weil sie ihren Arm über eine Kerze gehalten hatte. Sie ist dann mit leichten Verbrennungen ins Krankenhaus gekommen."

Grace Kinnlade klappte nach unten. „Das erfindest du gerade!"

Er wünschte, es wäre so. „Nein. Und da war da eine andere Frau, die mit mir ausgegangen ist, um herauszufinden, ob sie lesbisch ist ... sie ist heute glücklich mit ihrer Sekretärin verheiratet und bekommt bald ihr erstes Kind."

„Nein!"

„Ah, stimmt. Es ist ihr zweites."

„Das ist so traurig", stellte Grace mit aufgerissenen Augen fest.

Ryan nickte. Denn ganz ehrlich, was sollte er dazu noch sagen? Es war traurig.

„Darauf sollten wir einen trinken! Du hast auch einen Grund, besoffen zu sein."

Er schmunzelte. „Das ist sehr taktvoll von dir, mich darauf hinzuweisen."

„Ja, bitte." Sie winkte dem Kellner. Und bevor sie etwas sagen konnte, fragte Ryan, ob sie möglicherweise etwas Brot haben könnten. Er musste Grace dringend füttern, sonst läge sie noch vor zehn unterm Tisch.

„Grace, du musst das hier nicht tun, weißt du?", räusperte er sich. „Du bist eindeutig noch nicht bereit dazu, mit irgendwem auszugehen und ..."

„Doch, bin ich!" Er hätte ihren Worten womöglich Glauben geschenkt, wenn sie sie nicht gelallt hätte und ihre Wangen nicht tief pink gewesen wären. „Und weißt du was?"

„Was?"

„Ich habe soeben mein Lebensmotto geändert! Es war früher: Wer nicht sucht, der nicht findet. Aber das ist jetzt vorbei! Jetzt ist es: Ich suche nicht, ich lasse mich finden! Ganz einfach. Denn ich suche immer nur die falschen Männer. Und vielleicht sollte ich einfach insgesamt Pause machen."

Sie bemerkte offensichtlich nicht, dass sie sich in der letzten Minute drastisch selbst widersprochen hatte.

„So. Und jetzt erzähl mir, warum du kein Arschloch bist."

„Werde ich sofort tun, nur Grace, vielleicht solltest du aufhören zu trinken?"

„Und vielleicht sollte ich die Friseuse, die mir die Haare gefärbt hat, verklagen. Aber werde ich das tun?"

Ryan hatte da eine rege Vermutung ...

„Nein!"

Ryan hatte geglaubt, dass Grace nach dem Verzehr des Brotes und den paar Minuten an der frischen Luft, die sie auf dem Weg zu ihrem Auto gehabt hatten, vielleicht etwas nüchterner werden würde.

Er hatte sich geirrt.

„… und dann habe ich auf dem College einfach so getan, als würde ich Mathe nicht können, obwohl ich vieeeeel schlauer als alle war! Aber es ist nicht ratsam, in irgendetwas allzu gut zu sein. Aber wem sage ich das? Du bist Baseballer.“

Meine Güte, diese Frau konnte reden!

Er schloss ihre Tür auf und als sie nicht darauf reagierte, zog er ihr kurzerhand die Beine unter dem Körper weg und trug sie in das Treppenhaus des Mehrfamilienhauses, das sie mit Kaylie bewohnte. Gleichwohl Kaylie wohl ausziehen würde – wie Grace ihm heute Abend mehrmals berichtet hatte.

„Huch, was tust du?“, quietschte Grace, ließ sich aber willig gegen ihn fallen.

„Ich bringe dich ins Bett.“

Sie kicherte. „Vielversprechend.“

Ryan stöhnte innerlich und versuchte zu ignorieren, wie sich ihre weichen Konturen an seinen Körper schmiegten. In diesem Moment hasste er sich ein wenig dafür, dass er so ein Gentleman war.

Er nahm die Stufen und dachte an Superman und Scheiterhaufen und Baseballstatistiken.

Grace hatte auf dem Weg von *Costo's* zu ihrem Auto zweimal versucht ihn zu küssen, ihn aber immer wieder verfehlt. Gott sei Dank. Sie mochte zwar betrunken sein, aber er war es nicht. Und sein Körper auch nicht.

Und der reagierte auf Frauenkörper, die so waren wie der von Grace.

„Du bist echt voll schön, Ryan!", nuschelte Grace in seinen Hals hinein und ihre Lippen strichen über seinen Puls.

Das half nicht!

„Und du bist echt voll betrunken", murmelte er und wiederholte es in seinem Kopf, denn daran musste er jetzt denken. Er war ein guter Kerl und Grace war verletzlich und sie brauchte zurzeit eher einen guten Freund als jemanden, der sie sich gerade nackt vorstellte. Und sie war Drama auf zwei Beinen.

Er hatte ihre Wohnungstür mittlerweile erreicht, öffnete sie und trat in den Flur. „Welches Zimmer ist deines?"

„Das neben der Küche. Mich hat noch nie jemand ins Bett getragen", lallte die Orangine in seinen Armen. „Das ist soooo romantisch."

Das Ganze wäre romantischer, wenn sie sich morgen noch an irgendetwas von dem heutigen Abend erinnern könnte.

„Du wirst schon noch jemanden finden, der dich ins Bett trägt", murmelte Ryan und achtete darauf, dass sie sich ihren Kopf nicht im Rahmen anschlug.

„Nein, *er* wird *mich* finden! Das habe ich doch gerade gesagt. Ich suche nicht mehr. Suchen ist was für Loser! Und ich bin kein Loser. Ich bin eine orangehaarige Frau, die kein Loser ist."

„Hört sich logisch an", bestätigte Ryan und ließ sie langsam auf ihre Matratze sinken.

Grace seufzte wohlig auf und schob sich augenblicklich den Arm unter den Kopf. „Schlafen wir jetzt
miteinander?", murmelte sie schläfrig.

Ryan gab einen Lacher von sich – doch er war nicht
ganz bei der Sache, weil ihr Top ihren Bauch hinaufge-
rutscht war und er die Ansätze ihres BHs ...

„Ich schlaf' nur fünf Minuten, dann können wir anfangen", nuschelte sie und zog sich abrupt die Decke
zum Kinn hoch.

Ryan presste die Augenlider zusammen und schüttelte über sich selbst den Kopf. Nein, definitiv kein
Held!

„Wir schlafen ein anderes Mal miteinander", versprach er und strich ihr sacht eine Haarsträhne aus den
Augen.

„Okay. Hört sich suuuuper an."

Ja. Tat es.

Er wandte sich um und lief aus ihrem Zimmer, bevor
er sein Handy hervorholte und Kaylie anrief.

„Warum belästigst du meine Freundin mitten in der
Nacht?", erklang nach einigen Momenten Dex' ver-
schlafene Stimme.

„Hey Dex, halt die Klappe und gib mir Kaylie."

„Warum?"

„Es ist wichtig."

„Schön."

Er hörte Deckengeraschel durch die Ohrmuschel, bevor Kaylie fragte: „Was ist los, Ryan? Brauchst du Frau-
entipps?"

Er zog eine Grimasse. „Ja, sowas Ähnliches. Ich war
heute mit Grace aus und ihr geht es nicht so gut."

„Was hast du mit ihr gemacht?“, kam sofort die alarmierte Frage.

„Gar nichts! Sie hat sich von ihrem Freund getrennt und ich wollte einfach nur sichergehen, dass jemand da ist, wenn sie morgen aufwacht. Sie wird nämlich wirklich nicht glücklich sein.“

Einerseits wegen der Dinge, die sie ihm heute gesagt hatte, andererseits wegen des mordsmäßigen Katers, der auf sie wartete.

„Oh. Okay. Wie hat sie sich denn getrennt? Und warum hat sie nichts gesagt?“

„Das wirst du sie selbst fragen müssen. Ich habe sie auf jeden Fall ins Bett gebracht, werde die Tür hinter mir absperren und den Schlüssel in euren Briefkasten werfen, in Ordnung?“

„Natürlich. Ähm, danke, Ryan.“

„Kein Problem. Nur Kaylie ...?“

„Ja?“

„Sei morgen früh da!“ Dann legte er auf.

Kapitel 6

Oh Gott. Oh. Gott.

Grace legte sich eine Hand auf die klamme Stirn und die andere auf ihren rebellierenden Magen. Sie hatte noch nie einen Blackout gehabt – und leider war gestern Nacht keine Ausnahme gewesen. Sie erinnerte sich an alles.

Oh Gott, oh Gott, oh Gott.

Hitze flutete ihr Gesicht und nur mit Mühe und Not drängte sie die Übelkeit wieder nach unten. Sie würde sich einfach mit ihren Kopfschmerzen ablenken.

Ihre Hand sackte von ihrer Stirn über ihre Augen und schließlich über ihren Mund. Sie hatte ihm *alles* erzählt. Von Henry, von ihrem Vater, von *allem!* Sie hatte gejammert, geweint, sich betrunken, hysterisch rumgeschrien und zu guter Letzt hatte er sie die Treppen hochtragen müssen, damit sie nicht einfach vor der Haustür einschlief.

Oh Gott! Stöhnend richtete sie sich auf und kniff die Augen vor dem Sonnenlicht zusammen, das durch ihre Vorhänge fiel. Wenn es einen Moment gab, in dem sie gerne im Boden versunken wäre, dann war der jetzt! Und wenn ihr nun jemand einen Sack Zement über den Kopf schütten würde, hätte sie da auch nichts gegen.

„Scheiße", flüsterte sie, stemmte sich in die Höhe und stolperte aus ihrem Zimmer ins Bad, wo sie sich für zwanzig Minuten unter einen heißen Wasserstrahl stellte, der ihr alles, aber nicht die Erinnerung vom

Körper wusch. In ihrem ganzen Leben war ihr noch nie etwas so peinlich gewesen. Was zum Teufel musste Ryan jetzt von ihr denken? Er hielt sie doch sicherlich für emotional und geistig labil. Und warum war er nicht einfach gegangen? Sie hätte sich in dem Zustand alleine gelassen. Ihr ganzes Verhalten war erbärmlich gewesen. Sie war so schwach und bemitleidenswert gewesen, dass sie sich selbst nicht im Spiegel ansehen mochte.

Sie war verdammt nochmal besser als das.

Und was für ein verdammter Heiliger war Ryan bitte? Er hatte sogar ihr Auto zu ihr nach Hause gefahren, obwohl er dann ein Taxi zurück zum Lokal hatte nehmen müssen, um sich um sein eigenes zu kümmern. Großer Gott, es tat ihr wirklich leid, aber sie würde sich hinter all die anderen Reporter einreihen müssen: Er *war* ein Held!

Es schien ihr unmöglich, dass es so gute Menschen tatsächlich noch geben sollte. Sie hatte fest daran geglaubt, dass Krieg, Hunger und Reality-TV sie komplett ausgerottet hatten. Sie warf sich in eine Jogginghose und ein weites T-Shirt und taumelte in die Küche, in der Kaylie sie begrüßte und ihr eine Tasse Kaffee und ein Glas Wasser entgegenstreckte.

„Erst das Wasser mit der Aspirin, dann den Kaffee. Und heute keinen Anis oder Sonstiges dazugeben! Du siehst nicht aus, als solltest du deinen Magen unnötig belasten."

Ja, so fühlte sie sich auch nicht.

Grace sah Kaylie an, murmelte „Ich liebe dich" und nahm das Glas Wasser entgegen, bevor sie die Tablette einwarf, die Kaylie bereits auf den Küchentisch gelegt hatte. Dann setzte sie sich hin und wartete darauf, dass der Boden aufhörte, sich zu wellen.

Für einen Moment schwiegen sie, tranken Kaffee und genossen die Stille, bis Kay beiläufig fragte: „Anstrengender Tag gestern?"

Grace ließ ihren Oberkörper nach vorne fallen und vergrub ihren Kopf unter einem Arm, während sie mit dem anderen nach ihrem Handy tastete. Sie musste wissen, wieviel Uhr es war und wann sie wieder ins Bett konnte. „Oh Gott, oh Gott, oh Gott ..."

„Ich glaub', bei ihm ist besetzt, Süße. Wenn er beim fünfzigsten Mal nicht drangeht, würde ich es vielleicht später noch einmal versuchen."

„Ich bin das erbärmlichste, bemitleidenswerteste, traurigste und hysterischste Wesen dieser Erde, Kaylie", jammerte Grace, gab die Suche auf und leckte dabei aus Versehen die Holzplatte des Tisches an.

Kein würdiges Frühstück, deswegen richtete sie sich auf. „Ich war so verletzt und habe Ryan zugeheult und gejammert und gelitten und getrunken und ich habe mich so unglaublich zum Deppen gemacht und ich muss auf der Stelle sterben!"

Kaylie hob eine Augenbraue und stellte ihre Kaffeetasse ab. „Also, nicht dass mir das melodramatische und übertriebene Schauspiel nicht gefallen würde, aber könntest du die Geschichte von vorne erzählen? Mir gefallen Anfänge sehr gut. Wer hat dich verletzt? Und mit welcher Waffe soll ich ihn umbringen? Ich wollte ja schon immer mal einen Bogen ausprobieren. Obwohl ich auch Gefallen an einer Armbrust finden könnte ... für welche der Waffen wandert man wohl länger in den Knast, was meinst du?"

Grace schossen die Tränen in die Augen – sie hatte ihre emotionale Phase offenbar noch nicht überwunden – und Kaylie rückte näher zu ihr heran, bevor sie die Arme so fest um sie schloss, dass sie kaum noch Luft bekam. Welch ein wundervolles Gefühl ...

„Henry ist verheiratet, seine Frau ist ein Biest, ich bin zu nett, Ryan ist ein Held und mein Kopf fühlt sich an, als würde ein Affe darin Bongo spielen", fasste sie schniefend zusammen. „Ach ja – und ich bin super peinlich und traurig mitanzusehen."

Kaylie schnappte entgeistert nach Luft. „*Henry ist verheiratet*? Dieses verlogene, beschissene ..."

„Ja. Aber das Wichtigere ist, dass ich zu nett bin", unterbrach sie Grace. „Denn ich bin keine Frau, für die jemand seine Ehefrau verlassen würde und ich bin keine Frau, die cool mit der Situation umgehen könnte und ich bin keine Frau, die einen charmanten Baseballspieler davon überzeugen kann, dass sie nicht geisteskrank, sondern eben nur speziell ist!"

„Reden wir jetzt wieder über Ryan?"

„Natürlich reden wir über Ryan! Ich war gestern genauso wie ich jetzt bin und er ... er ... und ich ... und ... es ist so peinlich ... und ..."

„Oh, Süße ..."

Kaylie tätschelte ihr den Rücken und seufzte leise. „Du darfst verletzt sein und Ryan wird dich nicht für geisteskrank halten. Wenn du die Frauen kennen würdest, mit denen er sich schon herumschlagen musste, dann würdest du dich immer noch als Hauptgewinn betrachten! Und wenn ich das mal bitte erwähnen darf: Du bist sowas von die Frau, für die ein Mann seine Ehefrau verlassen würde! Auch wenn ich das wirklich

nicht unterstützen will, aber Grace: Du bist ein Riesen-
fang! Henry ist ein Schwein und ich denke, ich werde
die Armbrust nehmen."

„Mir würde ein Morgenstern gefallen", schniefte
Grace und griff erneut nach ihrem Kaffee. „Oder ein Degen. Die sind irgendwie krass."

„Ein Degen wird es sein", bestätigte Kaylie und
klopfte ihr aufmunternd auf die Schulter, bevor sie
langsam fragte: „Grace, ist Henry das Einzige, was ..."

„... mich hat zusammenbrechen lassen?"

„Dazu geführt hat, dass du dich betrunken hast?", korrigierte sie Kay. „Ist es vielleicht auch wegen des Um-
zugs? Ich weiß, ich hätte dich nicht damit überfallen
sollen und ich liebe dich und vielleicht sollte ich noch
warten ..."

„Wage es nicht!", sagte Grace und zog ihren Kopf aus
der Umarmung. „Nur weil ich ein Waschlappen bin,
sollte meine beste Freundin nicht darunter leiden müssen."

Kaylie verzog das Gesicht und Grace konnte das
schlechte Gewissen ihrer Freundin förmlich spüren.

„Kay", seufzte sie. „Mir tut es leid. Es ist mein Leben,
es sind meine Probleme. Ich sollte dich nicht so damit
belasten."

„Aber ich werde gerne mit deinen Problemen belas-
tet", sagte Kaylie bestürzt.

„Ja, ich weiß und natürlich will ich nicht, dass du weg-
ziehst. Aber du kannst dein Leben nicht nach meinem
ausrichten, genauso wenig, wie ich meins nach deinem.
Ich werde schon zurechtkommen. Ich ... es ist nur gerade viel auf einmal. Ich würde gerne vorankommen –
mit meinem Job, mit meinem Leben – aber ich stehe

mir immer wieder selbst im Weg und dafür kann niemand was außer mir. Sei du glücklich mit Dexter und ich überlege mir derweil, wie fest ich Ryan auf den Kopf schlagen muss, damit er den gestrigen Abend vergisst."

Vielleicht hatte Grace sich erst so richtig betrinken und blamieren müssen, um einzusehen, dass sie unzufrieden war.

Sie hatte gehofft, dass ihr der neue Job mehr zu dem Ich verhelfen würde, mit dem sie zufrieden war. Es hatte lange gedauert, bis sie sich getraut hatte, ein wenig erfolgreicher zu werden und sie wusste, dass es albern war, sich selbst zu manipulieren und vor den gleichen Dingen Angst zu haben wie schon immer. Aber es war schwer. Es war schwer, seine Muster zu ändern. Es war schwer, die Angst als absurd abzutun – wo sie doch wusste, dass sie nicht unbegründet war. Und es war schwer, sich daran zu erinnern, dass sie nicht mehr auf der Highschool war. Dass sie sich geändert hatte. Dass sie Freundinnen hatte, die sie so mochten, wie sie war und … sie verdammt nochmal nicht ihr Vater war!

„Grace", sagte Kaylie behutsam. „Du weißt, du musst mir keine Dinge verschweigen, nur um die Harmonie zu wahren, oder?"

Es war, als würde ihre Freundin ihre Gedanken lesen.

„Du weißt doch: Ich mag dich auch, wenn du mich anschreist und wir nicht zum Chinesen gehen, so wie ich es will, sondern zum Griechen, so wie du es willst. Du beschwerst dich oft nicht, weil du nicht streiten willst, aber so ein ehrlicher Streit ist manchmal gar nicht schlimm."

„Ich weiß", sagte sie erschöpft. Es war nur einfacher, zuzustimmen. Sicherer, sich unterzuordnen, als sich von seinem Egoismus einnehmen zu lassen. Bei Kaylie war das etwas anderes. Sie war ihr sicher. Sie war eine Freundin, die ihr alles verzeihen würde. Aber solche Menschen waren schwer zu finden. Und umso schwerer war es, solche Menschen zu verlieren.

„Und mach dir keine Gedanken wegen Ryan", setzte Kaylie nach einer Weile hinzu. „Er ist ein guter Kerl. Er wird nichts weitersagen und sich auch nicht über dich lustig machen."

„Ich weiß, dass er ein guter Kerl ist! Ich habe ihm vorgeschlagen, er solle doch mit mir schlafen und er hat nur gelächelt und ist gegangen!"

Kaylie biss sich auf die Lippe. Sie gab sich Mühe, ihr Grinsen zu verbergen und versagte schließlich. „Du hast gefragt, ob ihr miteinander schlafen könnt?"

„Nein, ich habe es angeordnet!", stöhnte sie. „Gott, mir wäre es wirklich lieber, wenn er sich über mich lustig machen würde, als das ernst zu nehmen, was gestern aus meinem Mund kam."

Kaylie bekam große Augen. „So schlimm?"

„Schlimmer. Du hast keine Ahnung. Ich war die totale keifende Heulsuse."

„Ach, ich bin mir sicher, du kamst charmant rüber."

Ja, natürlich. Und morgen würde sie sich einen Alligator kaufen und ihn als Haustier halten.

Mann, sie musste wirklich bei ihm anrufen und sich entschuldigen. Sie schämte sich in Grund und Boden – und es tat ihr ehrlich leid, dass er gestern so viel abbekommen hatte, nur, weil sie sich hatte beweisen wollen, dass sie die Trennung von Henry nicht juckte. Was ja hervorragend geklappt hatte.

„Ich bin sicher, er hat es schon wieder vergessen! Männer denken über so was nicht nach“, versprach Kay. „Und reden tun sie schon gar nicht drüber. Du wirst sehen. Heute Abend denkt Ryan schon gar nicht mehr dran!“

***

„Und sie hat richtig geweint?“, fragte Ty stirnrunzelnd und kreidete die Spitze seines Queues ein. „Mit Tränen und allem?“

„Mit Tränen, Rotz und Wasser“, nickte Ryan, beugte sich über den Billardtisch und versenkte die Zwölf in der rechten Ecktasche. „Aber auf eine so verdammt ehrliche Art, dass ich ... keine Ahnung. Weißt du, was ich meine?“

Ty schnaubte. „Nein, natürlich nicht.“

„Sie hat wirklich und wahrhaftig geweint! Einfach, weil es raus musste. Nicht, weil sie mich manipulieren wollte oder absichtlich dramatisiert hat. Sondern weil es ihr ehrlich schlecht ging!“

Sein Freund betrachtete ihn skeptisch. „Du freust dich über merkwürdige Dinge, Hale“, stellte er schließlich trocken fest. „Warum bist du nicht einfach gegangen?“

Ja, das war eine gute Frage ... aber er hatte einfach nicht gekonnt. Sie hatte einsam gewirkt und er hatte sie nicht alleine lassen wollen. „Sie ist sonst eine coole Person“, meinte er schulterzuckend. „Sie hatte was Besseres verdient als jemanden, der sie alleine lässt.“

Ty grinste. „Der Held schlägt wieder zu. Kein Wunder, dass alle deine Freundinnen dich ausnutzen. Du kannst nicht anders – du musst ihnen deine heldenhafte Schulter zum Ausweinen anbieten."

„Halt die Fresse, Ty", seufzte Ryan müde und versuchte aus seinem Kopf zu schieben, dass Mary-Ann heute angerufen hatte. Das dritte Mal diese Woche. Sie waren seit gefühlten Ewigkeiten getrennt und trotzdem hinterließ sie ihm alle paar Wochen eine Horde an Nachrichten auf der Mailbox. Er war sich ziemlich sicher, dass Mary-Ann noch nie echt in seiner Gegenwart geweint hatte. Sie war Schauspielerin. Es würde ihn nicht wundern, wenn jede einzelne ihrer Tränen aus Plastik gewesen war.

„Immer noch ein sensibles Thema, was?", stellte sein Freund lachend fest. „Ich habe Danny auf jeden Fall beigebracht, dich nur noch mit ‚Held' anzusprechen."

„Jaja, du bist ein brillanter Vater – apropos Danny, wo ist dein Sohn eigentlich? Ich dachte, du hättest ihn fürs ganze Wochenende."

Tyler rieb energisch mit dem Kreidestück über seinen Billardstab. „Ja, hatte ich", sagte er schroff.

Hätte er mal die Klappe gehalten ...

„Kinder bekommen Heimweh, Tyler", sagte Ryan leise. „Das ist vollkommen normal."

„Ach, wirklich? Dass sie bei ihrem eigenen Vater Heimweh bekommen und der vollkommen darin versagt, seinen eigenen Sohn zu beruhigen, ist normal?" Das Stück Kreide brach in seiner Hand.

„Er ist fünf, Ty. Du warst lange in Houston, hast ihn nur alle paar Wochen gesehen. Er muss sich daran gewöhnen."

„Ja, ich weiß. Ich dachte nur, dass ein halbes Jahr Gewöhnung vielleicht genug wäre … keine Ahnung.“

Ryan klopfte ihm auf die Schulter, bevor er die nächste Kugel versenkte. Mehr Zuneigungsbekundungen würde Ty nicht bekommen. Er kannte ihn seit fünf Jahren, seit sie zusammen bei den Houston Astros angefangen hatten, und wusste genau, wie wichtig Tyler sein Sohn war, auch wenn Cara das oftmals nicht so sah. Aber sie waren jung gewesen, als sie das Kind bekommen hatten, und Tyler hatte Fehler gemacht – die er versuchte auszubügeln. Ihm ging es verdammt dreckig damit, auch wenn Ryan vermutlich der Einzige war, der das wusste. Und Ty hielt nichts davon, ehrlich zu Cara zu sein. Größtenteils wahrscheinlich, weil er ihr heilig bewahrtes Gleichgewicht – das sie sich beide einbildeten – nicht zerstören wollte.

„Wann kommt eigentlich Jake?“, fragte Ryan, um das Thema zu wechseln. „Wollte er nicht schon vor einer halben Stunde hier sein?“

„Wollte er. Aber ich glaube, eine Frau ist ihm dazwischengekommen. Oder wohl eher unter ihn. Meine Güte, er hätte es echt verdient, an einer Geschlechtskrankheit zu verrecken.“

Ryan lachte leise und nickte. „Er wäre wahrscheinlich auch noch zufrieden damit, so zu gehen. Er …“

Er kam nicht dazu, zu Ende zu sprechen, denn sein Handy fing an zu klingeln. Fest damit rechnend, dass Jake anrief, um abzusagen, zog er es aus der Tasche und hielt verdutzt inne, als der Name ‚Grace‘ aufblitzte.

„Was denn, ruft der Teufel an?“, fragte Ty, der nun neugierig über seine Schulter sah. „Ah, nicht ganz.“

Ryan kratzte sich am Kopf und nahm den Anruf entgegen. Er war neugierig – und wollte sichergehen, dass sie nicht an ihren Kopfschmerzen gestorben war.

„Hale", meldete er sich automatisiert.

Eine kurze Pause entstand, dann antwortete Grace: „Irgendwie hatte ich gehofft, dass deine Mailbox drangeht."

Er grinste. „Ist dir der gestrige Abend peinlich?"

„Ach, nur ein kleines bisschen ...", log sie zerknirscht.

„Hey, du bist nicht über mich hergefallen, dir muss nichts peinlich sein."

„Ich habe dir Sex angeboten."

„Daran erinnerst du dich?"

„Ich erinnere mich an alles!"

Die Arme. „Na ja, mir wird ständig Sex angeboten, also – immer noch nichts, was dir peinlich sein müsste."

„Oh mein Gott", stöhnte sie.

„Ja, genau so hören sich die Frauen dann an, nachdem ich ihnen den Sex gewährt habe."

Grace lachte und ein Klatschen drang durch seine Ohrmuschel – so, als hätte sie sich mit der flachen Hand gegen den Kopf geschlagen.

„Es tut mir so leid, Ryan", sagte sie schließlich seufzend. „Wirklich, das ist ... können wir einfach vergessen, dass das je passiert ist?"

Nein.

„Du kennst mich nicht und ich will nicht, dass du mich je wieder mit der Frau in Verbindung bringst, die du gestern gesehen hast." Das ließe sich einrichten.

„Mach dir keinen Kopf, ich habe schon schlimmere Frauen erlebt."

„Das hat Kaylie auch gesagt – aber das ist sicherlich nicht mein Ziel, dass Leute bei mir denken: Ach, es gab schon Schlimmere!"

„Hey, dein Freund ist ein Arsch, du stehst auf Martinis – das ist alles, was ich von gestern mitgenommen habe", log er, denn er war nun einmal mit einem verdammt guten Gedächtnis gesegnet und Grace hatte die interessantesten Dinge von sich gegeben.

„Danke, das ist echt lieb von dir … Gott, ich brauchte, schätze ich, nur eine Ablenkung und – danke! Du warst der reinste Gentleman. Ein richtiger …"

„Wenn du jetzt Held sagst, erinnere ich mich plötzlich doch an alles, was gestern aus deinem Mund kam."

„… Freund", ergänzte sie hastig.

Na, das Wort war nicht unbedingt besser. Und dass Ty praktisch wie ein Waschweib an seiner Seite hing, gefiel ihm auch nicht. Schnaubend streckte er den Arm aus, um ihn von sich wegzuschubsen.

„Schön, nehmen wir Freund", sagte er. „Wie geht es deinem Kopf?"

„Welchem Kopf? Der ist vor fünf Stunden explodiert und wird wohl nie wieder zusammengesetzt werden können."

„Na, dann hast du wenigstens keine Schmerzen. Geht es dir denn sonst gut?"

„Du meinst, ob ich immer noch ein nervliches Wrack bin?"

Und da hatte er nun versucht, taktvoll zu sein … „Ja, genau das."

„Mhm, keine Ahnung."

Also ja.

Ryan starrte auf den Billardtisch, dann auf den Boden und sagte schließlich: „Hör mal, wenn du nur zu Hause rumhängst, dann kannst du eigentlich auch vorbeikommen."

Er ignorierte Tys ungläubigen Blick und die Worte „Alter, sie ist eine Frau!" aus seinem Mund.

„Ich bin mit Ty in der Sportsbar gegenüber vom Stadion, Jake kommt gleich auch noch und wir sind zwar keine einfühlsamen Ladies, aber einen gewissen Grad an Ablenkung können wir bieten."

„Oh", stockte Grace.

„Bist du vollkommen bescheuert?", fragte Ty.

„Hey Leute", sagte Jake, der gerade zu ihnen gestoßen war und seine Jacke über einen Stuhl hängte. „Was habe ich verpasst?"

Ryan wandte ihm rigoros den Rücken zu. „Und nur damit du es weißt: Du kannst auch Nein sagen", sagte er zu Grace und versuchte Tylers Stimme auszublenden, der von irgendeinem ‚Vollidioten' sprach. Vielleicht redete er ja über sich selbst in der dritten Person.

„Was?", fragte Grace.

„Du hast gestern erwähnt, dass du nicht Nein sagen kannst … deswegen wollte ich das nochmal extra erwähnen."

„Das habe ich gesagt?"

„Ja … ich meine nein, denn ich erinnere mich ja nicht mehr daran."

Sie lachte leise in sein Ohr. „Danke, das weiß ich zu schätzen. Und die Jungs sind damit einverstanden?"

„Er will ’ne Frau einladen?", schrie Jake. „Hat er den Verstand verloren?"

Ryan schirmte das Handy mit seiner Hand ab. „Klar. Die freuen sich über weibliche Einsichten und Tipps und Tricks, ihre Persönlichkeit zu verbessern. Am besten machst du ihnen eine Liste."

„Okay, erster Punkt ist, dass Jake lernen muss, leiser zu schreien."

Ryans Grinsen wurde breiter. „Richte ich ihm aus. Also, kommst du?"

„Weißt du was? Ja! Ich komme. Ich bin zu jung und cool, um alleine zu Hause rumzuhängen und mich zu bemitleiden. Bis gleich." Im nächsten Moment hatte sie aufgelegt.

Zufrieden schob auch Ryan sein Handy wieder zurück in seine Jeanstasche und wandte sich zwei entsetzten Gesichtern zu.

„Sie ist eine Frau!", rief Jake.

„Alter …", sagte Ty mitleidig.

Ryan hob verteidigend die Hände. „Sie hat sich traurig angehört!"

„Na und!?", fluchte Jake. „Das Mädchen, das ich gerade aus meinem Bett geschmissen habe, sah auch traurig aus, aber habe ich sie dazu eingeladen, mitzukommen? Nein! Ich habe ihr ein Snickers gegeben und bin gegangen."

„Ja, aber du bist auch ein Arschloch, Jake, und ich nicht", erklärte Ryan weise. „Spielen wir jetzt zu Ende, oder was?"

„Alter!", wiederholte Ty kopfschüttelnd, bevor er sein Queue an den weißen Ball ansetzte und zustieß.

Kapitel 7

Grace hielt es für keine gute Idee, im Schlafanzug in der Bar aufzukreuzen, deswegen zog sie sich eine enge Jeans und ein ebenso enges Oberteil an, bevor sie so lange Mascara auftrug, bis ihr Selbstbewusstsein wieder eine gesunde Größe hatte.

Sie war besser als das!

Sie konnte es für sich selbst nur immer wiederholen: Sie war besser als die traurige, sich bemitleidende Person, die sie den ganzen Tag über gewesen war. Deswegen legte sie auch noch einen Lidstrich an und stieg beschwingt in ihren Wagen. Dass es peinlich werden könnte, Ryan wiederzusehen, fiel ihr erst ein, als sie bereits geparkt hatte und ausgestiegen war.

Na, jetzt war sie schon mal hier und schlimmer als gestern Abend konnte es nicht werden. Nie wieder.

Sie zog sich den Schal enger um den Hals, ließ das protzige Stadion in ihrem Rücken und ging in die Sportsbar, die wohl irgendeinen Namen hatte, der mal über der Tür gehangen hatte, aber seit Jahren nur noch halb und verblichen zu erkennen war. Deswegen nannte man sie nur ‚Sportsbar‘.

Warme und nach schalem Bier riechende Luft schlug Grace entgegen, als sie in den weitläufigen Raum trat, der in Tresen-, Ess- und Spielbereich aufgeteilt war. Runde Tische mit wackligen Stühlen standen zu ihrer Linken, der Tresen, an dem die braune Farbe bereits abblätterte, erstreckte sich zu ihrer Rechten und der knarrende Dielenboden führte zu den mit einem Vorhang abgetrennten Billardtischen, Kickern und Flippern, die wohl rechtlich in der Verfassung für Sportsbars als unabdingbar festgelegt worden waren. Jetzt allerdings stand der Vorhang sperrangelweit offen und Grace brauchte nicht lange, um dahinterzukommen, wer da an einem der Billardtische spielte. Sie folgte einfach dem Blick von ausnahmslos allen Frauen und landete prompt auf Ryans Rücken, Jakes feixendem Grinsen und Tyler, der sich gegen die Wand lehnte, seine Hände auf das Queue abgestützt.

Es gab zwei Gründe, warum Frauen in diese Bar kamen: Sie hatten sich verlaufen oder sie wollten einen Blick auf einen der Delphie-Jungs erhaschen, die sich bekanntermaßen ständig hier herumtrieben. Grace musste ihren Blick nur schweifen lassen, um Cade Siegel, Jason Collins und Jared Williams zu entdecken, zwei junge Pitcher und einen Left Fielder, die an einem dunklen Tisch in der hintersten Ecke saßen, und über die Luke sich ständig beschwerte, weil sie ihm im Nacken saßen – dabei war in einem Baseballteam wahrlich genug Platz für drei gute Pitcher!

An der Bar saßen weitere Baseballspieler, deren Namen sie allerdings vergessen hatte. Eine Baseballmannschaft war einfach zu groß und ihr blödes Gedächtnis merkte sich nur die Namen der gutaussehenden Spieler. Die meisten Delphies waren untereinander befreundet, auch wenn Grace, seitdem zwei ihrer Freundinnen mit Spielern liiert waren, immer mehr Gossip von allen Seiten mitbekam. Männer waren solche Klatschtanten und überall herrschten Neid und böses Blut aufgrund ausgespannter Freundinnen und

Lästereien über irgendwelche Teammitglieder, die sich bei Cole Panther, dem neuen Besitzer der Delphies, einschleimten. So war die Welt einfach. Diese Eigenschaften machten vor Sportlern nicht halt.

Sie seufzte angesichts der tuschelnden Frauen, die immer wieder zu Ty, Ryan und Jake hinnickten, der es sich nicht nehmen ließ, jeder Einzelnen mit seinen Blicken Aufmerksamkeit zuteilwerden zu lassen. Die Frauen fingen an zu kichern und Grace verdrehte die Augen. Irgendwann, da würde Jake eine Frau treffen, bei der er auf Granit biss – und dann würde eine wirklich lustige Zeit für alle außer ihm beginnen. Sie freute sich jetzt schon darauf.

Sie bahnte sich einen Weg durch die Samstagabend-Masse und hob die Hand, als Ryan sie entdeckte. Er lächelte und augenblicklich hatte Grace keine Angst mehr davor, dass es peinlich werden könnte. Er würde es nicht peinlich werden lassen! Weil Ryan eben doch ein Held war. Egal, wie oft er dem widersprach, er gehörte zusammen mit Superman, Iron Man und Wonder Woman auf ein Podest.

„Hey, alles klar?", fragte er, als sie die Männergruppe endlich erreicht hatte, und drückte sie in einer kurzen Umarmung an sich. Als wären sie seit Ewigkeiten Freunde. Als hätte er sie gestern nicht ihre Treppen hochtragen müssen, weil sie zu betrunken zum Laufen gewesen war.

„Jap, alles klar ... bei Jake auch? Er sieht unglücklich aus."

„Mach dir keine Sorgen, das ist nur, weil du hier bist", stellte Ty fest und drückte kurz ihre Schulter. „Nett, dich wiederzusehen, Grace. Immer schön, eine Frau am

Männerabend dabei zu haben. Gibt dem Ganzen eine ganz andere Perspektive."

Grace musste lachen, denn Ty hatte die Worte grinsend von sich gegeben. „Ich kann mir gerne den Bauch kratzen und rülpsen, wenn das hilft."

„Wer darf dir den Bauch kratzen?", fragte Jake interessiert und wandte sich von den Frauen ab. „Hey Grace, hab' gehört, dein Ex ist ein Arsch?"

„Dein Charme übertrifft sogar noch deine zölibatären Verhältnisse, Jake", bemerkte Grace augenverdrehend. „Es ist immer so erfrischend, wenn man merkt, wie froh du bist, einen zu sehen."

„Natürlich bin ich nicht froh, dich hier zu sehen", sagte er irritiert. „Du bist Kaylies beste Freundin. Du wirst ihr von all meinen Fehltritten berichten – und wahrscheinlich vermiest du mir die Tour und erklärst mir, dass ich Frauen mehr respektieren sollte."

Damit hatte er recht. Kaylie und er hatten eine merkwürdig enge Beziehung, die niemand so genau zuordnen konnte. Entweder war sie seine beste Freundin oder seine Schwester und manchmal auch seine Mutter.

„Hey, wenn du mich nett fragst, werde ich Kaylie nichts sagen!"

„Das ist doch gelogen", schnaubte er. „Mit dir hier kann ich keine Frauen aufreißen."

Grace war davon überzeugt, dass Jake Frauen mit geschlossenen Augen und einem komischen Hut auf seinem Kopf aufreißen konnte. Er war die Art von Mann, die zu hübsch zum Ansehen war. Dunkelblonde Haare, die in Surfermanier verwuschelt waren, tiefblaue Augen und Wangenknochen, die von Michelangelo selbst gemeißelt worden zu sein schienen. Er war ein lebendig gewordener Teenie-Traum. Die Art von Mann, die, je älter sie wurde, nur noch männlicher wirkte. Es war eine Schande, dass Jake sich dessen bewusst war.

„Ist das denn euer Plan?", fragte Grace mit erhobenen Augenbrauen und sah in die Runde. „Ist das hier ein Single-Treffen? Wollt ihr alle drei eine Frau abschleppen?"

„Single-Treffen?", fragte Jake verdrießlich. „Sind wir jetzt ein Artikel in der Cosmopolitan oder was?"

Grace war sich ziemlich sicher, dass es da bestimmt den einen oder anderen Absatz über Jake gab.

„Schön. Dann eben nur: Wollt ihr alle eine Frau abschleppen?"

„Nein", sagten Ryan und Tyler.

„Ja", sagte Jake, scheinbar verwirrt aufgrund ihrer Frage. „Nur ist es ganz sicher kein deprimierendes Single-Treffen, wie ihr Frauen es nennen würdet. Das, was wir hier machen, ist, auf hohem Niveau zu jagen."

Ryan hielt sich eine Hand an den Kopf. „Oh bitte, zieh uns da nicht mit rein. Wir sind definitiv kein Wir."

„Auf hohem Niveau?", wollte Grace wissen. „Seit wann datest du Frauen mit Niveau?"

Jake grinste. „Na ja, das ist wohl eher sowas wie eine Redewendung."

Grace musste lachen. „Dein Frauenverschleiß ist mehr als ungesund, Jake."

„Hey, ich tue nur meinen Teil für die Menschheit!", sagte Jake und hob beide Hände in die Höhe. „Seitdem Luke wahrlich und wahrhaftig vom Markt ist, gibt es verdammt viele einsame Frauen in Philadelphia. Wer soll sich denn sonst um sie kümmern, wenn schon nicht ich? Ryan und Ty hier vielleicht, die bald am Krückstock gehen und seit Monaten nicht mehr flachgelegt wurden?"

Na, wenn er das jetzt so darstellte ...

„Wir finden einfach keine Frauen mehr, weil die alle schon von dir benutzt wurden", sagte Ryan trocken.

Tyler deutete mit seinem Finger auf Ryan. „Das, was *er* sagt."

„Meine Güte, bin ich froh, eine Frau zu sein", meinte Grace gespielt nachdenklich. „Um die Männer steht es hier ja denkbar schlecht für die nächsten zehn Jahre. Wo doch schon alle Frauen von Jake benutzt wurden."

Ryan grinste. „Ach, wir kommen klar, oder Ty?"

Der nickte. „Ich wiederhole: Das, was er sagt! Und Jake, beweis mal deine Manieren und hol Grace was zu trinken."

Jake verdrehte die Augen, verschwand jedoch Richtung Bar.

Verdutzt sah Grace ihm nach. „Er hat mich gar nicht gefragt, was ich will."

Ryan winkte ab. „Er hätte es sich sowieso nicht merken können. Sein Kopf ist mit Bildern von Brüsten gefüllt. Also Grace, Lust auf eine Partie Billard?"

„Klar."

„Kannst du das denn?", setzte Ryan skeptisch hinzu.

Sie hob eine Schulter und krempelte sich die Ärmel ihres Cardigans hoch. „Ich bin mit Emma befreundet."

Emma war die Freundin von Luke, einem Pitcher der Delphies, kam aus Deutschland und hatte Billard zu ihrer Religion gemacht. Sie hatte ihren Freundinnen so lange gezeigt, wie man einen Ball traf, bis diese sie nicht mehr langweilten. „Reicht das als Antwort?"

„Reicht mir", lachte Ryan. „Du darfst sogar anfangen und ... blutet dein Unterarm?"

„Was?" Überrascht blickte sie an sich herunter und streckte sich die Arme vom Körper. Rote Schlieren zogen sich von ihrem linken Ellenbogen bis zu ihrem Handballen.

„Oh nein." Sie lachte und kratzte mit den Fingernägeln über die Spuren. „Das ist nur Karminrot."

Tyler und Ryan wechselten einen Blick und runzelten zeitgleich die Stirn.

„Farbe", ergänzte sie grinsend. „Das ist nur Farbe."

„Hast du heute ein Zimmer gestrichen?", fragte Ty verwirrt.

„Sowas Ähnliches. Fangen wir an?"

Ryan warf ihr noch einen weiteren fragenden Blick zu, sagte jedoch nichts weiter. Stattdessen ordnete er die Kugeln in das Plastikdreieck, das auf der grünen Platte lag, und reichte ihr den weißen Ball. „Na, dann zeig mal, was du kannst."

Grace konnte sich nicht erinnern, wann sie das letzte Mal mit männlichen Wesen so viel Spaß gehabt hatte. Klar, mit ihren Freundinnen amüsierte sie sich immer, aber es hatte etwas für sich, völlig ungezwungen mit drei wirklich witzigen Kerlen rumzuhängen. Die Jungs piesackten sich untereinander, beschimpften sich schamlos und grinsten über jeden dreckigen Witz, den Grace machte. Zugegeben, das waren nicht allzu viele, aber dennoch hatte sie nach einer Stunde das Gefühl, der ganze gestrige Tag wäre einfach so in den Sphären ihres Gehirnes verschwunden. Irgendwann hatten sie angefangen, Bettgeschichten miteinander auszutauschen – worin Jake nicht ganz überraschend der Talentierteste war – und Grace wusste nicht wieso, aber sie hatte keine Skrupel, selbst einige peinliche Geschichten auszupacken.

Vielleicht, weil sie so viel gelacht hatte.

Vielleicht, weil Männer weniger verurteilend waren als Frauen. Vielleicht, weil sie schon wieder ordentlich einen im Tee hatte. Die drei Männer waren allesamt mehr als reich und hatten ihr einen Wein nach dem anderen ausgegeben – und wer lehnte schon kostenlosen Alkohol ab?

Möglicherweise war es also eine Mischung aus allem.

„... und dann hat er gefragt, ob ich denn ein Problem damit hätte, wenn er einen BH von mir anprobieren würde", schloss sie mit einer ihrer weniger konventionellen ersten Date-Geschichten. Es war ihre einzig Gute und sie hatte sie sich bis zum Schluss aufbewahrt.

Tyler lachte und ließ eine der Billardkugeln von seiner einen Hand in die andere wandern. „Und wie hast du darauf reagiert?", wollte er wissen.

„Ich meinte: Okay, wenn du ihn nicht ausleierst." Sie legte den Kopf schief und erinnerte sich an den Abend. „Aber er hat ihn ausgeleiert."

Ryan schüttelte grinsend den Kopf und nahm den letzten Schluck seines Bieres, bevor er bemerkte: „Abgesehen davon, dass ich mir ziemlich sicher bin, dass du die Geschichte gerade erfunden hast, um mit Jakes ‚Nackte Mädchen verstecken sich in meinem Schrank und wollen mir gewisse Körperteile verkaufen'- Geschichten mitzuhalten – wie will er bitte deinen BH hinten zubekommen haben? Warst du mit einem Regenschirm aus?"

Es konnte ja schließlich nicht jeder so ein breites Kreuz haben wie er!

„Was ich nicht verstehe“, mischte sich Jake ein, der bereits bei seinem vierten Bier war und noch genauso nüchtern wirkte wie zu Anfang des Abends. „Warum tragen Frauen überhaupt BHs? Das ist doch wie ein Käfig für eure Brüste! Sie sollten frei sein ... die Welt erkunden, Dinge sehen! Es ist unmenschlich von euch Frauen, die Brüste zu verstecken, als würdet ihr euch für sie schämen. Das verletzt ihre und unsere Gefühle“, er deutete auf sich und seine Teamkollegen, „ist also durch und durch bösartig.“

Grace prustete, stellte ihr Weinglas auf dem Billardtisch ab, aus Angst, etwas zu verschütten, und hielt sich vornübergebeugt kopfschüttelnd eine Hand an den Kopf.

„Weißt du, Jake, ich hoffe doch sehr, dass du diese Frage in deinem nächsten Fernsehinterview wiederholst! Und wenn du dann noch alle Frauen, die BHs tragen, als Strüh bezeichnest, dann wird Kaylie dich noch mehr lieben!“

„Bitte ja, mach das“, unterstützte sie Ryan. „Sam wird sich freuen, wenn er endlich wieder etwas Arbeit bekommt.“

„Ich verstehe das wirklich nicht“, meinte Grace kichernd. „Was habt ihr Männer nur mit Brüsten? So besonders sind die nicht.“

„Um das zu beurteilen, muss meine Erinnerung noch einmal aufgefrischt werden“, gab Ryan zu bedenken. „Vielleicht solltest du dich kurz ausziehen.“

„Na, nach vier weiteren Weißweinen vielleicht“, lachte Grace und beobachtete zwei Frauen, die nun zielstrebig in ihre Richtung kamen.

Sie waren Grace schon vor einer Weile aufgefallen. Immer wieder waren ihre Blicke zu den drei Delphies gehuscht – sie schienen sich wohl endlich dazu entschieden zu haben, es zu wagen, sie anzusprechen.

Grace war nicht einverstanden mit dieser Entwicklung. Dies war eine Single-Nacht! Sie brauchte diesen Abend und diese zwei Frauen, die mehr Schminke als Poren im Gesicht hatten, wirkten sowieso nicht sonderlich legitim. Die waren doch nie im Leben einundzwanzig.

Sie beugte sich zu Ryan hinüber. Er roch gut, fiel ihr auf. Nach warmer Milch mit Honig. „Soll ich sie verscheuchen oder wären Ty oder du interessiert?“ Sie ließ Jake absichtlich raus – aus offensichtlichen Gründen.

„Ah, solche Groupies können ziemlich hartnäckig werden“, murmelte er ihr leise ins Ohr. „Du meinst wirklich, du würdest mit ihnen fertig werden?“

„Ohne Probleme.“

„Na, dann zeig mal her“, sagte er, legte ihr eine warme Hand ins Kreuz und schob sie minimal vor, während das erste der beiden jungen Mädchen mit dunkelbraunen Haaren und blonden Spitzen die Gruppe ansprach.

„Hey.“ Sie tat schüchtern und lächelte sie von unten hinauf an. „Wir sind so einsam und ihr saht aus, als hättet ihr eine Menge Spaß, kann man sich da vielleicht anschließen?“

Jakes Mund war natürlich schon halb offen, als Grace sich vor ihn stellte und eine grimmige Miene aufsetzte.

„Entschuldigt, aber seht ihr nicht, dass wir auf einem Date sind?", fragte sie abschätzig und verschränkte demonstrativ die Arme vor ihrem Körper.

„Oh." Das Mädchen warf einen Blick zu ihrer Freundin, dann zu jedem einzelnen der Baseballspieler. „Tut uns leid. Mit wem bist du denn auf einem Date?"

Grace lehnte sich verheißungsvoll nach vorne, zog anzüglich eine Augenbraue nach oben, fuhr sich mit den Fingerspitzen über den Brustansatz und flüsterte. „Mit allen dreien!"

Die beiden verzogen ungläubig ihre Gesichter.

„Was?", fragte die kleinere der beiden, die sicherlich nicht einmal Autofahren durfte.

„Ihr habt mich schon verstanden", flüsterte Grace lächelnd. „Ich habe nicht gedacht, dass es so viele Fanatiker von orangefarbenen Haaren gibt, gerade unter den Baseballspielern, aber ihnen muss vor lauter Geld wohl langweilig werden … der Vierte kommt gleich noch."

Die Frauen lachten nervös auf und sahen unsicher zu Jake, Ty und Ryan hinüber, die zugegebenermaßen erfolgreich eine unbewegte Miene zur Schau stellten. „Aber … aber … wie …"

„Ja. Genauso, wie ihr gerade denkt", flüsterte Grace.

Mit riesigen Augen warfen die Mädchen einen letzten Blick auf die Delphie-Jungs, dann flüchteten sie ins Badezimmer.

Grace grinste und hinter ihr fing Ryan an zu klatschen. „Beeindruckend. Wirklich beeindruckend."

Grace knickste übertrieben tief und wedelte – wie sie hoffte – ehrfurchtsvoll mit ihren Armen herum. „Danke. Vielen Dank. Man kann mich jeden Mittwoch und Freitag buchen."

„Hey", unterbrach Jake ihre Vorstellung, „ich war vielleicht interessiert!"

„Natürlich warst du interessiert. Sie haben geatmet!", meinte Grace augenverdrehend. „Kaylie kommt vielleicht damit klar, mit einer männlichen Schlampe befreundet zu sein, aber ich nicht, also ..." Sie seufzte theatralisch. „Also wirst du dich wohl grundlegend ändern müssen."

„Aber nicht mehr heute, oder?", knurrte Jake unzufrieden.

„Nein, so ein, zwei Jahre gebe ich dir noch."

„Wie wunderbar! Ich bin mir auch nicht sicher, ob ich mit noch einer platonischen Freundin klarkomme. Sonst sitze ich in zwei Wochen noch bei euch auf dem Sofa und lasse mir die Nägel lackieren."

„Tief im Inneren sehnst du dich doch danach, Jake."

„Ja, so sehr wie nach einer heißen Nadel, die ich schlucken muss", sagte er.

„Ah, jetzt hast du seine Gefühle verletzt", seufzte Ty und schlug Jake auf die Schulter. „Komm zur Bar, ich kauf' dir noch ein Bier. Der Bartender kauft dir sonst wahrscheinlich nicht ab, dass du einundzwanzig bist."

„Ich bin beschissene dreiundzwanzig, Brady!"

„Jaja, natürlich", grinste Ty und zog ihn mit zur Bar.

Ryan blieb zurück und prostete ihr mit seiner nun leeren Flasche zu. „Und? Wie fühlst du dich? Erfolgreich abgelenkt?"

„Mehr als abgelenkt!", gab sie lächelnd zu. „Danke. Wirklich. Danke, danke!"

„Wofür?", fragte er irritiert.

„Für heute. Dafür, dass du mich gefragt hast, ob ich kommen will. Für gestern. Dafür, dass du so nett warst und nicht gegangen bist und ... mich ins Bett gebracht hast. Danke, dass du nicht erwähnst, dass ich dich quasi in mein Bett eingeladen habe."

„Das ist es, was dir peinlich war? Mir würden die zwei Mal, in denen du versucht hast, mich zu küssen, ja viel eher auf den Magen schlagen."

Sie lachte. „Um Gottes willen, das hatte ich verdrängt. Ja, das tut mir auch leid. Ich verspreche dir, dass ich das nicht wiederholen werde!"

„Alles klar."

„Nein, wirklich. Die peinliche Grace ist jetzt weg. Also, ein letztes Mal: danke. Das hätte wirklich nicht jeder Kerl getan."

Er zuckte unbehaglich mit den Schultern. Er schien mit Dank nicht gut zurechtzukommen. „Kein Problem."

„Du bist ein guter Freund", lächelte sie und klopfte ihm auf die Schulter. „Wirklich, ein guter Freund."

Und einen wirklich guten Freund konnte sie im Moment sehr viel mehr gebrauchen, als einen Mann, der sie nur ins Bett bekommen wollte.

***

Ryan betrachtete Grace' Lächeln, ihre Finger, die einen Tropfen Kondenswasser von ihrem Weinglas wischten und ihre rosigen Wangen, die sich so wunderbar mit ihren orangefarbenen Haaren bissen.

Drama. Sie war Drama auf zwei Beinen. Überhaupt nicht das, was er brauchte. Da war es vielleicht gut, dass er soeben in die Freundesschublade abgeschoben worden war.

Das war kein Problem. Er konnte ihr Freund sein.

Nichts leichter als das.

Kapitel 8

Zwei Monate später …

Grace stöhnte leise und schloss die Augen. Sie leckte sich über die Lippen und sank zurück in die Kissen. Ihre Haut kribbelte, ihr Atem ging gleichmäßig. Der perfekte Abend.

„Ich bin tiefenentspannt", murmelte sie schläfrig.

„Ich auch", kam es von ihrer Seite. „Das war so unglaublich gut, mir fehlen die Worte."

Sie nickte, sich selbst bestätigend. Denn es stimmte. „So. Gut."

„Ich bin überhaupt nicht entspannt!"

Grace öffnete die Augen und begegnete Emmas Blick, die ihr gegenübersaß und vollkommen in ihrem großen, flauschigen Bademantel unterzugehen schien.

„Ich dachte, eine Massage und Maniküre wären genau das Richtige für mich, aber ich bin immer noch so nervös wie vor zwei Stunden! Ich will mein Geld zurück."

Das konnte schwierig werden, weil Emma überhaupt nicht gezahlt hatte.

„Süße, atme durch", sagte Kaylie lächelnd und tätschelte über den Tisch hinweg Emmas Arm. Sie stieß dabei beinahe die gläserne Karaffe mit dem Gurkenwasser um. „Du heiratest – und bekommst keine Hufeisen auf deine Stirn gebrannt. Du wirst dich schon noch entspannen."

Grace war sich da nicht so sicher.

Emmas Fuß wippte auf und ab, sodass er immer wieder Chloes Bein streifte, die neben ihr saß, und sie kaute auf ihren frisch manikürten Nägeln herum.

Grace' Haare rochen nach Mandarine, ihre Fingernägel waren tiefrot und ihre Muskeln waren zu Matsch massiert worden. Aber zu einer guten Art von Matsch. Dem, den jeder Mensch in seinem Körper haben sollte. Entspannter ging nicht! Wenn Emmas Nerven sich jetzt nicht beruhigten, dann würde das so schnell auch nicht passieren.

„Emma, dass du nervös bist, liegt daran, dass wir keinen Alkohol haben", unterrichtete sie Chloe. „Warum ist das noch gleich so?", wollte sie skeptisch wissen. „Das hier ist doch ein Junggesellinnenabschied, oder nicht? Oder trinkt man in Deutschland nicht?" Auffordernd sah sie zu Jenny und Mira, den heutigen Ergänzungen ihrer Gruppe. Sie waren Emmas Freundinnen aus Deutschland, ihrer Heimat. „Ich dachte, ihr seid da alle so scharf auf Bier und Menschen, die Süßigkeiten aus Autos werfen – da käme es mir komisch vor, wenn ihr bei einem so wichtigen Event wie dem Junggesellinnenabschied nicht trinken würdet."

„Wir trinken", bestätigte Mira, die Grace sofort für ihr seidiges, braunes Haar beneidet hatte. Zugegebenermaßen hatte sie in den letzten Monaten jeden beneidet, dessen Haare nicht nach einem sehr gesunden Gemüse aussahen und sie war erleichtert, dass sie fast wieder zu ihrer natürlichen blonden Farbe zurückgekehrt war.

„Aber Emma hier wollte keinen Alkohol auf ihrem letzten freien Abend als alleinstehende Frau. Ebenso wenig, wie sie Penis-Lutscher auf der Straße verkaufen wollte!" Sie und Jenny sahen Emma vorwurfsvoll an.

„Warum sollte irgendjemand Penis-Lutscher auf der Straße verschachern wollen?", fragte Michelle perplex, die bis gerade eben noch Gurkenscheiben auf ihren Augen liegen gehabt hatte, die nun aber an ihrem Gesicht hinunterrutschten, als sie sich aufrichtete.

„Weil das in Deutschland quasi Tradition hat", unterrichtete sie Mira. „Die baldige Braut verkauft Süßigkeiten, Sexspielzeug und Alkohol an Fremde auf der Straße."

Grace musste lachen.

Die hatten sie nicht mehr alle, die Deutschen! Verkauften Genitalien aus Zucker auf der Straße, tranken Wasser, das sprudelte und für das man auch noch bezahlen musste, und traten den Ball lieber mit ihrem Fuß, statt ordentlich mit einem Schläger auf ihn einzudreschen. Diese Nation war wirklich mehr als verwirrt.

„Oh, das hört sich lustig an", stellte Chloe begeistert fest. „Emma, was ist los mit dir?"

„Es ist albern! Ich will mich nicht auf der Straße zum Affen machen, das tue ich im Privatleben schon genug, vielen Dank. Und meine Hochzeit", sie schnappte bei dem Wort geräuschvoll nach Luft, „wird schon groß genug. Da wollte ich das hier heute Abend klein und gemütlich halten."

Was wohl auch der Grund war, warum sie ihre Feier mitten in der Woche und so kurz vor der eigentlichen Hochzeit am Samstag abhielt.

„Schön, geschenkt", meinte Chloe. „Aber warum kein Alkohol?" Sie sah sich im Raum um, als erwarte sie, dass sich zwei Flaschen Tequila hinter den Vorhängen des Spas versteckten und jeden Moment in Zitronen bekleidet heraussprangen.

Das war eine gute Frage, fand Grace, und automatisch wanderte ihr Blick Emmas Oberkörper hinunter zu ihrem Bauch. Augenblicklich taten es fünf Augenpaare ihrem gleich.

Die Braut in spe hob abwehrend die Hände. „Ich bin nicht schwanger, ich bin nur dick, weil ich so viel esse vor lauter Stress! Hört auf, mich so anzusehen. Mir ist ohnehin die ganze Zeit schlecht. Ich würde den Alkohol wahrscheinlich sofort wieder herauswürgen. Ich …" Sie seufzte schwer und friemelte an dem Band herum, das ihren Bademantel zusammenhielt. „Tut mir leid, ich bin albern. Danke, dass ihr hier das veranstaltet und so süß seid und versucht mir zu helfen, aber … ich drehe vollkommen am Rad!"

Das war ihnen allen mittlerweile klar.

Grace musste bei dem Gedanken daran, dass Ryan ihr Emmas Zusammenbruch vorausgesagt hatte, grinsen. Jake hatte gewettet, dass sie Luke vor dem Altar stehen ließ und Ty hatte gemeint, sie würde innerhalb der ersten drei Monate schwanger werden. Bisher hatten beide noch die Chance richtigzuliegen, während Ryan schon gewonnen hatte.

„Du darfst aufgeregt sein, das ist vollkommen in Ordnung", meinte Jenny und schüttete ihr etwas Gurkenwasser ein. „Ich habe bei meiner Hochzeit so geschwitzt, dass Philipp mir mein Kleid vom Körper schneiden musste, weil es so klebte."

„Ging mir genauso mit Wes", bestätigte Michelle.

„Ich will an Hochzeit nicht einmal denken", grummelte Kaylie.

„Sam will mich dazu zwingen, ihn in einem Jahr zu heiraten, aber ich werde ihn bis dahin mit Sex abrichten und es ein weiteres Jahr hinauszögern. Das geht mir alles zu schnell“, meinte Chloe.

„Zu schnell!?“, quietschte Emma. „Ich kenne Luke ein Jahr! Du Sam dein halbes Leben!“

Oh Gott, Chloe hatte alles nur noch schlimmer gemacht.

Mira tätschelte Emmas Hand. „Ich habe Nils ein halbes Jahr gekannt und ihn dann geheiratet. Und wir sind glücklich.“

Das schien Emmas Nerven zeitweilig etwas zu glätten. Lang genug jedenfalls, um Grace bewusst werden zu lassen, dass sie der einzige Single in der Runde war.

Sie betrachtete jedes einzelne Gesicht, doch kam zum gleichen Ergebnis. Sie war die Einzige, die vollkommen alleine war und auch niemanden wirklich in Aussicht hatte. Der Gedanke war deprimierender, als sie zugeben wollte, aber gleichzeitig war sie auch froh darum. Sie hatte in den letzten Jahren eine Menge über sich selbst gelernt und akzeptiert, dass viele Menschen dazu bestimmt waren, ihren Traum zu leben – sie aber nicht dazugehörte. Sie hatte es versucht, sich selbst und den Respekt vor sich verloren und es schließlich hinter sich gelassen. Sie war glücklich mit dieser Entscheidung, im Einklang damit. Wer sagte ihr, dass ein Kerl dieses neugewonnene Gleichgewicht nicht wieder durcheinanderbringen würde?

„Ladies, ich habe hier vielleicht etwas, das euch aufheitern wird“, versprach Chloe, die offenbar bemerkt hatte, dass die Stimmung in eine wenig wünschenswerte Richtung gekippt war. Sie zog ihre Handtasche heran, die am Rand eines Whirlpools zu ihrer Rechten stand, und kramte darin herum. Chloe schien ihren gesamten Haushalt und zwei Bücher mit sich herumzutragen, deswegen dauerte es eine Weile, bis sie eine Reihe von Bildern zutage förderte, die sie auf dem Tisch ausbreitete.

Grace beugte sich nach vorne und ihre Augenbrauen flogen nach oben. Auf dem Tisch lagen eine Reihe halbnackter Männer in Baseballhosen.

„Das sind die Promo-Shots der Delphies", sagte Chloe fröhlich. „Sam hat sie herumliegen lassen – er muss also gewollt haben, dass ich sie finde und mitbringe. Wir küren heute den Mann mit dem schönsten Körper, bevor es Emma verboten ist, sie weiterhin anzusehen."

Die Frauen fingen an, mädchenhaft zu kichern und Grace schämte sich fast dafür, dass sie miteinstimmte. Wie eine räudige Gruppe Schulmädchen! Auch Emmas Mundwinkel hatten sich gehoben.

„Warum ist Sam denn dabei?", wollte sie wissen und deutete auf ein Foto, was zwischen dem von Jared Williams und Jason Collins lag, dem neuen Leftfielder und Pitcher. „Er ist doch gar kein Spieler."

Chloes Wangen verfärbten sich rosa. „Nun ja, ich fand, er hatte eine Aufstellung hier verdient. Sein Körper ist sogar sehr viel schöner als der von vielen anderen und er sollte eine Chance für den Titel des-"

„Nein, so geht das nicht", sagte Michelle bestimmt und schnappte sich Sams Karte, die wohl einem privaten Foto-Shooting von Chloe zu verdanken war – zumindest schlief er auf dem Bild – bevor sie noch zwei andere Fotos einsackte. „Wir können die besseren Hälften der Frauen hier nicht aufstellen."

Grace beobachtete, wie sie die Karte von Luke, Emmas Verlobtem, und die von Dexter herauszog.

„Die beiden scheiden aus! Wir müssen eine objektive Debatte führen."

Sie führten eine Debatte. Aber nichts daran war objektiv.

Jakes Körper zum Beispiel war zum Niederknien – aber niemand konnte ihn wirklich in Betracht ziehen, da er für Kaylie so etwas wie ein kleiner Bruder war, Chloe ihn nicht leiden konnte und Grace so viele Frauengeschichten von ihm gehört hatte, dass sie ihn absolut nicht mehr ernst nehmen konnte. Deswegen flog er bereits in der ersten Runde raus. Genauso lief es mit Ty und Ray, die beide Kinder hatten und bei denen es den Frauen einfach falsch vorkam, über sie zu urteilen. Bei Jared, Jason und Cade, den drei Neulingen, kamen sich alle pädophil vor und weitere vier Spieler schieden aus, weil Emma und Kaylie sie schlecht über Luke oder Dex hatten reden hören.

„Leute, so geht das nicht!", sprach Chloe schließlich ein Machtwort. „Wir wollten nur nach Körpern entscheiden, nicht nach Charakter!"

„Du hast Gary Freid rausgeworfen, weil er schuld war, dass Sam in letzter Zeit so viel Stress hatte", schnaubte Kaylie.

„Ja, aber Gary Freid ist ja auch eine hässliche Blödbratze!", verteidigte sie sich.

„Sein Körper ist keine Bratze", warf Mira ein und deutete auf das dazugehörige Bild.

So ging das die nächste Stunde. Es wurde geflucht, gelacht, gesabbert, geseufzt und gehustet, weil sie sich am

Gurkenwasser verschluckten. Schließlich lagen nur noch drei Bilder auf dem Tisch.

Simon Brews, ein Pitcher, der Schwede, von dem niemand den Namen wusste, und Ryan.

„Leute, ich muss mit Ryan gehen", befand Chloe. „Er ist einfach schön. Er hat keine Übermuskeln, keinen Über-Eight-Pack, sondern ist einfach nur ..."

„... wunderbar", ergänzte Kaylie seufzend.

„Bin ich froh, dass unsere Kerle gerade nicht anwesend sind, aber ich muss zustimmen", meinte Emma nickend.

Mira und Jenny gaben ebenfalls ihren Senf dazu, während Grace stumm auf das Bild starrte. Aber anstatt auf Ryans Körper zu sehen, betrachtete sie sein Lächeln. Sie hatte das Foto damals geschossen. Bei seinem Helden-Shooting. Sie hatte ihn damals als Erpresser bezeichnet – und er hatte darüber gelacht.

„Grace? Was sagst du, du hast seine Muskeln in der Realität gesehen."

Sie schreckte hoch. „Was? Keine Ahnung. Ich schlafe nicht mit Ryan", rutschte es ihr heraus.

„Ähm, das haben wir auch nicht behauptet", sagte Kaylie langsam und ein diebisches Lächeln hatte sich auf ihre Züge gelegt. „Aber du hast ihn doch halbnackt fotografiert, oder nicht?"

„Oh." Grace' Kopf glühte und sie räusperte sich. „Ja, natürlich. Er ... nun ... doch. Sein Körper ist ... ein Kunstwerk."

Sie kam sich mehr als merkwürdig bei dieser Frage vor. Ryan war ihr Freund und sie dachte nicht darüber nach, ob er einen schönen Körper hatte!

Zumindest nicht allzu oft. Höchstens alle paar Tage. Wenn sie sehr viel Stress auf der Arbeit hatte, vielleicht auch jeden Abend.

„Soso ..." Kaylie starrte sie weiter an, während die anderen Frauen darüber diskutierten, ob Brusthaar Männer attraktiver machte oder wie Grizzlys aussehen ließ.

„Was?", fragte Grace blinzelnd.

„Nichts." Kaylie lächelte und reichte ihr ein Glas Wasser. „Aufgeweichte Gurke gefällig?"

***

Ryan ließ seine Hände ihre Beine hinauffahren, strich mit den Fingern über die glatte Haut und schloss die Augen.

„Oh Ryan", seufzte sie, küsste seine Halsbeuge, seine Brust. Er neigte den Kopf zur Seite und dachte daran, was der Coach ihm heute Morgen gesagt hatte. Darüber, dass sie sich die Tage die Bänder der neuaufgestellten Batter der Divisionleague ansehen wollten, damit er schon einmal mit ihren Schlaggewohnheiten vertraut wurde.

Ihre Hände fuhren über seinen Kopf, seinen Rücken hinunter, ihre Lippen streiften wieder seine – es war kalt, oder?

Er hatte sein T-Shirt ausgezogen und die Klimaanlage lief auf Hochtouren. Wie merkwürdig, dass die Frau, die nur im BH auf seinem Schoß saß, damit kein Problem hatte. Ja, sie waren im heißen Arizona, hier fuhren sie immer für das Frühlingstraining hin, was aber nur bedeutete, dass die Klimaanlage noch weiter hochgedreht wurde.

Ach, er sollte sich besser konzentrieren.

Er öffnete die Augen, strich ihr die Haare hinter die Ohren und ... sein Handy klingelte.

Er ließ die Hände sinken und linste auf das Display, das neben seinem Bein aufgeleuchtet war.

„Ryan?", fragte die Frau mit weit geöffneten braunen Augen. „Alles okay?"

Er seufzte, bevor er die Hände seines Gegenübers umschloss, sie von seinem Körper nahm und sie sanft von seinem Schoß schubste. „Tut mir leid, ich muss da kurz drangehen."

Die Frau schob die Unterlippe vor. „Jetzt ernsthaft?"

Er antwortete nicht, sondern hob stattdessen ab.

„Ja?"

„Wusstest du, dass Gurken das einzige Lebensmittel sind, das Küchenschaben nicht anrühren? Man kann sie sogar damit vertreiben!"

Ryan blinzelte, bevor er fragte: „Was?"

„Ja! Und Lorbeer und Katzenminze helfen auch gegen die Viecher. Aber nochmal zu den Gurken: Wusstest du, dass die gegen Sommersprossen helfen? Also, wenn man regelmäßig Gurkenmasken benutzt, dann bleichen die aus."

Verwirrt lehnte Ryan sich gegen seinen Bettkopf. „Warum sollte man absichtlich seine Sommersprossen ausbleichen und ... hast du Kakerlaken, Grace?"

„Um Gottes willen, nein!"

„Warum erzählst du mir das dann?"

„Ich dachte, du findest es vielleicht interessant ... ach, aber weswegen ich eigentlich anrufe: Enten!"

„Du hast Enten?"

„Nein, hör mir doch zu! Enten sind Nekrophilie und Vergewaltiger! Es sind ganz, ganz böse Tiere und ich will, dass wir ab dem heutigen Moment nie wieder über sie reden, als wären es knuffige Tiere.“

„Wann haben wir je über Enten geredet? Oder das Wort *knuffig* benutzt?“

„Ich meine, wir haben mal über Donald Duck gesprochen.“

„Donald Duck trägt ein Hemd und kann sprechen. Er ist keine vollwertige Ente.“

„Natürlich ist er keine vollwertige Ente. Er würde nie Daisy Duck vergewaltigen.“

Ryan zog eine Grimasse. „Dieses Gespräch bewegt sich in äußerst merkwürdigen Gefilden.“

„Du hättest einfach hinnehmen müssen, dass wir Enten ab jetzt hassen. Wenn ich jetzt mit ihren Schraubenzieher-Penissen anf...“

„Grace, nimm es mir nicht übel, aber merkwürdig verformte Tierpenisse stehen gerade nicht auf der Liste der Dinge, über die ich gerne reden würde.“

„Das sollten sie aber. Die Tierwelt hat sie nicht mehr alle.“

Ryan musste sich ein Grinsen verkneifen und warf einen Blick auf seine Uhr. „Ist bei euch nicht schon zwei Uhr nachts?“

„Ja, wieso? Ich war auf Emmas Junggesellinnenabschied und konnte nicht schlafen, da habe ich ausnahmsweise mal Fernsehen geguckt: Und schon mache ich solche bahnbrechenden Entdeckungen.“

Leise lachend schüttelte er den Kopf ... die Frau neben ihm schnalzte ungeduldig mit der Zunge. Ach ja ... Er warf ihr einen entschuldigenden Blick zu. „Grace, sorry, aber ich bin gerade in der Mitte von etwas, könnten wir ...“

„Oh, entschuldige. Hast du Besuch?"

„Sowas Ähnliches."

Kurze Stille, dann: „Verstehe, aber ... warum gehst du denn dann ans Telefon?"

„Es ist mitten in der Nacht", sagte er ungläubig. „Ich dachte, es wäre vielleicht ein Notfall."

„Na ja, es ist ein Notfall. Ich habe gerade etwas sehr Verstörendes über Enten herausgefunden und brauche jemanden, mit dem ich dieses Trauma überwinden kann!"

„Dann ruf Ty an!"

„Danny ist heute bei ihm."

„Kaylie, Emma, Chloe, Michelle ..."

„Ich brauchte eine männliche Meinung!"

„... oder Jake."

„Ich bin mir ziemlich sicher, dass gerade eine Frau in seinem Bett liegt."

„Ja, in meinem auch", sagte er und hob die freie Hand hoch, wobei er mit seinen Knöcheln aus Versehen den Arm seiner Bekanntschaft streifte.

Wieder herrschte kurze Stille, dann: „Na entschuldige, das hätte ja wirklich keiner ahnen können. Ich dachte, du würdest weiter an deiner ‚Frauen sind die Inkarnation des Teufels und bedeuten nichts als Drama'-Theorie festhalten. Sorry, ich störe nicht weiter. Mach du nur ... was du tun musst. Du hast mir gar nicht erzählt, dass du dich mit einer Frau triffst. Wir reden da am Wochenende drüber. Du kommst doch her, wegen der Hochzeit, oder? Ja? Kommst du? Was für eine Frage. Bis dann."

Was denn? Sie redeten morgen darüber, was er gleich tun würde oder über die Frau? Schön, Grace war wirklich eine verdammt gute Freundin geworden, aber manche Dinge wollte er lieber für sich behalten und überhaupt – sie hatte schon aufgelegt.

Seufzend ließ er das Telefon sinken. Grace hatte über irgendetwas reden wollen. Über etwas Wichtiges. Immer, wenn sie wegen etwas Unsinnigem wie Enten anrief, ging es eigentlich um etwas völlig anderes.

„Wer war das?", wollte die brünette Schönheit sofort wissen, die Unterlippe immer noch vorgeschoben.

„Eine Freundin", sagte Ryan und warf sein Handy auf den Nachttisch.

„Ex-Freundin?", hakte seine Bekanntschaft nach.

„Nein. Nur eine Freundin."

„Die dich nachts anruft?"

Er hob eine Augenbraue. „Ja."

„Mhm … wirklich? Interessant. Eine Freundin, für die du das hier unterbrichst … nachts … das hört sich für mich nach mehr als nur einer platonischen Bekanntschaft an."

Lieber Gott, war das etwa schon Eifersucht, die er in ihren Augen aufblitzen sah? Sie kannten sich seit zwei Tagen!

Plötzlich ernüchtert und müde seufzte Ryan und fuhr sich mit der Hand über den Kopf.

Das war kein guter Anfang. Eine Frau, die nach zwei Tagen Anzeichen von Eifersucht zeigte? Nicht die Richtige für ihn. Alles schon gehabt.

Er stand vom Bett auf und zog sich sein T-Shirt über. „Ich glaube, es ist besser, wenn du jetzt gehst."

***

Grace schlief unruhig.

Ihr Kopf war mit lauter Dingen gefüllt, über die sie eigentlich mit Ryan hatte reden wollen – aber der musste ja Damenbesuch haben. Warum hatte er nicht erzählt, dass er sich mit jemandem traf? Sie hatte geglaubt, so ziemlich alles Wichtige über sein Privatleben zu wissen, was es zu wissen gab. Er war natürlich zu nichts verpflichtet, aber sie erzählte ihm schließlich auch immer, wenn sie sich mit jemandem traf. Na ja, sollte er machen, was er sollte.

Blödmann.

Ihr war unwohl bei dem Gedanken, dass er mit einer x-beliebigen Frau schlief. Ryan brauchte eine richtige Frau! Etwas auf Dauer. Das hatte er verdient. Aber wenn er mit irgendeinem Flittchen schlafen und Jake stolz machen wollte, dann … sollte er das doch verdammt nochmal tun.

Als sie am nächsten Morgen vollkommen übermüdet aus dem Bett stieg und sich unter die Dusche stellte, zählte sie noch einmal die Dinge auf, die sie die nächsten drei Tage vor der Hochzeit zu erledigen hatte.

Sie musste die neue Fuhre Postkarten drucken, die sie dem kleinen Retroshop in der Innenstadt von Philadelphia verkaufte. Sie musste nachfragen, ob Maddie es geschafft hatte, ihren Vater diese Woche zu besuchen. Sie musste ein Hochzeitsgeschenk für Luke und Emma finden. Sie musste ihr Kleid bügeln lassen. Sie musste sich überlegen, ob sie Leonard, den Mann, mit dem sie auf einem Date gewesen war, zur Hochzeit mitnehmen wollte. Aber zuerst musste sie bei der Arbeit vorbeifahren und sich ihre Aufträge für die nächsten drei Wochen abholen, damit sie um diese herum planen konnte.

Eine Stunde später saß sie im Auto auf dem Weg zum Büro der SportsIn, bei der sie zur fest angestellten Fotografin aufgestiegen war. So viel Geld hatte sie noch nie dafür bekommen, Porträts von irgendwelchen Leuten zu machen. Die Arbeit machte Spaß und es war schön, ein festes Einkommen zu haben. Die Gehaltserhöhung war ziemlich plötzlich, wenn auch nicht ganz unerwartet gekommen und Grace war froh darum und ... sie war kaum nervös.

Sie hielt gerade an einer Ampel, als ihr Telefon klingelte. Na, im Stehen war es ja wohl legal, dranzugehen.

„Hey, Maddie", meldete sie sich. „Ich wollte innerhalb der nächsten zehn Minuten bei dir anrufen, ich ..."

„Er ist unmöglich und ich werde nicht gehen!", unterbrach ihre Schwester sie.

Stöhnend ließ Grace ihren Kopf gegen die Lehne sacken. „Madison, du musst ihm nur eine Chance geben, er ..."

„Er hat mich gefragt, ob ich immer noch das alberne Ziel verfolgen würde, Ärztin zu werden. Und als ich mit Ja geantwortet habe, hat er vorgeschlagen, dass ich da doch lieber als Maskottchen für die Delphies anheuern sollte."

Verdammt. Warum konnte ihr Vater nicht einmal darauf achten, was er sagte?

„Er meint es nicht so, er ..."

„Natürlich meint er es so!", fuhr ihr Madison dazwischen. „Er meint alles so, wie er es sagt. Nur, weil du seine Lieblingstochter bist, die nichts falsch machen kann, weil sie ja *Künstlerin* und seiner würdig ist, musst du nicht gleich seine ganze Persönlichkeit ausblenden!"

„Maddie, komm schon. Er ist einsam. Wir hatten das
doch besprochen. Amelia war letzte Woche dran, ich
die davor – und jetzt ist es deine ...!" Die Ampel schaltete
auf Grün und Grace trat aufs Gas.

„Grace! Das kannst du nicht von mir verlangen! Wir
haben uns absolut nichts zu sagen. Er redet doch ohnehin nur über seine Kunst und interessiert sich gar nicht
für mein Leben. Mach endlich die Augen auf! Dad ist
unausstehlich geworden. Und ich werde mich nicht
dazu zwingen, zu ihm zu fahren, nur damit ich am
Ende wieder anfangen muss, zum Therapeuten zu gehen. Tut mir leid. Das geht einfach nicht. Ich muss jetzt
auch wieder zurück in die Vorlesung. Sorry, wirklich,
aber ... ich bin nicht lebensmüde." Und damit legte sie
auf.

Stöhnend ließ Grace das Telefon auf ihren Beifahrer-
sitz fallen und fuhr auf den Parkplatz der SportsIn. Sie
hatte keine Zeit, noch bei ihm vorbeizufahren! Sie hatte
genug Sorgen ... und dennoch ...

„Scheiße", fluchte sie und schlug mit den flachen
Händen auf das Lenkrad. Sie parkte und zog ihr Handy
wieder zu sich heran.

*Habe einen beschissenen Tag ... und warum hast du mir
nicht erzählt, dass du dich mit einer Frau triffst?*

Sie war schlecht gelaunt, sie fand, sie hatte das Recht,
in Ryans Privatleben herumzustochern.

Seine Antwort ließ nicht lange auf sich warten.

*Mein Tag ist auch nicht geil. Coach hat mich gerade ge-
fragt, ob er mir drei Bälle ins Gesicht schlagen soll,*

damit ich aufmerksamer werde, weil Williams schon wieder eine Base gestohlen hat. Was macht deinen so beschissen?

Grace schnaubte und schrieb zurück:

Du weißt doch, dass Williams dich immer verarscht. Er ist jung und will Aufmerksamkeit, warum passt du nicht besser auf?

Vielen Dank für die zusprechenden Worte.

Na, ist doch wahr! Du bist besser als das, Ryan. Und meine Schwestern boykottieren meinen Vater, deswegen muss ich gleich noch hin.

Es ist nicht deine Aufgabe hinzugehen. Dein Vater ist ein erwachsener Mann.

Na, wenn das mal stimmen würde!
Ist auch egal, tippte sie zurück.

Und du hast immer noch nichts zur Frau gesagt.

Sie hatte zwei Brüste und all die anderen wichtigen Teile. Gibt aber auch nichts mehr zu sagen. War zu anhänglich.

Seufzend zog Grace den Schlüssel aus dem Zündschloss, stieg aus und wählte kurzerhand seine Nummer.
„Was?", meldete er sich. „Ich bin beim Training."

„Sie war zu anhänglich?“, fragte sie schnaubend und warf die Tür ins Schloss.

„Sie war eifersüchtig auf dich, weil ich gestern deinen Anruf angenommen habe. Nach zwei Dates!“

„Na ja, ich bin ja auch ziemlich toll, da kann man schon mal eifersüchtig werden.“

„Sie war zu anstrengend.“

„Du bist anstrengend, Ryan! Du findest bei jeder Frau etwas, das dich stört.“

„Bisher waren ja auch alle Frauen, die ich gedatet habe, gestört. Da ist das Wort schon mit inbegriffen.“

Grace musste sich ein Lächeln verkneifen. „So wirst du nie die Richtige finden.“

„Na, dann habe ich einfach derweil Spaß mit den Falschen.“

Das Lächeln fiel von ihrem Gesicht. „Das ist nicht cool, Ryan! Du solltest nicht ... Sex mit irgendwem haben. Einfach nur so.“ Ihr gefiel dieser Gedanke so wenig, dass sich ihr Autoschlüssel unangenehm in ihre Hand bohrte.

„Und du solltest nicht zu deinem Vater fahren, Grace.“

„Welch ein galanter Themenwechsel.“

„Na ja, du sagst mir Dinge, die ich nicht hören will, ich dachte, da erwidere ich dir den Gefallen.“

„Schön. Dann schlaf dich eben fröhlich durch die Welt. Ich muss jetzt sowieso zur Arbeit. Wir sehen uns ja ohnehin am Wochenende.“

„Danke, das werde ich. Und ich wiederhole: Fahr nicht zu deinem Vater. Es ist nicht deine Aufgabe, dafür zu sorgen, dass er nicht vereinsamt.“

Doch, das war es. Denn sie war die Einzige, die verstand, wie er sich fühlte.

„Bis dann, Ryan", sagte sie und legte auf.

Keine Minute später piepte ihr Handy mit einer weiteren Nachricht.

Hör auf, dir die Bürde anderer aufzuladen.

Zähneknirschend tippte sie zurück:

Fang du an, Chancen zu verteilen.

Daraufhin antwortete Ryan nicht mehr – sie hatte es nicht anders erwartet. Das, was er ihr in den letzten zwei Monaten von seinen Ex-Freundinnen preisgegeben hatte, war nicht schön. Er war ein gebranntes Kind und misstraute allem, was zwei Brüste ... und eben all die anderen wichtigen Teile hatte. Umso überraschter war sie gewesen, dass er gestern anscheinend eine Frau auf seinem Zimmer gehabt hatte. Das war ... einfach nicht richtig. Sie würde am Wochenende wirklich nochmal mit ihm reden müssen. Die Delphies waren zurzeit in Arizona, bei Phoenix, wo sie ihr Frühlingstraining absolvierten, bevor Anfang April die Saison losging. Da Emma und Luke aber an diesem Wochenende heiraten würden, und das in New York, kamen sie alle für einen kurzen Stopp wieder nach Philadelphia.

Grace schritt durch die Drehtür des Glaskomplexes, in dem die *SportsIn* ihr Büro hatte und fuhr mit dem Fahrstuhl in den fünften Stock zur Grafikabteilung. Sie hatte die letzte Woche eine Reihe über Eiskunstlauf geschossen – was ihr eine willkommene Herausforderung gewesen war, denn in dieser Sportart herrschte zumindest mal eine Menge Bewegung – und wollte sichergehen, dass die Bilder in der richtigen Reihenfolge in die Fotoreihe eingefügt worden waren. Sie kam jedoch nicht so weit, denn sobald sie den ersten Fuß in den weitläufigen Loft-Bereich gesetzt hatte, in dem die Grafik hauste, fegte schon Melody Zernowitz auf sie zu. Als hätte sie nur darauf gewartet, sie anschreien zu können.

„Hatte ich nicht gesagt, dass ich die Fotos gestern entwickelt auf meinem Schreibtisch liegen haben wollte?", fragte ihre direkte Vorgesetzte scharf, sodass auch ja alle Mitarbeiter, die einen der Eckschreibtische im Büroraum besetzten, es mitbekamen.

Grace lief rosa an. „Ähm, ja, nur ... ich habe die Fotos an Trevor gegeben, der ..."

„Und warum zum Teufel hast du das getan!? Wir schwer kann es sein, eine Anweisung zu befolgen, Hayden?"

Grace senkte den Kopf und trat unwohl von einem Bein auf das andere. Sie hasste so was. Hasste diesen Blick. Das Wissen, dass sie es ohnehin nur schlimmer machen konnte, indem sie sich verteidigte. „Weil Trevor sie bearbeiten wollte – so wie Sie ihn darum gebeten haben."

„Na und? Es ist deine Aufgabe, dich darum zu kümmern, dass sie rechtzeitig fertig werden! Wo also sind sie?"

Grace wurde noch roter und warf einen Blick auf die heischende Masse, die sie anstarrte. „Ich geh' gleich bei Trevor gucken und ..."

„Ja, das wäre wohl das Beste, oder nicht?", fauchte Melody, wandte ihr den Rücken zu und schlug die Tür zu ihrem Büro zu.

Grace ließ ihre Schultern sinken und atmete einmal kurz durch. Es würde sich nie etwas ändern. Ewig in der Highschool gefangen.

Was stimmte nur nicht mit den Menschen? Wieso hatten sie das Gefühl, dass sie nur wertvoll waren, wenn sie beweisen konnten, dass es andere nicht waren?

Es war eine der Fragen, zu der niemand eine Antwort zu finden schien. Eine der Fragen, die sie sich vor ein paar Jahren vielleicht öfter hätte stellen sollen.

Aber das war Vergangenheit. Jetzt war sie eine einfache Mitarbeiterin, nicht der Boss – und sie war froh darum. Das war ihr Ziel gewesen. Was aber nicht bedeutete, dass sie Melody Zernowitz nicht gerne mal einen Penis auf die Stirn malen wollen würde. Sie würde morgen zu ihrem Vater fahren. Sie hatte das vage Gefühl, dass der heutige Tag sie fertigmachen würde.

„Ach ja, Hayden!" Melody hatte erneut die Tür ihres Tempels der Bitterkeit geöffnet. „Du fliegst nächste Woche für ein paar Tage nach Phoenix und machst die Fotos für den Frühlingstrainingsbericht der Delphies. Und diesmal bitte ein paar Bilder, denen Leben eingehaucht ist! Spieler, die sich anschreien, Hechtsprünge, all der ganze Kram, ist das klar?"

Grace nickte langsam – einen richtig großen Penis. Ja, das würde Melodys Gesicht bereichern.

Kapitel 9

Ryan drückte den Fahrstuhlknopf und lehnte sich gegen die Wand. Die Stimme des Coaches dröhnte in seinem Kopf nach: „Bist du ein kleines Mädchen, das von süßen Wolkenkonstellationen abgelenkt wird, oder was? Du bist der Catcher! Du musst das Spiel im Blick haben. Die anderen verlassen sich auf dich!"

Kurzum: Das Training war ein Desaster gewesen.

Es war nicht seine Schuld, hatte er entschieden. Sein Kopf wurde im Moment von den verschiedensten Frauen bevölkert – und Frauen regten ihn auf und brachten ihn durcheinander. Kein Wunder also, dass der verdammte Neuling Jared Williams nicht nur eine, sondern zwei Bases gestohlen hatte.

Shit. Er sollte sich schämen, aber er war zu sehr mit der Frage beschäftigt gewesen, ob Grace recht hatte und er Frauen gar keine Chance mehr gab.

„Hale! Hale, halt die verdammte Tür auf."

Überrascht blickte er auf und sah Luke, Pitcher der Delphies und baldigen Bräutigam, auf die sich langsam schließende Aufzugtür zuhasten. Ryan machte einen Schritt nach vorne und konnte durch dieselben brillanten Reflexe, durch die er schon zum Helden deklariert worden war, es Luke ersparen, auf den nächsten Fahrstuhl zu warten.

„Danke", keuchte Luke – seiner schweren Atmung nach zu urteilen, musste er über die Saisonpause hinweg an Kondition verloren haben. „Mann, hast du auch so beschissen geschlafen wie ich? Ist bald Vollmond oder was?"

„Keine Ahnung. Ich bin kein Werwolf, so wie du offensichtlich."

Der Fahrstuhl setzte sich in Bewegung und Luke schnaubte verächtlich. „Immer noch angepisst, weil du gestern wie ein kleines Mädchen gespielt hast?"

Diese Bemerkung ignorierte Ryan gekonnt. „Warum konntest du denn nicht schlafen? Bist du nervös?"

„Wegen des Frühstücks? Nö. Das habe ich geübt und beherrsche es jetzt."

„Wegen deiner Hochzeit, du Strüh."

Luke verzog das Gesicht. „Großer Gott, sag mir nicht, dass du auch schon dieses Wort übernommen hast."

„Wäre dir Deppidiottel lieber? Denn das war die Wahl, vor die ich von ungefähr allen Frauen, die etwas mit der Organisation zu tun haben, gestellt wurde. Sie haben sich verbündet und wollen schwachsinnige Worte in die Welt hinausbringen."

„Ja, ich weiß auch nicht, wann Baseball so zu einer von Frauen regierten Domäne geworden ist."

Ryan wusste es: Seit Luke mit Emma zusammen war.

Die deutsche Blondine schien eine Kette losgetreten zu haben, die unter anderem dazu geführt hatte, dass der Eisklotz Sam „Ich liebe dich" in sein Telefon flüsterte und Jake sich von einer Physiotherapeutin, die er mit einem kleinen Finger zu Fall bringen könnte, in sein Leben reinreden ließ. Nicht zu vergessen seine Wenigkeit, die sich auf einmal schuldig dafür fühlte, dass sie einer durchgeknallten Künstlerin nicht gesagt hatte, dass sie mit einer Kellnerin ausging, die sie in einer Bar getroffen hatte – nur weil diese sich innerhalb der letzten zwei Monate erfolgreich in ihr Leben gewuselt hatte und sich weigerte zu gehen.

Schön, er musste zugeben, dass er Grace auch ungerne wieder verlieren würde. Er hatte selten einen so guten Freund gehabt. Und das schloss Ty mit ein.

„Ist auch egal. Das macht das Ganze interessant, oder?", sagte Ryan in den Raum hinein.

Luke beschloss, nicht darauf zu antworten, was Ryan für eine weise Entscheidung hielt. Die Frauen hatten ihre Augen und Ohren überall.

„Du hast immer noch nicht auf meine Frage geantwortet", setzte er schließlich hinzu, als der Fahrstuhl innehielt und die Türen sich öffneten.

„Welche Frage?"

„Ob du nervös bist."

„Nee."

„Hm."

Luke warf ihm einen Seitenblick zu, während sie die Lobby zum Frühstücksraum durchquerten. „Was?"

„Keine Ahnung. Ich habe mir bei der Aussicht auf eine ewige Bindung irgendwie mehr Panik deinerseits vorgestellt."

Luke zuckte nur die Schultern und lächelte nun leicht. „Es ist Emma."

Und damit war alles gesagt.

Sie erreichten die Flügeltüren, hinter denen das tägliche Frühstücksbuffet lag – und prompt klingelte Ryans Handy. Er sollte das verdammte Ding abschaffen! Es läutete immer in den falschen Momenten. Er hatte Hunger, verdammt! Und wenn es wieder Grace war, die ihm irgendetwas über Kakerlaken oder Enten erzählen wollte, dann würde er nicht drangehen.

Schön, er würde wahrscheinlich doch drangehen. Aber er würde sie schnell abwimmeln.

Doch es war nicht Grace, die anrief. Es war die einzige andere Person, bei der er es sich nicht leisten konnte, nicht dranzugehen.

„Mom?", hob er ab und wedelte mit der Hand Luke zu, der nickte, den Wink befolgte und schon einmal im Speisesaal verschwand.

„Hey Schätzchen, hast du dir den Termin rot im Kalender eingetragen und holst Ruffy übernächste Woche vom Flughafen ab?"

„Mom, erzählst du mir nicht immer, dass ich mit deinem Grips gesegnet bin?"

„Ja."

„Wieso gehst du dann davon aus, dass ich so vergesslich bin wie Dad? Ich hole Ruffy ab und am nächsten Tag kann er mit zum Opening Day kommen."

„Zum Opening Day!? Du darfst ihn nicht so viel Spaß haben lassen! Er hängt hier nur rum, schließt sich in seinem Zimmer ein und ist auf irgendwelchen Partys! Ich wünschte, er wäre keine einundzwanzig, da könnte ich ihn wegen Alkoholmissbrauchs anzeigen! Vielleicht kann ich das auch wegen Lärmbelästigung tun ..."

Janine Hale war eine liebende Mutter – aber sie war auch eine liebende Mutter mit harter Hand, die keinen Mist akzeptierte.

Den Wunsch zu verspüren, DJ zu werden, war offenbar Mist. Ryan musste grinsen. Er erinnerte sich noch an den Tag, an dem er verkündet hatte, er wolle Baseballer werden. Seine Mutter hatte bestimmt zwei Stunden lang den Kopf geschüttelt.

„Warte mit dem Anzeigen noch“, schlug Ryan vor. „Ich rede schon mit ihm.“

Ihm würde schon etwas einfallen. Er würde sich von Grace inspirieren lassen. Sie schien immer zu wissen, was zu sagen war.

„Tu das! Denn ansonsten ... werde ich ihn rausschmeißen. Dann soll er sich sein Geld mit dem DJ-Kram selbst verdienen!“

„Wie gesagt, Mom: Ich rede mit ihm.“

„Tu das! Weißt du, Ryan, ich erwarte keine Wunder von dir – bring ihn einfach wieder zur Vernunft und sorge dafür, dass er eine schillernde Zukunft hat.“

„Du setzt mich schon wieder unter Druck, Mom.“

„Tue ich das? Gut so! Bis dann. Ich drück’ dich.“

Sie legte auf und wie auf Kommando trudelte eine Nachricht auf seinem Handy ein.

Er hatte damit gerechnet und stöhnend las Ryan, was sein Bruder zu sagen hatte.

Was genau hast du vor, mir zu sagen? Und wenn sie mich wirklich rauswirft, kann ich dann dauerhaft bei dir wohnen? Ich will sowieso nach New York. Da bist du doch um die Ecke.

Ja, soweit käme es noch, dass sein Bruder dauerhaft bei ihm einzog!

Kannst du vergessen, tippte er zurück.

Ich will auch noch ein Privatleben haben.

Ach, du suchst dir doch sowieso nur die verrückten Weiber. Vielleicht sollte ich wirklich für längere Zeit bei dir wohnen, dann kann ich dich beraten.

Ja, genau! Und dann könnte Ryan sich bei einem Tanzkurs anmelden und Stripper werden.
Klar, antwortete er.

Wenn du mir Miete zahlst.

Alter, du bist reich!

Richtig. ICH bin reich. Du nicht. Mein Geld, nicht deins.

Ich werde schon irgendwie Kohle bekommen.

Na, dann ist ja alles paletti.

Ryan steckte das Telefon weg, sah auf – und erstarrte.
„Hey, Ryan."
Sein Herz sprang ihm kurzzeitig in die Luftröhre und er zwang sich dazu, seinen Mund zu schließen.
Die große Blondine vor ihm, die ihre langen, glatten Haare mit einer Dolce & Gabbana Sonnenbrille zurückhielt, die großen blauen Augen aufgerissen hatte und ihre Handtasche locker gegen ihre nackten Beine schlagen ließ, lächelte ihn an. Sie war immer noch hollywooddünn, filmstarschön und ihre hellblauen High Heels passten zu ihren hellblauen Ohrringen. Sie ging ihm dank ihrer Schuhe bis zur Nase und ihre Lippen waren so unglaublich rot, dass es einem schwerfiel, nicht hinzustarren.

All das fiel Ryan auf, während er dachte: *Was zur Hölle?*

Er hatte sich diesen Moment ziemlich oft ausgemalt – und gehofft, ihn nie erleben zu müssen. Einfach, weil er immer noch nicht wusste, was er sagen sollte. Die Sache war: Er durfte ihr nicht sagen, was er gerne loswerden würde. Denn wenn das auch nur eine Kamera aufnahm, dann würde er bald wieder in der Mediengosse liegen. Sie befanden sich an einem öffentlichen Ort, erregten bereits alleine aufgrund ihrer Präsenz genug Aufsehen, weswegen er sich zur Ruhe zwang und schlichtweg „Mary-Ann" hervorpresste.

„Du siehst gut aus", sagte sie lächelnd und ließ anzüglich ihren Blick über seinen Körper schweifen.

„Ach ja? Du vielleicht auch, ich kann es unter der ganzen Schminke nur nicht ganz erkennen."

Sie verlor ihr Lächeln nicht. „Unhöflich, Ryan."

Nun ja, was anderes würde sie von ihm nicht bekommen. „Ich bin unhöflich, Mary-Ann. Schon vergessen? Das hast du doch ohnehin jedem erzählt."

Sie legte ihren Kopf schief und schüttelte leicht den Kopf. „Ich hatte gehofft, dass wir vernünftig miteinander reden könnten."

„Nein danke, kein Interesse."

Er wollte sich abwenden, doch sie hielt ihn am Arm fest – und natürlich konnte er sich nicht losreißen, denn nachher hieß es noch, dass er sie tätlich angegriffen habe.

„Ryan, ich habe gehört, dass ihr dieses Jahr hier seid … und da ich ja in der Nähe wohne, dachte ich, ich könnte mal vorbeischauen."

„Du wohnst in LA“, erinnerte sie Ryan, die Augen verengt. „Nicht gerade ein Katzensprung.“

„Mit einem Privatjet durchaus.“

„Natürlich. Nun, es tut mir leid, dir das sagen zu müssen, aber du bist umsonst hergekommen. Ich habe nicht das Verlangen, mit dir zu reden und ehrlich gesagt ... fasse ich es nicht, dass du den Nerv hattest, hierherzukommen.“

Sie legte sich eine Hand auf die Brust. „Was sollte ich denn tun? Du hast meine Anrufe nicht angenommen.“

„Natürlich habe ich deine Anrufe nicht angenommen!“, zischte er. „Du hast mich bei den Medien so schlechtgemacht, dass ich nicht mehr vors Haus gehen konnte. Es ist ein Wunder, dass ich nicht festgenommen wurde!“

„Ja, ich weiß, das war vielleicht etwas impulsiv und nicht gut durchdacht von mir, aber du musst die Situation auch mal aus meiner Sicht sehen: Ich war sehr unzufrieden damit, wie das alles gelaufen ist.“

„Ja, ich auch! Deswegen habe ich ja Schluss gemacht.“

„Ryan, das wiederum war ein wenig impulsiv von dir ...“

„Nein, war es nicht! Du weißt genau, was du getan hast – ich glaube, meine Entscheidung war gut durchdacht.“

Sie nickte langsam, das Gesicht immer noch glatt. „Ich verstehe, dass dich das aufgeregt hat, deswegen bin ich auch hier. Ich möchte, dass du weißt, dass es mir leidtut, wie es gelaufen ist. Aber ich habe mich verändert. Ich bin ein besserer Mensch geworden. Ich bin in letzter Zeit sehr rastlos und unruhig gewesen und die Publicity, die unsere Trennung hervorgerufen hat, war auch nicht sonderlich gut für mich, da hat mein

Therapeut mir nahegelegt, all meine losen Enden zu schließen. Du bist eines dieser Enden und ich würde mich sehr gerne mit dir zusammensetzen, um …"

„Nein", unterbrach er sie. „Nein und nein. Knote deine Dinge ohne mich zusammen, bevor der nächste Paparazzo schreibt, dass ich dich zurück will und deswegen mit einem Messer bedroht habe. Und ganz ehrlich: Deine Publicity interessiert mich einen Scheiß."

Und bevor sie noch einmal eine Hand nach ihm ausstrecken konnte, schritt er zurück zum Fahrstuhl. Das Frühstück würde heute ausfallen müssen.

***

„Sie haben sie alle verkauft. Einfach alle verkauft. Ohne mir zu sagen, an wen! Ohne sicherzugehen, dass es anständige Leute sind."
Grace lehnte sich näher über die Skulptur, die vor ihr auf einem Podest stand – das letzte Werk ihres Vaters – und strich mit ihren Fingern über das Holz. Mitchell Hayden arbeitete am liebsten mit Ton und Erde, doch ab und an verliebte er sich mal in Kalkstein, Glas oder eben Holz.

„Dad, es ist eine Kunstgalerie, natürlich verkaufen sie deine Arbeiten."

Und das für Summen, bei denen manch ein Baseballer vom Glauben abgefallen wäre.

„Ich meine ja nur", sagte ihr Vater schroff. „Ich weiß gerne, wo meine Skulpturen landen."

Ja, um das Wohl seiner Kunstwerke sorgte er sich manchmal mehr als um das Wohl seiner Kinder.

„Ich bin mir sicher, dass nur Kunstkenner, die genau wissen, wie Ton auf Kälte oder Hitze reagiert, deine

141

Werke gekauft haben“, versicherte ihm Grace und wanderte zum nächsten Stück. „Die sind wirklich toll, Dad“, murmelte sie und betrachtete die Kombination aus runden Glaskugeln, durch die sich das Licht brach und dreieckig zugeschnittenen Holzstücken, die auf den ersten Blick wahllos angeordnet schienen, jedoch von einem weiteren Winkel aus betrachtet an den nackten Oberkörper einer Frau erinnerten. „Sehr expressionistisch diesmal. Und ich dachte, du wolltest deine nächste Reihe eher ans Detaillierte annähern.“

„Ich habe mich umentschieden“, war die knappe Antwort.

„Das sehe ich.“ Grace richtete sich auf und schob gedankenverloren ein Stück Holz mit ihrem Fuß weg. Das Atelier ihres Vaters lag etwas außerhalb von Philadelphia und besaß eine breite Glasfront, sodass Mitchell immer genug Licht zum Arbeiten hatte. Ein großer Container stand in der Ecke, in dem sich die Restmaterialien seiner Kunstwerke häuften und der Boden war von einer ständigen Mischung aus Ton, Holzspänen und Glassplittern überzogen.

Zusammengefasst: Dieser Ort war für Kinder besonders gut geeignet.

„Dad, wir müssen über das reden, was du zu Amelia gesagt hast“, seufzte Grace. Sie hasste diese Unterhaltung bereits jetzt, bevor sie überhaupt angefangen hatte.

Ihr Vater gab ein Grunzen von sich und schüttelte den Kopf. „Sag mir lieber, ob die Kombination von Holz und Glas zu abstrakt wirken könnte, wenn ...“

„Dad!", unterbrach sie ihn mit Nachdruck. „Du hast ihre Gefühle verletzt, weil du ihre Arbeit nicht ernst nimmst. Ärztin zu werden, ist ein ehrbares Ziel."

Er winkte ab. „Jaja, ich weiß. Ich würde mir nur manchmal wünschen, deine Schwestern wären offen dafür, ihren Horizont zu erweitern. Sie kommen nach deiner Mutter. Sie werden nie verstehen, was ich hier eigentlich erschaffe. Du verstehst das. Du kommst nach mir."

Grace' Herz wurde schwer und sie betrachtete angestrengt den Boden. Es war ein endloser Kampf – ein Kampf, den sie gegen ihren Vater nie würde gewinnen können. Es gab ihn und es gab seine Kunst. Dazwischen passte nur sehr wenig. Und ja, sie mochte mehr nach ihm kommen ... aber sie würde nicht so enden wie er. Sie würde ihre Freunde nicht vergraulen. Sie würde eine funktionierende Beziehung führen. Sie würde sich nicht durch Erfolg und ihre Arbeiten verblenden lassen.

„Eine Ärztin zu werden ist nun wirklich nichts, was man verurteilen kann."

„Ich weiß, ich weiß." Mitchell wischte sich seine blasenüberzogenen Hände an seiner Arbeitshose ab. „Viel schlimmer ist das, was du tust."

Na wunderbar, sie hatte sich ihr eigenes Grab geschaufelt.

„So talentiert zu sein wie du und diesem Talent nicht nachzugeben." Er schüttelte den Kopf. „Du bist die geborene Künstlerin, Grace, und du verschwendest deine Zeit mit albernen Fotos von Sportlern und Muskelmännern. Es ist eine Schande, dass du dein Talent nicht auslebst."

„Ich male eben einfach nicht mehr, Dad“, log sie und zuckte mit den Schultern. „Lass es gut sein. Fotografie ist auch Kunst.“

„Die Kunst der Armseligen“, knurrte er. „Für diejenigen, die ihre Kreativität nur mithilfe von Digitalität ausüben können.“

Grace wandte sich ab und schloss kurz die Augen, bevor sie mit dem Satz: „Erzähl mir, was du mit Holz und Glas noch vorhast, Dad“, zielsicher das Thema wechselte.

Als Grace wieder zu Hause war, ließ sie sich für ein paar Momente auf die Couch sinken. Es war furchtbar leer in der Wohnung und die Stille schien ihr auf die Ohren zu schlagen. Sie blickte auf ihr Handy, um zu sehen, ob Ryan ihr auf den Satz von gestern geantwortet hatte – hatte er nicht – und stieß sich dann wieder von der Couch. Sie würde heute Abend mit ihm reden können.

Sie lief in Kaylies altes Zimmer, zog die Vorhänge zu und ihren Pullover über den Kopf. Die Folie, mit der sie den Raum ausgelegt hatte, knisterte unter ihren nackten Füßen, als sie zu der Stereoanlage zu ihrer Rechten taperte, ihr Handy anschloss und die Musik aufdrehte. Alles Akustikstücke, ohne Gesang. Gesang lenkte zu sehr ab. Sie zog sich auch noch die Hose aus und faltete ihr Top auf ihre gestapelte Kleidung, bevor sie sich den Kittel überzog, den sie das letzte Mal achtlos auf den Boden geworfen hatte. Dann schloss sie die Augen und ließ ihren Nacken kreisen, bevor sie nach der Ölfarbe griff.

Sie arbeitete am liebsten mit Öl, da die Farbe lange brauchte, um zu trocknen und die Schichten miteinander verwischen konnten. In letzter Zeit jedoch hatte sie angefangen, Fotodrucke mit Öl zu kombinieren und so stellte sie eine vorgefertigte Leinwand auf die Staffelei, auf die sie eine verblasste Schwarz-Weiß Fotografie einer alten knorrigen Eiche gedruckt hatte. Die Fotografie wirkte fast wie ein Schatten auf dem weißen Stoff und Grace musste bei dem Anblick lächeln. So viel Potenzial.

Sie öffnete Tuben, rührte Farben an, ließ die Musik ihren Kopf füllen, die Pinselborsten über ihre Finger streichen – und alles um sie herum verschwand.

Kapitel 10

„Oh mein Gott, es tut mir so leid, ich habe die Zeit vergessen." Gehetzt trat Grace an den Tisch, an dem ihre Freundinnen bereits saßen. Sie ließ ihren Blick über die Gruppe wandern und fragte dann irritiert: „Wo sind deine Freundinnen aus Deutschland, Emma? Jenny und Mira?"

Emma winkte ab und klopfte auf den freien Stuhl neben sich. „Die sind heute schon nach New York und wollen sich vor der Hochzeit Samstag noch die Stadt ansehen. Ich bin also die Einzige, die dich in deutscher Manier wegen deiner Unpünktlichkeit verurteilt – und das auch nur, weil ich so großen Hunger habe, dass ich in den nächsten zwei Minuten sterben werde, wenn der Kellner nicht endlich das Brot bringt!"

„Sie dramatisiert bereits seit zehn Minuten", meinte Michelle augenverdrehend. „Wir sagen ihr nur nicht, dass es nervt, weil sie übermorgen heiratet und vor Aufregung den ganzen Tag vergessen hat zu essen."

„Und dafür bin ich auch sehr dankbar", bestätigte Emma nickend. „Und jetzt setz dich hin, damit der Kellner sieht, dass wir bereit sind!"

„Du scheinst mir leicht nervös, Emma", bemerkte Chloe, die auf Grace' anderer Seite saß. „Macht es dich fertig, Samstag zu einer Feier zu gehen, die du nicht organisiert hast?"

„Du meinst, zu einer Feier, für die die Planerin nicht einmal ganze zwei Monate Zeit hatte? Nein, überhaupt nicht!“

Grace würde darauf wetten, dass das sarkastisch gemeint gewesen war, war sich aber nicht sicher.

„Gott, bei meiner nächsten Hochzeit lasse ich meinen Bräutigam nicht den Termin festlegen“, setzte Emma knurrend hinzu. „Nur weil er noch vor Saisonbeginn heiraten will, damit er, Zitat: *es leichter hat, seine Groupies abzuwehren, die von einem Ehering abgeschreckt werden.*“

Okay, es war sarkastisch gewesen.

Kaylie lachte laut. „Na, es wird ja hoffentlich bei der einen Hochzeit bleiben.“

„Ich weiß nicht“, überlegte Emma laut. „Ich stehe total auf Hochzeitstorten – vielleicht lasse ich mich aus Spaß von Luke scheiden, nur um ihn dann nochmal heiraten zu können. Außerdem ...“ Sie holte tief Luft und Grace musste breit lächeln, weil Emma so offenkundig nervös war, dass einen die Emotion zu erschlagen schien. „Außerdem ist er komplett bescheuert, weil er mich keinen Ehevertrag unterschreiben lassen will. Da wäre so eine Scheidung doch mal lehrreich für ihn!“

Dazu wusste nun wirklich niemand, was er sagen sollte. Die Mädels tauschten Blicke untereinander aus, bevor Chloe langsam sagte: „Emma, du weißt schon, dass es eigentlich echt süß von ihm ist, dass er keinen Ehevertrag will, oder? Das bedeutet, dass er dir vertraut.“

„Das weiß ich doch! Aber ich ... ich will ihm doch nur beweisen, dass ich nicht hinter seinem Geld her bin, weil er damit doch so viele Probleme hatte, und wisst ihr, was er daraufhin gesagt hat? Er meinte, er vertraue mir und wenn ich schon die Anstrengung in Kauf nehmen müsse, mit ihm verheiratet zu sein, dann solle ich wenigstens für die Zeit, die ich mit ihm verbringe, belohnt werden – auch wenn ich es nicht mehr aushalte. Abgesehen davon, dass er also von vornherein davon ausgeht, dass ich ihn verlassen werde, geht der Deppidiottel einfach viel zu locker mit seinem Geld um!" Emmas Stimme rutschte zwei Oktaven höher und sie schnappte mehrfach nach Luft. „Das kann doch nicht gesund sein, so einfach sein hart erarbeitetes Vermögen aufs Spiel zu setzen und ich weiß ehrlich nicht, was ich davon halten soll. Ja, er ist stinkreich, ich verstehe es, aber er verliert total die Perspektive dazu, wie viel das wirklich ist. Und mit diesem Mann soll ich den Rest meines Lebens verbringen? Mit einem Mann, dem völlig egal ist, wenn ich sein Auto kaputt fahre, weil er sich ja ein Neues kaufen kann? Mit einem Mann, der keine Torten isst? Ernsthaft mal, das ist doch ein schlechtes Omen. Wie sollte so ein Mann zu mir passen, ich ..."

Sie sprach weiter, während Grace seelenruhig in ihre Hosentasche griff, ihr Handy hervorholte, ein paar Tasten drückte und es an ihr Ohr hielt.

Emma war rot angelaufen und fuchtelte gerade mit ihren Armen herum, als endlich jemand abhob.

„Grace."

„Hey, Luke", sagte sie gelassen. „Wir haben hier gerade eine Situation ..."

„Ist Emma dabei, auszurasten?"

„Jap."

„Gib sie mir."

Grace zog Emmas Arme mit sanfter Gewalt nach unten und drückte ihr das Telefon ans Ohr. „Luke ist dran, rede mit ihm.“

„Lucky?“, sagte sie atemlos und stand vom Tisch auf. „Ich bin so verdammt hungrig und alles fängt an auszusehen wie Torten. Warum magst du keine Torten, Luke? ... natürlich sagt es was über den Charakter aus, wenn man keine Torten mag! ... ja. Ja, ich weiß. Und ich liebe dich ja grundsätzlich auch mehr als Torten, es ist nur ... ja, ja natürlich ...“

Sie bewegte sich in den Eingangsbereich und Grace konnte sehen, wie ihre Schultern sichtlich nach unten sackten und ihre Hände, die sie zu Fäusten geballt hatte, sich entspannten.

„Dieser Mann hat magische Fähigkeiten“, murmelte Kaylie fasziniert und streckte ihre Hand nach dem Sektglas aus, das vor Grace’ Teller stand, um es zu füllen. „Niemand von uns könnte eine Tortendiskussion mit Emma gewinnen. Wow, ich hätte nicht gedacht, dass ihr noch so die Nerven flattern.“

„War bei mir genauso“, meinte Michelle. „Deswegen bin ich ja auch abgehauen, um Wes zu heiraten. Viel weniger Druck.“

„Ja, aber Emma und Luke wirken immer so eins in ihrer Beziehung“, murmelte Kaylie. „So als würden sie während ihrer Zankereien vergessen, dass überhaupt noch eine Welt existiert. Ich hätte fest damit gerechnet, dass, wenn jemand ausrastet, Luke diese Rolle übernehmen würde.“

„Es überrascht mich ehrlich gesagt nicht, dass Luke so locker ist“, meinte Grace schulterzuckend und nippte an ihrem Glas. „Ryan meinte, er habe ihn noch nie so im Einklang mit einer seiner Entscheidungen gesehen und Ty hat gesagt, dass Männer einfach simpel gestrickt sind. Wenn sie etwas wissen, dann wissen sie es. Wenn Frauen hingegen etwas wissen, dann glauben sie, dass sie sich möglicherweise irren könnten und denken noch Tage darüber nach, ob ihr Wissen denn jetzt der Wahrheit entspricht oder nur eingebildet ist." Sie lächelte breit. „Alles, was Jake gesagt hat, ist, dass Luke, wenn er sich sein eigenes Grab schaufeln will, das doch gerne tun soll."

Die anderen Frauen sahen sie mit gehobenen Augenbrauen an. So als habe sie eine Menge Schokolade im Gesicht.

„Was denn?", fragte Grace verdutzt und fuhr mit den Fingern um ihre Mundwinkel. Aber sie hatte bis jetzt nur Sekt getrunken, was konnte da schon groß zu säubern sein?

Kaylie räusperte sich. „Weißt du, jetzt wo Emma weg ist und sie als Braut keine Aufmerksamkeit mehr braucht, können wir drei ja endlich die Frage stellen, die uns schon seit mehreren Wochen beschäftigt ..."

„... was zum Teufel geht da ab zwischen dir, Ty, Ryan und Jake?", vollendete Chloe den Satz. „Ihr hockt seit Wochen aufeinander, aber ihr allesamt schwört, dass ihr nichts miteinander habt!"

Bestürzt sah Grace sie an. „Wovon redet ihr? Natürlich haben wir nichts miteinander! Wir sind befreundet."

Chloe sah mit dieser Antwort nicht zufrieden aus. „Ich bin auch mit Ryan befreundet, wir kochen regelmäßig miteinander, aber das, was ihr da habt, ist ... was anderes. Ich kann es nicht genau benennen, aber ich halte das Ganze für bedenklich." Chloe klang amüsiert, aber dennoch schwang eine dezent aufdringlich neugierige Note in ihrer Stimme mit. „Besonders Jake erscheint mir nicht wie der richtige Umgang."

„Jake ist ein guter Kerl", sprang Kaylie automatisch ein. „Es weiß nur niemand, ihn richtig anzupacken."

„Oh, ich glaube, eine Menge Frauen wissen, wo sie ihn anpacken müssen", hustete Michelle. „Ganz Philadelphia, könnte man meinen."

„Eklig, Michelle, aber danke sehr", sagte Chloe lächelnd. „Grace, warum hast du das Gefühl, du müsstest mit notorischen Singles herumhängen – erklär es uns, dann können wir bestellen und Emma beruhigt sich vielleicht, wenn Brot da ist, sobald sie zurückkommt."

Grace zuckte die Schultern und war überrascht, dass Kaylie und Michelle ebenso aufmerksam und wissbegierig zu sein schienen wie Chloe. Und Kaylie erzählte sie doch sowieso alles.

„Ich mag sie", sagte sie vorsichtig, als würde das schon zu viel preisgeben. „Sie sind witzig. Man hat Spaß mit ihnen. Keinen sexuellen Spaß!", fügte sie augenverdrehend bei Chloes gehobener Augenbraue hinzu. „Ich kann meinen Alltag vergessen, wenn ich mit den Jungs rumblödele."

„Aber das kannst du doch auch mit uns", bemerkte Kaylie kleinlaut.

„Ja, theoretisch schon, aber ..." Sie seufzte. „Nehmt es mir nicht übel: Ihr habt alle eure tollen, romantischen Beziehungen und ich freue mich sehr für euch. Aber ich bin Single! Und ein Single braucht andere Single-Freunde, damit er sich nicht dauernd bescheuert und allein vorkommt. Ich habe Zeit und ... was ist falsch daran, sie mit drei witzigen Typen zu verbringen? Und jetzt schaut mich nicht so an!", setzte sie hinzu, als die Mädels sie alle teils mitfühlend, teils vor den Kopf gestoßen betrachteten.

„Ich liebe euch, aber … habt ihr schon mal eure Gesichter gesehen, wenn Wes anruft oder Dex oder Sam? Und wir reden sehr viel über eure Freunde und eure Beziehungen – und das ist vollkommen in Ordnung, ich möchte alles hören, was ihr zu sagen habt. Aber manchmal … manchmal treffe ich mich einfach gerne mit Ty, Ryan und Jake in einer Bar und wir reden darüber, warum Frauen prüde und Kerle Arschlöcher sind. Oder … anderes."

Grace konnte deutlich in Kaylies Augen sehen, dass sie sie in den Arm nehmen wollte. Am Ende dieses Abends würde sie das gerne entgegennehmen, aber jetzt… sie wollte kein Mitleid! Sie war nicht unglücklich. Natürlich hätte sie gerne jemanden, mit dem sie ihr Leben teilen konnte, aber sie wollte sich finden lassen. Sie suchte nicht mehr. Das nahm den Druck aus der Sache.

„Ich weiß nicht", überlegte Michelle langsam. „Ich verstehe dich ja, natürlich darfst du rumhängen, mit wem du willst. Aber Ty, Ryan und Jake … Sagen wir, wie es ist: Sie sind alle verdammt heiß, alle Single und ihr scheinbar nur befreundet. Ich glaube, das ist es, was uns alle verwirrt."

„Jap", nickte Kaylie. „Und ich kenne dich, Grace: Bist du sicher, dass niemand von ihnen, wie zum Beispiel Ry…"

„Blödsinn", fuhr sie ihr hastig dazwischen. Sie wollte nicht wissen, wie der Satz endete – ihre Wangen liefen trotzdem rosa an. „Sie sind alle drei viel zu übermenschlich. Und wir empfinden nicht auf diese Art füreinander. Wir verstehen uns einfach, wir sind … Freunde.“

„Aha“, sagte Kaylie trocken.

„Wirklich!“

„Mhm, schön. Da hast du es, Chloe“, lachte Michelle. „Sie will keinen freaky Vierer mit den Delphie-Jungs, wo bleibt der Kellner?“

Schockiert schnappte Grace nach Luft. „Was zum Teufel denkt ihr denn von mir? Natürlich will ich keinen Vierer!“

„Hey, niemand würde dich verurteilen“, sagte Chloe und hob ihre Hände in die Höhe. „Ich wiederhole: Die drei sind wirklich allesamt Schnuckel. Wenn ich nicht Sam hätte … wer weiß? Aber bitte sagt ihm nicht, dass ich das von mir gegeben habe“, setzte sie hastig hinzu. „Ich will nicht, dass er seinen Job verliert, nur weil er das Verlangen hat, sich mit mir zu prügeln.“

„Als ob Sam sich je prügeln würde“, bemerkte Kaylie augenverdrehend.

Chloe lächelte und hielt sich ihr Champagnerglas vor den Mund. „Nein, natürlich nicht. Sowas würde er nie tun. Eher würde Grace mit Ryan, Ty und Jake ins Bett springen.“

„Ihr spinnt doch alle“, schnaubte Grace. „Das ist wieder so typisch! Sobald eine Frau mit einem Mann befreundet ist, muss da was zwischen ihnen sein. Das ist sehr sexistisch und zeugt nicht gerade von Innovation.“

„Nein, aber von gesundem Menschenverstand“, murmelte Chloe und steckte ihre Nase in eine Speisekarte.

„Wir sind nur Freunde!“, insistierte Grace jetzt mehr als laut.

„Okay, okay." Beschwichtigend schüttete Kaylie ihr noch etwas Sekt nach. „Wir wollten nur fragen ... bestellen wir einfach ohne Emma?"

Alle nickten. Wer wusste, wie lange sie mit ihrem Angebeteten reden musste, um wieder normal zu werden?

Als Grace drei Stunden später gegen elf in die Sportsbar kam, war nur Ty bereits dort anzutreffen. Er saß an der Bar und schnipste Erdnussreste auf den Boden, die Miene nachdenklich und leicht abwesend. Grace hatte in den letzten Monaten eines über Ty gelernt: Er hasste es, über seine Gefühle zu reden – dabei schien es so unglaublich viel zu geben, das ihm auf der Seele brannte, sodass Grace ihn ab und zu einfach mal gerne in den Arm nehmen und dann heftig schütteln wollte.

Aber sie respektierte seine Privatsphäre und würde ihn nicht darauf ansprechen, dass er schon wieder so unglaublich unzufrieden aussah, dass es ihr im Herzen wehtat.

„Hey, Ty", sagte sie und klopfte ihm auf die Schulter. „Alles klar?" Diese Frage sollte ihr ja wohl vergönnt sein.

Er zuckte zusammen, lächelte, als er sie sah und drückte sie kurz mit dem Arm an sich, bevor sie sich neben ihn setzte. „Hey Grace, klar ist alles klar. Ich habe ein Bier und Erdnüsse, was will ein Mann mehr?"

Ach, ihr würden da schon noch ein paar andere Dinge einfallen, aber die ließ sie unerwähnt.

„Wo sind denn die anderen? Normalerweise bin ich doch die Unpünktliche."

„Jake kauft sich noch einen Anzug für Samstag und Ryan ... sei einfach froh, dass Ryan noch nicht hier ist.

Seine Ex-Freundin hat ihn heute Morgen belästigt – seine Laune lässt zu wünschen übrig."

„Oh." Grace lehnte sich auf dem Barhocker zurück. Das hatte er ihr auch nicht erzählt.

„Nimm es ihm nicht übel, dass er es nicht erwähnt hat", sagte Ty, als könne er ihre Gedanken lesen. „Er redet nicht gerne über sie."

Ja, das hatte sie auch mitbekommen. Grace kannte die grobe Geschichte, hatte den Medienhype, wenn auch nur passiv, mitbekommen. Dennoch: Ryan und sie redeten über so ziemlich alles. Er kannte jede Geschichte ihrer desaströsen Beziehungen. Sie kannte die Geschichten seiner Beziehungen – alle bis auf eine. Die zu besagter Ex-Freundin, die ihn offensichtlich heute Morgen aufgesucht hatte.

„Wie war sie so ... als Freundin?", fragte sie vorsichtig.

Ty zuckte die Schultern. „Zu den Zeiten, in denen sie nicht durchgedreht ist? Nett, charmant. Hollywood Starlet durch und durch, aber locker."

„Und er ... er hat sie wirklich geliebt?" Ihr gefiel der Gedanke nicht, dass Ryan so tiefgehende Gefühle für jemanden empfunden haben konnte. Jedenfalls für jemanden wie Mary-Ann Strong. Es erschien ihr einfach ... falsch. Ryan war so ein intelligenter Mann und die Vorstellung, dass er sich so von jemandem blenden ließ, die störte sie. Sehr. Er war schließlich ein guter Freund und sie wollte, dass es ihren Freunden gut ging.

„Sagen wir, sie hat ihm was bedeutet. Ob er sie geliebt hat ... die Worte wurden meines Wissens nach zumindest nie ausgetauscht."

Grace stieß einen Atemzug aus, von dem sie nicht gewusst hatte, dass sie ihn gehalten hatte. War sie erleichtert? Weil Ryan … weil er was?

„Warum das Interesse?", fragte Tyler jetzt, während Grace die Hand hob, um ein Bier von der Barkeeperin Leyla zu bestellen.

„Nur so", meinte sie unverbindlich. „Er redet nicht über sie, da war ich neugierig."

Tys Blick blieb zwei Sekunden zu lang auf ihrem Gesicht haften, bevor er nickte. „Okay."

Grace bekam ihr Bier, während ein frischer Luftzug seitens ihrer Rechten ankündigte, dass jemand Neues eingetreten war. Sie wusste, dass es Ryan war, bevor sie den Blick hob. Die Art, wie die Tür sanft ins Schloss gelassen worden war, die Schritte auf dem Holz …

Mit verdrießlicher Miene kam er auf sie zugestapft, während er sich den Regen, der in den letzten zehn Minuten eingesetzt haben musste, vom Jackenkragen schüttelte. „Scheißwetter", murmelte er.

Ty behielt recht. Er war heute ein Sonnenschein. Und trotzdem musste Grace lächeln. Gott, er war so putzig, wenn er schlechtgelaunt war.

„Hey Grace, du hast orange Farbe in den Haaren und im Gesicht", begrüßte sie Ryan, zog sie in einer kurzen Umarmung von ihrem Hocker und fuhr dann mit dem Daumen sacht über ihre Schläfe, bevor er ihr Farbspritzer aus den Haaren zog. „Du bist traurig, dass deine Haare jetzt wieder blond sind, oder?", fragte er belustigt und schnipste die Farbe auf den Boden. „Wenn du zum Orange zurückwillst, würde ich dir aber empfehlen, einfach nochmal zum selben Frisör zu gehen. Ölfarbe ist, denke ich, ungesund."

Grace schlug genervt seine Hand weg und fuhr mit ihrem Finger über den Punkt, den Ryan gerade an ihrer Schläfe berührt hatte. Wie konnte keiner Freundin das mit der Farbe aufgefallen sein, aber ihm natürlich schon!? Blöde Catcher-Instinkte.

„Vielen Dank, ich denke, ich bleibe beim Straßenköter-Look."

„Wie du willst." Er winkte Leyla, die bereits sein Bier zapfte. Sie waren zu Stammkunden geworden und die Kellner kannten sie und ihre Wünsche bereits. „Ach, und Grace? Steht dein Angebot noch, meinen Bruder mit zum Opening Day zu nehmen?"

Sie nickte. „Klar, habe ich doch gesagt."

Sie würde Ruffy, Ryans jüngeren Bruder, mit ins Delphies-Stadion nehmen und das erste Spiel der Saison ansehen. Sie freute sich ehrlich gesagt schon darauf, weil sie furchtbar neugierig war, was Ryans Bruder für eine Art Mensch war.

„Super", Ryan schien erleichtert, „und es wäre toll, wenn du ihm die Brezel aus der Hand schlagen und das Bier wegnehmen könntest. Meine Mom möchte nicht, dass er zu viel Spaß hat."

Grace verdrehte grinsend die Augen. „Ich werde einem Einundzwanzigjährigen nicht seine Brezel aus der Hand schlagen!"

„Dann gib im keinen Senf und erwähne wenigstens, dass du nie auf die Idee kommen würdest, mit jemandem auszugehen, der keinen Collegeabschluss hat, okay? Ich habe wirklich keine Ahnung, wie ich ihn davon überzeugen soll, seinen Abschluss zu machen." Er seufzte schwer. „Vielleicht bist du da besser für geeignet."

Das bezweifelte Grace, aber versuchen konnte sie es. „Mal gucken, was ich ihm so für einen Mist erzählen kann."

„Das ist die richtige Einstellung", bemerkte Ryan zufrieden nickend, als Jake zu ihnen trat, eine Kleiderhülle über seine Schulter gelegt.

„Gott, ich hasse shoppen gehen. Wie macht ihr Frauen das nur, ohne euch den Kopf einschlagen zu wollen?" Er nahm das Bier der Barkeeperin entgegen, das eigentlich für Ryan gedacht war und genehmigte sich einen Schluck. „Ich schwöre, die Verkäuferin hat meinen Körper nicht vermessen, sie hat mich sexuell belästigt! Ich sollte sie anzeigen."

„Ich dachte, du stehst auf sexuelle Belästigung, Jake", meinte Grace und gab Ryan, dessen Miene sich noch verdüstert hatte, als das Bier vor seiner Nase weggeschnappt worden war, ihr eigenes Getränk.

„Ja, wenn sie von meiner Seite aus kommt!", stellte Jake klar. „Aber doch nicht andersherum. Und dann hatte sie noch den Schneid, am Ende zu behaupten, sie fände Baseball ja nicht so interessant, sie wäre eher an Golf interessiert. Wirklich – schlimmster Shoppingtrip meines Lebens!"

„Wenn du jetzt Mitleid willst, bist du hier falsch", stellte Grace fest und nahm Ryan wieder ihr Bier ab, weil es in beängstigend großen Schlucken verschwand.

„Du bist echt eine Schande für die weibliche Rasse!", meinte Jake kopfschüttelnd. „Ihr sollt doch alle so viel Feingefühl besitzen."

„Das ist ein Mythos", sagte sie entschuldigend und schlug Ryan auf die Finger, die wieder zu ihrem Glas hingewandert waren.

„Mhm“, grunzte Jake und legte seinen Anzug mitten auf den Tresen. „Gehst wohl immer noch mit diesem Golfer aus und musst die Sportart jetzt verteidigen, oder was?“

„Jap, tue ich.“ Grace hatte vor ein paar Wochen auf einem Foto Gig Leonard, den Golfer, kennengelernt, mit dem sie sich einmal getroffen hatte. Mit zur Hochzeit nehmen würde sie ihn allerdings nicht, hatte sie beschlossen. Das wäre zu merkwürdig. Das würde sie ihm morgen erzählen und er würde damit hoffentlich angemessen umgehen können.

„Jetzt mal völlig ohne Zusammenhang zu deinem Golffreund“, sagte Ryan langsam. „Ich finde Golf bescheuert.“

„Ja, hast recht. Rumzustehen und ab und zu mit einem Schläger auf einen Ball zu schlagen, ist wirklich dämlich“, sagte sie mit den Wimpern klimpernd.

Ty gab einen trockenen Lacher von sich – ob aufgrund von Grace’ Aussage oder Ryans Gesichtsausdruck konnte sie nicht sagen – und klopfte Grace freundschaftlich auf die Schulter. „Lass dir nichts erzählen, Grace. Mit Golfern ist nichts falsch.“

„Mit Golfern ist eine Menge falsch!“, entgegnete Ryan sofort. „Sie …“

„Jaja.“ Grace legte Ryan eine Hand auf den Mund. „Anderes Thema: Nehmt ihr eine Begleitung mit zur Hochzeit?“

Jake sah sie verständnislos an. „Warum sollte ich auf eine Hochzeit eine Begleitung mitnehmen? Das spricht gegen alles, was ich übers Aufreißen gelernt habe.“

„Ich nehme auch niemanden mit. Cara und Danny sind da und ich will nicht … das falsche Bild vermitteln.“

Eine gute Entscheidung von Ty, fand Grace.

Sie alle blickten zu Ryan, der immer noch ihre Hand auf dem Mund hatte.

„Ups", grinste sie und zog sie herunter.

Ryans Mundwinkel zuckten, bevor er den Kopf schüttelte. „Nope, bringe niemanden mit und werde die Brautjungfern anmachen."

Grace grinste. „Emmas verheiratete Schwester und Mutter von zwei Kindern ist die einzige Brautjungfer, weil Emma uns alle gleich liebt und keinen Aufstand starten wollte."

Er stahl ihr auf ein Neues das Bier und hob es an die Lippen. „Na, das hört sich doch vielversprechend an."

„Ich lenke ihren Ehemann für dich ab", versprach Grace und legte einen Arm um ihn.

„Da spricht eine wahre Freundin", lachte Ryan und leerte ihr Bier in einem Zug. „Auf ein entspanntes Wochenende."

Kapitel 11

„Ich solle mich entspannen! Ich – solle – mich entspannen", fuhr Grace auf und warf die Hände in die Luft, während sie den Kiesweg hocheilten und die Sonne auf ihre Gesichter fiel. „Was denkt der Typ sich? Wir sind einmal miteinander ausgegangen – und ich bin verdammt entspannt! Ich habe ihm gesagt, dass ich ihn nicht mitnehmen möchte und er fing an zu lachen, weil er die Vorstellung absurd fand, ich könne überhaupt fragen und dann, dann hatte er noch den Nerv, zu sagen, dass er sowieso nicht mitgekommen wäre und es vielleicht besser wäre, wenn wir uns einfach nicht mehr sähen!"

„Grace ... entspann dich." Ryan tippte seine Sonnenbrille höher auf die Nase und legte einen Arm um ihre Schultern. Er versuchte nicht zu grinsen – doch er war nicht stark genug. Der Golfer war sowieso ein Waschlappen gewesen. Grace brauchte einen richtigen Mann. Sie sollte froh sein, ihn los zu sein. Wütend stieß sie seinen Arm weg.

„Halt die Klappe, Ryan, oder ich strangulier' dich mit deiner Krawatte!"

Automatisch griff er sich an seinen Krawattenknoten und rückte ihn gerade. „Er war Golfer, Grace", schnaubte er verächtlich.

„Und du warst mit einer Kellnerin im Bett! Vielleicht habe ich es ja auch einfach mal wieder nötig! Schon mal daran gedacht?"

Nein, hatte er nicht.

Und ihm gefiel der Gedanke ganz und gar nicht, dass sie mit irgendwem ins Bett steigen wollte, nur weil sie es nötig hatte.

„Du solltest mit überhaupt niemandem ins Bett gehen“, sagte Ryan, denn irgendwer musste es ihr ja sagen.

„Und ich wiederhole, Ryan: Du warst mit einer Kellnerin im Bett, die du keine zwei Tage kanntest.“

Ach verdammt. Jake war so ein Klatschmaul.

„Also, technisch gesehen stimmt es, dass ich mit ihr im Bett war“, sagte er und knöpfte sich seine Anzugjacke zu, als die Kirche vor ihnen aufragte. „Allerdings habe ich nicht mit ihr geschlafen.“

Abrupt blieb Grace stehen und sah skeptisch zu ihm auf. Eine kleine, steile Falte hatte sich zwischen ihren Brauen gebildet und ihre dunkelblauen Augen waren mehr als misstrauisch. „Hast du nicht?“

Er schüttelte den Kopf. „Nope. Du hast angerufen, erinnerst du dich? Das hat irgendwie die Stimmung zerstört.“

„Mhm“, machte sie und rückte sich den Ausschnitt ihres blauen Kleides zurecht. Den sehr tiefen Ausschnitt. Sie hätte sich wirklich etwas Vernünftigeres anziehen sollen. Das hier war eine Zumutung! „Na schön. Dann hast du also doch mehr Anstand als von mir vermutet.“

„Was denn, du darfst über Sex mit Golfern fantasieren und ich darf keine One-Night-Stands haben?“, fragte er grimmig. Wer gab Grace überhaupt das Recht, über alles, was er tat, urteilen zu dürfen?

„Natürlich darfst du Sex mit Schlampen haben!“, sagte sie sofort und hob beide Hände in die Höhe. „Ich würde dann nur weniger gut von dir denken und sehr enttäuscht sein. Aber tu dir keinen Zwang an. Schlaf, mit wem du willst. Wie wäre es mit ihr da?" Sie deutete auf eine hübsche Frau mit glänzenden langen, schwarzen Haaren und karamellfarbener Haut, die an ihnen vorbei auf die Kirche zueilte, die auch ihr Ziel war. Ryan erkannte in ihr Savannah Thomas, die PR-Agentin von den Delphies.

„Hmh, nee. Sie arbeitet für die Organisation. Ich vermische Geschäftliches nicht mit Privatem."

Grace verdrehte die Augen und lief weiter. „Blödmann", konnte er sie murmeln hören.

Ryan grinste und holte in zwei Schritten auf. Grace beachtete ihn nicht, sondern starrte stattdessen geradeaus, auf das weiße, imposante Gebäude, zu dem breite Steintreppen hinaufführten, die von einer Horde Männern in Anzügen und Frauen in schicken Kleidern und hohen Schuhen bestiegen wurden. Rosenbüsche säumten die Kirche, allerdings blühten sie noch nicht. Stattdessen waren Lilien und Lavendel zu violetten Sträußen gebunden und am Geländer der Treppe sowie der hellen Holztür der Kirche befestigt worden.

Die Kirche, in der in einer Stunde die Zeremonie stattfinden würde, befand sich ein paar Meilen außerhalb von New York City, wo später im Castle-Hotel – in dem auch alle Gäste untergebracht waren – der Empfang und die Feier stattfinden würden. Es war ihnen albern vorgekommen, zur gleichen Veranstaltung zu fahren und mit verschiedenen Autos zu kommen, weswegen Ryan und Grace sich zu einer Fahrgemeinschaft zusammengetan hatten. Jake hatte abgelehnt – er wollte der Ladies wegen unabhängig bleiben – und auch Ty, obwohl er wortwörtlich direkt neben Ryan wohnte, war lieber allein gefahren. Er hätte noch etwas zu erledigen und würde nicht erst zum Hotel fahren, sondern direkt zur Zeremonie kommen. Ryan war nicht interessiert genug gewesen, um weiter nachzufragen.

Sie hatten den Saum der Treppe erreicht und Grace blieb noch einmal stehen, um sich umzudrehen und in die Sonne zu schauen. „Sie haben echt Glück mit dem Wetter", stellte sie fest und zog sich das blaue Tuch, das Frauen über ihre Schultern trugen und an dessen Namen Ryan sich partout nicht erinnern konnte, enger um die Schultern. Sehr gut – alles, um diesen Ausschnitt zu verdecken. „Für Ende März ist es wirklich warm."

Ryan nickte abwesend und betrachtete Grace' Kleid genauer, das sich eng an ihren Oberkörper und um ihre Hüften schmiegte und auf dem sich das Sonnenlicht spiegelte. Sie trug silberne High Heels – die Art von High Heels, die einem Mann ‚Nimm mich' entgegenzuschreien schienen – und sie hatte Locken in ihre Haare gedreht, sodass sie jetzt nur noch ihr Kinn streiften und der halbe Pony gekonnt geheimnisvoll in ihre Augen hing.

Ryan hielt inne, zwang sich dazu, den Blick abzuwenden und betrachtete die Menge, in der er überraschend viele Gesichter wiedererkannte. Dort drüben war Ray mit seiner Frau Haven und ihren zwei Kindern. Ray war einer der ältesten Spieler der Delphies und würde dieses Jahr wahrscheinlich seine letzte Saison spielen. Dahinter stand Coach Thompson, Kaylies Vater, und insgesamt schien die Hälfte der Masse aus dem

Baseballbereich zu stammen – was ihn zugegebenermaßen nicht wunderte.

Die andere Hälfte kam wohl aus Deutschland. Jedenfalls kannte er sie nicht und sie sahen alle sehr … ordentlich aus – Nägel geschnitten, Haare frisiert und so ein Kram. Wenn er ehrlich war, gab es da wirklich keinen Unterschied. Deutsche strahlten dann auch nicht viel anderes aus als Amerikaner.

Sein Blick schweifte über den Kiesweg, den sie gerade erklommen hatten, über die Reihe von Autos, die am Straßenrand und auf dem Parkplatz in der Ferne standen … und landete wieder auf Grace, die sich erneut den Ausschnitt ihres Kleides zurechtrückte.

Liebe Güte, vielleicht sollte Ryan das einmal für sie übernehmen, damit er endlich mal saß. Das war ja nicht zum Aushalten. Grace beugte sich nach vorne, ihre Haare fielen ihr erneut ins Gesicht und ihr Kleid rutschte einige Zentimeter ihre hinteren Oberschenkel hinauf. Die Oberschenkel, die in einer dieser durchsichtigen Strumpfhosen verpackt waren, die immer zerrissen, sobald man …

Ryan wandte seinen Blick ab, kniff die Lippen aufeinander und versuchte an Hundebabys zu denken. Oder an Shrimps. Oder Einkaufslisten. Irgendetwas, das nichts mit Sex zu tun hatte. Wie wäre es mit Gebissen? Oder Wachsmalstiften … seine Augen flatterten erneut zu Grace hinüber.

„Schönes Blau, dein Kleid … und schöne Frau in dem Kleid", brummte er.

Die Worte waren über seine Lippen gekommen, bevor er sie davon abhalten konnte. Aber es musste einfach erwähnt werden, dass Grace heute gut aussah. So etwas sagte man einer Frau nun einmal. Sie war seine ziemlich beste Freundin und es sollte ihm doch wohl erlaubt sein, ihr ein unverfängliches Kompliment zu machen. Das Problem war nur, dass es sich in seinen Gedanken nicht so unverfänglich anfühlte, wie es der Fall sein sollte, denn ... verdammt nochmal, Grace sah umwerfend aus und er würde sich wundern, wenn sich nicht jeder Mann, der an ihr vorbeilief, direkt fragte, ob die Farbe ihrer Unterwäsche wohl auch zum Kleid passte.

„Oh." Grace blickte überrascht auf und Ryan musst lächeln, als ihre Wangen sich in Zeitlupe rosa verfärbten „Ähm, danke", murmelte sie und ihre Mundwinkel zuckten. „Das ist Ultramarin mit einem Stich Preußisch – meine Lieblingsfarbe."

Er nickte – obwohl er keinen Schimmer hatte, wovon sie gerade faselte. „Hübsch."

„Danke", wiederholte sie. „Du siehst auch ganz okay aus."

Er musste lachen. „Rührende Worte."

Ihre Wangen wurden noch dunkler. „Schön, du siehst gut aus! Sehr gut. Zufrieden?"

Er hob eine Schulter. „Mhm, ich weiß nicht. Du könntest vielleicht noch erwähnen, dass der Anzug wie maßgeschneidert aussieht."

„Er ist maßgeschneidert! Ich war dabei, als du ihn dir hast machen lassen."

Er grinste. „Es sollte nur noch einmal erwähnt werden. Gehen wir rein?"

Wieder verdrehte sie die Augen, lächelte aber. „Männer und ihr Ego", murmelte sie, bevor sie voranschritt.

Ryan hielt seinen Blick auf ihren Rücken geheftet und zwang sich dazu, ihn nicht ihre Wirbelsäule hinab und tiefer wandern zu lassen.

So: Welche Farbe hatte ihre Unterwäsche jetzt?

***

Als die letzten Takte von Pachelbels Canon in D-Dur ertönten und die Hochzeitsgäste dazu angewiesen wurden, sich wieder zu setzen, brannten Grace' Augen so sehr, dass sie sicher war, sie müssten in Flammen stehen.

Der Pfarrer fing an zu sprechen und er musste wohl irgendetwas von allgemeiner Wichtigkeit sagen, denn Luke und Emma lauschten ihm sehr konzentriert, aber sie bekam seine Worte nicht mit. Sie war zu sehr damit beschäftigt, ihre Tränen zurückzuhalten. Niemand wollte, dass die Zeremonie von lauten Schluchzern unterbrochen wurde.

„Sag mal ... weinst du?", flüsterte Ryan prompt neben ihr.

„Nein", sagte sie gepresst und fuhr sich mit der Rückseite ihres Unterarmes über die Nase. „Und du? Weinst du?"

Er lachte leise. Sie konnte spüren, wie sein Körper zitterte, so nah waren sie auf dieser Holzbank zusammengedrängt. Emma und Luke schienen die ganze Welt eingeladen zu haben.

„Nein ...", murmelte Ryan. „Ich habe meine Eier nämlich noch in der Hose und nicht so wie Luke in Emmas Handtasche."

„Du bist ein Dummschwätzer, du willst genau das, was Luke hat … und jetzt halt die Klappe, du machst den romantischen Moment kaputt."

„Entschuldige, das war nicht meine Absicht. Wein du ruhig weiter."

Sie nickte, schniefte noch einmal und wandte sich wieder dem Geschehen zu. Doch das, was sie vom Altarbereich sah, war furchtbar verwischt. Das Einzige, was sie noch scharf stellen konnte, waren die Konturen von Sam und Chloe, die direkt vor ihnen saßen, und Sams Handknöchel, die abwesend über Chloes Nacken fuhren.

Als hätte Chloe Grace' Blick gespürt, wandte sie sich zu ihr um. „Sie ist wunderschön, oder?", flüsterte sie mit belegter Stimme.

„Ja", stieß Grace gedämpft aus und schniefte. „So verdammt schön."

Sam warf Ryan einen Blick zu, bevor er Grace über die Holzbank hinweg ein Taschentuch reichte.

„Danke", hauchte sie und tupfte sich die Tränen ab. „Chloe, ich glaube, selbst Sam hat eine Träne in den Augen."

„Ja", sagte er sachlich. „Die Taschentücher sind eigentlich für mich. Ich bin kurz vor einem emotionalen Zusammenbruch. So kennt und liebt man mich."

Chloe neben ihm hickste und schlug ihm gegen den Oberarm. „Wenn wir heiraten, wirst du gefälligst weinen, wenn ich dir das Jawort gebe!"

Sams Mundwinkel zuckten. „Okay. Ich übe davor."

„Gut." Sie ließ ihren Kopf auf seine Schulter sinken.

„Gott, wenn noch mehr Östrogen ausgeschüttet wird, wachsen mir gleich zwei Brüste", sagte Jake aus seinem Mundwinkel, der auf der anderen Seite von Grace saß.

„Ruhe jetzt", zischte Kaylie, die den Platz daneben besetzte. „Jetzt kommt das Ehegelöbnis."

Grace versuchte krampfhaft sich zu konzentrieren und sah Emma an, die den Mund aufgemacht hatte und in ihrem weißen Vintage-Ballkleid aussah wie eine Engelsprinzessin mit großen Brüsten.

„Ich ... ich hatte irgendetwas vorbereitet", lächelte Emma, die offenbar schon längst aufgegeben hatte, gegen ihre Tränen anzukämpfen. „Aber, ich weiß nicht mehr, was es war. Ich liebe dich, Luke, und der Tag, an dem du versucht hast, mich zu bestechen, war der beste meines Lebens. Ich wünschte, ich hätte die fünfzig Euro nicht direkt ausgegeben, sondern behalten. Dann hätte ich sie einrahmen können oder so ... ich weiß doch, wie sehr du auf Schnickschnack in unserer Wohnung stehst. Danke, dass du die Torten aufisst, die ich mitbringe und danke, dass du lachen kannst, wenn ich in Panik ausbreche. Und danke, dass du mich so willst, wie ich bin und ... du aufgehört hast, eine kleine männliche Schlampe zu sein." Sie hickste. „Habe ich erwähnt, dass ich dich liebe?"

Die Menge lachte und wenn sich Grace nicht sehr irrte, dann glänzten Lukes Augen auch verdächtig.

„Oh Gott, ist das süß", schniefte Grace und ließ sich gegen Ryan sinken, der ihr einen Arm um die Schultern gelegt hatte.

„Emma", sagte Luke und seine Stimme war definitiv kratziger als sonst. „Ich glaube, ich habe mein Leben lang darauf gewartet, endlich zu dem Deppidiottel werden zu können, der ich mit dir bin. Du bist der beste, witzigste, mitfühlendste und allwissendste Mensch, den ich kenne und wenn ich mein Leben lang mit dir streiten darf, sind all meine Wünsche erfüllt. Ich liebe dich und ... könnten wir jetzt endlich mal weitermachen, damit ich sie küssen kann?"

Wieder lachte die Menge und der Pfarrer folgte dem Wunsch.

Grace wandte ihren Kopf zu Ryan um und musste breit lächeln.

„Du hast ja doch Tränen in den Augen", flüsterte sie.

„Halt die Klappe, Hayden, und schau nach vorne!", ordnete er an und schob ihr Kinn gewaltsam wieder in Richtung Altar.

Grace tat ihm den Gefallen, aber nicht ohne zu murmeln: „So süß, Ryan, du entdeckst endlich deine weibliche Seite."

Kapitel 12

Luke und Emma hatten nicht gespart. Das erkannte man an den gigantischen Räumlichkeiten, den teuren weißen Rosen, dem phänomenalen Essen, der Live Band und dem unaufdringlichen Fotografen, der durch die Menge wuselte.

Als Emma erzählt hatte, wo die Hochzeit stattfinden würde, war Grace doch überrascht gewesen, weil sie eher eine Feier im kleinen Kreis erwartet hatte. Als sie danach gefragt hatte, hatte Emma nur die Augen verdreht und gemeint: „Ja, wenn es nach mir gegangen wäre, wäre das auch so gelaufen. Aber dieser Mythos, dass der Bräutigam nichts zu sagen hat, was die Hochzeit angeht, ist völliger Schwachsinn! Luke hält mir ständig vor, dass ich ihm erzählt hätte, in einer Beziehung ginge es um Gleichberechtigung und er meint, er könne mit seinem Gehaltsscheck keine kleine, private Feier veranstalten. Das wäre einfach zu unamerikanisch und würde geradezu unschicklich sein. Wer hätte gedacht, dass er dieses Wort überhaupt kennt? Also gibt es eine gigantische Party, so wie er sie will – und ich darf bestimmen, wohin wir nach der Saison in die nachträglichen Flitterwochen fahren ... und ich darf zwei seiner Autos verkaufen!“

Das hatte sich in Grace' Ohren fair angehört und so hatte sie nicht weiter nachgehakt.

Es gab eine offene Bar, ungefähr hundert Baseballer, da Luke natürlich die gesamte Mannschaft und alle, die jemals bei den Delphies gespielt hatten, eingeladen hatte, und eine riesige Tanzfläche, von der Grace jeden Zentimeter nutzte.

Sie tanzte mit den Mädels, mit Kaylie, Michelle, Chloe, tanzte mit der halben Delphie-Mannschaft, angefangen von Ty und Jake bis zu Jared Williams, dem jungen Neuling, über den Ryan sich so aufregte, weil er ihm im Probetraining dauernd Bases stahl und sich über ihn lustig machte. Es wunderte sie nicht, dass Ryan dem relativ schnell Einhalt gebot und Jared vorschlug, er solle sich doch Spielgefährten in seinem Alter suchen, der Kindertisch sei am anderen Ende des Raumes. Also tanzte sie mit Ryan und dann wieder mit völlig fremden Männern, die möglicherweise aus Deutschland oder aber auch aus dem Taka-Tuka-Land kamen – auf jeden Fall verstand sie kein Wort von dem, was sie sagten.

Sie tanzte und trank und tanzte und trank und war sich ziemlich sicher, dass sie die Einzige war, die mitbekam, dass Luke und Emma nach dem Eröffnungstanz für ungefähr eine halbe Stunde verschwunden waren und Emmas Frisur sich bei ihrer Rückkehr komplett aufgelöst hatte.

Grace war insgesamt so beschäftigt, dass sie fast gar keine Zeit hatte, deprimiert zu werden. Doch ein paar Minuten zu viel hatte sie dann doch übrig und Hochzeiten waren immer so eine Sache ... vor allem Hochzeiten, auf denen scheinbar alle Teil eines glamourösen Paares zu sein schienen.

Sie hatte sich ja schon daran gewöhnt, dass Kaylie dauernd lachte und Dex vergötternd ansah, aber was da zwischen Chloe und Sam abging, schoss den Vogel wirklich ab. Die zwei waren kitschig, ohne etwas zu sagen und ohne sich zu berühren! Einfach nur, indem sie sich ansahen, wie sie sich nun einmal ansahen.

Es war spät, nach drei Uhr, als der Saal sich beinahe geleert hatte und der magere Rest der Delphie-Jungs mit ihren Herzensdamen an der Bar hockten. Emma und Luke waren schon vor einer Stunde gegangen – Lukes Kommentar: „Wir haben so viel Geld ausgegeben, dass uns niemand mehr Unhöflichkeit vorwerfen kann, wenn wir einfach abhauen!"

Daraufhin hatte Emma kichernd erwidert: „Meine Güte, er hat recht. *Wir* haben so viel Geld ausgegeben. Sein Geld ist jetzt meines! Mädels, ich bin reich! Wem soll ich Schmuck kaufen? Das bezahle ich von dem Geld, das wir vom Verkauf seiner Autos bekommen."

„Ich dachte, das wolltest du spenden?"

„Ja. Die eine Hälfte geht an Brot für die Welt, die andere an Tiffanys."

Luke hatte grinsend den Kopf geschüttelt und sie dann in Hochzeitsmanier in seinen Arm gehoben, um mit ihr im nächstbesten Fahrstuhl zu verschwinden.

Und jetzt saß Grace hier an der Bar, nippte an ihrem Martini und beobachtete Chloe und Sam dabei, wie sie sich unterhielten.

Mit den Augen.

Sam stand neben Dex, der ihm irgendetwas erzählte, doch sein Blick war auf Chloes Gesicht gepinnt, in dem ein Mundwinkel zuckte.

Chloe legte den Kopf schief, lächelte und hob eine Augenbraue.

Sam verengte minimal seine Augen.

Chloe fing an zu lachen, legte den Kopf zur anderen Seite und senkte ihr Kinn.

Sam schüttelte kaum merklich den Kopf.

Chloes zweite Augenbraue folgte der ersten.

Sams Mundwinkel verzogen sich langsam nach oben und schließlich nickte er.

Grace schlug sich mit der flachen Hand lautstark gegen den Kopf. Sie konnte nicht anders. Das machte sie fertig.

„Was ist denn jetzt los?", wollte Ryan wissen, der sich gerade mit Kaylie unterhalten hatte – Jake war schon vor zwei Stunden mit irgendeinem Hochzeitsgast abgehauen und Ty hatte seinen Sohn ins Bett bringen wollen. Wie er das machen wollte, ohne mit Cara, der Mutter seines Kindes, zu reden, war Grace schleierhaft. Er hatte es heute Abend nämlich erfolgreich geschafft, nur vier Worte mit ihr zu wechseln. Drei davon waren „Hey" gewesen, das vierte „Ja".

„Sie kommunizieren schon ohne Worte", stöhnte Grace und fuchtelte mit den Händen zwischen Chloe und Sam hin und her. „Das ist doch echt absurd! Von dem Punkt aus ist es nicht mehr weit bis zu zueinander passenden Pullovern, Wanderurlauben mit der Familie und einem Minivan."

„Sag mal, hörst du mir überhaupt zu?", fragte Dex seinen besten Freund in dem Moment, aufgeschreckt von Grace' Worten.

„Kein bisschen", antwortete Sam und klopfte ihm auf die Schulter. „Ich muss los. Chloes Handtasche suchen." Er warf Chloe einen letzten Blick zu und durchquerte dann den Raum.

Darum war es gegangen!? Um Chloes Handtasche? Also, Grace mochte angetrunken sein, aber selbst mit ihrer zusätzlich gewonnenen Fantasie hatte sie das nicht lesen können.

„Wir gehen auch ins Bett, oder?", gähnte Kaylie. „Sobald Dex aufgehört hat, so beleidigt zu gucken, weil sein bester Freund ihm nicht genug Aufmerksamkeit schenkt."

Sie trat zu ihrem Freund und tätschelte ihm beruhigend die Wange. „Sam hat nie aufgehört, dich zu lieben, Dex. Er hat jetzt nur auch ein Privatleben!"

Dex' Miene verdüsterte sich noch mehr und Ryan neben ihr verschluckte sich an seinem Drink. „Danke, Kay."

„Ich bin einfach sehr fordernd", sagte Chloe, die mit ihrem Blick immer noch Sam verfolgte. „Ich erwarte Dinge von Sam ... dreckige Dinge, die ..."

„Hör auf, deinen Bruder zu foltern!", lachte Kaylie und küsste Dex sanft auf die Lippen. „Er jammert jetzt schon viel zu viel darüber, dass er Sam nicht mehr in die Augen sehen kann."

„Gehen wir einfach", sagte Dex gequält. „Du machst es nicht besser, Kay."

„Ihr könnt doch noch nicht gehen!", beschwerte sich Grace. „Es ist noch so früh." Und sie wollte noch nicht in ihr trauriges, einsames Hotelzimmer zurück. Sie wollte hier an der Bar bleiben und sich in einen neuen Martini einkuscheln.

„Die Band baut schon ab, Grace", gähnte Kaylie erneut. „Sorry. Wir sehen uns ja morgen zum Frühstück." Entschuldigend drückte sie ihre beste Freundin an sich, bevor sie Dex an die Hand nahm und aus dem Saal zog.

„Da waren es nur noch drei ...", seufzte Grace und stürzte den Rest ihres Getränkes herunter.

„Nein, zwei", korrigierte Chloe und stellte ihr eigenes Glas ab. „Sorry, ich muss gehen. Sam scheint ein Problem zu haben."

„Ist das Problem in seiner Hose?", fragte Grace trocken.

„Ja und es ist ziemlich groß", grinste sie. „Wir sehen uns." Sie gab Ryan einen Kuss auf die Wange, umarmte Grace und durchquerte dann den Raum.

Grace beobachtete sie dabei, wie sie Sam erreichte, sein Gesicht zwischen beide Hände nahm und mit so viel Liebe küsste, dass es Grace peinlich wurde, dabei zuzusehen und sie ihren Blick abwenden musste.

„Bleibst du wenigstens noch?", fragte sie Ryan, der mit dem Rücken gegen die Bar lehnte und das Szenario ebenfalls betrachtet hatte.

„Klar bleibe ich noch", nickte er und hob die Hand zum Kellner. „Ich lasse dich doch nicht alleine hier stehen – zwei Tequila, bitte!"

Grace verzog das Gesicht. „Ich weiß nicht, ob ich Tequila will ..."

Ryan grinste. „Die sind beide für mich. Ich weiß doch, wie schnell du betrunken wirst. Dir steht es frei, was Eigenes zu bestellen. Wasser zum Beispiel."

Schnaubend schüttelte sie den Kopf. „Weißt du was? Alleine für den Kommentar bestelle ich jetzt auch zwei Tequila." Sie hob die Hand zum Kellner, der sie gehört hatte, und vier Pinnchen, zusammen mit Zitrone und Salzstreuer vor ihr abstellte.

„Na dann", Ryan hob das erste Pinnchen an und prostete ihr zu, „auf Emma und Luke."

„Auf Emma und Luke“, wiederholte Grace, präparierte ihre Hand mit Salz, leckte es ab, exte ihr Pinnchen und biss in die Zitrone.

Sie schüttelte sich. Warum taten sich Menschen das nur an? Das war doch ekelig. Sie verzog wieder das Gesicht – und griff zum zweiten Pinnchen. „Und worauf trinken wir jetzt?“

Ryan hatte natürlich keine Miene verzogen, nachdem er den Tequila getrunken hatte, und hatte seine Hand bereits wieder gewürzt. „Keine Ahnung ... auf das Singledasein?“

„Nein. Darauf will ich nicht trinken! Dann hört sich das an, als wäre ich nicht einsam und allein und deprimiert und furchtbar unglamourös.“

Ryan verdrehte die Augen. „Du brauchst keinen Partner, um glamourös zu sein. Und besser alleine, als mit dem Falschen zusammen, oder?“

„Schön“, murrte sie, denn er hatte recht. „Dann trinken wir ... auf das Gefundenwerden!“

„Hört sich absolut schwul an, aber ich habe schon genug getrunken, um das zu akzeptieren“, sagte Ryan und hob sein Pinnchen.

Grace nickte, stieß mit ihm an und stürzte den Shot hinunter. „Gott, Hochzeiten machen mich so melancholisch“, stöhnte sie und schüttelte sich, bevor sie das leere Glas mit einem lauten *Klonk* zurück auf den Tresen sinken ließ. „Alle sind irgendwie verliebt oder verheiratet oder verlobt oder haben gerade ein Kind bekommen ...“

„Grace, du fängst wieder an zu quengeln. Du hast letztens gesagt, ich solle dich darauf hinweisen, wenn es wieder soweit ist, also – es ist soweit.“

Ihre Mundwinkel zuckten und sie nickte dem Kellner dankbar zu, als er ihren Martini auffüllte. „Das ist deine Schuld. Du bringst immer die quengeligsten Seiten aus mir raus. Weil du so vertrauenswürdig bist … und heute echt beschissen gut aussiehst." Sie ließ ihren Blick über seine breiten Schultern und das kantige Kinn wandern und schüttelte den Kopf. „Ernsthaft mal, Ryan. Das ist einfach nur unfair. Alle Frauen haben sich auf dich gestürzt und du hast jede abgewiesen. Das ist gemein von dir. So aufzutauchen", sie wedelte mit ihrer Hand vor seiner Brust herum, „und dich dann keiner zu erbarmen."

Ryans Grinsen war immer breiter geworden, während er sich rückwärts mit den Ellenbogen auf dem Tresen abgestützt, die Beine lang ausgestreckt und an den Knöcheln überschlagen hatte.

Grace wäre in so einer Pose definitiv umgefallen.

„Sich bei Hochzeiten mit einer Frau einzulassen, ist nie eine gute Idee. Es ist wie du sagst: Die Stimmung macht Single-Frauen melancholisch und aggressiv und dann stellen sie viel zu hohe Erwartungen an dich. Super anstrengend." Er hob eine Schulter und sah zur Band, die gerade ihre Kabel aufrollte. „Und als hättest du heute Abend nicht die freie Wahl gehabt."

„Ja, aber die Wahl, die mir geboten wurde, war traurig! Das waren allesamt Männer, mit denen ich nichts anfangen kann. Männer, die mir nicht in die Augen sehen können. Männer, die nicht über meine Witze lachen. Männer, die nach Schnupftabak riechen … sowas eben. Ich habe das Gefühl, dass ich alle anderen, für mich interessanten Männer, abstoße."

„Das ist völliger Schwachsinn."

„Ja, du sagst das so leicht, aber ... wenn ich nach den letzten Monaten urteile ..."

„Wenn du jetzt mit dem Golfer anfängst ..."

„Es ist nicht nur der Golfer! Ich bin die letzten Monate nicht übers erste Date hinausgekommen. Ich meine: Was stimmt nicht mit mir? Warum wollen mich die Männer nie wiedersehen? Bin ich so abstoßend? Sind meine Brüste zu klein?" Sie sah in den Ausschnitt ihres Kleides hinab. „Ja, okay, sie sind zu klein. Aber damit habe ich gelernt zu leben! Was mich nervt, ist ..."

„Mit deinen Brüsten ist alles in Ordnung und du bist nicht abstoßend", sagte Ryan kopfschüttelnd und rieb sich mit der Hand über die Stirn.

„Was ist dann falsch an mir?"

„Überhaupt nichts. Du bist toll."

„Tatsächlich?", fragte sie skeptisch. „Warum gehen Männer dann nur einmal mit mir aus? Warum betrügen mich alle immer? Wenn ich attraktiver wäre ..."

„Meine Güte, Grace", fuhr Ryan auf. „Hör auf, dich selbst zu kritisieren und hör auf, dich ständig unter Wert zu verkaufen. Es waren eben allesamt die falschen Männer – was erwartest du von einem Golfer!"

Grace verengte die Augen und sah zu Ryan hinüber, der immer noch kopfschüttelnd zu der Band blickte.

„Also findest du mich attraktiv, Ryan?", hakte sie nach.

„Ja, verdammt! Du bist attraktiv, Grace." Er wandte ihr seinen Kopf zu, bevor er mit dem Finger auf sie zeigte. „Vielleicht hast du es ja vergessen, aber ich habe dich schon einmal nach einem Date gefragt!" Er griff nach seinem Bier und wandte erneut den Blick ab.

Grace runzelte die Stirn. „Nein, das habe ich nicht vergessen. Aber was ich auch nicht vergessen habe, ist, dass ich zweimal versucht habe dich zu küssen und du mich beide Mal abgewiesen hast.“

„Weil du sturzbesoffen warst und selbst einen Baum geküsst hättest.“

„Na und? Wenn du mich attraktiv genug gefunden hättest, hättest du das sicherlich ausgenutzt.“

Ryans Kiefer verhärtete sich. „Das ist sehr schmeichelhaft, was du über mich denkst. Ich nutze also betrunkene Frauen aus.“

Sie seufzte. „Nein. Natürlich nicht. Du bist eben doch ein Held.“

„Mach mich nicht absichtlich wütend, Grace!“

„Schön. Entschuldige. Es ist nur schwer zu glauben, dass du mich wirklich attraktiv ge...“

„Meine Güte, du bist heiß, okay?“, fuhr er auf. „Würdest du jetzt bitte damit aufhören?“

„Mhm.“ Mit leicht geöffnetem Mund sah sie ihn an. „Also ... würdest du mit mir schlafen?“

Ryan verschluckte sich und schlug sich hustend mit der Faust auf die Brust. „*Was*!?“

Grace musste lachen. „Sorry, ich meinte: Wenn wir nicht befreundet wären und du mich irgendwo sehen würdest, würdest du dann in Betracht ziehen, mit mir zu schlafen?“

Ryan rutschte unbehaglich hin und her, bevor er murmelte: „Ja, keine Ahnung ... wahrscheinlich schon.“

Grace lächelte. Irgendwie war es schön, das zu hören.

„Wenn es also nicht an meinem Aussehen liegt ... warum gehen meine Dates dann nicht übers Rummachen hinaus?“ Nachdenklich rührte sie mit ihrem

Zahnstocher im Martini herum, bevor sie ihn bestürzt fallen ließ. „Oh Gott, küsse ich so schlecht?“

„Wie, verdammt nochmal, sind wir zu diesem Gespräch gekommen?“, wollte Ryan wissen.

„Ich meine das ernst!“ Möglicherweise war ihr der Alkohol zu Kopf gestiegen, aber auf einmal sah es Grace klar vor sich: Jedes ihrer Dates hatte geendet, nachdem sie den jeweiligen Mann geküsst hatte. Da war doch ein Muster zu erkennen! „Um Gottes willen, ich küsse furchtbar!“

„Grace.“ Ryan sah sie ernst an. „Ich weiß ehrlich nicht, was ich dazu sagen soll ...also, bitte: Zwing mich nicht, mich dazu zu äußern.“

„Aber was ist, wenn es stimmt? Dann kann ich dagegen doch was unternehmen, oder? Es üben!“

„Großer Gott“, stöhnte Ryan und fuhr sich mit Daumen und Zeigefinger über die geschlossenen Augen.

„Ich bräuchte jetzt nur noch einen Mann, der es ausprobiert und mir dann sagt, was ich falsch mache ...“
Sie starrte Ryan verheißungsvoll an.
Er zeigte ihr den Vogel.
„Wie betrunken bist du bitte?“
Gar nicht so betrunken, wie es vielleicht der Fall sein sollte. Nicht betrunken genug, um ihre Theorie vernünftig rechtfertigen zu können auf jeden Fall.
„Was denn? Du würdest mir einen Gefallen tun.“
„Grace! Ich werde dich nicht küssen, nur um dir dann zu sagen, ob du gut oder schlecht küsst“, sagte Ryan zwischen seinen Zähnen hindurchgepresst.
„Also, wenn ich Kaylie gefragt hätte, dann hätte sie das getan.“
„Kaylie ist eine Frau!“

„Na und? Sie ist ein Freund von mir, du bist ein Freund von mir – ist doch das Gleiche!"

„Es wäre *nicht* das Gleiche", knurrte er, sein Blick plötzlich düster. „Es wäre absolut nicht das Gleiche."

„Warum nicht?" Sie stand von ihrem Hocker auf und stellte sich vor Ryan, der ihrem Blick ausgewichen war.

„Grace …", sagte Ryan langsam, seine Stimme eine Oktave tiefer. „Lass es fallen."

„Aber warum? Warum? Wir sind doch gute Freunde und …"

„Lass es."

„Aber …"

„Lass es!"

„Nur …"

„Verdammte Scheiße", knurrte Ryan, bevor er sich ruckartig vom Tresen abstieß, sie an sich zog und küsste.

Sein einer Arm legte sich um Grace' Taille, hob sie auf die Zehen, während er seine andere Hand warm in ihrem Nacken platzierte und ihr Kinn sanft nach oben drückte, bevor seine Lippen ihre streiften.

Für einen kurzen Moment befand sich Grace in einer Schockstarre – und dann fingen ihre Lippen Feuer. Ryan küsste sie, als würde er es wirklich meinen, war sanft, aber gleichzeitig hart, strich mit dem Daumen über ihr Kinn – bis sie nicht anders konnte, als ihre Lippen leicht zu öffnen, die Hand um seinen Nacken zu schlingen und ihn zurückzuküssen. Denn dieser Kuss hatte es verdient, erwidert zu werden!

Hitze schoss durch Grace' Körper, erwärmte sie bis in die Zehen, ließ sie ihre Finger in seine Schulter krallen, sich höher auf ihre Zehen stellen – bis er sie abrupt losließ.

Grace sank zurück auf ihre Füße, starrte ihn mit aufgerissenen Augen an, die Finger an ihren kribbelnden Lippen.

„Okay", sagte sie atemlos. „Es ... ist was anderes."

Ryan starrte zurück, seine Brust hob und senkte sich schwer, während seine schwarzen Augen immer wieder zu ihren Lippen fuhren und zurück.

„Und?", räusperte sich Grace schließlich, ihre Wangen mehr als heiß. „Küsse ich ... okay?"

Ryan nickte steif. „Ja ... okay."

Grace schluckte, sah auf ihre Hände, sah auf Ryans Brust, sah in sein Gesicht ...

„Ach, zur Hölle", murmelte er und im nächsten Moment waren seine Lippen wieder auf ihren.

Grace streckte sich ihm entgegen und vergaß alles. Als würde sie in ihrem Atelier sein und ein Bild malen.

Ryans Zunge strich gegen ihre, seine Hände malten die Konturen ihres Körpers nach, während ihre wie automatisch unter sein Sakko fuhren. Sie ließ ihre Fingernägel über den Stoff kratzen, wünschte, er würde einfach so verschwinden, während die Hitze sich weiter in ihrem Inneren aufbaute und das Kleid ihr doch sicherlich am Körper kleben musste, so warm, wie ihr war.

Seine Bartstoppeln kratzten ihr über den Hals, als er sie hinterm Ohr küsste, als hätte er den ganzen Abend vorgehabt, genau das zu tun, während er sie hochhob und auf einen der Barhocker setzte.

Grace seufzte wohlig auf, schloss ihre Beine um seine Hüften, registrierte den Barkeeper nicht, der hastig nach hinten verschwand – und für einen kurzen

Moment blitzte die Information in ihrem Kopf auf, dass sie beide etwas getrunken hatten und sie Freunde waren. Dass sie das Ganze morgen womöglich bereuen würde.

Aber sie war ohnehin schon zu geblendet, als dass sie den Blitz hätte ernst nehmen können. Vom Alkohol, vom Abend – und von dem, was Ryan gerade mit seinen Zähnen anstellte.

„Grace", murmelte Ryan und sie versuchte sich daran zu erinnern, ob er ihren Namen schon immer so sinnlich ausgesprochen hatte.

„Ja?", fragte sie zurück und küsste seinen Kiefer, seinen Hals, presste ihren Oberkörper gegen seinen.

„Ist das eine dumme Idee?"

„Aufzuhören? Ja, aufzuhören ist eine dumme Idee", flüsterte sie und fand wieder seinen Mund.

„Alles klar", nickte Ryan und im nächsten Moment hatte er sie vom Stuhl gezogen und schleifte sie auf die Fahrstühle zu.

Grace grinste breit.

Ganz ehrlich, wie schlimm konnte es am nächsten Morgen schon sein?

Kapitel 13

Oh Gott, das war schlimm.

Das war so schlimm, dass Grace die Worte fehlten.

Sie richtete sich im Bett auf und starrte auf den nackten Rücken neben sich. Ryans perfekten Rücken, der aussah wie Vollmilchschokolade, die sie gerne den lieben langen Tag essen würde.

Oh Gott, sie hatte mit Ryan geschlafen!

Mit Ryan!

Sie mochte ihn. Sie wollte ihn als Freund nicht verlieren. Wen sollte sie denn bitte nachts anrufen und über heimtückische Enten aufklären, wenn Ryan und sie nicht mehr redeten, weil Sex dazwischengekommen war?

Das war eine Katastrophe!

Außer sie … aber nein. Das ging doch alles nicht. Sie war sich nicht einmal sicher, ob sie Ryan überhaupt auf eine solche Art mochte.

Auf sexuelle Art und Weise wohl schon, dafür war die letzte Nacht wohl Beweis genug, aber sie wusste nicht, ob sie sich wirklich in ihn verlieben konnte – und wenn das nicht klappte und die Beziehung in einem Desaster endete, so wie sie es von sich kannte, dann würde sie Ryan als Freund verlieren und …

Echte Freunde zu finden, war so ein Geschenk. Freunde, die ihr sicher waren. Die sie nicht so einfach vergraulen konnte, die dafür sorgten, dass sie nicht einsam und alleine enden konnte wie … ja, wie ihr Vater!

Sie wusste, dass sie da ein Problem hatte und sie sollte sich nicht immer mit ihm vergleichen – aber so sehr sie es auch bestreiten wollte, sie war ihm nun einmal ähnlich.

Hastig stand sie von der Matratze auf, versuchte, nicht allzu viele Erschütterungen zu verursachen und kämpfte gegen den inneren Drang an, nur noch einmal unters Laken zu schauen, bevor sie sich anzog.

Sie sollte hundemüde sein, es war erst kurz nach neun und sie hatte kaum vier Stunden geschlafen, doch die Panik versetzte ihr einen natürlichen Koffein-Schub. Oder vielleicht war es auch nur Adrenalin. Sie war sich ziemlich sicher, dass sie kein körpereignes Koffein besaß, aber wirklich wissen konnte sie es auch nicht und ... oh Gott, was machte sie denn nun?

Einfach gehen konnte sie nicht, denn das hier war schließlich Ryan und kein Kellner, den sie gestern aufgegabelt hatte.

Die Hände an ihrer Stirn, dachte sie fieberhaft über ihre nächsten Schritte nach, bis sie zum einzig vernünftigen Schluss kam: Sie trat gegen Ryans Füße, die unter dem Laken hervorlugten und sagte laut: „Ryan, wach auf! Wir müssen darüber reden.“

Er stöhnte leise, bewegte sich aber nicht weiter.

Sie trat fester. „Ryan! Sei ein Mann, öffne die Augen und rede mit mir über das, was passiert ist!“

Ryan drehte sich gähnend auf den Rücken und Grace hielt zwanghaft ihren Blick auf sein Gesicht gerichtet. Ein Bartschatten verdunkelte sein Kinn, das er jetzt kratzte, bevor er die Augen aufschlug und ihre Erscheinung mit einer fragend gehobenen Augenbraue taxierte. Er blieb jedoch stumm.

Fahrig schob sich Grace ihre Haare hinter die Ohren, schluckte den Kloß in ihrem Hals hinunter und wiederholte: „Wir müssen darüber reden, was passiert ist!"

Ryan verzog das Gesicht und setzte sich gegen den Bettkopf auf. „Nur fürs Protokoll: Das sind nicht die Worte, mit denen ein Mann geweckt werden will."

„Ryan", fuhr sie ihn an. „Konzentrier dich!"

„Mein Schädel brummt, es ist früh, das Licht ist zu hell und du siehst panisch aus – alles keine guten Voraussetzungen dafür, dass ich mich konzentrieren werde. Und warum bin ich noch gleich nackt und du angezogen?"

Lieber Gott … Grace ließ sich auf das Bettende sinken und rieb sich über ihre schmerzenden Schläfen. „Das hätte nicht passieren sollen, Ryan."

Er hob eine Augenbraue und wiederholte langsam: „Das hätte nicht passieren sollen …" Er klang nicht zufrieden. „Weißt du, das ist so eine Aussage, die man trifft, wenn ein weiser Prophet in die Sterne gesehen und eine absolut andere Zukunft für den gestrigen Abend vorhergesehen hat. Eine Zukunft, die nicht hätte gebrochen werden dürfen, weil wir dann in einem bösartigen Paralleluniversum landen würden. Kennst du so einen Propheten?"

Entgeistert sah sie ihn an. „Was? Das hat absolut keinen Sinn, was du da gerade gesagt hast."

„Das Wort *sollen* beinhaltet die Aussage, dass eigentlich etwas anderes hätte passieren müssen, was aber nicht eingetreten ist. Und da frage ich mich, was das hätte sein *sollen*."

Ging er jetzt unter die Literaturwissenschaftler, oder was? „Schön, dann hätte es eben nicht passieren *dürfen*!"

„Nein, auch mit der Formulierung habe ich ein Problem." Ryan richtete sich höher im Bett auf, das Laken glitt tiefer seine Brust hinab – was Grace natürlich nur rein zufällig bemerkte, weil ihr Blick ausschließlich auf sein Gesicht gerichtet war – und er kratzte sich am Hals. „Es hätte nicht passieren dürfen, dass Paris Hiltons Sex Tape ans Licht kommt. Es hätte nicht passieren dürfen, dass deine Haare orange gefärbt wurden. Es hätte nicht passieren dürfen, dass meine Oma ihr Chocolate Chip Cookie-Rezept verliert. Gehört das, was gestern geschehen ist, in diese Kategorie?"

Sie verdrehte die Augen. Jetzt war er einfach nur absichtlich kompliziert. „Halt die Klappe, Ryan! Du weißt, was ich meine."

„Gott, Grace." Er rieb sich mit beiden Händen übers Gesicht, während sie versuchte zu vergessen, dass er diese zwei Worte gestern Nacht auch nicht gerade wenig benutzt hatte – wenn auch in einem anderen Kontext. „Es ist einfach zu früh für eine solche Unterhaltung."

„Wann willst du denn dann darüber reden?", fragte sie ungläubig. „Vielleicht am Frühstückstisch, zusammen mit allen anderen? Oder noch besser: einfach nächste Woche, wenn es superkomisch zwischen uns geworden ist und wir uns nicht mehr in die Augen sehen können? Ich will dir in die Augen sehen können, Ryan! Weil du mir wichtig bist und ich will das nicht kaputtmachen und ... Sex macht alles blöd und kompliziert und anstrengend und ..."

„Grace, beruhige dich." Ryans Stimme strahlte die volle Kontrolle und Ruhe aus, sodass Grace automatisch den Mund schloss. „Es wird nicht komisch zwischen uns. Du machst dir zu viele Gedanken. Es war *nur* Sex. Sex ist nicht so eine große Sache, wie alle Frauen immer denken."

„*Nur* Sex?", wiederholte sie. „Wir sind befreundet! Es kann nicht *nur* Sex sein."

„Natürlich kann es *nur* Sex sein", schnaubte er. „Wie hast du es gestern noch so charmant formuliert? Wir hatten es eben nötig! Besser miteinander ins Bett zu gehen als mit einem x-Beliebigen, oder?"

„Nein!", sagte sie entgeistert. „X-beliebig wäre hier definitiv besser gewesen. Mit x-beliebig müsste ich nie wieder reden! Und es ist nicht gerade charmant, dass du uns gegenseitig anscheinend als sexuellen Notnagel siehst, nur weil wir dem anderen gerade zur Verfügung standen!"

„Du warst es, die mit dem Kuss-Scheiß angefangen hat! Ich hab' dich nur geküsst, weil du mich darum gebeten hast und hätte ich dich nicht geküsst, wäre auch der Rest nicht passiert."

Grace' Mund öffnete sich und ihre Augen verengten sich um mehrere Millimeter. „Na dann entschuldige, dass ich dich zu so etwas Schrecklichem gezwungen habe! Die logische Schlussfolgerung war natürlich, mit mir ins Bett zu springen. So ein einzelner Kuss wäre dann ja auch einsam geworden und brauchte einen Spin-off."

Ruckartig stand sie vom Bett auf und griff ihre Handtasche vom Boden. „Es wird nie wieder vorkommen, dass ich dich so bedränge und damit offensichtlich zum

Sex einlade, der ja auch nur passiert ist, weil wir beide es *nötig* hatten."

Ryan seufze schwer und machte Anstalten aufzustehen. „Grace …"

„Nein, bleib liegen, Ryan! Ich glaube, ich habe deinen Standpunkt laut und deutlich mitbekommen. Es war *nur* Sex, es war meine Schuld, wir hatten es nötig. Charmante Zusammenfassung. Ich glaube, ich fahre mit Kaylie nach Hause." Sie drehte sich um und lief zur Tür.

„Grace, warte, so war das nicht gemeint …"

„Ach, es waren nur Worte, Ryan." Sie hob die Hand über ihre Schulter. „Ich werde ihnen also keine große Bedeutung beimessen. Wir sehen uns dann irgendwann und ja, es wird absolut nicht komisch sein!"

„Grace!" Sie hörte, wie er aufstand, doch da war sie schon aus der Tür und schlug das Holz hastig hinter sich zu. Ryan war nackt, er würde noch einen kurzen Moment brauchen. Genug Zeit, damit sie sich aus dem Staub machen konnte. Sie biss die Zähne zusammen und konnte ihren Blutdruck steigen spüren.

Es war nicht ihre Schuld gewesen! Wenn überhaupt, war es seine! Er hatte sie geküsst – zweimal! Und er hatte Dinge mit ihrem Mund und ihrem Hals und … anderen Körperteilen gemacht und ja, sie war nicht unschuldig, aber er hatte sie mit auf *sein* Zimmer genommen, oder?

„Grace?"

Abrupt blieb sie stehen und mit einem Gesicht, rot wie eine Reklameleuchte, sah sie auf – in Jakes Gesicht.

Mist!

Na, vielleicht hatte er ja nichts gesehen.

„Kamst du gerade aus Ryans Zimmer?", fragte er, die Augenbrauen tief ins Gesicht gezogen.

Vielleicht hatte er ja doch etwas gesehen.

„Ja", sagte sie betont gelassen und räusperte sich. „Er hat gestern mein Handy gefunden und da habe ich es abgeholt."

Jake presste die Lippen aufeinander. „Im Kleid von gestern?"

Gott, konnte noch mehr Blut in ihr Gesicht fließen?

„Ja", hustete sie. „Du entschuldigst mich?" Sie eilte an ihm vorbei, auf die Fahrstuhltür zu, und verfluchte ihr Timing. Definitiv ein entspanntes Wochenende!

***

Die Tür schlug zu, bevor Ryan es überhaupt vernünftig aus dem Bett geschafft hatte – und er konnte ihr schlecht nackt nachrennen.

Scheiße, scheiße, scheiße. Das hätte nicht passieren dürfen!

Er wusste, was er zu Grace gesagt hatte, wusste, wie er ihre Formulierung kritisiert hatte – aber das war ausgewachsener Mist gewesen. Natürlich war es eine große Sache! Natürlich war es nicht *nur* Sex! Gott, er hätte sie nie anfassen dürfen!

Sie war Grace. Sie war eine seiner engsten Freundinnen und sie war betrunken gewesen ... es war nur: Sie hatte ihn mit dem, was sie gestern gesagt hatte, so verdammt wütend gemacht!

Damit, dass es kein Unterschied sei, ob Kaylie oder er sie küsste. Dass es doch dasselbe wäre!

Und verdammt nochmal, er hatte ihr beweisen wollen, dass das Blödsinn war. Dass er immer noch ein

Mann war und nicht ihre beste Freundin, die sich zusammen mit ihr die Nägel lackierte und … na ja. Dass er ein Mann war, hatte er ja nun erfolgreich zur Schau gestellt …

Fluchend lief er zu seinem Koffer und zog sich eine Jeans daraus hervor. Es war dieses Kleid gewesen. Das hatte seinen Geist vernebelt. Und Grace war so unglücklich gewesen mit ihren absurden und bescheuerten Sorgen, dass sie nicht attraktiv genug sei oder nicht gut küssen könne – sie hatte einfach so einen Schwachsinn von sich gegeben, dass er es als seine männliche Pflicht angesehen hatte, sie von ihren Wahnvorstellungen zu befreien.

Ach, wem wollte er etwas vormachen – er hatte gestern mit seinem kleinen Gehirn in der Hose und nicht mit seinem Großen im Kopf gehandelt. Und jetzt musste er das wieder geradebiegen. Grace hatte recht. Sex verkomplizierte alles und er wollte sie nicht als Freundin verlieren. Es war ein Ausrutscher gewesen. Er hatte nicht nachgedacht und ja, er hätte möglicherweise nichts dagegen, die gestrige Nacht zu wiederholen, aber das war ihm nicht wichtig genug, um ihre Freundschaft zu riskieren.

Es war simpel: Sie waren beide einsam gewesen und dann waren sie es für ein paar Stunden nicht mehr. Sie hatten sich guten Gewissens gegenseitig benutzt!

Okay, das sollte er definitiv noch einmal umformulieren, bevor er mit ihr sprach.

Er zog sich die Jeans und ein T-Shirt über und hastete zur Tür. Doch bevor er sie erreichen konnte, klopfte es bereits.

Erleichtert und fest davon überzeugt, dass Grace zurückgekommen war, öffnete er.

Aber es war Jake, der davorstand, nicht Grace.

Ryan stieß Luft aus und ließ seine Schultern sinken. „Hey Jake, was ...“

„Was ist nur los mit dir!?“, zischte sein Freund und stieß mit beiden Händen heftig gegen seine Brust. „Denkst du nur mit deinem Schwanz, oder was?“

Wow. Diese Worte aus Jakes Mund!

Ryan machte einen Schritt nach hinten und rieb sich über die Stelle, an der ihn Jakes Handballen getroffen hatte. „Was? Wovon redest du?“, fragte er, auch wenn er eine ungefähre Ahnung hatte.

„Von Grace natürlich, du Pfosten! Was zum Teufel, Alter!?“

„Es ist nichts, Jake. Reg dich ab.“

„Nichts!? Grace kam aus deinem Zimmer, hatte die Haare in Sexmanier verwuschelt und ist so rot geworden, dass ich Angst hatte, sie könne gleich in Ohnmacht fallen! Meine Güte, muss ich denn nur perverse Freunde haben, die mit meinen platonischen weiblichen Freundschaften rummurksen!?“

Ryan legte sich eine Hand in den Nacken und stöhnte laut auf. „Es war ein Ausrutscher! Wir waren betrunken!“ *Sie hat mich dazu gezwungen, sie zu küssen – und wie hätte ich da bitte noch aufhören sollen?*

„Nein!“, fuhr Jake ihn an und er sah so wütend aus, dass Ryan doch tatsächlich anfing, eine Art Respekt vor ihm zu entwickeln. „Nein, Grace ist kein Ausrutscher! Eine Kellnerin, die keine Unterwäsche trägt, ist ein Ausrutscher. Ein Cheerleader, deren Pompoms sich in dein Haus verirren, ist ein Ausrutscher. Grace ist kein

Ausrutscher! Sie ist tabu! Sie ist eine Freundin und mit Freundinnen wird nicht ausgerutscht!“

„Jake“, sagte Ryan ruhig und stützte sich mit seinem Arm an der Wand ab. „Ich finde es echt süß, wie du dich für deine platonischen Freunde einsetzt, aber … du machst das zu einer größeren Sache als es ist, du …“

„Es *ist* eine große Sache!“, knirschte sein Gegenüber. „Ich bin derjenige von uns, der wahllos und ohne Gefühle mit Frauen schläft! Das bin *ich*. Nicht du! Du bist ein ganz anderes Kaliber, Hale! Du schläfst nicht mit Frauen, die dir nichts bedeuten.“

„Sie bedeutet mir ja auch was!“, fuhr er ihn an. „Sie ist meine verdammt beste Freundin!“

„Schöne Art, das zu zeigen! Ich wusste nicht, dass man Freundinnen wie dreckige One-Night-Stands behandelt.“

So langsam regte Jake ihn auf. „Es war kein dreckiger One-Night-Stand“, knurrte er wütend.

„Ach ja, was war es denn dann? So wie ich das sehe, habt ihr miteinander geschlafen, sie ist frühmorgens aus deinem Zimmer geflohen und ihr beide habt nicht vor, eine Beziehung miteinander anzufangen. Was schließen wir daraus? Du hast sie nur benutzt, weil du zurzeit eine Flaute hast! Und das ist Scheiße, Hale! Das ist so dermaßen Scheiße von dir, dass du mir nie wieder sagen kannst, was ich zu tun und lassen habe – und wenn du Grace verletzt, dann verletze ich dich!“ Mit diesen Worten wandte Jake sich um und verschwand.

Ryan ließ die Tür zufallen und starrte auf das Holz.

Wenn er sich nicht irrte, dann hatte Jake Braker ihm soeben eine Ansprache über Moral und Anstand gehalten. Und zu was für einer Art von Mensch machte ihn das bitte?

Kapitel 14

Grace schaffte es erfolgreich, Ryan den ganzen Sonntag lang zu ignorieren. Sie war tatsächlich mit Kaylie und Dexter zurück in die Stadt gefahren und weil immer noch Frühlingstraining war, und Ryan und der Rest der Mannschaft am Sonntagabend zurück nach Arizona flogen, schaffte er es nicht mehr, noch bei ihr vorbeizufahren.

Sie reagierte nicht auf seine Anrufe oder Textnachrichten und das einzige Lebenszeichen, das er von ihr bekam, erreichte ihn Sonntagnacht, als sie ihm schrieb:

Ich bin sauer auf dich. Lass mich sauer sein!

Einerseits brachte Ryan der Kommentar zum Lächeln, andererseits war er mehr als unbefriedigend. Denn Frauen konnten verdammt lange sauer sein und wer konnte schon voraussagen, wann Grace sich wieder beruhigen würde? Und wenn er ehrlich war, dann wusste er einfach nicht, was er ihr sagen sollte. Denn es *war* ein Ausrutscher gewesen! Er hatte doch nie vorgehabt, mit Grace zu schlafen. Schön, er hatte vielleicht ab und an mal darüber nachgedacht, aber er war nun einmal ein Kerl – das war es doch, was er ihr hatte beibringen wollen!

Ja, er hatte sich Sonntagfrüh möglicherweise unpassend ausgedrückt, aber was sagte man zu seiner ziemlich besten Freundin, wenn man verkatert war und die ganze Nacht über sehr, sehr dreckige Dinge mit ihr getan hatte?

Er wüsste sehr gerne, ob irgendwer darauf eine Antwort hatte. Jake wahrscheinlich – obwohl der ja, wenn es um platonische Freundinnen ging, plötzlich der Moralapostel von Heiligenbergen zu sein schien.

„Gibst du den Ball auch noch ab oder willst du noch ein wenig rumhocken und blöd in die Gegend starren?"

Ryan blinzelte und sah auf. Die Sonne schien auf sie hinab und Ty stand in einiger Entfernung zu ihm, die Augenbrauen erwartungsvoll gehoben. Er richtete sich auf und starrte auf den Ball in seinem Handschuh. Er konnte sich nicht daran erinnern, ihn gefangen zu haben.

„Scheiße Mann, was ist los mit dir?"

„Keine Ahnung", murrte Ryan und griff nach der Wasserflasche, die neben seinen Füßen stand.

„Bist du unkonzentriert, weil du mit Grace streitest und du bereust, mit ihr geschlafen zu haben?"

Ryan verschluckte sich an seinem Wasser und beugte sich hustend vornüber. „Was!?"

„Oh mein Gott, dann ist es wahr! Ich dachte, Jake erzählt Blödsinn." Ungläubig überwand Ty die paar Meter, die sie trennten. „Warum erzählst du mir nichts und ... was denkst du dir dabei, sowas zu tun?"

„Nicht du auch noch", stöhnte Ryan. „Ich fühle mich schon schlecht genug."

„Zu Recht! Grace ist eine Freundin, sie ist ..."

„... tabu! Ich weiß. Ich bin nicht zurückgeblieben – nur dämlich."

„Ryan! Du springst doch sonst nicht unüberlegt mit irgendwelchen Frauen ins Bett.“ Ty schien ehrlich verblüfft. „Alter, was hast du dir gedacht?“

„Du wiederholst dich! Und es ist doch wohl offensichtlich, dass ich überhaupt nicht nachgedacht habe“, zischte er. „Und verdammt nochmal … du hast sie Samstag doch gesehen! Erzähl mir nicht, dass du keinen Moment daran gedacht hast, sie aus diesem Kleid zu schälen.“

Ty hob eine Augenbraue. „Keine Sekunde.“

Na toll. Er war also der einzige Kerl, der seine sexuellen Gedanken nicht im Griff hatte.

Ach, wenn er genauer darüber nachdachte, dann war es gut gewesen, dass Ty nicht mit Ja geantwortet hatte, denn dann hätte er ihn womöglich schlagen müssen. Sie war schließlich Grace und … nein, er hatte eigentlich keine sonderlich guten Argumente dafür.

„Ich hab’ getrunken und es ist passiert. Ende der Geschichte.“

„Aha. Und jetzt?“

„Stell keine Fragen, zu denen unmöglich jemand eine Antwort haben kann!“

Ty grinste und schüttelte dann langsam den Kopf. „Wie ist der nächste Morgen denn abgelaufen?“

„Stell keine Fragen, zu denen niemand eine Antwort geben will!“

Tys Grinsen wurde breiter. „Du hast dich wie ein Vollidiot angestellt, schätze ich?“

„Ty, manchmal vergesse ich, warum ich dich mag.“

„Ich bin loyal und witzig – was willst du mehr von einem besten Freund?“

„Unterstützung vielleicht?“

Ty schnaubte. „Ich unterstütze dich nicht dabei, deine Freundschaften kaputtzumachen. Ich bin definitiv auf Grace' Seite."

„Du hast doch überhaupt keine Ahnung, auf was für einer Seite sie steht", sagte Ryan ungläubig.

„Das muss ich auch gar nicht wissen. Man schläft nicht mit guten Freundinnen, das steht im Handbuch, Alter!"

„Aber sie hat doch auch mit mir geschlafen!"

„Ist egal. Der Mann trägt die Schuld."

„Und warum?"

Ty hob die Achseln. „Weil die Frauen es so festgelegt haben. Wie sauer ist sie, würdest du sagen?"

„Keine Ahnung. Grace war noch nie auf mich sauer. Ich habe also keine Vergleichsmöglichkeit."

„Okay und willst du mit ihr reden?"

„Muss ich doch früher oder später, oder nicht?"

„Dann mach mal lieber früher draus, sie steht dort vorne."

„Was?"

Ryan fuhr herum und tatsächlich: Am Spielfeldrand, mehrere hundert Meter entfernt, stand eine schmale Gestalt, die eine Kamera in den Händen hielt. Allein die Art und Weise, wie sie von einem Bein auf das andere trat, ließ ihn sie erkennen.

„Was macht sie hier?"

„Sie ist für die SportsIn hier, hat sie doch erzählt."

„Wann?"

„Samstag oder so, keine Ahnung. Aber rede mit ihr! Sag ihr, dass du ein Vollidiot warst und du willst, dass es wieder ist wie vorher."

Ryan zögerte.

Ty verengte auf einmal die Augen. „Du willst doch, dass es wieder so ist wie vorher, oder? Oder würdest du gerne …“

„Natürlich will ich das“, unterbrach Ryan ihn düster.

Ty hob abwehrend beide Hände. „Musste nur sichergehen. Wenn du nämlich mehr von ihr wollen würdest …“

Ryan holte mit dem Arm aus und warf den Baseball übers Feld. „Ty, mir ist der Ball aus der Hand gefallen. Holst du ihn bitte?“

Sein bester Freund lachte leise. „Rede mit ihr.“

Das hatte er doch vor.

Er wandte ihm den Rücken zu und lief schnurstracks auf Grace zu, die gerade Fotos von Luke schoss, der sich im Bullpen aufwärmte. Sie registrierte ihn erst, als er praktisch direkt vor ihr stand. Das bemerkte er daran, dass sich ihre Schulterpartie versteifte und sie sich auf ihre Unterlippe biss. Einige Momente stand sie mit erhobener Kamera da, bis sie sich langsam zu ihm umwandte und die Linse sinken ließ.

Sie verengte die Augen. Ob das an der Sonne lag, in die sie blickte, oder an seiner Wenigkeit, konnte er nicht sagen.

„Hey“, sagte er, die Hände in seine Sportshorts gleiten lassend.

Grace wiegte den Kopf von der einen zur anderen Seite. „Hey.“

„Ich wusste nicht, dass du herkommen würdest.“

„Ich habe es Samstag erwähnt.“

„Das hat Ty auch gesagt.“

Sie nickte und schwieg. Na, das lief ja hervorragend.

Er räusperte sich. „Hör mal, wegen Samstag …“

Sie drehte sich auf dem Absatz um und ging.

Ungläubig starrte er ihr nach. Er wusste ja, dass Grace nicht auf Konfrontationen stand, aber hallo ...?

***

Hallo!? Sie würde doch nicht in der Öffentlichkeit mit Ryan über ihre gemeinsame Nacht reden! Was dachte er sich dabei, sie einfach darauf anzusprechen, wo sie doch mindestens noch sieben Tage Verarbeitungszeit brauchte! Nein, sie verlängerte auf vierzehn Tage! Ihr Herz hatte gerade dermaßen vor nervöser Aufregung geflattert, dass zwei Wochen sicherlich angemessener waren. Wegzulaufen war nicht die elegante Lösung, aber es war eine Lösung! Da konnte ihr jeder erzählen, was er wollte.

Ihr war auf dem Flug hierhin etwas klar geworden: Sie wollte nicht hören, was Ryan zu Samstagnacht zu sagen hatte, denn es war unmöglich für ihn, die richtigen Worte zu finden. Es gab keine richtigen Worte. Bei solchen Dingen konnte man nichts richtig machen. Wenn er ihr plötzlich erzählen würde, dass er tiefschürfende Gefühle für sie hatte, würde sie wahrscheinlich in Panik ausbrechen, ihn schlagen und dann ihre Kamera gegen seinen Kopf werfen. Wenn er ihr sagen würde, dass es ein riesiger Fehler gewesen war, mit ihr zu schlafen, würde sie exakt das Gleiche tun, nur dass Panik durch Wut ersetzt werden würde. Wenn er ihr sagen würde, dass er es genossen hatte, aber nicht vorhabe, je wieder mit ihr zu schlafen, weil ihre Freundschaft ihm mehr bedeute als zwangloser Sex, dann ... oh, Moment.

Es *gab* richtige Worte. Jetzt wurde sie gleich noch ein bisschen wütender. Wie schwer war es, genau das zu sagen? Am besten auch noch in dieser Wortwahl. Und am Ende könnte er noch hinzufügen, dass sie die Beste war, die er je gehabt hatte und sie ihn für andere Frauen verdorben hatte. Das durfte er dann aber ruhig in eigenen Worten sagen.

„Hayden, was machen Sie hier? Sie sollen nicht die Umkleiden fotografieren, sondern die Spieler!"

Sie war in den Tunnel gelaufen, durch den die Spieler normalerweise aufs Spielfeld kamen, und natürlich war ihr *Benny the Bitch* entgegengekommen.

„Ähm, das weiß ich, ich muss nur kurz auf die Toilette."

„Na, dann beeilen Sie sich!", bellte er. „Die Spieler machen sich nicht ewig warm und während des richtigen Trainings dürfen wir keine Fotos schießen."

„Natürlich." Sie nickte und eilte weiter den Gang hinab.

Ihr blieb wohl nichts anderes übrig, als wirklich auf die Toilette zu gehen und dann umzukehren.

Na toll.

Sie würde die Kamera einfach nie wieder von ihrem Gesicht nehmen, dann müsste sie Ryan nie wieder in die Augen sehen und das Gefühl haben, dass er sich noch sehr gut daran erinnerte, wie sie nackt aussah. Was der Bastard vermutlich tat! Wer sich alle Schlaggewohnheiten von über 200 MLB-Spielern merken konnte, konnte wahrscheinlich auch das Bild einer nackten Frau für zwei Tage in seinem Kopf verewigen.

Bastard. Die wiederholte Benutzung dieses Wortes war angebracht.

Das würde wirklich eine brillante Woche werden! Die Sache mit Ryan, ein weiterer Streit mit ihren Schwestern über ihren Vater, und dann hatte sie sich auch noch entschieden, am Samstag zu dem Reunion-Treffen zu gehen. Sie hatte geglaubt, dass sie, wenn sie sich mit ihrer Vergangenheit konfrontierte, vielleicht leichter über sie hinwegkommen konnte. Dass sie endlich anfangen konnte, nicht mehr gegen sich selbst zu arbeiten. Zurzeit fühlte sie sich aber eher danach, sich unter einer weichen Decke aus Daunen vor ihrer Vergangenheit zu verstecken.

Als sie keine Zeit mehr auf der Toilette schinden konnte, schlenderte sie zurück zum Spielfeldrand und hob die Kamera wie eine Waffe vor ihr Gesicht. Es hieß ja nicht umsonst Bilder ‚schießen‘.

Sie fing einige Momentaufnahmen von Jake ein, der mit seinem Schläger in regelmäßigen Abständen in die Luft schlug. Sie war soeben dem Geheimnis auf den Grund gekommen, warum alle Baseballer so ein großes Ego haben mussten: Hätten sie es nicht, wäre es ihnen sicherlich peinlich, so albern auszusehen! Grace fotografierte einige der Frischlinge, die letztes Jahr direkt vom College oder gar von der Highschool gedraftet worden waren und ihr Talent erst noch unter Beweis stellen mussten, und landete schließlich mit ihrer Linse auf einem ihr bekannten Rücken.

Sie hob ihre Hand an das Objektiv und stellte den Fokus schärfer. Mit gerunzelter Stirn fuhr sie seine Körperkonturen ab.

Hatte er schon immer so verdammt breite Schultern gehabt? Grace konnte sich nicht erinnern, war aber der festen Überzeugung, dass er in den letzten zwei Tagen muskulöser geworden sein musste. Ryan wandte sich zu Ty, der neben ihm stand, und lachte über irgendwas.

Grace überlegte. Wenn er lächelte ... hatte sich dann immer zuerst der eine Mundwinkel hochgezogen, bevor der andere ihm gefolgt war? Und der Hintern ... nein, der Hintern hatte nicht immer so aussehen können. Da musste er was dran machen lassen haben. Ryan streckte die Arme über den Kopf und ... nein, die Oberarme hatten doch früher auch nie so ausgesehen. Und irgendwie war es ihr noch nie männlich vorgekommen, wie die Delphie-Jungs mit ihren großen Handschuhen Bälle fingen, aber jetzt, wo sie wusste, wozu diese Hände fähig waren ... mhm ... also ...

„Na, wie macht sich Ryan als Fotoobjekt?"

Grace zuckte zusammen und hätte beinahe ihre Kamera fallen lassen, als sie sich hastig zu Emma umwandte. Sie hatte doch gerade Fotoobjekt und nicht Sexobjekt gesagt, oder? Sie war sich nicht sicher.

„Grace?"

„Ähm ja", sagte sie hastig. „Sehr fotogen."

Normalerweise war es den Frauen der Spieler nicht erlaubt, während des Frühlingstrainings dauerhaft bei ihren Männern im Zimmer zu wohnen. Doch Coach Thompson hatte für Emma und Luke eine Ausnahme gemacht – es waren schließlich irgendwie ihre Flitterwochen. Kaylie, die Physiotherapeutin des Teams war, trieb sich hier auch noch irgendwo herum. Aber die hatte Grace noch nicht zu Gesicht bekommen.

Sie räusperte sich und löste ihren Blick von Ryans Schultern. „Und? Hast du dir die erste Woche als verheiratete Frau so vorgestellt?"

Emma lachte und stützte sich mit ihren Händen auf den Banden ab. „Ganz sicher nicht. Aber ich wusste, auf was ich mich mit einem Baseballer einlasse! Und wir holen die richtigen Flitterwochen ja noch nach."

„Warum hast du eigentlich nicht einfach darauf bestanden später zu heiraten?", wollte Grace wissen und ihr Blick schweifte wieder zu Ryan. Sollte er sie doch verklagen.

„Weil mein lieber Ehemann ..." Emma hielt inne.

„Ja?", fragte Grace verwirrt.

Ihre Freundin grinste breit. „Sorry, ich mag es nur, das Wort ‚Ehemann' zu benutzen. Das ist irgendwie sexy."

Ach, Grace musste bei dem Wort ‚sexy' an andere Dinge denken. Ihr Blick glitt erneut zu Ryan.

„Na, auf jeden Fall hat mein lieber Ehemann in einer fairen Partie Schnick Schnack Schnuck gewonnen. Und wenn ich ehrlich bin ..." Ihre Wangen liefen pink an. „... wollte ich auch nicht länger warten. Was soll's, dass wir erst im Oktober wegfahren? Wir haben Zeit."

Grace lächelte. „Das ist wohl wahr. Euer Leben lang."

„Hach, dieser Ausdruck ist immer noch gruselig und herzerwärmend zugleich ... wie sieht es eigentlich bei dir aus? Triffst du dich noch mit dem Golfer?"

Grace schüttelte den Kopf, legte ihn kurz in den Nacken, bevor sie zwischen den Zähnen: „Ich hab' mit Ryan geschlafen", hindurchpresste.

Emmas Augen wurden kugelrund. „Du hast was!?"

„Schrei doch nicht so", zischte Grace.

„Wenn du nicht willst, dass ich schreie, dann solltest du mir sowas nicht erzählen! Wann!?"

Sie hatte es einfach loswerden müssen und sie musste mit jemandem darüber reden. „Samstagnacht. Wir haben getrunken und die Hochzeit war so romantisch und ... ist auch egal, wir haben es miteinander getan und jetzt ist es komisch zwischen uns."

„Meine Güte ... war er gut?"

„Emma!"

„Was denn?", lachte sie. „Als ob das nicht auch deine erste Frage gewesen wäre."

„Ryan ist irgendwie mein bester Freund geworden und es kommt mir einfach nur falsch vor, darüber zu reden ..."

„Na, wenn du es mit ihm tun kannst, dann kannst du auch darüber reden", meinte Emma weise. „Also: Auf einer Skala von eins bis zehn ..."

„Emma!"

Ihre Freundin grinste breit. „Na hör mal, ich bin jetzt eine verheiratete Frau, ich muss meine Action aus anderen Quellen bekommen ..."

„Er ist eine zehn, okay! Können wir jetzt einfach darüber reden, dass es komisch zwischen uns ist und du kannst mir dann sagen, was ich dagegen unternehmen soll?"

„Ryan eine zehn ..." Emma schnalzte mit der Zunge. „Ja, so sieht er auch aus. Aus Erfahrung: Stimmt der Spruch? If you once go black, you never go ..."

„Wir sind immer noch nicht bei dem Thema angekommen, zu dem ich gerne hinwill", unterbrach Grace sie hastig.

„Oh, okay." Emma räusperte sich und fixierte sie. „Also Grace, sorry, dass ich dir das sagen muss, aber es war auch schon vorher komisch zwischen euch.

Zumindest für alle anderen. Ihr habt euch verhalten wie ein Pärchen, aber die guten Eigenschaften nicht ausgenutzt. Das war wirklich sehr seltsam und bedenkenswert. Wir haben ehrlich gesagt alle nur darauf gewartet, dass du mit ihm schläfst. Daher habe ich für die jetzige Variante viel mehr Verständnis."

Sie hörte sich an wie Chloe. „Es ist keine *jetzige* Variante", stellte Grace klar. „Das war eine Ausnahmesituation. Es wird nicht wieder vorkommen. Und was soll das heißen, ihr habt darauf gewartet?"

„Na ja, ihr hattet immer eine bestimmte Chemie und ... ist egal. Eine Ausnahmesituation, sagst du?"

„Ja!"

„Verstehe." Emma schwieg für einige Sekunden, bis sie sagte: „Nein, sorry. Ich verstehe es nicht. Warum ist es eine Ausnahmesituation?"

„Weil wir befreundet sind!"

„Na und? Der Sex war doch offensichtlich gut!"

Grace lief rosa an. „Nun ja ... schon ..."

„Na, warum dann aufhören? Ich habe durch Luke gelernt: Wenn der Sex gut ist, dann sollte man das ausnutzen."

„Aber es macht die Sache doch nur kompliziert."

Emma schüttelte vehement den Kopf. „Sex ist nicht kompliziert. Die Menschen sind es. Die sind es, die alles blöd und schwierig machen. Der spaßige Teil macht überhaupt nichts kompliziert."

„Ja, nur gehören die Menschen eben zu dem Sexpart dazu."

„Na, es gibt da einige ekelige Ausnahmen, aber okay, lassen wir das. Ich verstehe, was du meinst."

Nachdenklich ließ Emma ihre Fingerspitzen auf die Bande prasseln. „Also, so wie ich das sehe, hast du zwei Möglichkeiten: Du lässt es einfach fallen, tust es als spaßige Nacht ab und lachst mit ihm darüber, oder ... oder du schläfst einfach weiter mit ihm und schaust, wohin es dich führt.“

Grace presste ihre Lippen aufeinander. „Ich möchte ihn nicht als Freund verlieren. Sex mit Freundschaft zu vermischen ist nie eine gute Idee ...“

„Dann vergiss doch einfach, dass es passiert ist. Es war ein Ausrutscher.“

Und aus Emmas Mund hörte sich dieses Wort auf einmal gar nicht mehr so schlimm an. Aber der Teil mit dem Vergessen könnte problematisch werden ...

Kapitel 15

Ryan war unzufrieden mit der Situation. Das war ein Gefühl, was er seit Längerem nicht mehr gehabt hatte – und es gefiel ihm nicht. Er hatte über die Jahre hinweg die verschiedensten Differenzen mit Frauen gehabt. Angefangen mit der gegenteiligen Meinung darüber, wann es Zeit war, miteinander zu schlafen, bis zu dem Punkt, wo er Mary-Ann in der Öffentlichkeit als Miststück beschimpft hatte. Aber noch nie war eine Frau vor ihm weggelaufen! Und noch nie hatte ihn ein Streit so in seiner Konzentration gestört.

Er hatte es nicht zugeben wollen, aber Grace hatte sich in den letzten zwei Monaten einen Platz auf seiner Top Five-List erschlichen. Und die bestand aus seiner Mutter, seinem Vater, seinem Bruder und Ty. Und nun ihr. Jake, der Bastard, der ihm den ganzen Tag schon düstere ‚Ich seh dich'-Blicke zugeworfen hatte, hatte es doch tatsächlich auch in die Top Ten geschafft. Mit ihm würde er wohl auch noch reden müssen.

Die Warnung, wie zeitraubend die Konsequenzen alkoholbeeinflusster Entscheidungen sein konnten, war wirklich etwas, was auf eine Tequilaflasche hinzugefügt werden sollte. Andererseits war sie vielleicht auch durch die Beschriftung *Vol. 40 % Alkohol* impliziert.

„Mein Gott, dann versuch halt noch einmal, mit ihr zu reden", stöhnte Ty. „Hauptsache du hörst auf, so missmutig mit deinem Kiefer zu knacken. Das macht einen kirre. Das ist, als ob Danny zehnmal hintereinander den gleichen Witz erzählt. Man lächelt immer noch, aber denken tut man sich insgeheim: Warum checkt er es nicht?"

„Aber du lächelst nicht mehr", bemerkte Ryan trocken.

„Na, du bist ja auch nicht mein Sohn und hast nicht meine wunderschöne DNA. Bei dir denke ich nur: Warum checkt er es nicht?"

„Danke für den Realitätscheck", nickte Ryan und stand auf, denn er hatte gerade gesehen, wie Grace, die zwei Tische weiter bei Emma und Kaylie saß, aufgestanden und zum Abendbuffet geschlendert war. Die Delphies hatten einen eigenen Speisesaal in dem Hotel, in dem sie alle untergebracht waren, den Spieler wie Mitarbeiter während des Frühlingstrainings nutzten. Jeden Morgen und jeden Abend gab es ein Buffet und eine Horde nervöser Kellner, die den Sportlern neugierige Blicke zuwarfen.

Ersteres war gut, auf Zweites hätte Ryan verzichten können. Normalerweise war es lauter hier im Raum, doch heute hatten sie einen Ehrengast, der den meisten Spielern eine Heidenangst einjagte.

Cole Panther, eigentlich Anwalt, Anfang dreißig und der neue Besitzer der Delphies, hatte ihnen einen Besuch abgestattet, um sich seine diesjährige Mannschaft anzusehen. Ein Besitzerwechsel war immer mit Nervosität und Panik verbunden, denn jeder neue Kopf der Organisation traf neue Entscheidungen, die das Team und seine Dynamik beeinflussten. Von Cole Panther waren bereits zwei Spieler verkauft und einer in den Zwangsruhestand versetzt worden – dabei hatte die Saison noch nicht einmal angefangen. Andererseits hatte Panther auch Santiago eingekauft, einen flinken Infielder, den sie wirklich gut gebrauchen konnten, und einen Pitchertrainer rausgeworfen und ersetzt, der Ryans Meinung nach mehr in die Flasche, als auf die Wurfstatistiken seiner Spieler geschaut hatte. Ryan konnte also noch nicht sagen, ob Panther Junior seine Sache gut machte. Es war unwahrscheinlich, dass er ihn direkt wieder verkaufte, er war schließlich noch kein Jahr bei den Delphies, aber man konnte nie wissen … ein Grund mehr, sein Leben zusammenzubekommen und wieder vernünftig zu spielen. Die Spieler verließen sich darauf, dass er alles im Blick hatte.

Nun, zurzeit war sein Blick allerdings nur auf Grace' Rückenansicht gerichtet … und auf den kulinarischen Suizid, den sie auf ihrem Teller veranstaltete.

„Interessante Vorspeise, die du dir da zusammenmischst", rutschte es ihm raus, bevor er darüber nachdenken konnte, dass die Situation ja eigentlich noch merkwürdig war und er vielleicht nicht damit anfangen sollte, ihre Essgewohnheiten zu kritisieren – so wie er es gefühlt jeden Tag tat.

Grace zuckte leicht zusammen, doch als sie aufblickte, lächelte sie kaum merklich. Das hier war sicheres Terrain. „Es geht doch nichts über einen gesunden Snack", sagte sie.

Ryan schnaubte. „Gesund?"

„Klar. Es ist Salat."

„Mit Chipskrümeln und Schokoladenrosinen drin."

„Ja … Kartoffeln sind auch gesund. Praktisch Gemüse. Und Weintrauben sind Obst. Was hast du gegen Obst in Salat? Das ist ziemlich engstirnig, wenn du mich fragst."

„Ich frag' mich, ob dein Zahnarzt dasselbe sagen würde."

Sie winkte ab. „Über den mach dir mal keine Sorgen. Der muss doch auch irgendwie sein Geld verdienen."

„Mhm ... und was ist das da auf dem Rand deines Tellers?"

„Meinst du den Nutellahaufen oder die Granatapfelkerne oder die Marshmallows?"

„Fangen wir mit dem Nutellahaufen an. Willst du den auch mit dem Feldsalat mischen?"

Sie verdrehte die Augen, doch er bemerkte, wie sie immer breiter grinste. Das war erleichternd, denn das war die alte Grace.

„Also jetzt wirst du einfach nur noch absurd. Ich mische das Nutella doch nicht mit dem Salat. Das ist für den kleinen Hunger, den ich immer bekomme, bevor ich mit der Hauptspeise weitermache."

„Aha ... und das muss sein?"

Sie seufzte theatralisch. „Ich würde ja auch auf das Nutella verzichten, aber heute ist Montag."

„Und?"

„Das ist der Anfang der Woche, das stresst mich total. Morgen könnte ich ... ach nein. Da ist Dienstag. Dienstage sind auch nicht gut, um auf Nutella zu verzichten. Sie liegen zu nah an einem Montag."

Ryan konnte nicht anders, er fing an zu lachen. Kopfschüttelnd sah er auf sie hinab. „Dein Magen ist bemitleidenswert."

„Mein Magen ist ein Stein. Ich wüsste nicht, warum man Steinen Mitgefühl entgegenbringen sollte und ... warum guckt Jake so merkwürdig zu uns herüber?" Ihr Blick war an seiner Seite vorbeigegangen und auf einem der Tische gelandet, an dem zweifelsohne der misstrauische Baseman saß.

Ryan zuckte mit den Schultern. „Weil seine letzten Worte zu mir waren: Wenn du Grace verletzt, dann verletze ich dich."

Grace lächelte und legte sich eine Hand auf die Brust. „Das hat er gesagt? Kaylie hat recht. Er wird total süß, sobald man mal vergisst, dass er ein Arschloch ist."

„Ja, furchtbar niedlich, ich möchte ihn knuddeln ...", meinte Ryan trocken.

„Meinst du, es würde ihm helfen, wenn ich dir eine Ohrfeige gebe? Ich wollte schon immer mal jemandem eine richtige Ohrfeige geben, weißt du ..."

„Okay Grace", unterbrach er sie, bevor sie zu tief in abschweifende Sphären eintauchte, in denen sie der Fantasie nachhing, ihn zu schlagen. „Genug Smalltalk. Kannst du einmal kurz ernst sein, mir zuhören und nicht weglaufen? Mir geht es nämlich derb auf den Geist, dass wir nicht vernünftig miteinander kommunizieren können und es komisch zwischen uns ist – wir sind besser als das!"

Verblüfft starrte Grace ihn an. „Ähm, okay. Mir geht es auch gegen den Strich, dass es komisch ist. Aber ich finde, die Art von Kommunikation zwischen uns beiden gerade war für unsere Verhältnisse normal, aber ... rede."

Er holte Luft. „Es tut mir leid, wie es gelaufen ist, es tut mir leid, wenn es dir so vorkommt, als hätte ich mich über dich lustig gemacht oder Samstagnacht nicht ernst genommen: Denn das habe ich. Ich würde lügen, wenn ich behaupten würde, dass es nicht verdammt viel Spaß gemacht hat, aber wir sollten das Ganze nicht wiederholen, das würde unsere Freundschaft belasten, deswegen sollten wir einfach Reset drücken und zu unserem Ausgangspunkt zurückgehen. Was sagst du?"

Sie taxierte ihn einige Momente lang, bevor sie fragte: „Hast du die Worte auswendig gelernt?"

Vielleicht ein wenig. „Nein, sind mir gerade spontan eingefallen. Also: Was sagst du?"

Sie nickte langsam. „Ja, okay."

„Okay?" Das ging ihm jetzt etwas zu einfach.

„Ja, lass uns das Ganze vergessen. Wir waren betrunken, haben nicht nachgedacht – es war ein Ausrutscher."

Er verengte seine Augen. „Tatsächlich? Du darfst dieses Wort jetzt also benutzen?"

Sie nickte, tunkte ihren Finger abwesend in das Nutella und leckte ihn ab. „Ja. Also, Freunde?" Sie streckte förmlich die Hand aus.

Ryan grinste. „Ich schüttele keine Hand, die mit Nutella, Granatapfelsaft, Salatdressing und Chipskrümeln geschändet wurde."

Grace lachte laut und leckte sich einen Rest Schokoladencreme von den Lippen, bevor sie ihren Rücken kurz dehnte und ihm ihre Brüste entgegenstreckte.

Hitze flutete seinen Unterleib und mühsam riss Ryan den Blick von ihren geröteten Lippen los, von denen er genau wusste, wie sie schmeckten und sich anfühlten, wenn sie ...

Okay, nein. Das mit dem Vergessen würde nicht so leicht werden, wie er sich das vorgestellt hatte.

***

Wie kam es, dass man einen Menschen, nachdem man mit ihm geschlafen hatte, plötzlich in einem ganz anderen Licht sah?

Waren es nur die Hormone? Oder war das reine Kopfsache? Da hatte sich doch sicher schon einmal ein hyperintelligenter Wissenschaftler oder Psychologe drüber Gedanken gemacht. Grace würde da gleich Google befragen müssen, denn wenn es eine Ursache gab, dann musste es auch eine Möglichkeit geben, das Ganze rückgängig zu machen. Und das musste sie einfach!

Sie war unglaublich erleichtert, dass sie und Ryan das alte Gleichgewicht wiedergefunden zu haben schienen, umso nervtötender war es, dass sie ihm hinterherstarrte und ihr Herz ihr bis zum Hals schlug. Sie war noch nie nervös gewesen, wenn sie auf ihn getroffen war. Das war bis jetzt immer seine Geheimwaffe gewesen. Egal wie viele peinliche Dinge ihr schon passiert waren, sie hatte nie nervös sein müssen, Ryan unter die Augen zu treten. Aber jetzt? Was war denn das Problem?

Es hatte sich doch nichts geändert. Er hatte genau das gesagt, was sie von ihm hatte hören wollen. Die Sache sollte gegessen sein, aber ...

Es war ja nicht so, dass sie sich Ryan plötzlich andauernd nackt vorstellte, nur ... doch, es war so. Aber wer konnte ihr das verübeln? Er war einfach schön. Nackt, jetzt. Angezogen auch, aber nackt vor allem. Hatten das nicht alle ihre Freundinnen bereits auf Emmas Junggesellinnenabschied festgestellt? Sein Körper war ein Kunstwerk – und Grace war nun einmal Künstlerin.

Und wenn sie ihm weiter so auffällig hinterherstarrte, dann würden ihr Kaylie und Emma sicherlich gleich eine Ansprache darüber halten, ob sie wirklich vorhatte, nicht mehr mit ihm zu schlafen. Kaylie war zu Grace' Missfallen überhaupt nicht überrascht gewesen, als sie ihr von Ryan erzählt hatte. Sie meinte, sie hätte fest damit gerechnet, dass es passieren würde.

Ruckartig wandte Grace sich um und gab auch noch Erdnüsse über ihren Salat. Sie sollte einfach zu Ryan und Ty gehen und dort essen. Um den Normalzustand wiederherzustellen. Aber Ty wusste bestimmt Bescheid, wenn Jake es auch wusste und ... oh Gott, das würde peinlich werden. Andererseits würde es mit jedem Moment, in dem sie es vor sich herschob, nur schlimmer werden. Besser, das Pflaster jetzt abzuziehen, wo es noch frisch war. Andererseits ließ sich ein Pflaster schneller lösen, wenn man ein paarmal mit ihm duschte und wartete und ... ach zur Hölle damit! Ty würde sie nicht verurteilen. Er war ihr Freund.

Sie steuerte auf die beiden zu und ließ sich wie selbstverständlich neben Ryan nieder.

„Hey", sagte sie und lächelte Ty zu. „Wie läuft's?"

Ty lächelte zurück und ein Teil ihrer Anspannung fiel ab. Nichts hatte sich geändert.

„Wir haben gerade eine rege Debatte darüber geführt, ob Pizza besser als Burger ist. Ryan hier hat sich dem Irrglauben hingegeben, dass ein Burger viel mehr zu bieten hat und ich könnte deine Überzeugungsgewalt brauchen, um ihn eines Besseren zu belehren."

Grace zog ihren Zeigefinger durch den Rest Nutella auf ihrem Teller und steckte ihn in ihren Mund, bevor sie kopfschüttelnd Ryan ansah. „In welchem Universum kann ein Burger besser sein als Pizza?“

„In einem Universum, in dem ich fünfhundert Gramm Hackfleisch liebe!“, verteidigte sich Ryan sofort.

„Alter, du kannst das Hackfleisch auch auf die Pizza tun“, hielt Ty dagegen.

„Eben“, bestätigte Grace. „Und: Den Pizzarand kann man mit Käse füllen.“

„Ich weiß überhaupt nicht, warum Grace ein Stimmrecht hat“, beschwerte sich Ryan und fuchtelte mit seinen Händen zu ihrem Teller hin. „Sie ist der Herzinfarkt jedes 5-Sterne-Kochs.“

Grace grinste und blickte zu ihrem Freund hoch.

Doch, das könnte funktionieren. Sie könnten Samstag vergessen – solange sie ignorierte, dass ihr Magen einen Hüpfer machte, als Ryan zurücklächelte. Solange sie nicht allzu lange auf seine Hände starrte, die gerade sein Kinn kratzten und die so umwerfend gut ausgesehen hatten, als sie ihre Beine hinaufgefahren waren.

Ihr Handy vibrierte und froh um die Ablenkung von ihren sehr, sehr falschen Gedanken, fischte sie es aus ihrer Hosentasche hervor.

Es war eine Nachricht von Madison.

Du kannst dir das Kleid für Samstag gerne übermorgen abholen. Ist gebügelt und gewaschen.

„Samstag?“, fragte Ryan sofort. „Was ist Samstag?“

„Hast du gerade etwa meine persönlichen Nachrichten gelesen?“

„Ja, du hast mir das Handy quasi unter die Nase gehalten, da dachte ich, es wäre eine Aufforderung.“

Sie schnaubte. „Du bist ein sehr neugieriger, schlechter Lügner, Ryan!"

„Was ist Samstag?", mischte sich jetzt Ty ein.

„Triffst du dich mit jemandem?" Ryan hatte sich in seinem Stuhl aufgerichtet, starrte sie an und ... war er eifersüchtig?

Grace wandte den Blick ab und räusperte sich. „Ich habe Reunion-Treffen von meiner Highschool. Das ist Samstag."

„Oh, okay." Sie hörte, wie Ryan erleichtert zusammensackte.

„Ich hasse Reunion-Treffen", murrte Ty.

Ja, sie war auch kein Fan davon.

„Du hast gar nicht erzählt, dass du bald Reunion hast", bemerkte Ryan.

„Ja, ich war mir auch noch nicht sicher, ob ich gehen will." Sie zuckte die Achseln.

„Das wird schon", meinte Ty, der aufgestanden war und ihr jetzt auf die Schulter klopfte.

Sie nickte, auch wenn sie nicht wirklich daran glaubte.

„Ich geh' mir noch was zu essen holen, will wer noch was?"

Ryan und Grace schüttelten den Kopf und dann waren sie alleine. Grace fing an, konzentriert in ihrem Salat herumzustochern, als sie bemerkte, dass Ryan sie von der Seite her anstarrte.

Als es ihr zu dumm wurde, sah sie genervt auf.

„Was?", fragte sie etwas angriffslustiger als geplant.

Ryan hob eine Augenbraue. „Was ist so furchtbar an einem Highschool-Reunion-Treffen?"

„Ich hab' nicht gesagt, dass es furchtbar ist."

„Aber du siehst so aus.“

Grace presste die Lippen aufeinander. „Ich weiß nicht, was du meinst.“

„Soll ich mitkommen, Grace?“

„Was?“

„Na ja, du wirkst so, als würdest du wirklich nicht zu dem Reunion-Treffen hingehen wollen.“

„Wieso zum Teufel denkst du das?“

Ryan lachte. „Ich kenne dich, Grace. Dein Gesicht hat gerade laut geschrien, dass du lieber in heißen Kohlen baden wollen würdest, als Samstag da hinzugehen.“

„Okay, schön. Ich will nicht hin! Zufrieden?“

„Warum gehst du dann?“

„Weil es … glaube ich, gut für mich wäre.“

„Aber du hast Angst davor.“

Sie räusperte sich und wandte den Blick ab. „Ein bisschen.“

„Warum? War deine Highschool-Zeit so schrecklich?“

„Einerseits nein, andererseits ja“, murmelte sie.

„Okay …“ Ryan war schlau genug, nicht genauer nachzubohren. „Also: Soll ich mitkommen?“

„Warum?“ Sie blickte ihn an und ihr Herz war merkwürdig eng geworden. Als hätte das Nutella, das sie gerade gegessen hatte, die Innenwände zusammengeklebt.

„Weil alles besser ist, wenn man nicht alleine ist“, murmelte er und sein Blick war so intensiv, dass es ihr schwerfiel, nicht einfach wegzusehen.

Sie räusperte sich bei dem Versuch, sachlich zu bleiben. „Und das würdest du nicht nur tun, weil wir …“ Sie schnalzte mit der Zunge.

Ryan schnaubte. „Nein, ich würde dich nicht nur begleiten, weil wir miteinander geschlafen haben. Herrgott, Grace! Wir sind Freunde. Gute Freunde, oder nicht?"

„Nun ... ähm ... ja."

„Und wir haben gerade beschlossen, dass wir wieder dazu zurückfinden, gute Freunde zu sein, oder?"

„Nun ... ja, nur ..."

„Na also! Ich sehe dein Problem nicht. Ich will dir helfen. So wie du mir hilfst, indem du Ruffy mit zum Opening Day nimmst. Oder machst du das auch nur, weil ich so gut im Bett war?"

Sie lief rot an und verschluckte sich an ihrer Spucke. „Natürlich nicht", krächzte sie.

Ryan hatte ein selbstzufriedenes Lächeln aufgesetzt. „Na also. Ich komme mit und unterstütze dich. So wie es gute Freunde tun."

Grace sah ihn an und bemerkte seinen entschlossenen Blick, den sie schon von ihm kannte. Die Sache war ... sie wollte wirklich nicht alleine hingehen. Und vielleicht würden sie wieder auf eine freundschaftlichere Ebene zurückfinden, wenn sie einen ungezwungenen Abend miteinander verbrachten.

„Okay", sagte sie schließlich und spießte mit ihrer Gabel ein weiteres Salatblatt auf. „Wenn ich dein Verlangen, Held zu sein, damit befriedigen kann – dann lass' ich dich mitkommen."

Ryan stöhnte und legte den Kopf in den Nacken. „Ich sollte wirklich aufhören, nett zu sein."

Nein, sollte er nicht. Das war eine seiner besten Eigenschaften. „Keine Sorge, Ryan", lachte sie und tätschelte seinen Bizeps. „Ich verspreche, dass ich dein erneut heldenhaftes Verhalten für mich behalten werde.“

„Das würde ich dir auch raten“, murmelte er, seinen Mund plötzlich nah an ihrem Ohr. „Denn ich weiß mehr schlimme Dinge über dich als du über mich.“

Dazu sagte sie nichts mehr. Denn sie hatte eine Ganzkörpergänsehaut bekommen, ihr Herzschlag hatte sich erhöht – und es war höchstwahrscheinlich die Wahrheit.

Kapitel 16

Als das Team am Freitag wegen des Opening Days am Sonntag wieder zurück nach Philadelphia flog, hatte Ryan nicht das Gefühl, dass es komisch zwischen ihm und Grace war. Locker und unbelastet konnte man ihre derzeitige Beziehung jedoch auch nicht nennen.

Er wusste auch nicht, was ihn geritten hatte, ihr anzubieten, einfach mit zu ihrem Reunion-Treffen zu kommen. Es war nur, dass Grace wirklich verängstigt ausgesehen hatte – und vielleicht wollte er sich einfach nur beweisen, dass sich nichts geändert hatte. Dass sie immer noch ungezwungen Zeit zusammen verbringen konnten.

Er würde einfach versuchen, sich so zu verhalten, wie er es immer getan hatte. Das Problem war nur, dass er sich partout nicht mehr daran erinnern konnte, wie das gewesen sein sollte. Sein Leben teilte sich auf einmal in zwei Zeitfenster ein: In das Leben, bevor er Grace nackt gesehen hatte und das viel bessere Leben danach.

Er musste doch auch schon vor der Hochzeit immer zwanghaft genau darauf achten, ihre Lippen nicht anzustarren. Er hatte doch schon vor besagter Nacht Schwierigkeiten damit, ihre Umarmungen nicht zu einer Ganzkörperuntersuchung ausarten zu lassen. Er konnte einfach nicht verstehen, dass ihm nicht schon früher aufgefallen war, dass Grace' Brüste zwar nicht besonders groß, aber dennoch perfekt waren und sie die erotischsten Geräusche von sich gab, wenn sie unzufrieden mit einer Situation war oder eine ihrer ekelerregenden kulinarischen Köstlichkeiten verspeiste. Es war ihm schleierhaft, dass er sich vor dem Vorfall kumpelhaft verhalten haben soll – denn es erschien ihm absurd, dass er Grace auch nur für einen Moment nicht als sexuelles Wesen wahrgenommen haben konnte.

Und bei Gott, die ständigen Bemühungen, seine geheimen, nicht jugendfreien Wünsche zu unterdrücken, die ihm jedes Mal in den Kopf schossen, wenn Grace lachte oder ... einfach nur da war, waren furchtbar erschöpfend.

Aber darüber konnte er sich im Moment wirklich keinen Kopf machen. Es gab ohnehin keine Lösung für sein Problem. Und noch einen mitleidigen Blick von Ty würde er nicht ertragen. Jake redete wieder mit ihm, nachdem Grace ein gutes Wort für ihn eingelegt hatte, und Ryan sollte sich einfach auf sein Spiel konzentrieren. Das wäre das Beste für alle.

Es war kurz nach sechs, als er mit Ty zu Hause ankam. Ryan wohnte im Chestnut Hill-Viertel, einem der grünsten und teuersten Stadtteile Philadelphias. Er hatte sich das Haus, kurz nachdem er von den Astros zu den Delphies gewechselt war, gekauft und als vor ein paar Monaten das Haus nebenan frei geworden war, war Ty kurzerhand als sein Nachbar eingezogen. Ihre Gärten grenzten aneinander, ihre Garagen hielten sich warm und sie konnten sich gegenseitig in die Küche spucken. Als er das Grace, ein paar Wochen, nachdem er sie kennengelernt, erzählt hatte, war ihr vor Lachen der Orangensaft aus der Nase gelaufen. Sie würden das Leben leben, von denen beste Freundinnen im Kindesalter immer geträumt hatten.

Damit hatte Ryan kein Problem. Ty war sein bester Freund. Er kannte ihn seit mehr als fünf Jahren, seit ihren Tagen bei den Astros, und mit ihm nebenan konnte er sein Patenkind Danny öfter sehen und musste sich nicht mit fremden Leuten als Nachbarn herumschlagen. Eine Win-Win-Situation.

„Sag mal, brennt da Licht bei dir?“, fragte besagter bester Freund, mit dem er sich ein Taxi geteilt hatte – ein weiterer Vorteil – und blieb vor Ryans Gartentor stehen.

Ryan sah über die gestutzten Büsche seines Vorgartens hinweg in die Fenster des roten Steinhauses. „Ja, tut es“, stellte er fest.

„Hast du es angelassen?“, fragte Ty irritiert.

„Nein. Sicher nicht.“

„Huh“, atmete Ty aus und schob die Sporttasche, die er sich über die Schulter gelegt hatte, höher. „Willst du die Polizei rufen?“

Ryan schnaubte und öffnete sein Gartentor. „Nein, ich möchte ein Bier und dann schlafen gehen.“

Er überbrückte die paar Meter bis zur Haustür und steckte seinen Schlüssel ins Schloss. Es drang Musik durch die Tür.

Kein Einbrecher konnte so dumm sein, um sechs Uhr abends bei ihm einzusteigen und dann Musik anzudrehen! Aber keiner, der hier wohnte, hatte einen Schlüssel – abgesehen von Ty – und er wusste nicht, wer ... ach, natürlich.

„Geh nach Hause“, sagte er seufzend zu Ty, der ihm gefolgt war. „Mein Bruder hat sich wohl entschieden, schon früher zu kommen.“

„Okay, und wenn ich Schreie aus deinem Haus höre ...“

„Dann weißt du, dass er es wirklich ist.“

Ty grinste und klopfte ihm auf die Schulter. „Viel Spaß. Wir sehen uns morgen?“

„Jap“, sagte Ryan nickend und stieß seine Tür auf.

Die Musik wurde augenblicklich lauter – irgendein Synthesizer-Mist, der nur aus Bässen und dem regelmäßigen Stöhnen einer Frau bestand – und Ryan fluchte leise, bevor er brüllte: „Ruffy! Sag mir, dass du keine Party feierst!“

Die Tür fiel ins Schloss und die Musik wurde abrupt abgestellt, dicht gefolgt von einem Poltern die Treppe hinunter. Leichtfüßigkeit war keine von Ruffys Spezialitäten.

Sein Bruder sprang grinsend die letzte Stufe hinab, die in den Flur hineinragte. „Als ob ich direkt an meinem ersten Tag eine Party feiern würde. Gib mir eine Woche, um mich einzuleben! Dass du auch immer nur das Schlechteste von mir erwartest.“

Ryan ließ seine Reisetasche fallen. „Du bist in mein Haus eingebrochen“, stellte er langsam fest.

„Mom hat mir ihre Schlüssel gegeben“, meinte Raphael achselzuckend und schlug bei Ryan ein, bevor er ihn zu einer kurzen, noch männerfreundlichen Umarmung heranzog.

Ryan seufzte. Natürlich hatte sie das.

„Ich dachte, du wolltest erst morgen kommen.“

„Habe es mir anders überlegt." Ruffy lief an ihm vorbei in die Küche, die direkt neben dem Flur lag, und fischte zwei Bier aus dem Kühlschrank.

„Fühl dich wie zu Hause", murmelte Ryan, nahm das Getränk jedoch dankbar entgegen. „Und wie viel hat deine Überlegung früher zu kommen, damit zu tun, dass Mom deine Musik nicht mehr ertragen hat?"

„Eine große Menge. Sie findet, alles was aus einem Computer kommt, darf nicht als Musik bezeichnet werden."

Ruffy zuckte die Schultern und hievte sich dann kurzerhand auf die Küchenanrichte aus Marmor, von der er seine Beine baumeln ließ. „Da du ja nie da bist, sollte das bei uns beiden als Mitbewohnern ja kein Problem werden, oder?"

Ryans Nackenhaare stellten sich bei dem Wort Mitbewohner sofort auf. Gast. Kurzzeitiger Gast. Das war es, was er hören wollte.

Er räusperte sich und nahm einen Schluck aus seiner Flasche. „Wie viel wirft das DJ-Dasein denn so ab?"

Ruffy runzelte die Stirn. Er trug seine Haare in Cornrows, die dicht an seinem Kopf anlagen und sich bei seinen Gesichtsregungen vor- und zurückzubewegen schienen. „Du meinst jetzt in Geld?"

Ryan schnaubte. „Ich spreche sicherlich nicht von Küssen oder Anerkennung."

Erneut zuckte sein Bruder mit den Schultern. „Ich muss erst noch bekannt werden. Ich habe aber schon 1442 Follower auf YouTube."

Na, davon konnte er sich sicherlich kein Mittagessen kaufen. Auch das Bier nicht, das er in der Hand hielt.

„Und was ist dein genauer Plan? Um bekannt zu werden?“

Ruffy verdrehte ausdrucksstark die Augen. „Du hörst dich an wie Mom. Hast du jetzt ernsthaft vor, mir das auszureden?“

Nun ja. Schon.

„Seien wir doch mal realistisch, Raphael. Es gibt unendlich viele Leute, die DJ werden wollen. Wie viele von ihnen schaffen es, damit genug Geld zu verdienen?“

Sein Bruder verengte die Augen und ließ seine Flasche sinken. „Gegenfrage: Wie viele Leute wollen Baseballer werden? Und wie viele von ihnen schaffen es, damit genug Geld zu verdienen?“

Ryan öffnete den Mund – und wusste nicht, was er dazu sagen sollte. Raphael hatte vollkommen recht. Sein Beruf war nicht weniger unsicher als der des DJs. Er musste sich wohl etwas anderes einfallen lassen.

„Verschieben wir die Unterhaltung auf morgen“, seufzte er. „Ich brauche eine Dusche und ein Bett.“

„Du brauchst ein neues Gesicht ... aber ich weiß nicht, ob Wasser dir da helfen kann.“

„Witzig, Ruff. Sehr witzig. Du weißt schon, dass mein Gesicht dein Gesicht ist, oder?“

Ruffy winkte ab. „Du warst der erste Pfannkuchen. Den wirft man meistens weg. Bei mir hatte Moms und Dads DNA sich schon eingespielt und im perfekten Zusammenspiel aus Schönheit und Intelligenz zusammengefunden.“

„Wenn du so viel übers Musikmachen wie über Biologie weißt, sehe ich schwarz für dich“, bemerkte Ryan und leerte seine Flasche in zwei Zügen. „Ich geh’ duschen, fühl dich wie zu Hause, wir reden morgen wieder, wenn ich ein normaler Mensch bin." Ryan stellte seine Flasche in eine Kiste neben der Küchentür und wandte sich zum Gehen, doch sein Bruder rief ihn noch einmal zurück: „Ryan, bevor du gehst – Mary-Ann Strong hat angerufen und auf den AB gesprochen."

Das ließ ihn noch einmal innehalten. „Was?"

„Du weißt schon. Deine heiße Schauspieler-Ex."

„Ja, natürlich weiß ich – die Frage ist, woher du weißt, dass sie angerufen hat."

Ruffy sah ihn an, als sei er zurückgeblieben. „Na, ich hab' deinen Anrufbeantworter abgehört."

„Warum zum Teufel hörst du meinen Anrufbeantworter ab?"

„Ich habe so ein Ding schon seit Ewigkeiten nicht mehr gesehen. Es ist quasi antik ... ich war interessiert."

„Finger weg von meinem Kram!", sagte Ryan scharf.

Ruffy grinste breit. „Wie in alten Zeiten, wo ich deine Baseballhandschuhe nicht anfassen durfte."

„Ja, und die Regel gilt bis heute."

„Jaja, schon klar, ich kenne deine abnormal enge Beziehung zu deinen Handschuhen. Wir werden dann ja Sonntag sehen, ob es dir was bringt, dass nur du sie anfassen darfst."

Ryan nickte und ihm fiel noch etwas ein. „Ach ja, bevor ich es vergesse: Grace, eine Freundin von mir, hat sich bereit erklärt, dich am Sonntag auf den Opening Day zu begleiten – und du wirst nett zu ihr sein!"

„Warum muss mich jemand begleiten? Ich bin einundzwanzig, darf wählen, trinken und Auto fahren. Das weißt du schon, oder?"

„Weiß ich, interessiert mich nicht. Ich will sichergehen, dass du nicht bei den Cheerleadern herumlungerst oder versuchst, irgendwelche Manager oder andere Mitglieder der Delphie-Organisation dazu zu drängen, dich irgendwo als DJ anzuheuern."

Ruffy wandte seinen Blick ab und sprang von der Anrichte. Er schwieg.

Ryan hatte mit seiner Vermutung offenbar recht gehabt.

„Sei einfach nett zu Grace und versuche, sie nicht zu irritieren, okay?"

Ruffy grunzte irgendwas und schnappte sich noch ein zweites Bier. „Schön."

****

Pünktlich um sieben am Samstagabend klingelte es bei Grace an der Tür. Sie hatten abgemacht, dass sie einfach herunterkommen sollte und sie dann zusammen mit Ryans Wagen fuhren.

„Damit du trinken kannst", war sein vorausschauender Kommentar gewesen.

Es war gut, dass Ryan nicht hochkam, denn ansonsten hätte er bemerkt, wie langsam sie die Stufen nahm und was für ein Chaos in der Wohnung herrschte. Als sie es schließlich bis nach unten geschafft hatte und die Tür öffnete, stand Ryan ungeduldig wartend davor.

„Musstest du noch die Welt retten?"

„Ich hatte ein ... Kleidungsproblem", murmelte sie und nestelte an der Öffnung ihrer Handtasche herum, bevor sie sie öffnete und hineinsah. „Brauche ich noch etwas anderes außer Geld, Handy und Schlüssel?"

„Ähm, ich weiß nicht, vielleicht ..."

„Hab' ich den Herd angelassen?", fahrig wischte sie sich die Haare aus der Stirn und sah die Fassade ihres

Hauses hinauf. Vielleicht war ja bereits ein Feuer ausgebrochen. Durch die vielen Kleider, die herumlagen, würde es sich auch noch atemberaubend schnell verbreiten – und das würde ihre Versicherung dann sicherlich nicht bezahlen.

Sie sollte zu Hause bleiben. Lief heute nicht ein Film mit Leonardo DiCaprio? Den durfte sie sowieso nicht verpassen. Und insgesamt sollte sie es vielleicht überhaupt aufgeben, vor die Tür zu gehen.

„Grace?"

„Ich glaub', ich hab den Verschluss von dem Kobaltblau nicht geschlossen. Wenn die Ölfarbe austrocknet, dann ..."

„Grace."

„... dann ist sie nicht mehr zu retten. Und die Gute ist so verdammt teuer. Ich sollte ..."

„Grace!" Zwei Hände umfassten ihr Gesicht und holten sie in die Gegenwart zurück. Ryan sah ihr kopfschüttelnd ins Gesicht. Seine Haut warm auf ihren Wangen. „Grace", wiederholte er langsam, bevor er fragte: „Hast du Drogen genommen?"

Sie schnaubte und verdrehte die Augen. Ihre Mundwinkel zuckten dennoch. „Wenn du die Stimmung auflockern willst, besorg dir eine Clownsnase."

„Waren ausverkauft. Es gab nur noch blonde Perücken und das ist einfach nicht meine Haarfarbe."

„Hast recht. Damit würde dein Gesicht so blass wirken. Könntest du mein Gesicht loslassen?"

„Erst, wenn du mir sagst, was mit dir los ist."

„Ich sagte doch schon: Ich hatte ein Kleidungsproblem."

Ryan verengte seine dunklen Augen und sie hatte das Gefühl, dass er versuchte, in ihren Kopf hereinzusehen.

Tja, viel Erfolg dabei! Ihr Schädel war außergewöhnlich dick. „Was genau hat dieses Kleidungsproblem umfasst?"

„Ich wusste nicht, was ich anziehen soll."

„Und das ist tragisch, weil ...?"

Also wirklich. Männer!

„Weil es mir wichtig ist, wie ich heute Abend auftrete, Ryan. Und jetzt lass mein Gesicht los oder ich spucke."

Seine Mundwinkel zuckten, doch er ließ langsam seine Hände sinken.

Sofort vermisste sie seine Berührung. Na wunderbar.

„Du wirst toll aussehen, Grace. Mach dir darüber keine Gedanken."

„Ich möchte aber nicht toll aussehen", rutschte es ihr heraus.

Ryan war erwartungsgemäß verwirrt. „Was? Ich dachte, der Lebensinhalt einer Frau wäre es, bei ihrem Reunion-Treffen heißer als der Rest auszusehen."

„Du bist ein solcher Chauvi. Ich will gut, aber nicht zu gut aussehen."

„Versuchst du gerade, mich absichtlich zu verwirren?"

Sie seufzte. „Vergiss es. Lass uns einfach fahren, okay?"

Doch bevor sie sich an ihm vorbeidrängen konnte, hatte er seine Hand auch schon um ihr Handgelenk geschlossen und sie zurückgezogen. „Nein nein, ich will Einblick in deinen komplizierten Geist erhalten. Dann kann ich in meinen Lebenslauf schreiben, dass ich

Frauen verstehe. Warum willst du nicht heiß aussehen?“

„Weil ich nicht will, dass die Leute mich hassen,
okay?“ Meine Güte, sie hatte da wirklich keinen Nerv
zu, sich auch noch zu öffnen. Das war immer so anstrengend. Sie wollte Ryan einfach nur als emotionale
Stütze haben und …

Oh Gott, Ryan! Der Baseballstar Ryan, den alle kannten und liebten. Sie würden viel zu viel Aufmerksamkeit auf sich ziehen. Und das hatte sie doch verhindern
wollen. „Ryan, du kannst unmöglich mitkommen“,
stellte sie schockiert fest. „Wenn ich da jetzt mit dir aufkreuze, hassen mich doch alle erst recht!“

„Okay, erstmal vielen Dank für dein Lob meines Charakters. Zweitens: Komm runter, Grace! Warum ist dir
das so wichtig?“

Verständnislos sah sie ihn an. War er etwa derjenige,
der Drogen genommen hatte?

„Warum mir wichtig ist, dass die Leute mich auf der
Feier nicht gleich hassen?“

Er hob eine Schulter an. „Ja. Was wäre, wenn die
Leute dich hassen würden? Sie können dir doch egal
sein. Sie haben keinerlei Einfluss auf dein Leben. Sie
kennen dich nicht. Sie würden urteilen, um sich besser
zu fühlen.“

Sie schnaubte und biss schmerzhaft fest auf ihre Unterlippe. „Tu doch nicht so! Als ob dir so egal wäre, was
andere von dir denken.“

„Ist es“, sagte er ernst.

Sie glaubte ihm kein Wort. „Tatsächlich? So egal war
es dir aber nicht, als in den Medien stand, dass du ein
Arschloch bist … oder ein Held.“

„Es war mir nicht egal, weil es absoluter Schwachsinn war und die Medien sich um relevanten Kram kümmern sollen! Aber vor allem, weil es Einfluss auf mein Leben hatte. Nicht, weil ich mich an der Meinung der Menschen über mich gestört hätte. Es war mir nicht egal, dass ich mich nicht mehr frei bewegen konnte und in meinen Handlungen eingeschränkt war – aber es könnte mich nicht weniger kümmern, was die Menschen glauben, über mich zu wissen.“

Ihr Mund öffnete sich leicht. „Aber ... warum?“

Er fing an zu lachen. Einfach so. Wie konnte er darüber lachen? Sie verstand es nicht. Wie konnte ihm egal sein, was die Welt über ihn dachte?

„Grace. Was interessieren diese Menschen mich? Meine Freunde wissen, wer ich bin. Meine Familie weiß, wer ich bin. Ich weiß, wer ich bin. Das sind die Meinungen, die zählen. Der Rest? Der Rest ist nichts anderes als ein weißes Rauschen, das leicht auszublenden ist.“

Sie starrte ihn an. Spürte den Druck seines Daumens an ihrem Handgelenk.

„Du musst mit deinem Leben glücklich sein. Mit dem Ich, das du kennst“, flüsterte er, während sein Daumen sanfte Kreise über ihre Haut zog und eine Gänsehaut zurückließ. „Der Rest? Der Rest sollte dich einen Scheiß interessieren. Denn er ist unwichtig. Du musst den Menschen mögen, der du bist. Nicht versuchen, der zu sein, den andere mögen.“

Sie schluckte und starrte auf seine dunklen Finger auf ihrer hellen Haut. „Aber es ist so schwer“, stellte sie leise fest. „Wie kann dir das so leichtfallen?“

„Das tut es nicht.“ Seine Hand wanderte ihren Arm hoch, strich über ihren Mantel, immer höher. „Es ist verdammt schwer. Aber ich lebe mein Leben so, wie ich es will und halte mich nicht zurück ...“ Seine Hand hielt in ihrer Halsbeuge inne, sein Daumen strich über ihre Wange und Grace schloss die Augen ...

„Na ja, meistens.“ Er räusperte sich und ließ abrupt den Arm sinken. „Wir sollten fahren. Damit wir nicht zu spät kommen.“

Grace' Gesicht lief rosarot an.

Ryan. Nackt.

Ein nackter Ryan.

Ein sowas von nackter Ryan, der ihren Hals küsste, seinen Mund immer tiefer wandern ließ ...

Das waren die Gedanken, die sich gerade in ihrem Kopf abwechselten.

„Grace? Kommst du?“

Nein, aber sie war kurz davor.

„Grace?“

Sie riss sich aus ihren Gedanken und schluckte erneut. „Hast recht. Lass uns fahren.“

„Also, wie war deine Zeit auf der Highschool?“, fragte sie eine halbe Stunde später, als die angespannte Stille anfing, ihr auf den Magen zu schlagen. Ryan und sie wollten sich beide beweisen, dass sich nichts geändert hatte, doch das Einzige, was dieser Abend bisher ergeben hatte, war, dass sie beide unglaublich talentiert darin waren, sich etwas vorzumachen. Jeder Blick, jede Berührung war anders. Oder bildete sich Grace das Ganze nur ein, weil ihre Sinne durch die andauernden

Nacktbilder, die ihr durch den Geist waberten, benebelt wurden?

„Nicht besonders."

Sie schnaubte und wandte ihr Gesicht von der Abenddämmerung ab, um Ryan ansehen zu können. „Du warst also nicht der beliebte Sportler, mit dem alle etwas zu tun haben wollten, den alle verehrt haben und dem die Mädchen ihre Unterwäsche in den Schrank gestopft haben?"

Ryan grinste und warf ihr einen Blick zu. „Doch. Deswegen: Für einen Sportler nicht besonders."

Sie verdrehte die Augen, musste aber lachen. „Alles klar. Ich hoffe jedoch sehr für dich, dass du die Höschen deiner Eroberungen nicht behalten hast."

„Natürlich nicht. Ich habe sie gewaschen, gebügelt und den Eigentümerinnen zurückgegeben."

„Ein Vorzeigekind also."

„Das Beste von allen. Wie war deine Highschool-Zeit denn?"

Sie schwieg eine Weile, sah der Sonne dabei zu, wie sie den Tag endgültig hinter sich ließ und den Himmel violett bemalte. Die Natur war der grandioseste Künstler von allen. Das hatte sogar ihr Vater einsehen müssen.

„Grace?", hakte Ryan nach.

„Nicht so toll", sagte sie. „Ich war sehr viel mit mir selbst beschäftigt. Gemein, egoistisch. Und ich glaube, viele hielten mich für merkwürdig ... oder eingebildet."

„Wirklich?" Ryans Unglaube hätte ihr schmeicheln sollen, doch es fiel ihr gerade sehr schwer, sich auf die positiven Dinge zu konzentrieren.

„Ja, wirklich. Ich war eine gute Schülerin. Mir flogen viele Dinge einfach zu und ich war nicht gerade bescheiden deswegen. Der erste Grund, mich nicht zu mögen. Ich bin durch die Welt gelaufen und habe viele Dinge nicht wahrgenommen. Zum Beispiel andere Menschen. Und dann habe ich die anderen für ihre Engstirnigkeit verurteilt. Das war der zweite Grund, mich nicht zu mögen. Nicht zu vergessen: Meine Anziehsachen waren ständig dreckig, ich habe ab und zu mit mir selbst geredet und war auch sonst etwas komisch. Mich haben nicht sehr viele Leute gemocht."

Ryan schwieg und als sie sein Profil betrachtete, konnte sie nachdenkliche Falten auf seiner Stirn erkennen. „Ist das der Grund, warum du dir so unfassbar viel Mühe dabei gibst, dass Leute dich mögen? Weil du glaubst, dass sie es früher nicht getan haben?"

„Ich gebe mir nicht *unfassbar viel* Mühe. Ich gebe mir genauso viel Mühe wie alle anderen normalen Menschen auch."

„Grace, du hast deiner Frisörin nicht gesagt, dass du deine Haare keineswegs orange haben wolltest, weil du nicht wolltest, dass sie dich nicht mag. Du sagst deinem Interviewheini-Kumpel von der SportsIn nicht, dass er ein Arsch ist, weil du Angst hast, dass er dich dann nicht mögen könnte. Du hältst dich permanent zurück, nur damit du bei anderen nicht negativ auffällst."

Grace presste die Lippen aufeinander. „Weißt du Ryan, ich dachte, du wolltest mich heute Abend unterstützen, nicht erzählen, dass ich mich von aller Welt rumschubsen lasse, so wie es mein Ex getan hat."

„Ich bin hier, um dich zu unterstützen!", widersprach er und sah sie an. „Und ich bin ganz sicher nicht dein

Ex. Es ist nur manchmal so, dass ich das Gefühl habe, du verkaufst dich unter Wert, nur damit du …"

„Können wir über etwas anderes reden?", fuhr sie ihm dazwischen. „Wie wäre es zum Beispiel damit, dass du dir absichtlich verrückte Frauen suchst, nur damit du am Ende sagen kannst, dass es nicht deine Schuld ist, dass die Beziehung den Bach runtergegangen ist, sondern ihre?"

Er wollte mit großen Geschützen auffahren? Das konnte sie auch!

Grace hörte seinen Kiefer knacken. „Ich suche mir nicht absichtlich verrückte Frauen! Sie sind es, die mich finden."

„Ach bitte! So ein Blödsinn! Auf der Hochzeit gab es hunderte von normalen Frauen, die sich nur zu gern mit dir getroffen hätten. Und wen nimmst du mit auf dein Zimmer? Mich! Die Frau, bei der es verspricht, kompliziert zu werden. Bei der du genau weißt, dass alles in einem Drama enden wird. Und du bist der Mann, der behauptet, er suche alles, nur nicht das Drama. Willst du mir das vielleicht genauer erklären?"

„Ich dachte, wir hätten uns darauf geeinigt, dass wir letzten Samstag vergessen!", knurrte er und sie konnte sehen, wie sich seine Hände um das Lenkrad krampften.

„Das haben wir", bestätigte sie und verschränkte die Arme ineinander. „Muss mir entfallen sein, als du mich als willensschwach bezeichnet hast."

„Ich habe nie gesagt, dass du deinen Willen nicht durchsetzen kannst. Du hast mich dazu gezwungen, deine Nutella-Salami Kombi zu probieren. Dein Wille ist unzerstörbar. Alles, was ich bemerkt habe, ist …"

„Können wir uns einfach darauf einigen, dass wir beide nicht perfekt sind, ja?", unterbrach sie ihn erneut.

Sie konnte ihn schwer ein und ausatmen hören. „Schön", presste er schließlich hervor.

„Ja. Schön."

„Schön. Schön."

„Ja, sagte ich doch! Schön. Schön. Schön."

„Schön!"

Stille. Fünf Minuten vergingen. Zehn weitere.

Ryan seufzte schwer. „Wieso streiten wir auf einmal? Wir haben doch nicht gestritten, bevor ... vor dem Event, das wir vergessen haben."

„Dann lass uns damit aufhören", murmelte Grace und ließ sich tiefer in den Sitz sinken. „Zu streiten."

„Okay. Tut mir leid. Ich wollte dich nicht noch mehr verunsichern. Du bist toll, Grace. Lass dir von niemand was anderes einreden. Und wen interessiert es, wie man in der Highschool war? Ich bin mir ziemlich sicher, dass du mich nicht gemocht hättest, wenn du mich damals gekannt hättest. Ich war ziemlich eingebildet."

Grace lachte. Das hatte sich bis heute ja drastisch verändert. Sie bezweifelte außerdem, dass sie Ryan auf der Highschool überhaupt wahrgenommen hätte. Sie war viel zu sehr mit anderen Dingen beschäftigt gewesen. Außerdem hätte sie sich für etwas sehr viel Besseres als ihn gehalten.

„Entschuldigung angenommen", nickte sie. Sie wollte nicht streiten. Nicht heute und generell nicht. „Mir tut es auch leid. Ich bin sicher, dass man bei vielen Frauen nicht wissen konnte, dass sie einfach irgendwann verrückt werden würden."

„Bei vielen?“

„Ich hab' die Fotos gesehen, Ryan. Manchen von ihnen stand der Wahnsinn in den Augen.“

***

Fünfzehn Minuten später fuhren sie auf den Parkplatz von Grace' alter Highschool, in dessen Sporthalle das Reunion-Treffen stattfinden sollte. Sie hatten sich vertragen, aber es war immer noch merkwürdig zwischen ihnen. Ryan hasste es. Das Beste an seiner Freundschaft mit Grace war es, dass sie so einfach war. Er hatte nicht darüber nachdenken müssen, was er sagte oder tat.

Hätten sie nicht letzten Samstag miteinander geschlafen, hätte er sie in den Arm genommen, ihr einen Kuss auf den Kopf gegeben und ihr gesagt, dass er ein Vollidiot gewesen war und er nicht darauf hätte rumreiten sollen, dass sie Menschen oftmals Sachen durchgehen ließ, nur um einer Konfrontation aus dem Weg zu gehen. Jetzt allerdings hatte er das Gefühl, dass, sollte er sie in den Arm nehmen, sein Kuss nicht mehr auf ihrem Kopf landen würde. Er hatte eher das Verlangen, sie zu packen, gegen das Auto zu pressen und ihr die nervöse Miene vom Gesicht zu küssen.

Ach verdammt! Das mit dem Vergessen war wirklich sehr viel schwerer als gedacht – und als Grace ihren Mantel in der Vorhalle der Turnhalle abgab, war er kurz davor laut aufzustöhnen.

Sie hatte versucht, nicht zu heiß auszusehen – und sie hatte versagt. Sie trug ein schwarzes Kleid, das als schlicht zu bezeichnen war, wäre da nicht der Umstand gewesen, dass der Rückenausschnitt skandalös tief war und es somit unmöglich gemacht hatte, dass Grace einen BH tragen konnte. Je länger er sie betrachtete, desto absurder erschien es ihm, dass sie wirklich solche Probleme in der Highschool gehabt haben sollte. Sie war hübsch, witzig und kreativ – was gab es da zu beanstanden?

Grace schritt zu einem Tisch, auf dem Namenskärtchen ausgelegt worden waren und der wohl gleichzeitig als Garderobe diente. Zumindest gab sie ihre Jacke dort ab. Sie wandte sich zu ihm um, die Augen groß, blau und perfekt und ihr Lächeln ein wenig unsicher.

Ob der Garderobier wohl was gegen ein wenig Sex auf seinem Tresen hätte? Es würde auch nicht lange dauern.

Kapitel 17

Es war eine dumme Idee gewesen Ryan mitzunehmen. Sie hatte vergessen, dass er wieder einen Anzug anziehen würde und vollkommen verdrängt, was so ein Ding mit seinen göttlichen Schultern anstellte.

Sie wandte ihren Blick ab und räusperte sich leise, während sie in die Turnhalle sah. Girlanden und zwei Discokugeln hingen von der Decke. Stehtische waren aufgestellt und mit roten Tischdecken und Blumengestecken dekoriert worden. Und dann waren da ja noch die Menschen. So viele alte Mitschüler, von denen sie nur die Hälfte erkannte. Sie atmete ein und aus und versuchte sich daran zu erinnern, dass es ihre Entscheidung gewesen war herzukommen. Sie hatte sich daran erinnern wollen, wer sie in der Highschool gewesen war – damit sie dieses Ich komplett hinter sich lassen konnte. Denn sie war in keiner Weise die Grace, als die sie alle vor zehn Jahren gesehen hatten.

Du musst den Menschen mögen, der du bist. Nicht versuchen, der zu sein, den andere mögen.

Aber welcher Mensch war das?

Eine warme Hand legte sich in ihren Nacken und sie stand derart unter Spannung, dass sie bei der Berührung heftig zusammenzuckte.

„Du musst dich entspannen, Grace", murmelte Ryan ihr ins Ohr.

Sein Atem strich über ihren Hals, richtete ihre Haare im Nacken auf und sie musste ein wohliges Seufzen unterdrücken.

„Ich bin entspannt", flüsterte sie und ließ sich in seine Berührung sinken. Gerade in diesem Moment war sie vielleicht zu entspannt.

„Dann hör auf, deinen Rücken so durchzustrecken", Ryans warme Hand strich ihr Kreuz hinunter, „und lass deine Schultern sinken." Sein Daumen massierte die Muskelstränge besagter Partie.

Grace atmete zitternd aus, versuchte das zu ignorieren, was seine Berührung mit ihr tat.

„Grace Hayden. Miss Besser-als-ich. Du bist erwachsen geworden."

Erneut zuckte sie zusammen, sodass Ryans Hände von ihr abfielen, und sie starrte den Mann an, der zu ihrer Rechten aufgetaucht war. Sie erkannte ihn nicht und warf einen Blick auf sein Namensschild. Eric Green. Bei dem Namen klingelte etwas in ihrem Kopf, aber sie konnte ihn nicht ganz zuordnen.

„Du erkennst mich nicht, oder?", fragte er grinsend. „Ich habe nichts anderes erwartet. Ich habe dich dreimal um ein Date gebeten und du hast mir mehr als deutlich zu verstehen gegeben, dass du Besseres zu tun hast. Nicht zu vergessen, dass ich mich lächerlich machen würde. Danke für das Augenöffnen!"

„Ich ... habe ich?", fragte sie und Hitze flutete ihre Wangen. „Das tut mir leid."

Er hob eine Schulter. „Schon okay. Ich bin verheiratet – mit einer Frau, für die ich offenbar doch gut genug war. Bis auf Nelly hast du ohnehin kaum Schüler wahrgenommen. Ich sollte mich nicht wundern, oder?

Hattest wohl nur Augen für deine Kunst, was? Musstest ja berühmt werden."

„Der Abschlussball", sagte sie langsam. „Du hast mich zum Abschlussball gefragt."

„Unter anderem", sagte er bitter. „Ja."

Grace lief rot an und bemerkte, wie Ryan sie neugierig betrachtete. „Richtig. Tut mir leid, dass ich mich nicht richtig erinnere." Ein kleiner Stein rollte in ihren Magen. „Ich war damals ... auf andere Dinge konzentriert. Nett, dich wiederzusehen."

„Na, das wussten wir alle, dass du auf andere Dinge konzentriert warst", bemerkte Eric Green amüsiert. „Ich weiß nicht, warum ich es überhaupt versucht habe. Hat es denn was gebracht? Bist du eine berühmte Künstlerin geworden, wie du es für dich selbst vorausgesagt hast?"

Ryans Seitenblick wurde immer bohrender und die Steine in ihrem Magen immer dicker. „Mein Leben ist anders, als ich es mir damals gewünscht habe", sagte sie langsam. „Aber besser, als ich es mir hätte erhoffen können."

„Was sagt man dazu? Und wir hatten Wetten laufen, wieviel Geld du heutzutage scheffeln würdest! Ich muss dann auch. Nett, dich und ..." Der Blick von Eric flog zu ihrem Begleiter und seine Augen weiteten sich. „Oh mein Gott, Sie sind Ryan Hale!"

Ryan jedoch achtete gar nicht auf seinen Fan, sondern starrte immer noch Grace an. Sie seufzte.

„Ja, das ist Ryan Hale, aber er will heute inkognito bleiben, es wäre also super, wenn du es nicht so rumposaunen könntest", antwortete sie für ihn.

„Natürlich." Eric starrte Ryan immer noch an. „Ihr seid also ..."

„Auf Wiedersehen", sagte Grace mit Nachdruck und zog Ryan an der Hand in die Turnhalle hinein.

Er brauchte dreißig Sekunden, bis er seine Worte wiederfand.

„Du wolltest eine berühmte Künstlerin werden?", fragte er über die Musik hinweg.

Nichts, worüber sie jetzt gerade reden wollte. „Das ist eine Ewigkeit her", sagte sie, konnte aber nicht verhindern, dass ihre Hand sich immer fester um die von Ryan schloss, während sie ihn zur Bar zog.

„Zehn Jahre sind keine Ewigkeit", bemerkte dieser. „Würdest du immer noch gerne ..."

„Nein", schnitt sie ihm das Wort ab und drehte sich ruckartig zu ihm um. „Nein, würde ich nicht. Ich bin zufrieden mit meiner Karriere. Das, was ich früher wollte, diejenige, die ich früher war und mein heutiges Ich – das sind zwei komplett unterschiedliche Dinge. Es ..."

Sie sah sich im Raum um, wo Leute lachten, tanzten, tranken. Leute, mit denen sie sich absolut nicht mehr verbunden fühlte. Leute, die sie alle zu etwas machen würden, das sie nicht mehr war. Das sie so zwanghaft nicht mehr sein wollte.

„Es war ein Fehler herzukommen", murmelte sie und legte sich eine Hand auf die Stirn.

Sie hatte gehofft, dass sie der Abend in ihrem neuen Ich bestärken würde. Daran erinnern würde, dass sie nicht mehr das siebzehnjährige Mädchen mit den großen Träumen, dem aufgeblasenen Selbstbild und dem fehlenden Sozialleben war. Aber das Gegenteil war der

Fall. Die Menschen hier erinnerten sie nur daran, wie furchtbar sie als Teenager gewesen war. Wie sie Menschen verletzt hatte, ohne es zu merken. Wie sie selbstsüchtig in ihrer eigenen Welt gelebt hatte – vollkommen zufrieden darin. Aber hatte sie dieses Gefühl wirklich abgelegt?

„Grace, was ist eigentlich los?", fragte Ryan, der genauso besorgt wie neugierig klang. „Was ist schlimm daran, dass du einen großen Traum hattest?"

Sie lächelte müde. Ihr war klar, dass er so denken würde. Er hatte auch einen Traum gehabt – und er hatte ihn sich erfüllt und hatte ein ziemlich perfektes Leben.

„Nicht jeder Traum sollte um jeden Preis gelebt werden, Ryan", murmelte sie. „Können wir gehen?"

Ryans Blick prickelte auf ihrer Haut, bis er schließlich kaum merklich den Kopf schüttelte.

„Wenn wir schon einmal hier sind, dann können wir wenigstens tanzen", bemerkte er, bevor er sie im nächsten Moment schon zur Tanzfläche zog.

„Ich möchte nicht tanzen. Ich ..."

„Grace." Er blieb stehen und sah sie ernst an. „Ich weiß nicht, was für ein Teenager du warst und ich habe keine Ahnung, was genau in deiner Jugend passiert ist, dass du es so sehr hasst, heute hier zu sein. Es ist offensichtlich, dass du nicht darüber reden willst – und das musst du auch nicht. Denn ich weiß, wer du jetzt bist. Dieses Wissen reicht mir vollkommen, um etwas anzumerken: Du liebst es, zu tanzen. Es läuft Musik. Du willst mit niemandem hier reden. Also, lass uns tanzen! Und wenn du nach dem Tanz immer noch gehen willst, dann gehen wir."

Grace sah zu ihm hinauf, betrachtete die grünen Flecke, die die Discokugel auf seinem Gesicht hinterließ und musste lächeln.

„In Ordnung. Aber nur, weil gegen deine Logik keiner ankommt."

„Das ist es, was ich von dir hören wollte", nickte er, bevor er sie in einer fließenden Bewegung um sich selbst drehte und schließlich zu sich heranzog, eine Hand auf ihrer Hüfte, die andere um sie geschlossen. Es wurde irgendein Lied von Jason Derulo gespielt, was sie aber auch nur daran erkannte, dass der Sänger seinen Namen gefühlte hundert Mal selbst sang, und Grace musste sich nicht sonderlich anstrengen, den Rhythmus zu finden. Ryan fand ihn für sie beide. Er war ein unglaublich guter Tänzer, was laut eigenen Angaben daran lag, dass er einfach ein talentierter Bastard war.

Er drehte sie um die eigene Achse und zwang sie zu eleganten Tanzschritten, die sie bei so furchtbarer Musik nicht für möglich gehalten hätte. Ryan ließ sie kaum zu Atem kommen, sodass es ihr unglaublich schwerfiel, sich Gedanken über die Umgebenden oder das Gebäude, in dem sie sich befanden, zu machen – was zweifellos sein Ziel gewesen war.

Jason Derulo ging in Taio Cruz und schließlich in eine Ballade von Adele über und sie verlangsamten ihre Schritte. Ryan legte nun auch seine andere Hand auf ihre Hüfte und die Berührung war so unschuldig wie eine Jungfrau … und trotzdem brach Grace eine Ganzkörpergänsehaut aus.

„Danke", flüsterte sie und legte ihre Hände auf seine Brust, während sie sich im Takt wiegten.

„Wofür?"

„Dass du mitgekommen bist. Dass du mich davor bewahrst durchzudrehen. Dass du ... mich nicht mit Fragen löcherst.“

Ihre Stirn ruhte auf seiner Schulter und sie atmete seinen Geruch ein. Sie wusste nicht, wie er es machte, aber Ryan roch immer nach frisch gemähtem Gras, Regen, heißer Milch mit Honig und etwas anderem, das sie nicht genauer beschreiben konnte – außer dass es wunderbar war.

„Gern geschehen.“ Seine Brust vibrierte, während er redete. Sie konnte es in ihren Fingerspitzen fühlen. „Ich war nicht auf meiner eigenen Reunion Feier. Aber ich schätze, sie sah wohl nicht viel anders aus als diese.“

Grace hob ihren Kopf an. „Wieso warst du nicht auf deiner eigenen Feier?“

Er zuckte die Schultern. „Sie war kurz nach dem ... Zwischenfall mit Mary-Ann. Ich habe mich nicht danach gefühlt, mich mehr als nötig der Öffentlichkeit auszusetzen.“

„Oh.“ Grace nickte.

Mary-Ann. Die Frau, über die er nicht redete.

Doch Grace sprach ihn auch nicht darauf an. Er wollte genauso wenig darüber reden, wie sie über ihre Highschool-Zeit. Es erschien ihr nur fair, ebenfalls seine Privatsphäre zu würdigen. Auch wenn es ihr wirklich außerordentlich schwerfiel.

Sie betrachtete sein Gesicht, seine Lippen, seine Augen, während ihre Hände höher wanderten und sie schließlich ihre Arme um seinen Hals schloss.

„Und du bist doch ein Held“, murmelte sie.

Ryan sagte nichts, starrte sie einfach nur weiter an, während seine Hände sich kaum merklich fester um sie legten. „Könntest du gerade meine Gedanken lesen, würdest du das zurücknehmen“, stellte er nüchtern fest.

„Oh.“ Ihr Vokabular war heute wohl eingeschränkt.

Ryans Mundwinkel zuckten, doch er sagte nichts.

Hitze kroch Grace’ Hals hinauf und machte es sich in ihrem Gesicht gemütlich.

„Woran denkst du gerade?“, wollte Ryan leise wissen.

Daran, dass das eine Mal nicht genug war.

„An die schrecklichen Dinge, die Enten tun“, stellte sie fest und ließ ihre Arme von seinem Hals gleiten, bevor sie eilig einen Schritt zurück machte.

Sie räusperte sich. „Ich hole uns mal was zu trinken, okay?“, schlug sie vor und wandte ihm den Rücken zu, bevor sie noch einmal in seine Augen sehen konnte. Sie würde sich gerne Luft zufächern, hielt das aber doch für etwas zu auffällig.

Sie drängte sich durch die restlichen Tanzenden zur Bar vor – und trat auf einen fremden Fuß.

„Entschuldigung“, sagte sie hastig und stolperte zurück. „Ich wollte nicht …“ Sie sah in das Gesicht ihres Opfers und erstarrte schlagartig.

Sie hatte damit gerechnet, sie heute hier zu treffen. Hatte es vielleicht auch gehofft, weil zu viele Dinge nie ausgesprochen worden waren – aber bei dem Blick, den Nelly ihr zuwarf, wünschte sich Grace auf ein Neues, einfach zu Hause geblieben zu sein.

Sie hatte sich nicht wirklich verändert. Ihre Haut war immer noch makellos, ihre Haare glatt und schwarz – und Grace fühlte sich sofort zehn Jahre in der Zeit zurückversetzt.

„Grace Hayden“, sagte sie langsam. „Was für eine Überraschung … ich hätte nicht damit gerechnet, dass du hier auftauchst.“

Ja, sie eigentlich auch nicht. Ihre Schultern versteiften sich, sie öffnete den Mund, doch wusste sie nicht, was sie sagen sollte. „Nelly, ich …“

„Was denn?“, fragte ihr Gegenüber verächtlich. „Befindest du dich gerade wieder in einem deiner Paralleluniversen und weißt nicht mehr, wie man mit normalen Menschen kommunizieren kann?“

Grace konnte nicht fassen, dass sie diese Frau einmal als ihre beste Freundin bezeichnet hatte. Es schien wie eine Ewigkeit her und dennoch war die ganze Situation … dieses Gefühl … so präsent, dass ihre Augen anfingen zu brennen.

„Na die Ladies, alles in Ordnung?“ Ein Arm legte sich um ihre Schultern und drückte sie kurz an eine sehr muskulöse Seite. Sie stieß die Luft aus, die sie angehalten hatte.

Nellys Blick flog von ihrem Gesicht zu dem von Ryan und einer ihrer Mundwinkel hob sich verächtlich.

„Natürlich. Eine kleine Überfliegerin wie du verdient einen gleichwertigen Überflieger. Wie läuft es denn bei dir Grace? Hast du alles erreicht, was du dir je erträumt hast?“

„Nelly, ich …“

„Ja, du. Du. Du. Du. Du. Ich kenne das Spiel.“

„Es ist zehn Jahre her, Nelly. Ich wollte dich schon länger anrufen und mit dir darüber reden, aber … ich wusste nicht, ob …“

„Ob ich drangehen würde?“

„Nun, ja. Aber ich habe mich verändert. Ich bin eine ganz neue Person, deswegen …“

„Soso, du schließt dich also nicht mehr stundenlang mit deiner klassischen Musik ein und ignorierst die Außenwelt?“

„Ich …“

„Du vergisst nicht mehr die Zeit und kommst andauernd zu spät?“

Grace Hals wurde trocken.

„Du schweifst also bei keinen wichtigen Gesprächen mehr ab, weil du an einer Idee festhalten musst? Du lässt deine Freunde also nicht mehr im Stich, weil ja nichts in ihrem Leben unmöglich so wichtig sein kann, wie das, was du tust?“

Grace schwieg.

Nelly schnaubte verächtlich. „Richtig. Du bist sicherlich ein neuer Mensch. Sehr schön, die neue Grace kennenzulernen, aber ich glaube, ich verzichte auf weitere Erklärungen. Es ist sehr anstrengend, wenn man mit einem Pinsel konkurrieren muss.“

Sie ging, bevor Grace noch etwas erwidern konnte. Schockiert stand sie da, Ryans Arm immer noch warm um ihre Schultern.

Zehn Jahre. Es hatte sich alles und nichts verändert.

Du musst den Menschen mögen, der du bist. Nicht versuchen, der zu sein, den andere mögen.

Leise Verzweiflung schlich sich in ihren Kopf, denn sie wusste nicht, ob sie das tat. Den Menschen mögen, der sie war. Oder ob sie auch nur ansatzweise der Mensch war, der sie gerne sein wollte.

„Grace …“

Sie schloss für ein paar Sekunden die Augen, öffnete sie wieder und schüttelte den Kopf. „Ich möchte gehen. Jetzt."

Kapitel 18

Ryan hatte keine Ahnung, was hier vorging. Er wusste weder, um was es gerade gegangen war noch, was Grace' Mitschüler Eric Green mit *Miss Besser-als-ich* gemeint hatte. Was er jedoch wusste, war, dass Grace schweigend neben ihm im Auto saß, auf ihre Fingernägel starrte und unglücklich aussah. Und er hasste alles daran.

„Willst du … drüber reden?", bot er an.

Sie starrte aus dem Fenster. „Nein."

„Bist du sicher, dass …"

„Ja."

Er war vor ihrer Tür angekommen und drückte die Bremse etwas fester als nötig. Diese ganze Situation war lächerlich und das würde er jetzt ändern.

„Grace, rede mit mir."

„Warum?"

„Weil ich es hasse, wenn du nicht mit mir redest!"

Grace verengte die Augen und starrte zu ihm empor. Sie sah wütend aus. Na wenigstens zeigte sie irgendeine Emotion.

„Und ich hasse es, dass du offenbar das Gefühl hast, ich müsste dir jetzt meine dunkelsten Geheimnisse anvertrauen, nur weil wir aus Versehen miteinander im Bett gelandet sind."

Ungläubig sah er sie an. „Also erstens: *Aus Versehen*? Ich glaube nicht! Und zweitens: Das ist Schwachsinn.

Wir haben vor der ganzen Lappalie auch über alles geredet."

„Lappalie? Das wird ja immer besser."

„Sag dazu was du willst, aber du bist es, die plötzlich Mauern hochzieht und die Regeln neu schreibt!"

„Ich?!" Grace ließ ihren Gurt nach hinten fahren und funkelte ihn nun zornig an. „Du bist es, der mich andauernd ... so ansieht!" Sie fuchtelte mit ihren Händen vor seinem Gesicht herum.

„Wie sehe ich dich denn bitte an?"

„So, als würdest du mich andauernd küssen wollen!", fuhr sie ihn an.

„Ja? Nun, keine Ahnung ... vielleicht stimmt das ja!"

Ihre Augen weiteten sich. „Was?"

„Vielleicht stimmt das ja", wiederholte er, denn es war die Wahrheit. Warum sollte er lügen?

„Vielleicht denke ich andauernd daran, dich wieder zu küssen – weil du verdammt nochmal gut küsst! Und ... vielleicht sollten wir einfach drauf scheißen, das Richtige zu tun und ganz oft das Falsche tun!"

Grace starrte ihn sprachlos an. Ihr Mund öffnete und schloss sich wieder. Er konnte praktisch sehen, wie ihr Kopf arbeitete. Er wusste auch nicht, was ihn überkommen hatte, aber es war offensichtlich, dass das mit dem Vergessen nicht funktionierte – und Gott, er wollte Grace so sehr, dass es wehtat. Außerdem sah es im Moment doch eher so aus, als würde dieses falsche Getue, dass sie einfach nur Freunde sein könnten, ihrer Freundschaft mehr schaden als der Sex. Es war also nur logisch, dass er ehrlich war.

„Und was wäre das dann, Ryan?", brachte Grace schließlich heraus. „Wir schlafen miteinander und ...

dann? Dann sind wir was? Freunde mit gewissen Vorzügen? In einer Beziehung? Eine Affäre, die irgendwann zu Bruch geht – und dann reden wir nie wieder miteinander?"

Gott, sie stellte zu viele Fragen. „Ich weiß es nicht!", gab er zu. „Aber … können wir nicht einfach wann anders drüber nachdenken? Wir müssen doch nicht …"

„Doch, das müssen wir!", widersprach sie sofort, die Zähne aufeinandergepresst. „Denn du machst es sonst alles kaputt, Ryan! Weißt du, wie schwer es ist, gute Freunde zu finden? Verdammt schwer! Und weißt du, wie leicht es ist, jemanden zu finden, mit dem man schlafen kann? Frag Jake, der wird dir da mehr zu erzählen können! Also nein. Wir können da nicht später drüber nachdenken – sag mir jetzt sofort, was in deinen Augen mit uns als Freunden passieren würde, wenn wir heute Nacht noch miteinander schlafen würden."

Er hatte das vage Gefühl, dass ihm gerade eine Pistole an die Schläfe gesetzt wurde – und er wollte wirklich nicht erschossen werden.

„Das dachte ich mir", murmelte sie und wandte ruckartig den Kopf ab. „Deswegen werden wir uns zusammenreißen und das Ganze einfach vergessen. Wir werden nicht wieder miteinander ins Bett springen … nur weil wir es nötig haben! Ich werde nicht wieder so egoistisch wie früher sein. Ich bin das nicht mehr!"

Mit diesen Worten richtete sie ihren Zeigefinger auf ihn, sprang aus dem Auto und schlug die Tür zu.

Ryan stöhnte leise und ließ seinen Kopf gegen die Lehne sinken.

Da hatte er ja ganze Arbeit geleistet. Warum nur aber hatte er das Gefühl, dass sie gerade eben nicht nur über sie beide geredet hatte?

Ach, scheiß drauf. Er ließ den Wagen an und fuhr aus der Parklücke.

Sie wollte vergessen? Schön! Er würde das Ganze vergessen. Vergraben, verbrennen, nie wieder ansehen. Er war besser als sein triebgesteuertes Ich!

Wenn Grace wollte, würde sie nie wieder an ihre gemeinsame Nacht erinnert werden.

***

„Schläfst du mit meinem Bruder?"

Grace verschluckte sich an ihrer Cola und hustete die Hälfte davon auf den Boden vor sich – und auf den Glatzkopf, der eine Reihe vor ihr saß. Mit griesgrämigem Blick wandte er sich zu ihr um.

Grace streckte hastig die Hand aus und starrte in den Himmel. „Regnet es? Verrückt, oder? Der Himmel ist vollkommen blau!"

Der Mann verengte die Augen, grunzte etwas und wandte sich wieder nach vorne. Grace stieß einen Schwall Luft aus – die Röte in ihrem Kopf blieb jedoch.

„Hast du mich gehört oder soll ich ..."

„Ich habe dich gehört!", zischte sie zu Ruffy, der breit grinste. Sie kannte ihn seit zwanzig Minuten und offenbar waren sie schon beste Freunde. Zumindest wenn man nach den Fragen urteilte, die er stellte. Gott, diese Frage war wirklich nicht die Richtige nach dem gestrigen Abend.

„Wie ... wie kommst du darauf, ich und Ryan ... also wir ... warum?"

Ruffy hob eine Schulter an und starrte auf die große Leinwand über ihnen, auf der gerade das Maskottchen gezeigt wurde, das entweder tanzte oder gerade erstickte. Die zuckenden Bewegungen konnten beides darstellen.

„Ich weiß nicht, ich bin etwas verwirrt. Es gibt nur zwei Gründe, warum du so nett zu mir sein und mich den Abend über hier herumführen, beziehungsweise Zeit mit mir verbringen solltest: Entweder du schläfst mit meinem Bruder und er ist unglaublich gut in der Kiste ... oder du bist verhaltensgestört.“

Grace starrte ihn an und war froh, keinen weiteren Schluck der Cola genommen zu haben. „Wow.“

„Also Ersteres?“

Sie schüttelte halb lachend, halb ungläubig den Kopf. „Warum sollte ich nicht einfach nett sein und dich begleiten?“

„Weil du mich nicht kennst.“

„Aber ich kenne Ryan und ...“

„Definitiv Ersteres“, murmelte Ruffy nickend und biss in seinen Hot Dog. „Aber hey, du scheinst okay zu sein. Besser als die Schauspielerin. Oder das Model. Oder die Popsängerin, die ihm ein Lied gewidmet hat! Ich fand ja ‚Baseball Loser‘ war ein uninspirierender Titel, aber verkauft hat sich das Ding wohl trotzdem. Du scheinst zumindest noch die meisten Tassen in deinem Schrank zu haben. Das ist ein Anfang.“

„Du bist komplett übergeschnappt, oder?“, fragte Grace stirnrunzelnd. „Erstens: Ich habe *alle* meine Tassen im Schrank und sie sind pink und wunderschön. Zweitens: Ich schlafe nicht mit deinem Bruder, wir sind gute Freunde, mehr ist da nicht. Drittens: Ich *bin* ein netter Mensch und ich wollte ohnehin zum Opening Day, warum nicht mit einem halbstarken DJ gehen, der der nächste David Guetta werden will?"

Ruffy schnaubte, doch Grace konnte das Grinsen sehen, das an seinen Mundwinkeln zog. „Robin Schulz! Nicht David Guetta. Der macht immer nur das Gleiche. Und schön ... ich tue mal so, als würde ich dir glauben. Du hast mir schließlich einen Hot Dog gekauft."

Eben! Das sollte was wert sein.

Grace ließ ihren Blick zu den Dugouts schweifen, in denen die Spieler saßen. Sie waren im vierten Inning und die Delphies führten mit zwei Punkten. Wenn sie sich anstrengte, konnte sie Ryan auf der Bank sitzen sehen. Sie erkannte ihn an seinem grellroten Glückscappy, das er zu jedem Spiel trug. Sie fragte sich, ob irgendwann zwischen ihr und Ryan wieder alles normal sein würde. Gestern Abend hatte es nicht danach ausgesehen. Verdammt nochmal, sie hätte vielleicht einfach Ja sagen sollen, aber nein, sie hatte ja rational und vernünftig sein müssen. Sie hatte nur das unbestimmte Gefühl, dass nie wieder alles so sein würde wie zuvor, wenn sie erneut mit Ryan in die Kiste stieg und sie brauchte Normalität. Jetzt im Moment mehr als sonst.

Warum wurde Sex eigentlich immer so aufgebauscht? Jeder tat es und das eine Mal mit einem Freund ... darüber sollte man doch hinwegsehen können. Aber nein, anstatt die Sache einfach auszuschweigen, hatte Ryan sich ja entschlossen, einfach ehrlich zu sein und jetzt war sie noch viel verwirrter als ohnehin schon. *Miss Besser-als-ich.*

Sie schüttelte den Kopf und damit die Gedanken ab.

„Warum sitzen wir eigentlich nicht in der VIP-Lounge?", wollte Ruffy wissen und wandte seinen Kopf leicht nach links, um zu der großen Glasfront hinaufzusehen, die über allen Rängen prangte. „Bin ich Ryan das nicht wert?"

„Ich mag die VIP-Lounge nicht", bemerkte Grace achselzuckend. Das wusste Ryan und hatte ihnen deswegen wahrscheinlich diese Plätze nahe des Spielfeldrands und den Dugouts, wo die Spieler saßen, besorgt.

„Warum magst du die VIP-Lounge nicht?"

„Da laufen nur Anzugträger rum – du weißt schon: Mister Panther und alle anderen reichen Schnösel – und niemand sieht sich das Spiel an. Es werden nur geschäftliche Dinge besprochen. Außerdem ist es viel zu weit weg vom Feld. Man kann praktisch gar nichts erkennen – und frische Luft gibt es dort auch nicht."

„Aber geiles Essen."

Grace wedelte mit ihrem Hot Dog vor seiner Nase herum. „Hallo? Wirfst du mir etwa vor, dass ich mich nicht um dich kümmern würde? Ich habe dir einen Hot Dog *und* eine Brezel gekauft. Das ist quasi das Elite-Pack."

Ruffy grinste. „Vielen Dank dafür."

Grace lächelte zurück und wandte sich wieder dem Spielfeld zu. Sie mochte Ruffy. Er war eine Persönlichkeit. Ein menschliches Kunstwerk, wenn man so wollte. Er war charmant, wenn er wollte, abfällig, wenn er wollte, provozierend, wenn er wollte. Grace war insgeheim gespannt, welche Seiten sie von ihm noch zu sehen bekommen würde. Die des coolen DJs, für den alles unter VIP-Status zu wenig war, hatte er auf jeden Fall schon raus.

Ihr Handy vibrierte und sie zog es aus ihrer Hosentasche, um auf das Display zu schauen.

Hast du ihm schon gesagt, dass es dämlich wäre, das College abzubrechen?

Offenbar wurde das gestrige Gespräch unter den Teppich gekehrt. Sollte ihr nur recht sein. Sie sollte einfach zurücktippen, dass Ryan sich mal lieber auf sein Spiel konzentrieren solle ...

„Ahh, das ist es! Du sollst mir das DJ-Sein ausreden. Deswegen sitzt du hier mit mir", sagte Ruffy, der schamlos über ihre Schulter geguckt hatte.

Sie zuckte zusammen und drückte hastig das Telefon an ihre Brust. „Was? Wovon redest du?"

Ruffy verdrehte die Augen. „Ryan ist wirklich ein Muttersöhnchen – und dass er dich noch mit da reinzieht ist nicht ehrenhaft! Und dass du mich deswegen auch noch versuchst anzulügen, ist ..."

„Schön", seufzte Grace und ließ das Handy sinken. „Ich soll es dir ausreden, aber ehrlich Raphael: Es ist schön, einen Traum zu haben und ihm auch zu folgen. Glaub mir, da bin ich voll für. Aber du brauchst einen Plan B. Du kannst versuchen, DJ zu werden, aber du braucht eine Ausbildung, auf die du dich zurückfallen lassen kannst, falls es nicht klappt."

Ruffy hob stur sein Kinn. „Wenn ich nicht hundert Prozent gebe, und es dann nicht schaffen sollte – dann weiß ich nie, ob es nur daran lag, dass ich nicht hundert Prozent gegeben habe oder weil ich zu schlecht war!"

Sie nickte, denn sie verstand ihn nur zu gut. Dennoch: „Wie willst du dich finanzieren? Du willst dich doch nicht wirklich von deinem Bruder aushalten lassen, oder? Das kann deine männliche Ehre nicht ertragen.“

„Ach, meine männliche Ehre und ich haben eher ein lockeres Verhältnis ... und ich habe Mittel und Wege, Geld zu verdienen.“

Grace hob eine Augenbraue. „Weißt du, sowas sagt jemand, der als Gigolo anheuert.“

Ruffy grinste breit. „Ich wäre ein fantastischer Gigolo, aber nein, ich habe eine andere ... Beschäftigung.“

„Die du mir nicht verraten willst?“

„Genau das.“

„Mhm. Schön. Aber erzähl Ryan, dass ich gute Argumente vorgebracht habe, du aber zu stur warst, sie anzuerkennen.“

Ruffy nickte. „Werde ich. Aber jetzt hole ich mir ein Bier. Willst du auch eins?“

Sie winkte ab. „Nein danke. Aber beeil dich, Ryan ist der nächste in der Schlagfolge.“

„Jaja ...“, sagte Ruffy, bevor er aufstand und verschwand.

Und nicht mehr wiederkam.

Kapitel 19

Das konnte doch nicht wahr sein!

Grace schob sich durch die Menge und hopste auf und ab, um über die vielen Köpfe hinwegsehen zu können. Sie war einfach zu klein für diese Welt! Aber so hoch sie auch sprang – kein Raphael in Sicht.

Sie hatte ein schlechtes Gefühl bekommen, als er länger als eine halbe Stunde zu brauchen schien, um Bier zu holen. Ihr Magen hatte angefangen zu rumoren, als er nach einer Stunde immer noch nicht wieder da war. Sie war zum Bierstand gelaufen, um ihn zu suchen. Das hatte gedauert, denn es gab ungefähr hundert Bierstände in nächster Nähe. Dann war sie zurück zur Tribüne gegangen, falls er doch wiedergekommen war. War er nicht. Folglich war sie durch das ganze Stadion geirrt. Aber es war so verdammt groß, dass sie ihn natürlich nicht gefunden hatte. Womöglich war er auch gar nicht mehr hier. Was war nur los mit ihm? War sie so eine schlechte Gesellschaft?

Sie machte sich jetzt nicht direkt Sorgen. Ruffy war schließlich erwachsen und konnte tun und lassen, was er wollte, nur ... da war dieses ungute Gefühl, dass er irgendetwas Dummes tun könnte. Was genau das sein sollte, wusste sie nicht, aber Raphael schien sehr viel Fantasie zu haben. Zu viel Fantasie.

Sie seufzte schwer, drängte aus der Menge heraus und stellte sich flach an eine der Wände. Dann tat sie das Unvermeidliche, zog ihr Handy aus der Tasche und wählte die Kurzwahltaste Zwei. Mit etwas Glück war Ryan bereits in der Umkleide.

Nach dem vierten Klingeln hob er ab.

„Ja?"

Seine Stimme wurde beinahe komplett von fröhlichen Schreien und Gelächter verschluckt.

„Oh, habt ihr gewonnen?", fragte sie und steckte sich einen Finger ins andere Ohr, um ihn besser zu verstehen. „Es klingt, als hättet ihr gewonnen."

„Was soll das heißen, haben wir gewonnen?", fragte er misstrauisch. „Du warst doch da und hast zugesehen, oder?"

„Na ja, dazu ... ist Raphael zufällig bei euch in der Umkleidekabine?"

„Warum sollte er ... oh mein Gott, du hast ihn verloren!"

„Was soll denn heißen ‚verloren'? Ich war nicht seine Aufpasserin!"

„Natürlich warst du seine Aufpasserin!"

„Er ist einundzwanzig, Ryan, er braucht keinen Babysitter!"

„Keinen so unfähigen wie dich, nein! Wie lange ist er weg?"

Sie schnaubte. „Nur ein paar Stündchen und ich bin nicht unfähig! Dein Bruder ist nur ..."

„Ein paar *Stündchen*? Das kann doch nicht wahr sein! Warum sollte er denn einfach gehen, das ergibt keinen Sinn, er ..."

Ryan hielt inne und für einen Moment dachte Grace, die Verbindung sei unterbrochen worden, doch dann konnte sie ihn fluchen hören, bevor er düster sagte: „Ich weiß, wo er ist. Er ist bei der VIP-Lounge.“

Grace legte den Kopf schräg. „Ja, er hat sie kurz erwähnt, aber wenn er sie sich ansehen will, ist da doch nichts dabei …“

„Er will sie nicht ansehen! Er will reiche Leute belästigen und sie fragen, ob sie andere reiche Leute kennen, die einen guten DJ brauchen. Wir treffen uns gleich da! Beeil dich und schlag ihn zu Boden, wenn es sein muss, bevor er mit Mister Panther redet.“

Sie verdrehte die Augen. „Ich werde ihn nicht niederschlagen!“

„Schön“, knurrte Ryan. „Dann werde ich das übernehmen.“ Und schon hatte er aufgelegt.

Grace’ ungutes Gefühl nahm ganz neue Ausmaße an und hastig kämpfte sie sich zu den Treppen, die in die VIP-Lounge führten. Sie würde am Ende ihre Beine nicht mehr spüren, aber einen Aufzug zu finden, der nach oben und nicht nach unten fuhr, war unmöglich. Sie hastete die Treppenstufen hoch, fragte sich, ob ihre Beine einfach zu kurz waren oder sie schlichtweg unsportlich und kam gefühlte Stunden später in der Etage an, in der die Reichen und Schönen Baseball genossen. Sie hetzte den Gang entlang und kam erst schlitternd zum Stillstand, als sie Ruffy vor dem Eingang der VIP-Lounge herumlungern sah, deren Türen Gott sei Dank noch verschlossen waren und von einem bulligen Typen, der den jungen Mann misstrauisch beobachtete, bewacht wurden.

Grace seufzte und schlug Raphael hart auf den Rücken. „Wie kannst du es wagen, eine Lady allein zu lassen?"

Ruffy zuckte so heftig zusammen, dass seine Schulter beinahe mit ihrem Kinn kollidierte.

„Grace", stellte er fest und sah nun sichtlich nervös aus. „Tut mir leid, ich wäre ja wiedergekommen, aber wie es aussieht, komme ich nicht einfach in die Lounge rein ... auch wenn ich der Bruder vom verdammt besten Catcher der MLB bin!", fügte er laut für den Türsteher hinzu. „Deshalb musste ich wohl oder übel hier warten. Ich dachte, vielleicht geht ja jemand auf die Toilette – aber offenbar verliert man den Harndrang, wenn man reich ist. Also warte ich einfach, bis sie alle rauskommen ..."

„... um was zu tun?", hakte Grace nach. „Ihnen deine Visitenkarte zuzuschieben?"

Ruffy starrte sie mit leicht geöffnetem Mund an und schlug sich dann hart gegen die Stirn. „Eine Visitenkarte! Das war es, was ich mir drucken wollte. Verdammt! Na egal. Ich schätze, ich muss einfach so genug Eindruck schinden. Und das kann ich am besten, wenn ich allein bin, würdest du also einfach zehn Meter Abstand von mir halten, bis ich das hier geregelt habe?"

Grace seufzte, wollte etwas erwidern – doch in diesem Moment glitt die Tür des VIP-Bereichs auf und Anzugträger strömten daraus hervor.

Raphael schob sie sanft beiseite, setzte ein Lächeln auf und wurde grob an seinem Kragen zurückgerissen.

„Was denkst du eigentlich, was du hier tust?"

Ryan war hinter ihnen aufgetaucht und seiner schweren Atmung nach zu urteilen, war er die Stufen hochgerannt. Er trug noch immer seine Baseballuniform und sah ziemlich verschwitzt aus und ... warum roch er immer noch so gut? Das war absurd und unfair.

„Ry-Ry, du hast schlechtes Timing", sagte sein Bruder verärgert und versuchte sich loszureißen. „Ich muss geschäftlich etwas erledigen, könntest du mich also bitte loslassen und ..."

„Einen Scheiß werde ich tun! Du hast kein Recht, hier zu sein und fremde Leute anzulabern."

„Jeder hat das Recht, fremde Leute anzusprechen und ... oh mein Gott, da ist Mister Panther. Mister Panther! Mister ..."

Ryan schlug die Hand mit einem lauten Klatsch-Geräusch über den Mund seines Bruders. „Ruffy! Ist dir klar, dass das mein Oberboss ist?", zischte er. „Du kannst nicht ..."

„Ist alles in Ordnung hier?" Der Brocken von Türsteher war zu ihnen getreten und sah zwischen Ryan und seinem Bruder hin und her.

Grace seufzte schwer und als ihr Handy anfing zu klingeln, war sie fast froh, eine Ausrede zu haben, etwas Abstand von diesem baldigen Tatort zu gewinnen.

Sie verzog sich zu der Glasfront, die einen unglaublichen Blick in das Stadioninnere zuließ, und blickte auf das Display. Das war die Nummer von Helen Kingston, der Eigentümerin des kleinen Stöberladens, in dem sie ihre Postkarten verkaufte. Stirnrunzelnd hob Grace ab.

„Hallo, Miss Kingston?"

„Miss Hayden! Es ist gerade etwas Unglaubliches passiert."

„Wirklich?"

„Ja! Jemand hat Ihre Postkarte gesehen, die Kirschblü-
ten! Den Öl-auf-Leinwand-Abzug. Sie wissen schon,
der, den Sie so wunderbar mit dem Fotodruck des Bau-
mes verbunden haben und ... er möchte das Gemälde
haben.“

„Was?“

„Das Gemälde! Das Ursprungsgemälde, das Sie auf die
Postkarte gedruckt haben. Er möchte es kaufen. Und
Sie glauben gar nicht, was hier für Summen genannt
wurden ...“

Grace machte fassungslos einen Schritt zurück und
lehnte sich gegen das kühle Glas. „Aber ... ich verkaufe
nur die Postkarten.“

Miss Kingston lachte. „Glauben Sie mir, wenn Sie die
Summe hören, verkaufen Sie auf einmal auch Gemälde.“

Grace' Herz fing an zu flattern und ungestüme
Freude, vermischt mit Panik, kroch ihren Hals hinauf.
Es war so absurd. Sie bekam Angst, weil sie so aufgeregt
über das Angebot war. Nur weil jemand sich für eines
ihrer Gemälde interessierte!

Sie versuchte sich zu beruhigen, ihre Atmung zu re-
gulieren – doch sie konnte nicht. Sie wollte verkaufen,
sie wollte gesehen werden, aber ... sie wollte nicht in
ihre alten Muster zurückfallen. Sie *konnte* nicht in ihre
alten Muster zurückfallen. Das durfte nicht sein. Mit
dem Reunion-Treffen gestern und dem, was Nelly gesagt hatte ... was, wenn sie wirklich nur ihr Leben geändert hatte, ihr Charakter aber derselbe geblieben war?

Sie verkaufte Postkarten! Das war sicher. Wenn sie
wieder anfing Gemälde zu verkaufen, wieder richtig
anfing zu malen ... nein. Ihr Vater würde es

herausfinden, sie wieder dazu drängen, sich eine Galeristin zu suchen und das wollte sie nicht. Sie hatte doch gerade erst wieder an den Punkt gefunden, an dem sie sich wohl damit fühlte, einfach nur aus Spaß und ohne innere Besessenheit einen Pinsel in der Hand zu halten. Sie hatte doch gerade angefangen, sich selbst neu kennenzulernen. Sich so zu mögen, wie sie war.

„Es tut mir leid, Miss Kingston, aber ich verkaufe nicht", sagte sie langsam.

„Aber Sie haben noch nicht einmal den Preis gehört, den der Kunde angeboten hat, er ..."

„Nein, ich verkaufe nicht", wiederholte Grace. „Aber danke für das Interesse." Bevor Miss Kingston noch etwas sagen konnte, legte sie auf.

Sie atmete tief ein und aus, schloss kurz die Augen und fixierte dann Ryan und Ruffy, die von dem Wachmann offenbar alleine gelassen worden waren, und sich hitzig unterhielten.

Ruffy sah wütend aus. Verbissen.

Er wollte DJ werden. Er wollte es so sehr. Sie sah es ihm an. Er hatte einen Traum. Sie kannte das Gefühl. Sie war zynisch geworden, hatte hart an ihrem Leben arbeiten müssen, weil ihr Traum letztendlich doch etwas ganz anderes gewesen war. Sie hatte normal sein wollen. Mehr nicht. Weil ihr Traum mehr zerstört war als gewonnen hatte. Aber sie war die Ausnahme, nicht die Regel. Das wusste sie jetzt. Sie konnte es differenzieren.

Träume waren etwas Gutes – und nur weil sie ihren fallen gelassen hatte, weil sie aufgehört hatte, sich zu respektieren oder auch nur zu mögen, sollte niemand anderes daran gehindert werden, seinen eigenen zu leben. Jeder sollte die Chance bekommen, seinen Traum zu verfolgen. Nur um zu wissen, ob er es wert war. Ob man es schaffen konnte. Ob er einen so glücklich machte, wie man zu Anfang geglaubt hatte.

Grace streckte ihre Schultern durch, überbrückte die Distanz zwischen sich und den Brüdern und räusperte sich. „Ich finde, du solltest deinen Traum verfolgen und DJ werden, Ruffy."

„Was?" Ryans Blick flog ruckartig zu ihr. „Was redest du da?", fragte er ungläubig. „Grace, inwiefern ist das hilfreich?"

„Hilfreich für wen?", frage sie aufgebracht. „Er will es! Er will es offenbar so sehr, dass er bereit ist Risiken einzugehen und sich zum Affen zu machen. Wenn man so empfindet und er einen Weg hat, sich sein eigenes Geld zu verdienen, dann sollte er verdammt nochmal eine Chance bekommen! Es ist schön, so leidenschaftlich für etwas zu empfinden und es zu können, ohne zu bereuen. Wir sollten es ihm nicht kaputtmachen. Das weißt du doch am besten, Ryan! Du lebst deinen Traum."

Raphael sah sie mit großen Augen an. „Ich stimme ihr zu", sagte er dann hastig.

Ryans Blick verdüsterte sich und er presste die Lippen aufeinander. „Grace! Was soll das? Du fällst mir gerade in den Rücken."

„Meine Güte, Ryan! Das hat rein gar nichts mit dir zu tun!", schnaubte sie und umklammerte ihr Telefon fester, das immer noch in ihrer Hand lag. „Es ist nicht *dein* Leben. Es ist das von Raphael! Und ganz ehrlich: Ich bin Künstlerin und du Baseballer. Wir sind beide nicht in der Position, ihm zu sagen, er solle sich einen vernünftigen Job suchen.“

„Grace ...“

„Nein!“, sagte sie laut. „Du hättest mich überhaupt nicht in diese Position bringen dürfen und ich bleibe dabei.“ Sie wandte sich an Ryans Bruder. „Raphael, solange du kannst, leb deine Leidenschaft ohne Reue oder der Angst vor Nebeneffekten aus. Das ist ein Geschenk. Genieße es, bis es vorbei ist.“

„Danke“, sagte er verblüfft. „Du solltest mal zu einem Konzert von mir kommen!“

„Das werde ich. Ich unterstütze Träume gerne. Sag einfach bei deinem nächsten Bescheid.“

„Grace!“

„Ich kenne meinen Namen, danke Ryan! Und jetzt schau mich nicht so an. Meine Welt dreht sich nicht um dich, nur weil ... nur weil ... das tut sie nicht!“

Sie wandte sich um und hastete zum Fahrstuhl. Alles war durcheinander. Nichts war mehr das, was es sein sollte – und sie wusste nicht, was sie dagegen tun konnte.

***

„Du bist sehr schweigsam. Ist es, weil deine Frau offenbar nicht auf dich steht oder weil ich dich nerve?“

„Ruffy, halt einfach die Klappe.“

„Ich finde, nur weil du deine Frau nicht im Griff hast, solltest du deine Wut nicht an mir auslassen.“

„Grace ist nicht meine Frau und sie ... halt einfach die Klappe!“

Ryan schaltete den Motor und die Scheinwerfer aus und stieß seine Autotür vielleicht etwas zu energisch auf. Aber wen interessierte es, wenn seine Tür oder die Mauer, die seine Einfahrt säumte, ein paar Kratzer hatte?

Es sollte nicht so sein. Nicht so merkwürdig, gepresst und unnatürlich zwischen ihm und Grace. Das war eine der besten Eigenschaften ihrer freundschaftlichen Beziehung gewesen: Sie war so unkompliziert wie Atmen. Sie stritten nie. Sie verstanden sich. Aber jetzt war alles schwer. Das, was er gestern gesagt hatte, hatte es offenbar auch nicht besser gemacht. Dennoch, das konnte nicht alles sein. Irgendetwas war los bei Grace. Irgendetwas, über das sie so krampfhaft nicht reden wollte, dass es nur unglaublich wichtig für sie sein konnte.

„Wo wir schon dabei sind", sagte Ruffy, der ebenfalls ausgestiegen war und offenbar keine Grenzen kannte. „Was genau ist das mit dir und Grace? Sie meint, ihr wärt nur befreundet, aber meiner Erfahrung nach können Mann und Frau nicht befreundet sein, wenn beide Single sind. Zumindest nicht so merkwürdig wie ihr zwei."

Ryan ignorierte seinen Bruder und lief zur Tür.

„Schweigen ist auch eine Antwort", stellte Raphael selbstzufrieden fest. „Weißt du, du hättest es schlechter treffen können. Grace wirkt nett. Und nicht verrückt. Das ist sehr ungewöhnlich für die Frauen in deinem Leben."

„Hatte ich erwähnt, dass du die Klappe halten sollst?"

„Kann ich mich nicht dran erinnern."

Sie traten in den Flur und Ryan lief schnurstracks in die Küche und öffnete sich ein Bier. Heute war einfach einer dieser Tage. Sie mochten das Spiel gewonnen haben, aber irgendwie fühlte er sich nicht danach, zu feiern.

Was war los mit Grace? Da war etwas in ihrer Stimme gewesen, in ihrem Blick ... irgendetwas beschäftigte sie und er hasste es, dass sie mit diesem Problem nicht zu ihm kam! Denn das hatte sie sonst immer getan. Zumindest früher.

Ryan sah auf und begegnete Raphaels Blick. Sein Bruder hatte einen merkwürdigen Ausdruck im Gesicht.

„Okay, sorry", murmelte er. „Sie bedeutet dir offensichtlich wirklich was, ich wollte dich nicht blöd von der Seite anmachen."

Ryan nickte langsam, bevor er fragte: „Was hat sie damit gemeint, du hättest einen Weg, dein eigenes Geld zu verdienen?"

Raphael blinzelte. „Wechseln wir jetzt das Thema?"

„Was hat sie damit gemeint?", wiederholte er.

Raphael zuckte die Schultern. „Ich verdiene Geld."

„Mit was?"

„Mit ... Kram."

„Aha. Mit welchem Kram?"

„Bin ich vor Gericht, oder was?"

„Kommt auf den Kram an, mit dem du Geld verdienst."

Sein Bruder seufzte und verdrehte die Augen. „Ich geh' schlafen. War schön, dich das Hölzchen schwingen zu sehen. Gute Nacht." Im nächsten Augenblick war er verschwunden.

Klasse. Das konnte ja nur Gutes bedeuten!

Ryan seufzte, zog sich seine rote Kappe vom Kopf, die ihm heute zumindest im Spiel Glück gebracht, wenn auch in allen anderen Lebensbereichen versagt hatte, und trank sein Bier aus. Er war erschöpft, aber nicht müde.

Grace lenkte ab. Er wusste nicht, wie sie sich fühlte. Er hasste es, nicht zu wissen, wie sie sich fühlte. Er konnte nicht genau bestimmen, zu welchem Zeitpunkt Grace' Gefühle so wichtig geworden waren, aber ... sie waren es, verdammt! Und das hatte nichts mit Sex zu tun, sondern damit, dass sie seine beste Freundin war und sie sich merkwürdig verhielt.

Er lief in den Flur, hängte seine Kappe an die Garderobe und stieg in den ersten Stock. Das Schlafzimmer war der zweitgrößte Raum des Hauses. Es wurde nur vom unteren Wohnzimmer geschlagen, das auf eine Terrasse und in einen geräumigen Garten hinausführte. Ein Kleiderschrank säumte eine Seite des ganzen Zimmers. Nicht, dass Ryan so viel shoppen ging, aber er hatte einfach gerne seinen Platz. Ein Bücherregal füllte die andere aus. In der Mitte der dritten Wand, gegenüber des Fensters, das die komplette Außenwand einnahm und ebenfalls auf den Garten hinausblickte, stand sein Bett. Ryan liebte sein Bett. Es war riesig, bestand aus schwarzem Leder, hatte eine Matratze, die sich seinem Körper anpasste und eine Lichtleiste, die am Kopfteil eingelassen war. Das Bett war auch der Grund, warum er es eigentlich liebte, zu schlafen. Aber als er auf die gähnende Leere seiner Matratze sah, verspürte er eher den Drang, noch einmal bei Grace vorbeizufahren und aus ihr herauszuschütteln, was mit ihr los war.

Da war der Zusammenprall mit der mysteriösen Frau auf dem Reunion-Treffen gewesen, seine Ankündigung gestern, dass er die ganze Zeit daran dachte, sie zu küssen – dabei hieß es doch immer, dass Frauen die Wahrheit mochten – und heute hatte sie einen Anruf bekommen, wenn er sich nicht sehr irrte. Wieso zum Teufel redete sie nicht mit ihm? Wieso rief sie ihn nachts an, um von Enten zu erzählen, die nekrophil waren, aber hielt es nicht für wichtig, ihn einzuweihen, warum eine alte Schulfreundin sie offenbar hasste?

Frauen! Wirklich!

Aber es war spät. Wenn er jetzt bei ihr vorbeifuhr, würde sie ihm wahrscheinlich mit verschlafenem Gesicht und verstrubbelten Haaren und tiefsitzender Schlafanzughose öffnen und ... nein, es wäre keine gute Idee hinzufahren. Er könnte vergessen zu vergessen. Er öffnete die linke Tür seines Schrankes, in der seine Sport- und Schlafklamotten lagerten, und durchforstete ihn nach seiner Lieblingsjogginghose. Wenn er noch nicht müde war, konnte er genauso gut noch aufs Laufband. Stirnrunzelnd zog er eine Hose nach der anderen aus dem Schrank, die alle okay waren, aber nun einmal nicht seine Lieblingshose!

Das konnte doch nicht wahr sein! Er hatte sie doch erst vorgestern gewaschen. Genervt machte er den Schrank wieder zu, ließ sich auf das Bett sinken und zog sein Handy hervor. Wenn er schon nicht bei Grace vorbeifuhr, konnte er ihr wenigstens schreiben.

Grace, was ist los? Ist irgendetwas passiert? Willst du reden?

Er schickte die Nachricht ab und bevor er sich Gedanken darüber machen konnte, ob das vielleicht zu direkt gewesen war, vibrierte sein Telefon.

Nein.

Ryan starrte auf die Antwort. Nein, es war nichts passiert oder nein, sie wollte nicht reden?

„Verdammt", murmelte er und warf das Handy hinter sich auf die Matratze. Das hatte ihm wirklich nicht geholfen.

Wo zum Teufel war seine Jogginghose!? Er musste trainieren.

Kapitel 20

Ich fahr' nicht bei ihm vorbei. Kannst du vergessen.

Gracie, solange Dad nicht von Aliens entführt und zu einem anderen Menschen gemacht wird, will ich nichts mehr mit ihm zu tun haben.

Grace starrte auf die Nachrichten ihrer beiden Schwestern und spürte, wie ihr Kiefer aus seiner Halterung zu springen drohte. *Wenn heute schon keiner von euch beiden alleine fahren will, dann fahren wir Samstag wenigstens einmal zusammen!* tippte sie wütend zurück.

Ich überlege es mir.

Vielleicht.

Wütend stopfte sie das Handy in ihre Jackentasche. Hatte denn keiner von beiden auch nur den Hauch eines Verantwortungsgefühls? Er war immer noch ihr Vater, wie konnten sie ihn so schnell aufgeben?

Als sie ihre Mutter darum gebeten hatte, doch ein gutes Wort für ihn einzulegen, immerhin waren die beiden über zwanzig Jahre verheiratet gewesen, hatte diese sie nur in den Arm genommen und „Tut mir leid, das ist nicht mehr meine Verantwortung“ geflüstert.

Aber wessen Verantwortung war es denn dann? Etwa ihre?

Sie wusste doch auch, dass er sich unmöglich verhielt. Aber sie wusste auch, dass er nicht anders konnte. Er war bereits zu weit abgedriftet. Aber das war doch kein Grund, ihn einfach links liegen zu lassen.

Sie stieg aus dem Auto aus und lief zum Gebäude der SportsIn, als ihr Telefon anfing zu klingeln. Es war Kaylie. Grace hielt im Schritt inne. Sie wollte ihre Freundin nicht vor den Kopf stoßen, sie hatte seit zwei Tagen ihre Anrufe ignoriert, aber nun wollte Kay Grace anbieten, mit ihr über ihre Gefühle zu reden, über Ryan, über ihren Vater. Darüber zu reden, wie es ihr damit ging, alleine zu wohnen. Und sie liebte Kay dafür, dass sie sich sorgte und für sie da sein wollte, aber damit konnte Grace einfach nicht umgehen. Nicht jetzt und vielleicht auch nicht nächste Woche oder die darauf. Denn es war einfach zu viel. Es waren zu viele Veränderungen, zu viele Unsicherheiten. Zu viel Druck, den sie nicht wieder auf sich lasten haben wollte, zu viele Erinnerungen. Zu viel, mit dem sie nicht konfrontiert werden wollte. Sie hasste Konfrontationen, denn egal, ob man gewann oder nicht – verlieren tat man immer etwas.

Das Handy klingelte weiter und sie konnte den Anruf nicht schon wieder wegdrücken, deswegen ging sie dran.

„Hey Kay, sorry, aber ich bin bei der Arbeit und kann gerade nicht reden. Ich rufe später an, okay?“

„Grace, ist alles okay?“

„Jaja, alles gut. Wie gesagt, nur die Arbeit.“

„Bist du sicher? Ich habe das Gefühl, du gehst mir aus dem Weg."

Ja, vielleicht tat sie das. Sie konnte nicht benennen, warum genau, aber … sie brauchte Zeit für sich. Zeit, ihre Gedanken und Emotionen zu ordnen. Sie hatte das Gefühl, mit jedem Schritt, den ihre Schwestern sich von ihrem Vater abwandten, wandten sie sich auch von ihr ab. Das mochte Blödsinn sein, weil Grace sich doch absichtlich dagegen entschieden hatte, in die Fußstapfen ihres Vaters zu treten, aber … sie war dennoch wie er. Wenn sie sich zu lange, zu oft in ihre Kunst fallen lassen würde, dann wäre sie genau wie er. Nelly wusste es und ihre Schwestern wussten es auch.

Sie hatte gelernt, dass sie nicht auf die Kunst verzichten musste. Das konnte sie gar nicht. Das würde sie unglücklich machen. Aber sie hatte ebenso gelernt, was ihr wichtig im Leben war – und man konnte eben nicht alles haben. Und das war auch in Ordnung so, sie hätte sich jederzeit wieder so entschieden, nur manchmal hatte sie das Gefühl, dass sie immer noch dieselbe war. Dasselbe Mädchen, das alles um sich herum vergaß – bis es selbst vergessen wurde.

„Das tue ich nicht, Kay. Ich habe nur viel um die Ohren. Ich melde mich bei dir, okay?"

Sie legte auf, bevor Kaylie etwas erwidern konnte.

Eine halbe Stunde später saß Grace an ihrem Computer und betrachtete die Bilder einer Eiskunstläuferin, die sie am Tag zuvor aufgenommen hatte. Die Fotos waren gut, aber sie konnte sich nicht so recht für drei Stück entscheiden. Eiskunstlaufen war ein dynamischer, aber auch eleganter, ästhetischer Sport. Es war eine Kunstform und Grace wollte dieser gerecht werden. Bevor sie jedoch auch nur dazu kam, eine engere Auswahl zu treffen, klopfte jemand an die Plastikwand ihres Bürokabuffs.

„Hey." Es war Benny the Bitch. „Zernowitz möchte dich sehen."

„Oh. Hat sie gesagt, weswegen?"

„Keine Ahnung. Aber ist es nicht deine Aufgabe, das zu wissen?", fragte er schnaubend und Grace war sehr erleichtert, dass er sofort nach dieser Antwort ging, denn womöglich hätte sie sich ansonsten auf ihn gestürzt.

Seufzend hievte sie sich aus ihrem Bürostuhl und schlenderte zu dem großen gläsernen Eckbüro ihrer Chefin. Melody sah auf, bemerkte sie durch die Glastür hinweg und hob auffordernd eine Augenbraue.

Genervt klopfte Grace an, bevor Melody verkniffen lächelte und: „Herein" rief. So als hätte sie Grace nicht bereits seit einer Minute angestarrt.

„Hey, Sie wollten mich sprechen?"

Melody winkte sie mit einer stark beringten Hand näher heran. „Es geht um die Fotos der Eiskunstläuferin. Hast du schon welche ausgesucht?"

„Nun, ich war gerade dabei und ..."

Melody unterbrach sie mit einer wirschen Handbewegung. „Spar dir die Mühen! Ich weiß genau, welche drei ich will."

Sie drehte den Bildschirm ihres Computers zu ihr und tippte mit einem langen roten Fingernagel auf die drei Bilder, die sie geöffnet hatte. „Ich möchte die hier. Könntest du die wohl noch nachbearbeiten?"

Grace runzelte die Stirn, trat näher an den Bildschirm und betrachtete die Bilder.

Es waren die, die sie als allererstes rausgeworfen hatte. Eines stellte eine Eiskunstläuferin dar, wie sie an der Reling stand und ihre Muskeln dehnte. Ein anderes, wie sie steif auf dem Eis stand und lächelte.

Grace drängte sich eine Frage auf: Hatte Melody keine Augen im Kopf?

Sie räusperte sich. „Ich finde nicht, dass ...“

„Nun, deine Aufgabe ist es aber nicht zu finden, sondern zu machen, oder nicht?“, sagte ihre Chefin wimpernklimpernd.

Grace atmete schwer ein und aus. „Die Bilder, die Sie ausgewählt haben, sind statisch, Miss Zernowitz“, presste sie hervor.

Die Augenbrauen ihres Gegenübers sanken tiefer. „Statisch?“

Grace lächelte verkniffen. „Vielleicht ist Ihnen das Wort schon zu hoch. Ein anderer Ausdruck wäre: langweilig.“

Die Augen ihrer Chefin wurden groß und Grace konnte es ihr nicht verdenken, denn sie hatte ihr noch nie widersprochen.

„Die zentrierte Komposition ist abgegriffen, unpassend und langweilig“, sagte Grace fest. „Ich werde diese Bilder nicht nehmen, denn ich habe schlichtweg mehr Ahnung davon als Sie. Sie haben weder ein künstlerisches Auge, noch irgendeine Art von Ästhetikgefühl und ich lasse mir nicht von einer Papierschubse in meine Arbeit hereinreden. Die Fotos, die ich gemacht habe, sind unglaublich und jeder, der etwas anderes behauptet, lügt! Ich brauche Ihre bescheuerte Meinung nicht, ich bin Künstlerin, verdammt, eine talentierte noch dazu. Ich weiß es einfach besser als Sie! Ich ...“

Sie stockte abrupt und schlug sich die Hand vor den Mund.

Sie hörte sich an wie ihr Vater.

Das Blut floss ihr aus dem Gesicht und hastig machte sie einen Schritt zurück.

Melody starrte sie entgeistert an.

Grace nahm einen weiteren Schritt weg von ihrem Stuhl.

„Es tut mir leid. Ich ... fühle mich nicht so gut. Ich ...“ Doch sie führte den Satz nicht zu Ende, sondern lief einfach aus dem Büro.

Oh mein Gott!

Was war nur in sie gefahren? Sie konnte nicht auf den Fahrstuhl warten, deswegen stieß sie die Tür zum Treppenhaus auf und eilte die Stufen hinunter. So hätte sie definitiv nicht mit ihrer Chefin reden dürfen. Es machte sie nur einfach wahnsinnig! Nicht ihren Kopf durchzusetzen, wenn es um ihre Kunst ging.

Sie wollte gut in ihrem Job sein – nur nicht zu gut, sodass sie auffiel. Sie wollte erfolgreich sein – aber nicht so erfolgreich, dass sie das Wichtige im Leben aus den Augen verlor. Sie wollte Spaß haben – aber nicht besessen werden. Sie wollte einfach nur Teil von allem sein. Wollte in der Waage bleiben. Doch sie taumelte von der einen zu der anderen Seite, bis sie nicht mehr wusste, was eigentlich ihr Ziel war.

Du musst den Menschen mögen, der du bist. Nicht versuchen, der zu sein, den andere mögen.

Ryan hatte recht. Aber wer zum Teufel war sie?

Alles war durcheinander. Sie wusste nicht mehr, was sie wollte. Sie wusste nur noch, was sie *nicht* wollte. Und das war dorthin zurück, wo sie vor fast zehn Jahren gestanden hatte.

Sie trat an die frische Luft und lehnte sich an die kühle Steinmauer. Wann war alles so schwierig geworden?

Sie wollte ihre Kunst nicht verkaufen. Sie wollte nicht, dass das Malen zu ihrer Arbeit wurde und dann auf einmal alles war, was sie definierte. Das kannte sie schon und dorthin wollte sie nicht zurück.

Warum fiel es ihr dann so schwer, das Angebot von Miss Kingston nicht doch anzunehmen? Wäre es so schlimm, eines ihrer Gemälde zu verkaufen? Sie bekam so langsam ohnehin Platzprobleme.

Aber was war, wenn das nur der Anfang von einem weiteren Ende sein würde?

Ihr Handy vibrierte und auf der Suche nach Ablenkung zog Grace es aus ihrer Tasche.

Enten. Was ist los mit den Tieren?

Ein Lachen verließ ihren Mund und kopfschüttelnd ließ sie ihren Hinterkopf wieder gegen die Hauswand gleiten. Ryan wusste, wie man mit einer Frau kommunizierte.

Für einen kurzen Moment drehte Grace ihr Handy unschlüssig in ihrer Hand, dann seufzte sie schwer und hob es an ihr Gesicht. Sie drückte die Kurzwahltaste und hielt das Telefon an ihr Ohr. Es dauerte keine zwei Sekunden, da hob Ryan ab.

„Grace?"

„Hey.“

Sie schwiegen für einige Momente, bevor er leise fragte: „Was ist passiert?“

Ihre Mundwinkel zuckten, auch wenn ihre Augen brannten. Er wusste immer, wenn es ihr nicht gutging. Und sie wusste nicht, ob sie das an ihm liebte oder hasste.

„Alles ist durcheinander“, flüsterte sie.

„Was ist alles?“

„Mein Leben. Mein Job. Meine Familie. Du.“

„Wieso bin ich durcheinander?“

Sie atmete ein und aus. Konnte keine genaue Antwort geben. „Du bist es eben“, murmelte sie schließlich. „Es ist alles nicht mehr wie … vorher.“

Wieder schwieg er ein paar Momente, bevor er fragte: „Ist irgendetwas passiert?“

„Ja. Ich meine nein. Eigentlich nicht, aber … ich weiß es nicht. Ich weiß nicht, was ich tun soll. Alles ist so unordentlich.“

„Du magst Unordnung. Du bist eine Künstlerin.“

Sie nickte stumm und schluckte. „Ja ich weiß, aber … kennst du das Gefühl, dass du vorankommen möchtest, aber nicht weißt wohin? Du alleine sein möchtest, aber nicht einsam? Du die Vergangenheit hinter dir lassen, aber nicht aufgeben möchtest? Du Dinge rückgängig machen, aber nicht auf die Erinnerung verzichten willst? Du dazugehören, aber nicht verschluckt werden willst? Kennst du dieses Gefühl, dass alles zu viel ist – weil dein Leben zu wenig zu sein scheint?“

„Nein. Das kenne ich nicht. Aber für dich würde ich versuchen, es zu verstehen.“

Grace schniefte und legte sich eine Hand an die Stirn. Ihr Herz wurde heiß und kalt. Als hätte es Schüttelfrost. Sie schloss die Augen und sah Ryans Gesicht vor sich. Konnte sehen, wie er gerade die Augenbrauen nach unten zog. Sie streckte ihre virtuellen Hände nach ihm aus. Zeichnete die Konturen nach. „Ich weiß, dass du das würdest. Aber das macht das Ganze nicht ordentlicher."

„Grace." Ryans Stimme war eindringlich geworden. „Wenn dein Leben unordentlich ist – dann ordnen wir es eben wieder."

„Aber wie? Ich weiß nicht wie, Ryan."

„Erzähl mir nur, was los ist."

Grace öffnete den Mund, doch schwieg. Sie fand nicht die richtigen Worte. Sie kannte sie nicht. Sie wusste es nicht.

„Hör mal", durchbrach Ryan schließlich die Stille. „Ich bin gerade in Pittsburgh, aber Ende der Woche komme ich wieder und ..."

„Ryan. Ich weiß ehrlich gesagt nicht, ob du mir da wirklich helfen kannst. Du hast es doch ... du hast alles doch erst unordentlich gemacht."

„Ich habe was?"

„Du hast ..."

„Geht es schon wieder um die Sache bei der Hochzeit? Oder um Samstag? Grace, komm schon! Ich hab' vielleicht nicht ganz nachgedacht. Das kann doch nicht alles verändert haben."

Grace rieb sich müde über die Augen. „Aber natürlich hat es das. Du weißt es. Ich weiß es."

„*Was* weiß ich?"

„Dass es nicht einfach wie vorher sein kann, Ryan."

„Doch, kann es! Wir können einfach wieder …“

„Nein, können wir nicht.“

„Und was bedeutet das? Für uns?“

„Ich … weiß es nicht.“

„Grace …“

Sie legte auf und schaltete das Telefon aus.

Es war unfair von ihr, aber sie konnte nicht anders. Er machte es nur schlimmer. Denn wenn sie seine Stimme hörte, dann waren da wieder die Bilder – und auf einmal war Grace sich nicht sicher, ob es wirklich nur Freundschaft war, die sie von Ryan wollte. Ob es da nicht einen großen Teil ihres Herzens gab, der immer damit gerechnet hatte, irgendwann mit ihm im Bett zu landen.

***

Ryan hasste Pittsburgh.

Es konnte sein, dass es nicht an der Stadt per se lag, sondern dass er seine derzeitige Lebenssituation auf sie projizierte – aber wen interessierte es, wenn das Ergebnis dasselbe war?

Möglicherweise lagen seine plötzlichen negativen Gefühle gegenüber der zweitgrößten Stadt Pennsylvanias aber auch daran, dass er die schlechtesten Spiele seiner Karriere hinlegte. Einerseits war er fest davon überzeugt, dass seine grottige Leistung daran lag, dass er seine Glückskappe zu Hause nicht gefunden hatte und ohne sie hatte spielen müssen. Andererseits konnte es damit zu tun haben, dass Grace einfach so aufgelegt und ihn dann ignoriert hatte.

Im Baseball wurden nicht oft Strafen verhängt. Es war nicht wie beim Fußball, wo jemand bei regelwidrigem Verhalten mit einer roten Karte vom Platz verwiesen wurde. Ryan jedoch schaffte es im zweiten Spiel, bei dem Versuch, einen Runner davor zu blocken, die Home Plate zu erreichen, vom Feld geworfen zu werden. Und das nur, weil der Umpire ein Arschloch war – und er den Ellenbogen vielleicht etwas zu enthusiastisch in die Seite des Gegners gerammt hatte. Im dritten Spiel setzte Coach Thompson Ryan erst gar nicht mehr ein. „Regel deine Frauenprobleme und verdien dir verdammt nochmal deinen Platz im Team! Du hast doch letzte Woche noch nicht wie ein blinder Dummkopf gespielt", waren die exakten Worte von Thompson gewesen.

Auf einmal wünschte Ryan sich die Zeiten zurück, in denen er als Held gefeiert worden war. Als er fragte, wie der Coach darauf käme, dass er Frauenprobleme hätte, grunzte der nur, dass Jake und seine Tochter da was erwähnt hätten.

Kaylie konnte er nicht verprügeln – sie war die beste Physiotherapeutin des Teams und ihre Gunst wollte man nicht verlieren – bei Jake jedoch war das was anderes.

„Komm runter und gib mir nicht die Schuld dafür, dass du grottig gespielt hast!", schnaubte Jake und verstellte den Sitz des Flugzeuges, sodass die Lehne nach hinten rutschte. „Ich habe dir gesagt, dass es nur Schwierigkeiten machen wird, wenn du den Manschläft-nicht-mit-guten-Freunden-Kodex mit den Füßen trittst."

„Einen Dreck hast du gesagt."

„Das war impliziert. Und was immer es auch ist, was zwischen dir und Grace schiefläuft – bieg es wieder gerade. Mit einer derzeitigen Flasche wie dir gewinnen wir die World Series dieses Jahr auf keinen Fall. Und ich möchte nicht darunter leiden, dass dein kleines Gehirn in der Hose stärker ist als dein großes Hirn in deinem Flaschenkopf! Entschuldige dich einfach bei Grace, schenk ihr was Schönes und dann fass sie nie wieder an! Fertig ist die Sache.“

Es kam Ryan einfach nur grundlegend falsch vor, dass Jake ihm Vorträge darüber hielt, wie man mit Frauen umging, aber ... das was er tat, war ja offenbar auch nicht so richtig.

„Hast du in den letzten Tagen mit Grace geredet?“, fragte Ryan und ließ seinen Kopf gegen die Stütze seines Sitzes sinken.

„Nein, sie geht nicht ans Telefon und ich gebe dir die Schuld.“

Natürlich tat er das.

„Ich fahr’ gleich bei ihr vorbei.“

„Mach das! Und es wäre nett, wenn du ihr gegenüber erwähnen würdest, dass du der Idiot bist und Ty und ich immer noch die Gentlemen, die sie lieben gelernt hat.“

Ryan stöhnte leise und verbrachte die letzte halbe Stunde des Fluges damit, sich Gedanken darüber zu machen, was genau er von Grace wollte.

Und wieso verdammt, blitzte bei dem Wort „wollen“ immer direkt ein Bild von der nackten Grace durch seinen Kopf?

Er würde hinfahren und sie dazu zwingen, ihm zu sagen, was mit ihr los war. Und dann würden sie eine

Lösung dafür finden, wie alles wieder werden konnte wie vorher. Ja, er hatte das dauerhafte Verlangen, sie gegen die Wand zu nehmen, aber das war es nicht wert, ihre Freundschaft vollkommen zu zerstören. Grace war die Frau, mit der er seit Jahrzehnten die beste Beziehung führte und er würde das nicht durch sein kleines Gehirn – wie Jake es gerade genannt hatte – kaputtmachen. Sobald bei Ryans Beziehungen Sex ins Spiel kam, ging alles den Bach herunter. Sein Arsenal an gestörten Ex-Freundinnen war da wohl Beweis genug.

Und Grace war doch schon dabei, verrückt zu werden! Kaum hatte er mit ihr geschlafen, drehte sie durch. Da war ein beängstigendes Muster zu erkennen.

Als sie endlich gelandet waren und er aus seinem Sitz aufstand, schob sich Kaylie zwischen ihn und Jake. „Hey, schlechtester Catcher der Welt: Kannst du mir einen Gefallen tun?"

Ryan sah sie düster an. „Kaylie, ich gebe dir einen Tipp: Beleidige die Leute nicht, die du um etwas bitten willst! Und es waren drei Spiele! Ich darf verdammt nochmal einen schlechten Tag haben."

Kaylie hob entschuldigend die Hände. „Sorry. Ich wusste nicht, dass du offensichtlich nicht nur wie ein Mädchen fängst, sondern auch zu einem geworden bist."

Ryan konnte Jake lachen hören und er hatte auf einmal das Gefühl, dass irgendwer heute noch verletzt werden würde.

„Was willst du von mir, Kaylie?"

„Kannst du bei Grace vorbeischauen?" Ihre Miene war augenblicklich ernst geworden und ihre Stimme zu einem Flüstern. „Sie nimmt keinen meiner Anrufe an und ich weiß, dass irgendetwas los ist, aber sie will nicht darüber reden – zumindest nicht mit mir – und … na ja, ich hasse es, das zuzugeben, aber ich glaube, mit dir würde sie reden.“

Ryan lachte freudlos. Wenn das nur wahr wäre. „Sie ignoriert mich genauso sehr wie dich.“

„Sie hat dich angerufen.“

Ungläubig ließ er seine Tasche sinken. „Woher …“

„Hey, ich bin Physiotherapeutin. Meine Patienten reden mit mir, während ich sie behandle. Ist auch egal. Sie braucht irgendetwas und … wenn dieses Etwas nicht meine, sondern deine Gesellschaft ist, dann …“, sie seufzte schwer, „… dann soll sie die bekommen.“

Ryan nickte grimmig. „Ich fahr’ hin“, sagte er. „Hatte ich sowieso vor. Aber …“

„Meine Güte, könntet ihr euch endlich bewegen, wir wollen alle aus diesem Flugzeug raus!“, fluchte Jared Williams hinter Kaylie.

„Hey!“ Jake wandte sich abrupt um. „Du bist Rookie. Du hast überhaupt nicht das Recht zu reden, also lass Kaylie in Ruhe und spiel mit deinen Legosteinen.“

Kays Mundwinkel zuckten und sie lächelte zu Ryan hinauf. „Witzig, wie Jake es genießt, nicht mehr das Küken zu sein, oder?“

„Ja. Unglaublich witzig“, sagte Ryan trocken. „Darüber denke ich andauernd nach.“

Kaylie verdrehte die Augen. „Rede einfach mit ihr … und bitte bring sie dazu, mich anzurufen, ja? Ich vermisse sie.“

Ja, das Gefühl kannte Ryan.

„Ich gebe mein Bestes“, grummelte er und lief hinter ihr den engen Gang der Maschine hinunter. Es dauerte zehn Minuten, bis sie in der Vorhalle des Flughafens waren und Ryan noch etwas einfiel.

„Hey, Kay. Warte noch kurz“, rief er und holte zu ihr und Dex auf, die auf dem Weg zu den Ausgängen waren.

Kaylie wandte sich fragend zu ihm um. „Ja?“

„Hast du nicht immer noch einen Schlüssel für deine alte Wohnung?“

Sie verengte die Augen. „Du meinst Grace’ Wohnung?“

„Genau die.“

„Ja, habe ich.“

„Was hältst du davon, ihn mir zu geben?“

„In etwa so viel, wie mir mit einem Hammer ins Gesicht zu schlagen.“

„Kaylie, komm schon. Was, wenn sie mich nicht reinlässt? Ich will mit ihr reden und sie scheint sich in den Kopf gesetzt zu haben, das nie wieder zu tun – was soll ich also deiner Meinung nach tun?“

„Aber ... das wäre ein Vertrauensbruch.“

„Ich erzähle ihr, ich hätte ihn dir geklaut.“

„Das wird sie dir nicht glauben. Sie weiß, dass ich viel intelligenter bin als du.“

Ryan schnaubte. „Komm schon, Kay!“

Sie schüttelte den Kopf. „Nein. Ich kann ihn dir nicht geben. Moment.“

Sie zog den Schlüssel aus ihrer Handtasche und gab ihn Dexter, der sie verwirrt ansah. „Na los, gib ihn ihm“, sagte sie und nickte zu Ryan. „Hilf mir, loyal zu sein.“

Dexter schüttelte den Kopf und ließ ihn in Ryans ausgestreckte Hand fallen. „Immer, wenn ich denke, ich verstehe die Frauen, werde ich eines Besseren belehrt“, murmelte er.

„Wem sagst du das“, seufzte Ryan. „Wem zum Teufel sagst du das.“

Kapitel 21

„Hey, Ruff. Steht das Haus noch?" Ryan bog in Grace' Straße ein und hielt sich das Telefon ans Ohr.

„Natürlich steht das Haus noch. Die bessere Frage ist: Warum hast du so scheiße gespielt?"

„Ich hab' nicht ..." Ryan seufzte und hielt inne. Zwecklos es abzustreiten. „Ich habe Probleme, die ich lösen muss."

„Dass du Probleme hast, war mir klar. Manche Dinge ändern sich nicht."

„Jaja, bla bla. Ich wollte nur wissen, ob alles klar ist."

„Hey, ich bin erwachsen. Natürlich ist alles klar. Sag mal, ich wollte gleich mit einem Kumpel ein paar Bälle werfen gehen. Hast du noch ein paar alte Handschuhe von dir hier herumfliegen? Du wirfst die Teile doch nie weg."

Misstrauisch parkte Ryan vor Grace' Haustür und stellte den Motor ab. „Seit wann spielst du Baseball?"

„Tue ich nicht. Ich werfe nur einen Ball hin und her. Obwohl – da das ja die Definition von Baseball ist, spiele ich wohl doch Baseball."

„Schön." Ryan hatte jetzt keinen Nerv, sich mit Ruffys Mist herumzuschlagen. „Im Keller müssten Handschuhe sein. Wir sehen uns nachher."

„Wieso erst nachher? Hast du noch ein heißes Date?"

Ryan musste lachen. Er konnte sich nicht erinnern, wann er das letzte Mal überhaupt so etwas wie ein Date gehabt hatte. Die Hochzeit von Luke und Emma konnte man ja kaum zählen.

„Ja, sowas Ähnliches. Bis dann."

Er legte auf und kaum hatte das Handy seine Hand verlassen, fing es auch schon wieder an zu klingeln.

Meine Güte! Was war denn jetzt los?

„Ja?", meldete er sich.

„Toll Ryan, ich habe den Job!", kam eine verbissene Stimme durch den Hörer. „Vielen Dank auch!"

Er seufzte schwer und ließ seine Stirn auf das Lenkrad sinken. „Cara", sagte er laut. „Das ist eine großartige Chance! Wer weiß, wie viele Leute dein Essen auf einer Delphie-Veranstaltung kosten und dich dann engagieren wollen."

„Das weiß ich auch, Ryan", knurrte sie. „Aber das ändert nichts daran, dass ... dass ... dass es die verdammte Delphie-Organisation ist!"

„Hey, du sagtest, es wäre okay, Ty dann des Öfteren zu sehen", verteidigte er sich sofort und stieg aus dem Auto.

„Du wusstest genau, dass ich gelogen habe!", fauchte sie.

„Nein, wie hätte ich? Ihr versteht euch doch super – oder etwa nicht? Das erzählt ihr doch allen."

„Bring mich nicht zur Weißglut, Ryan!"

„Jaja. Ich bin jetzt auch beschäftigt, Cara. Schrei den Vater deines Kindes an, nicht mich. Das ist es doch, was du schon die ganze Zeit tun willst."

Er legte auf. Er hatte eigene Probleme!

Das Haus, in dem Grace' Wohnung lag, war in einem hässlichen Pink gestrichen, das Grace mal als lachsfarben beschrieben hatte. Das Treppenhaus war gelb und ließ seine Augen jucken, aber ansonsten war die Gegend ganz hübsch. Nicht zu teuer, aber auch nicht billig.

Bevor er klingeln konnte, kam ihm eine Bewohnerin des Hauses entgegen, sodass Ryan problemlos hereintreten konnte. Er nahm die Treppen bis in Grace' Etage und konnte schon mehrere Stufen entfernt die Musik aus ihrer Wohnung schallen hören. Irgendetwas Klassisches mit Geigen und Querflöten und all diesen Instrumenten, von denen Ryan nichts wissen wollte. Er seufzte und klingelte an ihrer Tür.

Die Musik war so laut, dass er selbst das Läuten nicht hören konnte. Wie hoch war dann die Wahrscheinlichkeit, dass Grace es tat?

Er klopfte sich imaginär auf die eigene Schulter. Es war äußerst intelligent gewesen, Kaylie die Schlüssel abzuquatschen. Ungeduldig öffnete er die Tür und wandte sich nach rechts, in die Richtung, aus der die Musik kam. Grace musste verstehen, dass sie falsch lag. Es hatte sich nicht alles verändert! Ihre Freundschaft konnte nicht durch eine einzige Nacht und eine unüberlegte Aussage von ihm einfach so gekippt sein. Es konnte alles so werden wie vorher.

Ryan wusste, dass Grace Kays Zimmer in ein Atelier umgewandelt hatte. Er wusste, dass sie malte. Er wusste, dass sie wohl ganz gut war. Dennoch hatte er noch keines ihrer Bilder gesehen, geschweige denn das Atelier.

Für einen kurzen Moment blieb er unschlüssig vor der Tür stehen. Grace hätte ihm den Raum gezeigt, wenn sie gewollt hätte, dass er ihn sah. Grace hätte ihm eines ihrer Bilder gezeigt, wenn sie gewollt hätte, dass er eines sah. Er hatte das Gefühl, in ihre Privatsphäre einzudringen, indem er einfach eintrat.

Er klopfte an. Niemand reagierte.

Was blieb ihm schon für eine Wahl?

Vorsichtig drückte er die Klinke und öffnete die Tür.

Das Erste, was er sah, war ein Kleiderhaufen in einer Ecke des Raumes. Das Zweite waren die Bilder, die an den Wänden aufgereiht worden waren. Zu Viele, um sie zu zählen. Das Dritte waren Grace' nackte Füße, ihre nackten Beine, die in einen schmutzigen, befleckten Kittel übergingen, der ihr bis zur Mitte der Oberschenkel fiel. Sie stand mit ihrem Rücken zu ihm, einen Pinsel in der Hand, der in klaren Linien über eine Leinwand fuhr. Immer wieder davon unterbrochen, dass Grace sich bückte und neue Farbe aufnahm, die sie offenbar einfach auf den Boden, der aus einer durchsichtigen Plastikfolie bestand, geschüttet hatte.

Ryan starrte sie an. Beobachtete, wie ihr ganzer Körper zur Musik wippte, bis die Energie in ihren Pinsel zu fließen schien, der diese auf die Leinwand übertrug. Er hätte gerne gesehen, was Grace dort malte, aber ihm fiel es schwer, seinen Blick von der Frau selbst abzuwenden. Ihre Bewegungen waren hypnotisch und vielleicht waren es auch nur die Farbdämpfe, die ihm zu Kopf stiegen, aber seine Kehle wurde auf einmal eng und sein Herz zog sich schmerzlich süß zusammen. Er starrte sie einfach nur weiter an, während sein Mund trocken und die Luft dünner zu werden schien – bis sie sich abrupt umwandte, als hätte sie seinen Blick gespürt.

Grace Haare sahen aus, als habe sie sie nur mit ihren Fingern gekämmt, standen ihr vom Kopf ab, kitzelten ihr Kinn und überall hing Farbe in ihnen. Sie trug ihre Brille, die sie eigentlich nur zum Autofahren benutzte, aber auf ihrer Nase vergessen haben musste, und ihre Lippen waren überrascht geöffnet, während ihr der Pinsel aus der Hand glitt.

Gott, sie war so wunderschön.

Er belog sich selbst. Es konnte nicht so werden wie vorher. Nicht, wenn er sie ansah und … so sehr wollte, dass es ihm wehtat.

Grace lief zur Stereoanlage und schaltete die Musik aus. Ihre Füße schabten über das Plastik, als sie sich wieder zu ihm umwandte – und auf einmal war es unglaublich still im Raum. Dennoch dröhnten Ryans Ohren.

„Da ist Farbe auf dem Boden", murmelte er, sein Blick auf ihren Lippen, die immer noch leicht geöffnet waren.

„Meine Palette war dreckig und mir ist die Alufolie ausgegangen", flüsterte sie.

„Ach so." Er machte ein paar Schritte auf sie zu.

„Was tust du hier?"

„Ich … habe keine Ahnung", murmelte er, überwand die Distanz zwischen ihnen und küsste sie.

Tat das, woran er die letzten Tage immerzu gedacht hatte.

Er schloss seine Arme fest um sie, hob sie vom Boden und ließ seine Lippen über die ihren gleiten, so als wolle er sie als seine markieren. Und vielleicht wollte er das ja auch.

Grace sah ihn mit großen dunkelblauen Augen an, blieb für einen Moment regungslos in seinem Arm hängen. Ihre Füße streiften seine Waden – bevor sie sie um seine Hüften schloss, ihre Arme den Weg um seinen Hals fanden und seinen Kopf zu ihrem hinunterzogen.

Ihre Lippen, ihre Hüften, ihre Brüste drängten gegen ihn, während die süßesten Laute über ihre Lippen kamen – und Ryan war verloren. Er hätte nicht mehr aufhören können, hätte ihm jemand eine Waffe gegen die Schläfe gedrückt. Seine Hände fuhren ihren Rücken hinunter, umschlossen ihren Po und hoben sie höher, während er sich drehte und sie gegen das freie Stück Wand neben der Musikanlage drückte.

Keine Worte verließen ihre Lippen, doch als ihre Zunge gegen seine strich und ihre Hände hastig sein Hemd aufknöpften, war es, als würde sie ihn mit jeder ihrer Berührungen um Hilfe bitten.

Er atmete schwer, strich ihr die kurzen Haare hinter die Ohren, damit er besser an ihren Hals kam, den er mit federnden Küssen überdeckte, bevor er sie wieder drehte und langsam in die Knie ging, bis er endlich den rettenden Boden erreicht hatte, auf dem er Grace ablegen konnte. Seine Hände umschmeichelten ihre Konturen und leicht abwesend spürte er, wie seine Finger durch die Farbe fuhren, die überall auf dem knisternden Boden zu einer Palette zusammengefügt worden waren. Doch es war ihm egal. Es war ihm egal, dass er rote Schlieren überall dort hinterließ, wo seine rechte Hand unter Grace' Kittel fuhr, dessen Knöpfe er aufgerissen hatte und der von ihren Brüsten rutschte. Es war ihm egal, dass er türkisfarbene Fingerabdrücke auf ihr Gesicht malte, als er es mit seiner freien Hand umschloss. Und es war ihm egal, dass Grace seine Jeans versaute, als sie ihm diese mit ihren grünbefleckten Händen auszog. Er war anderweitig beschäftigt.

Ryans Herz hämmerte gegen seine Brust, als Grace' Hände über seinen Oberkörper glitten, so als hätte sie den ganzen Tag vorgehabt, genau das zu tun. Ihre Lippen öffneten sich über seinem Hals und sie keuchte leise, als seine Fingerspitzen über die Unterseite ihrer Brüste fuhren, ihre Beine um seine Hüften geklammert.

„Ryan ...“

„Nicht reden“, flüsterte er. „Fühlen.“

Grace Hände hielten inne, als sie ihm in die Augen sah. Dann lächelte sie, bevor sie seinen Kopf wieder zu ihrem zog.

***

Der Boden sollte hart sein. Sollte kalt sein.

Doch er war es nicht.

Grace Kopf lag auf Ryans Bizeps, eines ihrer Beine zwischen seinen und ihr war so warm, dass sie sich beinahe nach einem Ventilator sehnte. Aber für den würde sie aufstehen müssen und das konnte sie nicht verantworten.

Sie schloss die Augen, atmete den Geruch nach Farbe und Mann ein und das erste Mal seit Tagen fühlte sie sich ruhig. Ausgelastet.

„Ich würde gerne für immer schweigen“, flüsterte sie und zog mit ihren Fingern Kreise auf seiner Brust. „Einfach für immer in der Welt bleiben, in der wir nicht darüber reden müssen ...“

„Dann tu es. Für jetzt. Wenn schon nicht für immer. Dann wenigstens für jetzt.“

„Und ich dachte, ich wäre es, die Angst vor Konfrontation hätte“, stellte sie fest.

Ryan lachte leise und sie konnte das Lachen bis in ihre Fingerspitzen vibrieren spüren. „Ich habe keine Angst. Ich halte sie nur für unnötig.“

„Ah, natürlich.“

Draußen war es dunkel geworden und nur noch die einzelne gedämpfte Glühbirne, die Grace in dem Raum angebracht hatte, und das fade, durch die Vorhänge scheinende Mondlicht erhellten den Raum.

„Wie kommt es, dass ich noch nie eines deiner Bilder gesehen habe?“, fragte Ryan und das Plastik knisterte, als er seinen Kopf vom Boden hob und sich umsah, seinen Arm jedoch weiterhin fest um ihre Schulter gezogen hatte.

„Wie kommt es, dass ich noch nie einen deiner Baseballhandschuhe anziehen durfte?“

„Das ist etwas völlig anderes. Du hast dauernd Farbe an den Fingern und würdest damit das Glück des Leders kontaminieren.“

Grace schnaubte, musste wegen seines verdammten Aberglaubens jedoch grinsen. „Sagen wir einfach, du hast deine Eigenarten und ich meine.“

„Scheint so“, stellte er leise fest und ließ seinen Kopf wieder zurücksinken. „Nur Grace ... ich habe wirklich keine Ahnung von Kunst, aber die Bilder sind der Wahnsinn.“

„Danke.“

„Mhm. Du wusstest bereits, dass sie der Wahnsinn sind.“

„Wie kommst du denn darauf?“

„Dein Danke hat sich geübt angehört. So wie bei mir damals als Jugendlichem, wenn mir erzählt wurde, dass ich ja ganz gut Baseball spielen könnte.“

„Du kannst Baseball spielen?“, fragte Grace stirnrunzelnd. „Das hat die letzten Tage aber anders ausgesehen. Ich meine die Tage, an denen du spielen durftest.“

„Oh Gott, nicht du auch noch“, stöhnte Ryan und legte sich eine Hand auf die Stirn. Leider war es die Hand des Armes, der um ihren Hals lag, sodass Grace an seine Seite gezogen und ihr Gesicht in seine Halsbeuge gepresst wurde.

Grace fing an zu lachen, sodass merkwürdige, gedämpfte Töne dadurch entstanden, dass ihre Stimme von Ryans Hals verschluckt wurde.

Sie zog ihren Kopf lachend aus seiner Umklammerung und drehte sich auf den Bauch, die Arme auf seiner Brust verschränkt, das Kinn darauf abgelegt, sodass sie ihm in die Augen sehen konnte. „Tut mir leid.“

„Na, ist schon in Ordnung. Jeder hat das Verlangen, es zu erwähnen.“

Sie biss sich auf ihre Unterlippe. „Nein, das meine ich nicht. Es tut mir leid, dass du so schlecht gespielt hast. Ich fühle mich nicht ganz unschuldig an der Sache.“

Ryan schwieg und starrte sie nur mit dunklem Blick an.

„Das wäre der Moment, in dem du sagen müsstest, dass ich natürlich nichts damit zu tun habe, dass du plötzlich keine Augen mehr im Kopf hattest.“

Ryan schwieg immer noch.

„Oh.“ Grace’ Mund öffnete sich leicht. „Du gibst mir tatsächlich die Schuld.“

Er seufzte und schüttelte den Kopf, währende er seine Finger durch ihre Haare fahren ließ. „Nein, ich gebe dir nicht die Schuld. Es ist mein Problem, wenn ich mich durch mein Privatleben aus dem Konzept bringen lasse."

Grace nickte, wusste jedoch nicht ganz, wie sie sich damit fühlen sollte, als Privatleben bezeichnet zu werden.

„Tut mir leid, dass ich einfach so aufgelegt und dich dann ignoriert habe", murmelte sie. „Das hatte nichts mit dir zu tun."

„Womit dann?"

„Mit ... Kram."

„Was für Kram, Grace? Ich kann dich nicht verstehen, wenn du nicht mit mir redest und ich kann dir nicht helfen, wenn ich nicht weiß, was los ist."

„Aber es ist nicht deine Aufgabe, mir zu helfen, Ryan", flüsterte sie.

Irritiert hob er eine Augenbraue. „Natürlich ist das meine Aufgabe."

Auf einmal brannten ihre Augen. Sie fühlte sich, als hätte sie einen Kloß im Herzen, der immer größer wurde und auf ihre Lungen drückte und ihr den Atem raubte. Aber sie konnte noch nicht einordnen, ob auf eine gute oder eine schlechte Art und Weise.

„Grace?", fragte Ryan leise.

Sie lächelte und schloss die Augen, bevor sie antwortete: „Wusstest du, dass das Malen mal mein Leben war, Ryan?"

„Was?"

„Die Kunst. Sie war mein Leben. Mein Vater ist Künstler, er macht Skulpturen und ist sehr erfolgreich damit

– deswegen habe ich selbst schon früh angefangen zu malen. Und ich war gut. So gut, dass ich alles andere daneben aufgegeben habe. Früher habe ich Klavier gespielt, getanzt, ich bin gerne ins Kino gegangen. Aber je älter ich wurde, desto mehr habe ich aus meinem Leben gekickt, damit mehr Platz für die Kunst blieb. Ich habe alles aufgegeben, bis ich nichts anderes mehr als Grace, die Künstlerin, war. Und ich weiß, für viele funktioniert das. Viele gehen in ihrer Kunst auf und brauchen nicht mehr. Aber für mich war es irgendwann zu viel. Ich habe meine Freunde vergessen, alles liegen lassen und bin ... versunken. Nicht in der Kunst versunken, sondern in meinem Leben, das plötzlich nichts mehr war außer der Bilder, die ich malte. Mein Erfolg hat mich definiert und das war nicht richtig. Nicht für mich zumindest. Für die anderen Schüler war ich merkwürdig, weil ich nie auf meine Umgebung geachtet habe und dann war ich auch trotzdem noch gut in der Schule und verdammt egoistisch, eingebildet und arrogant – ich habe nicht viel Anlass zum Mögen gegeben. Und dann ... ich wollte eben einfach nicht nur die eine Person sein. Ich habe mich selbst nicht mehr leiden können. Deswegen habe ich damit aufgehört.“

„Von jetzt auf gleich?“

Sie nickte. „Von jetzt auf gleich. Mein Vater war enttäuscht, meine Galeristin war enttäuscht, alle waren enttäuscht, aber für mich war es die richtige Entscheidung.“

„Okay. Wann war das?“

„Ich war damals siebzehn.“

Ungläubig sah Ryan sie an. „Du warst bereits mit siebzehn als Künstlerin so erfolgreich, dass du eine Galeristin hattest?"

„Ja, aber das ist nicht wichtig. Mein Vater hat Beziehungen spielen lassen und ich habe viel mit seinem Namen erreicht, auf jeden Fall: Ich habe aufgehört zu malen und stattdessen angefangen zu fotografieren."

„Du hast komplett aufgehört zu malen?" Ryan ließ seinen Blick über die vollgestellten Wände gleiten.

„Ich habe vor ein paar Jahren wieder angefangen, aber ich definiere mich nicht mehr nur über meine Bilder."

„Okay ... ich sehe immer noch nicht den Zusammenhang, warum du letzte Woche ausgeflippt bist."

„Ich bin nicht ausgeflippt! Ich ..."

„Grace, da werden wir wohl nicht auf einen grünen Zweig kommen, also erzähl einfach, was passiert ist."

Sie verdrehte die Augen, sprach jedoch weiter. „Ich weiß es nicht. Es war einfach zu viel. Erst das mit Nelly, dann wollte jemand eines meiner Bilder kaufen und dann bin ich auf der Arbeit ausgetickt, es ..."

„Nelly? War das die Frau von der Reunion-Feier, die dich offensichtlich hasst?"

„Ja, genau die. Wir sind zusammen zur Schule gegangen. Ist auch nicht so wichtig. Ich weiß nicht. Das ist mir alles zu Kopf gestiegen und dann bist da noch du und ..." Sie hielt inne. „Aber darüber reden wir ja nicht."

Er nickte. „Nein, tun wir nicht ... also: Jemand wollte ein Bild von dir kaufen?"

„Jap."

„Okay – und warum verkaufst du es nicht einfach?"

Ungläubig sah sie ihn an. „Hast du mir gerade zugehört?"

„Ja. Habe ich. Und?"

„Das letzte Mal, als ich Bilder verkauft habe, hat mich das unglaublich unglücklich gemacht! Ich möchte nicht wieder zu diesem Punkt zurück."

„Grace, das ist fast zehn Jahre her. Du warst jung und konntest mit dem Druck und dem Erfolg nicht umgehen. Wer sagt dir, dass es dich wieder unglücklich machen würde?"

„Ich sage mir das", sagte sie gepresst und Ryan verzog das Gesicht, als sie unterbewusst ihre Fingernägel in seine Haut grub.

„Du bist nicht mehr siebzehn, Grace. Du bist nicht die gleiche Person."

„Es ist egal, ob ich nicht mehr die gleiche Person bin! Erfolg verändert alles. Einen selbst, das Leben, die Freunde. Ich wollte nicht mehr erfolgreich sein und ich will es auch nicht wieder. Mein Vater ist erfolgreich mit seiner Kunst und ist nur noch allein und einsam!"

„Grace, ich weiß nicht, wie ich dir das sagen soll, aber ... man könnte mich auch als erfolgreich beschreiben."

Sie lachte. „Du bist anders als ich. Und Baseball ist anders als Kunst. Es ist etwas anderes, Teil eines Teams zu sein, als ... allein."

Ryan umfasste ihr Gesicht mit beiden Händen und sah sie eindringlich an. „Du bist nicht alleine und du wirst es auch nie sein. Du hast Freunde, du hast ..."

Abrupt richtete sie sich auf und zog sich den Kittel über, der neben Ryans Füßen gelegen hatte. Sie kam sich auf einmal auf mehreren Ebenen nackt vor und zumindest eine konnte sie verdecken.

„Ich weiß! Ich habe Freunde! Aber die hatte ich früher auch – und weißt du, wer mir damals geblieben ist? Niemand."

Ryan seufzte und kam ebenfalls in eine senkrechte Position. „Dann waren es die falschen Freunde. Freunde, die sich abwenden, weil man erfolgreich wird – auf die kann man guten Gewissens verzichten."

„Du verstehst das nicht, Ryan."

„Natürlich verstehe ich das", sagte er leise, die Lippen aufeinandergepresst. „Denkst du, ich kenne das nicht? Kaum ist man in etwas unglaublich gut, fangen die Freunde an, sich zu vergleichen. Sie werden neidisch oder nutzen dich einfach nur noch aus. Also, erzähl mir nicht, dass ich dich nicht verstehe – Erfolg hat nicht nur gute Seiten. Das ist jedem von uns klar. Aber das ist kein Grund, darauf zu verzichten oder ..."

„Ryan!", fuhr sie ihn an. „Ich war eine furchtbare Person, als ich erfolgreich war!"

„Das glaube ich nicht. Du hast nur ..."

„Nein! Ich war eine." Sie lachte trocken. „Weshalb, glaubst du, hasst Nelly mich? Ich habe sie links liegen lassen. Sie war meine beste Freundin, wir haben alles miteinander gemacht – und dann habe ich sie für die Kunst geopfert. Weil ich besessen davon war, erfolgreich zu sein! Mich beschäftigt Nelly nicht etwa, weil sie im Unrecht gelegen hätte, sondern weil alles, was sie mir gesagt hat, stimmt! Ich habe sie fallen lassen. Ich habe Verabredungen vergessen. Ich habe mich nicht für ihre Probleme interessiert, denn sie kamen mir so ... nichtig vor. Alles, was sie mir vorgeworfen hat – es ist die Wahrheit. Es fällt einem so leicht, sich in seiner Kunst zu verlieren. So leicht, die Realität aus den Augen zu verlieren. Und das möchte ich nicht. Nie wieder. Ich brauche sie, aber sie kann nicht die oberste Stelle in meinem Leben einnehmen – denn dann ende ich wie mein Vater, der denkt, er wäre glücklich, aber in Wirklichkeit so unglaublich bitter und einsam ist, dass er daran zugrunde gehen wird!"

Grace war aufgesprungen und auch Ryan richtete sich nun auf und legte die Hände um ihre Oberarme. „Grace, du warst ein Teenager. Natürlich hast du nur das gesehen, was für dich wichtig war. Meine Güte, ich war so sehr mit meinem eigenen Talent beschäftigt und von meiner Überzeugung vereinnahmt, dass ich was Besonderes war, dass meine Mutter mich in mein Zimmer gesperrt hat – und da war ich einundzwanzig! Man muss das Gleichgewicht finden! Man ..."

„Aber das ist doch das Problem. Ich bin einfach nicht die Person dafür, das Gleichgewicht zu finden. Bin ich in keinem Lebensbereich. Kaum wollte jemand mein Bild kaufen, bin ich auf der Arbeit ausgerastet, als meine Chefin nicht meiner Meinung war."

„Deine Chefin ist furchtbar, Grace! Dass du ausgerastet bist, wurde Zeit. Das hat nichts mit dem Bild zu tun."

„Ich weiß, dass sie furchtbar ist. Aber das gibt mir nicht das Recht, ihr zu sagen, dass sie absolut keine Ahnung hat und ich besser bin als sie."

Ryan kratzte sich mit einer Hand am Kopf, bevor er sich räusperte und bemerkte: „Aber du weißt es besser als sie."

„Ja, natürlich tue ich das", sagte Grace laut und hob ihre Hände in die Höhe. „Aber das sagt man doch nicht!"

Sie konnte sehen, wie Ryans Mundwinkel zuckten. „Sicher sagt man das."

„Nein!"

„Doch, Grace", widersprach er mit fester Stimme. „Du wurdest dafür eingestellt, es besser zu wissen! Es ist dein Job – und du musst dich nicht absichtlich zurückhalten und unter Wert verkaufen, nur weil du Angst hast, es könnte dir zu Kopf steigen."

„Aber ich habe auf sie hinabgesehen", fuhr Grace auf. „Ich habe auf sie hinabgesehen und habe ... ich habe sie als Papierschubse bezeichnet."

„Sehr schön. Ich bin stolz auf dich."

„Das ist nicht witzig, Ryan. Ich bin nicht besser als sie! Was gibt mir das Recht, sie so abzuwerten?"

„Du bist vielleicht kein besserer Mensch als sie. Aber du bist besser als sie in deinem Bereich. Und da ist nichts dabei, ihr das auch so zu sagen. Denn, ich wiederhole, es ist dein Job. Du wurdest angestellt, weil du es besser weißt! Und es macht dich nicht zu einem schlechten Menschen, deine Arbeit gut und richtig zu erledigen."

Sie presste die Lippen aufeinander und starrte ihn an. Wie konnte er so sicher sein? Wie konnte er so überzeugt davon sein?

„Grace", flüsterte Ryan und legte ihr sacht eine Hand in den Nacken. „Du darfst gut in etwas sein. Du darfst überragend in etwas sein. Du darfst erfolgreich sein. Das heißt nicht, dass du dich damit automatisch über andere erhebst. Ich meine: Schau mich an." Er grinste. „Ich bin überragend im Bett. Aber schaue ich deswegen auf andere hinab? Nein. Ich biete ihnen an, ihnen Unterricht zu geben."

Sie musste lachen und verdrehte die Augen. „Na ja, du bist schon sehr eingebildet."

„Ich weiß. Und ich habe hart dafür trainiert, mir das leisten zu können, also lass mich", sagte er entrüstet.

Sie schnaubte und ließ ihre Stirn auf seine Brust sinken. „Das ist es, was die Frau, mit der du gerade im Bett warst, hören will."

„Wie gut, dass wir gerade nicht im Bett, sondern auf dem Boden waren", murmelte er an ihre Schläfe. „Und Grace: Du solltest keine Angst davor haben, wer du werden könntest. Konzentrier dich lieber auf die Person, die du bist. Denn die ist ziemlich unglaublich."

Ihre Mundwinkel verzogen sich wieder nach oben, während sie spürte, wie Ryans Hände ihre Schultern hinabglitten und anfingen, die Knöpfe ihre Kittels zu öffnen.

„Ryan? Was tust du da?"

„Ich ziehe dich aus. Wenn du das nicht weißt, muss ich was falsch machen ..."

„Ryan ..."

„Es sei denn, du willst noch weiter über dein Problem reden." Er hielt inne. „Das können wir auch gerne machen. Ich bin nicht nur exzellent im Bett, sondern auch im Probleme lösen!"

Sie schüttelte hastig den Kopf. Nein, das wollte sie gerade wirklich nicht. „Nein, du kannst ruhig weiter Knöpfe öffnen ..."

„Gut. Falls es dir nämlich noch nicht aufgefallen ist: Ich bin nackt und du nicht. Das erscheint mit nicht sonderlich fair. Dir etwa?"

Jetzt, wo sie darüber nachdachte ...

„Es ist mir aufgefallen, zumindest am Rande, und nein, du hast recht. Überhaupt nicht fair.“ Der Stoff glitt von ihrem Körper.

Ryan senkte sein Kinn und sah an ihr hinab. Grace’ Wangen liefen rot an – was albern war, er hatte sie gerade eben erst nackt gesehen, dennoch …

„Mann, Mann, Mann, Mann, Mann …“, murmelte Ryan und schüttelte den Kopf. „Du machst mich fertig.“

„Oh.“ Zu mehr war Grace nicht in der Lage.

„Du bist so furchtbar dreckig. Du hast überall Farbe … wie ist die denn da hingekommen?“ Seine Finger glitten über ihren Bauch, tauchten in ihren Bauchnabel, glitten tiefer …

„Ich habe keine Ahnung“, sagte Grace leise und schloss die Augen, während ihr Atem sich beschleunigte. „Absolut keine Ahnung.“

Kapitel 22

Grace wachte auf und war für einen Moment irritiert darüber, dass sie in ihrem Bett lag. Denn hier war sie nicht eingeschlafen. Sie blinzelte, gähnte und rieb sich mit der flachen Hand über die Stirn. Sie waren im Atelier gewesen ... und dann unter der Dusche – denn die Farbe hatte ja abgewaschen werden müssen – und dann hatte sie eine vage Erinnerung an eine Dokumentation über Enten, die sie im Fernsehen hatten sehen wollen, aber ... ja, da musste sie eingeschlafen sein. Hatte Ryan sie ins Bett getragen? Oder ... oh, Ryan!

Augenblicklich saß sie aufrecht im Bett und starrte im Raum umher.

Er war leer.

Sie strich mit ihrer Hand über die leere Matratze neben sich, bis ihr Blick auf ihren Nachttisch fiel. Ein Zettel lag darauf.

Sorry, musste zum Training.

Das war alles.

Das war alles!?

Grace hob den Zettel auf, wendete ihn, hielt ihn gegen das Licht. Aber dort stand nicht mehr. Nur diese vier Worte.

Irritiert griff sie nach ihrem Handy, vielleicht hatte er ihr ja eine nähere Erklärung seines Verhaltens geschickt. Tatsächlich hatte sie eine Nachricht von einem Hale. Leider war es der Falsche.

Hey, habe heute Abend Gig im Heaven, du meintest, du wolltest kommen? Raphael (Der Bruder von dem Typen, von dem du behauptest, dass er nur ein Freund ist – glauben euch Leute das eigentlich?)

Grace seufzte schwer. Sie hatte spontan keine Lust, heute Abend feiern zu gehen, aber vielleicht kam die ja noch. Außerdem hatte sie es Ruffy versprochen.

Ich schaue vorbei :), schrieb sie zurück, bevor sie sich ihrem eigentlichen Problem zuwandte: Ryan.

Was war los mit dem Kerl? Warum hatte er sie nicht geweckt? Er hatte sich nicht einmal verabschiedet! Sie hatten die ganze Nacht damit verbracht, sehr, sehr dreckige Dinge miteinander zu tun. Zu lachen, zu reden, sich anzustarren, intime Geheimnisse zu erzählen, zu kichern, Händchen zu halten und eben all diesen Kram zu tun, den man tat, wenn man verliebt war und dann …

Sie schlug sich erschrocken die Hand vor den Mund. Nein.

Nein, nein, nein.

Hastig griff sie wieder nach ihrem Handy und wählte die Nummer, die sie bereits auswendig kannte, bevor sie das Telefon an ihr Ohr presste.

„Grace? Ich fasse es nicht, dass du mich anrufst! Was war los mit dir, ich …"

„Kaylie, sag mir die Wahrheit", unterbrach Grace sie, denn es gab Wichtigeres. „Bin ich in Ryan verliebt?"

Eine Pause entstand auf der anderen Seite der Leitung. Eine lange, sich ziehende Pause.

„Kay! Du kennst mich am besten. Bin ich in Ryan verliebt?“

Ihre beste Freundin räusperte sich. „Wie kommst du jetzt genau auf dieses Thema?“

„Weil ich mit ihm geschlafen habe. Schon wieder.“

„Was? Gestern Nacht? Dafür habe ich ihn aber nicht zu dir geschickt!“

„Du hast ihn hergeschickt? Warum?“

„Weil ich mir Sorgen um dich gemacht habe.“

„Aber ... warum bist du dann nicht selbst gekommen?“

„Weil du mich womöglich nicht hättest sehen wollen. Den Mann, den du liebst hingegen ...“

„Oh mein Gott, dann stimmt es!? Ich *liebe* ihn?“, fragte Grace schockiert.

„Ja ... das denken wir alle zumindest.“

„Ihr *alle*?“ Grace legte sich perplex eine Hand an die Stirn.

„Zumindest wir Frauen. Ja, seit einer Weile schon. Die Art, wie ihr miteinander umgeht und eure etwas zu enge Freundschaft sprechen eindeutig dafür.“

„Was heißt denn hier zu eng!? Warum können Mann und Frau nicht ...“

„Du hast doch mit ihm geschlafen, Grace, oder? Das ist zu eng.“

„Ja, natürlich habe ich mit ihm geschlafen. Hast du ihn dir mal angesehen?“

„Habe ich und ich habe auch gesehen, wie du ihn ansiehst und – ich fürchte, du bist doch schon sehr verliebt.“

„Aber ... aber ... wie habe ich das verpassen können?“

„Das ist uns allen ein Rätsel.“

„Aber ...“ Grace fehlten die Worte. Sie wusste nicht, wie das hatte passieren können. Klar, sie hatten viel Zeit miteinander verbracht, über alles Mögliche geredet, sich nachts angerufen, sich Ratschläge gegeben und ja, er war attraktiv und sie hatte sich von Anfang an zu ihm hingezogen gefühlt und ... oh. Wie dumm war sie?

„Was tue ich denn jetzt, Kay?“, flüsterte sie und da war wieder dieser Kloß in ihrem Herzen, der ihr das Atmen zu erschweren schien. „Ryan liebt mich nicht.“

„Das weißt du doch gar nicht, er ...“

„Er ist heute Morgen abgehauen, ohne sich zu verabschieden und hat nur einen Zettel hinterlassen.“

„Aber ... das muss doch nichts heißen. Vielleicht ist er ja nur ein Feigling.“

„Das ist beruhigend! Mit einem Feigling möchte man eine Beziehung eingehen.“

„Vielleicht ist er auch nur mit seinen Gefühlen überfordert.“

„Kay. Das ist nicht besser.“

„Tja ... ich weiß auch nicht. Du kennst Ryan doch am besten. Du weißt, wie er tickt. Was für ein Beziehungsmensch ist er denn?“

Grace starrte an ihre weiße Zimmerwand und dachte fieberhaft über diese Frage nach. Was für ein Beziehungsmensch war Ryan?

„Ich habe keine Ahnung“, stellte sie schließlich verblüfft fest. „Er redet nicht über seine Beziehungen. Zumindest nicht über seine Letzte. Ich weiß in etwa so viel wie die SportsIn-Klatschkolumne.“

„Mhm. Nun, dann wirst du ihn wohl einfach fragen müssen."

„Nach seinen Ex-Freundinnen?"

„Nein! Ob er dich liebt, du Strüh."

„Aber ... das geht doch nicht."

„Warum nicht?"

Weil ich beziehungsunfähig und ein noch größerer Feigling bin. „Ich ..." Es blieb ihr erspart, Kay dieses Geständnis zu machen, denn es klingelte an der Tür.

Oh mein Gott! Vielleicht war das Ryan. Verdammt, was, wenn er es wirklich war? Sie war noch nicht bereit dazu, mutig zu sein! Ihr Bauch sagte ihr, dass sie *nie* dazu bereit sein würde.

„Kaylie", quietsche sie. „Es klingelt an der Tür!"

„Dann mach auf!"

„Okay."

„Und wenn es Ryan ist, bespring ihn einfach und sag ihm dann am besten noch im Bett, dass du ihn liebst."

„Wirklich: Keine große Hilfe!"

Kaylie lachte. „Mach einfach auf. Ryan müsste beim Training sein. Vielleicht kriegst du nur ein Paket."

Oh, richtig. Das könnte auch sein.

Es klingelte erneut.

„Okay, ich mach' auf! Ich erzähl' dir später, wer es war."

„Mach das – und Grace?"

„Ja?"

„Schön, dass du wieder mit mir redest. Ich habe dich vermisst."

„Ich dich auch. Tut mir leid, dass ..."

„Ach, vergiss es. Du hast größere Probleme. Und jetzt mach die Tür auf!"

Sie legten auf und Grace zog sich hastig einen Bademantel über, bevor sie auf nackten Füßen zur Tür tappte und die Freisprechanlage betätigte. Es war kurz nach neun an einem Samstagmorgen und Grace kannte nicht viele Leute, die unangemeldet bei ihr auf der Matte erscheinen sollten. Ryan oder der Paketbote waren da sehr wahrscheinlich. Doch es war keiner von beiden.

„Hey Grace, wir sind's. Lass uns rein."

„Maddie?"

„Jap, Amelia und ich – schön, dass du deine Schwestern noch an ihren Stimmen erkennst."

Verwirrt runzelte Grace die Stirn, betätigte jedoch den Summer.

„Hey, wollten wir uns nicht bei Dad treffen?", fragte sie, als die beiden schließlich vor ihrer Haustür auftauchten, und trat zur Seite, um sie einzulassen.

Ihre Schwestern, beide genauso klein wie sie, jedoch mit eher braunen, als straßenköterfarbenen Haaren, tauschten einen Blick aus. „Ja, deswegen sind wir hier", murmelte Madison.

„Wegen des Treffens?"

„Wegen des Treffens, wegen Dad, wegen einer Menge." Amelia nahm sie an den Schultern und dirigierte sie in ihr Wohnzimmer. Die älteste Schwester war schon immer die treibende Kraft gewesen und so wunderte es Grace nicht, dass sie sie auf die Couch drückte und sich, die Hände in die Seiten gestemmt, vor ihr aufbaute.

„Nun, Grace", fing sie an, „wir wissen, dass du heute zusammen mit uns bei ihm vorbeischauen wolltest. Aber wir haben darüber geredet und sind zu dem

Schluss gekommen, dass wir es ihm nicht schulden, auch nur eine weitere Minute bei ihm zu verbringen.“

Grace starrte sie mit offenem Mund an und sprang augenblicklich wieder auf. „Was?“

„Wir ... werden ihn nicht mehr besuchen. Überhaupt nicht mehr.“

Grace Hals wurde eng. „Was meint ihr mit ...?“

„Genau das, was wir gesagt haben!“, unterbrach sie Madison ungeduldig. „Grace, uns beiden tut es nicht gut, zu ihm zu gehen. Er beleidigt uns und gibt uns das Gefühl, ein Nichts zu sein. Warum sollten wir versuchen, ihm zu helfen, wenn alles, was wir von ihm bekommen, das Gefühl ist, es nicht wert zu sein, seine Töchter zu sein?“

„Aber ...“

„Es ist wie sie sagt“, sagte Amelia entschuldigend. „Wir schulden ihm nichts.“

„Aber was ist mit mir?“, fragte Grace und ein Fallgefühl setzte in ihrem Magen ein. „Mir schuldet ihr auch nichts?“

„Nein, tun wir nicht“, sagte Madison leise. „Du meinst es gut, das wissen wir, und wir lieben dich und wir lieben Dad, aber ... bitte, du musst das doch verstehen. Es tut einfach nur weh, immer wieder aufs Neue zu hören, dass unsere Arbeit nichts wert ist. Und ich habe nicht das Gefühl, dass er sich freut, wenn ich komme. Und er redet sowieso nur über seine Kunst.“

„Doch, natürlich freut er sich. Er kann es nur nicht so zeigen, er ...“

„Und woher willst du das wissen?“, fragte Maddie schnaubend. „Hält er, sobald du da bist, lange

Monologe darüber, wie toll wir doch alle sind und wie gerne er uns jedes Mal sieht?“

Grace starrte ihre Schwester an, wollte etwas sagen – doch sie konnte nicht. Denn sie hatten recht. Das tat er nicht. Und es tat weh, jedes Mal das Gefühl zu bekommen, nicht gut genug für den großen Mitchell Hayden zu sein. Aber das konnte es doch nicht gewesen sein. Sie konnte doch nicht einfach aufgeben!

„Bitte“, flüsterte sie mit brennenden Augen. „Wir reden noch einmal mit ihm. Wir versuchen ihm klarzumachen, wie wir uns bei seinen Worten fühlen. Wir versuchen ihm zu erklären, dass seine Kunst nicht alles sein kann.“

„Aber das haben wir doch schon versucht!“, fuhr Madison auf und jetzt konnte Grace auch in ihren Augen Tränen glitzern sehen. „Wir haben es doch schon tausend Mal versucht. Aber es bringt nichts, Grace! Es bringt einfach nichts!“

„Noch nicht, aber das wird es!“, versprach sie flehentlich. „Ich bin mir sicher, dass er ...“

„Wie kannst du immer noch zu ihm halten?“, fuhr ihr Amelia ungläubig dazwischen. „Ich verstehe es nicht. Erkläre es mir! Warum hältst du immer noch zu ihm?“

„Weil ich ihn verstehe!“, schrie Grace. „Weil ich weiß, wie es ist, wenn man einen Pinsel in der Hand halten *muss*, wenn man alles vergisst, weil man in einer anderen Welt ist. Weil ich weiß, wie es sich anfühlt, wenn alles andere im Leben für ein paar Stunden nichtig wird. Wenn nichts mehr zählt, außer dass man etwas erschafft und man platzen würde, wenn man länger dagegen ankämpft. Er hat nur aus den Augen verloren, dass dieses Gefühl nicht alles überdecken darf – und daran müssen wir ihn erinnern! Er ist verdammt nochmal unser Vater und er weiß es nicht besser! Wenn ihr ihn jetzt aufgebt, dann kann es doch nie anders werden."

Madison hob störrisch ihr Kinn. „Aber er hat uns doch auch schon längst aufgegeben. Warum sollten wir es dann immer wieder versuchen?"

„Weil ihr es besser wisst!", sagte Grace aufgebracht. „Weil ihr ... ihr müsst doch sehen, dass er einsam ist! Dass er euch braucht. Dass ich euch auch brauche. Ich kann es nicht alleine machen, ich ..."

„Aber das verlangt doch auch gar keiner von dir", unterbrach Amelia sie ruhig und nahm sanft Grace' Hand in ihre. „Du musst es nicht alleine machen. Grace, er ist doch genauso gemein zu dir wie zu uns. Es macht dich doch genauso kaputt. Du hast es versucht, aber er ist unmöglich. Es ist okay aufzugeben."

„Nein! Ist es nicht. Wenn ihr mich aufgegeben hättet, als es damals so schlimm bei mir war, wo stünde ich dann jetzt? Wenn ..."

„Das war was anderes, Grace", flüstere Madison leise. „Du hast es selbst gemerkt. Mit dir konnte man reden. Du ..."

„Ich war überhaupt nichts anderes", fluchte Grace und hastig wischte sie sich die ersten Tränen von den Wangen. „Ich war genau wie er. Ich *bin* genau wie er. Nur, dass ich Freunde und eine Familie habe, die mich jeden Tag daran erinnern, dass der Erfolg und der Stress es nicht wert sind. Aber er? Er hat das nicht! Und wenn ihr ihn auch noch aufgebt, dann hat er niemanden mehr."

Sie sah zwischen Amelia und Madison hin und her, die betreten schwiegen und sich verstohlene Blicke zuwarfen.

„Kommt schon. Bitte“, flüsterte Grace.

„Tut mir leid.“ Madison Stimme wurde fast von ihren Tränen verschluckt. „Er muss den nächsten Schritt machen. Wenn nichts von ihm kommt, werde ich auch nichts mehr geben.“

„Ich auch nicht“, sagte Amelia. „Er … er hat es versaut. Und wenn er sich keine Mühe gibt, dann sehe ich nicht, wie wir das wieder geradebiegen sollten.“

***

„Ich fasse es nicht, dass du wieder mit ihr geschlafen hast!“

„Hey!“ Ryans Kopf schoss in die Höhe. „Ich habe dir das im Vertrauen erzählt und das heißt, dass du es jetzt nicht gegen mich verwenden darfst.“

Ty hob beide Hände in die Höhe. „Ich habe nichts unterschrieben und ich glaube, du hast es mir nur erzählt, damit ich dir wieder und wieder sagen kann, dass es eine dumme Idee ist.“

„Warum sollte ich das von dir wollen?“

„Weil du dich allein nicht davon überzeugen kannst.“

Ryan verengte die Augen, wurde aber nachdenklich. Da könnte was Wahres dran sein. Er hatte die letzten zwei Stunden über versucht, sich zu erzählen, dass es nur ein weiterer Ausrutscher und ein Fehler gewesen war und er nie wieder mit Grace schlafen sollte. Dass es die Freundschaft kaputtmachen würde. Er hatte versucht sich einzureden, dass er sich die körperliche Anziehungskraft einbildete.

Aber im Moment war das Einzige, was ihm wie eine dumme Idee erschien, dass er nicht das Training geschwänzt und den Rest des Tages mit Grace im Bett verbracht hatte. Denn verdammt nochmal, ja, es fiel ihm schwer, den Nachteil daran zu sehen, weiter mit ihr zu schlafen! Sie waren erwachsen, sie waren Singles, sie waren befreundet – was sollte schiefgehen?

„Erklär mir nochmal, warum es eine dumme Idee ist", bat Ryan und zog sich sein Trainingshemd über den Kopf. Sie standen in der Umkleide und wenigstens hatte Ty mit seiner Feststellung gewartet, bis sie alleine waren.

„Lass mich dir nur eine Frage stellen", murmelte sein bester Freund. „Liebst du sie? Willst du mit ihr zusammen sein? Richtig mit ihr zusammen sein?"

Ryan starrte ihn wortlos an.

„Denn wenn nicht: Lass es. Du kennst Grace doch am besten. Sie will keine Affäre, keinen Übergangsmann. Sie will was Richtiges. Und wenn du nicht bereit bist, ihr das zu geben, dann wärst du ein Arschloch, wenn du ihr die Möglichkeit nehmen würdest, sich genau das zu suchen."

Zu suchen? Etwa mit einem anderen Mann?

Ryan ließ langsam die Hände in seine Hosentaschen gleiten und der fragende Blick seines Freundes ließ ihn unangenehm berührt die Schultern hochziehen.

„Denkst du gerade über die Antwort auf meine Frage nach oder darüber, wegzurennen?"

Letzteres.

„Warum muss ich denn … ich meine …" Ryan kratzte sich den Nacken.

„Weil es Grace ist, Ryan!", schnaubte Ty laut und schlug ihm fest gegen den Oberarm. „Reiß dich zusammen, denk drüber nach, was du willst und dann sag es ihr! Meine Güte! Ich wundere mich ohnehin, warum ihr beiden noch nicht darüber gesprochen habt. Ich hätte damit gerechnet, dass sie dich heute Morgen direkt fragt."

Hitze stieg in Ryans Gesicht. „Nun, das hätte sie bestimmt, wenn ich nicht vorher gegangen wäre."

Ungläubig sah Ty ihn an. „Du hast dich nicht einmal von ihr verabschiedet?"

„Ich habe ihr einen Zettel geschrieben."

„Du hast die Nacht mit ihr verbracht und ihr dann nichts weiter als einen Zettel geschrieben? Was für ein verdammter Feigling bist du?"

Ja, die Frage wollte Ryan lieber nicht beantworten.

Er räusperte sich. „Du kennst Grace nicht so wie ich. Sie wird sich nicht darüber aufregen. Sie wird das verstehen. Sie wird vollkommen cool damit umgehen."

Noch während er die Worte aussprach, breitete sich ein unangenehm flaues Gefühl in seinem Magen aus. So wie immer, wenn er sich selbst eine Lüge auftischte. Denn ja, er kannte Grace. Und ja, er war ein Idiot.

Ty hob skeptisch eine Augenbraue. „Vollkommen cool?"

„Ja!" Er konnte ja weiterhin versuchen, sich selbst zu überzeugen.

„Oh mein naiver, dummer Freund", seufzte Ty theatralisch und klopfte ihm auf die Schulter. „Frauen gehen mit Sex nie vollkommen cool um. Und mit emotionalen Dingen schon gar nicht."

Ryan riss die Augen auf. „Kannst du mal mit diesen blöden emotionalen Dingen aufhören!?“

Ty schüttelte den Kopf. „Und ich wiederhole: mein naiver, dummer Freund ...“

„Nein, ich beweise es dir“, sagte Ryan verkniffen und zog sein Handy aus seinem noch geöffneten Spind. Das flaue Gefühl in seinem Magen blieb. „Ich rufe sie jetzt sofort an – und du wirst sehen, dass sie kein Problem mit meinem Abgang hatte. Grace ist locker!“

„Mhm, natürlich.“

„Sieh zu und lerne“, sagte Ryan düster und wählte ihre Nummer. Er hatte die Hoffnung noch nicht aufgegeben, dass sein Magengefühl ihn trog.

Grace hob nach dem dritten Klingeln ab. Zumindest klickte es in der Leitung und das Freizeichen verstummte. Aber sie sagte nichts.

„Ähm, Grace?“

„Was denn, bist du dir nicht sicher, welches deiner Flittchen du angerufen hast oder warum musst du nachfragen?“, kam die gepresste Antwort.

„Ähm ...“, stotterte Ryan unsicher.

Tyler fing aufgrund dessen Gesichtsausdruck an zu grinsen. Oder vielleicht hatte er auch alles gehört. Grace schrie nicht gerade leise.

„Ja, ich warte?“

„Bist du sauer, Grace?“

„Herrgott, Ryan! Das kann unmöglich dein Ernst sein.“

„Ich wollte dich nicht wecken!“

„Du wolltest nicht darüber reden müssen, was passiert ist! Das wolltest du!“

„Nun ja, auch. Aber ...“

„Kein Aber! Du schläfst mit mir, gehst, ohne dich zu verabschieden und hinterlässt vier lächerliche Worte?“

„Alter, vier Worte?“, flüsterte Ty.

„Du hättest mich wenigstens aufwecken können!“, regte Grace sich weiter auf. „Verdammt nochmal Ryan, wie soll ich mich denn bitte fühlen, wenn wir die Nacht zusammen verbringen und du nicht einmal den Anstand hast, dich vernünftig zu verabschieden!?“

„Ja, okay.“ Ryan hob einen Finger. „Ich hätte mich verabschieden müssen – aber ich konnte nicht! Weil du wieder Fragen gestellt hättest, zu denen ich keine Antwort habe.“

„Und was war dann bitte dein brillanter Plan? Mich nie wieder zu sehen? Ich bin keine Barbekanntschaft, Ryan.“

„Das weiß ich doch! Und natürlich hab’ ich nicht vorgehabt, dich einfach nicht mehr wiederzusehen.“

„Was dann!? Hast du einfach gehofft, mir würde ein Backstein auf den Kopf fallen und ich vergesse plötzlich, dass wir darüber reden sollten?“

Ryan kratzte sich am Kopf. „Ich gebe zu, dass ich darüber nicht sonderlich gut nachgedacht habe.“

Sie schnaubte. „Na wunderbar. Wie schön! Weißt du was, Ryan? Du kannst mich mal. Beziehungsweise, nein: Du kannst mich nie wieder! Selbst wenn wir keine besten Freunde wären, wäre es das Allerletzte gewesen, heute Morgen einfach so abzuhauen, ohne etwas zu sagen – aber dass wir befreundet sind, macht das Ganze nur noch schlimmer!“

Okay, möglicherweise hatte Ryan die Situation katastrophal falsch eingeschätzt und sein Bauchgefühl ihn nicht getrogen. „Grace komm schon, es tut mir leid. Ich habe unüberlegt gehandelt.“

„Nein, hast du nicht. Du bist in Panik ausgebrochen!“

Sie kannte ihn einfach zu gut und seine Panik wurde mit jedem ihrer Worte nicht gerade schwächer.

„Okay, weißt du was? Ich komm’ heute Abend nach dem Spiel vorbei und dann ... reden wir.“

„Nein!“

„Ich komme sofort vorbei und dann reden wir?“

„Nein! Du kommst überhaupt nicht vorbei.“

„Grace, es tut mir leid. Wenn du mich nur erklären lassen ...“

„Nein! Nein, nein, nein! Ich habe heute wahrlich schon genug komplizierte Gespräche geführt. Da muss ich nicht noch eins dranhängen.“

„Grace ...“

Doch sie hatte bereits aufgelegt.

Ryan ließ das Telefon sinken und betrachtete es perplex.

Wer hätte das gedacht? Sex verkomplizierte tatsächlich alles. Bevor sie miteinander geschlafen hatten, hatten sie sich nicht ein einziges Mal gestritten.

„Und?“, fragte Ty unschuldig. „Hat sie es vollkommen cool aufgenommen?“

Kapitel 23

Nicht ganz unerwartet spielte Ryan am Abend das schlechteste Spiel seiner Karriere. So schlecht, dass er im vierten Inning ausgebuht wurde. Von Luke, Dexter, Jake, Ray und Ty, auch wenn sein bester Freund ihn mitleidig ansah, während er den Kopf schüttelte.

Er brauchte seine verdammte Glückskappe! Er war zwischen Training und Spiel nach Hause gefahren, um sie zu suchen, aber immer noch nicht fündig geworden und ohne Kappe konnte er einfach nicht gut spielen!

Als Ryan endlich durch die Reportermenge, die vor dem Stadion auf sie wartete, gedrängt war und in seinem Auto saß, starrte er für mehrere Minuten einfach nur in die Dunkelheit.

Er hatte sie verletzt. Indem er einfach so gegangen war, hatte er Grace verletzt. Und er wusste nicht, ob er sich das selbst verzeihen konnte. Grace war schon von so vielen Menschen verletzt worden und er hatte nicht geglaubt, dass er je dazugehören würde.

Es war nur: Frauen taten nie das, was man erwartete. Das verunsicherte ihn. Und Grace war bis vor kurzem die Einzige gewesen, bei der er sich sicher gewesen war, dass sie ihn nicht hinterrücks anfallen oder einfach wieder so aus ihrem Leben kicken würde. Aber letztendlich war Grace auch nur eine Frau und ... ach, verdammter Mist! Was sollte er denn jetzt bitte tun? Er hatte immer noch den Schlüssel zu ihrer Wohnung, aber er fürchtete, dass sie ihn wohl mit einem

Steakmesser angreifen würde, sollte er es wagen, einfach so in ihr Zuhause einzudringen.

Also fuhr er nach Hause.

Hinter seinen Fenstern war es vollkommen dunkel und an seiner Haustür hing ein Zettel:

Bier ist alle. Kauf Neues! Hab außerdem einen Gig im Heaven heute und deine Freundin Grace ist echt korrekt. Sie will extra meinetwegen kommen. Wer hätte gedacht, dass du doch noch Geschmack beweist?

Ryan starrte eine Weile auf Ruffys Handschrift, bevor er den Zettel abriss. Es sah so aus, als würde er heute noch ausgehen.

***

Grace hob die Hände über ihren Kopf, schloss die Augen und wiegte sich zur Musik hin und her. Sie ging gerne tanzen. Tanzen war ein wenig so wie Malen. Man konnte vergessen und sich nur noch auf die Klänge und Bewegungen konzentrieren.

Aber heute blieb sie erfolglos damit, ihren Kopf zu leeren. Es gab zu viel, was sie beschäftigte. Ruffy war zugegebenermaßen ein wirklich guter DJ, soweit sie das als Ahnungslose beurteilen konnte, aber selbst er hatte keine magischen Fähigkeiten, die all ihre Probleme auf einmal lösten.

Grace wagte von sich zu behaupten, dass sie sehr gut mit Gefühlen umgehen konnte. Sie war ein reflektierter und geduldiger Mensch. Aber wenn heute noch irgendetwas passieren würde, was sie im Mindesten an ihren Vater, ihre Schwestern oder Ryan erinnerte, würde sie womöglich anfangen zu schreien und auf Dinge einschlagen!

„Grace!“, brüllte jemand in ihr Ohr und ruckartig riss sie ihre Augen auf.

Nein!

Nein, nein, nein!

„NEIN!“, schrie sie und schlug gegen Ryans Brust. „Nein, nein, nein! Ich habe dir gesagt, dass ich heute nicht mit dir reden will!“ Ihr Hals brannte, so laut schrie sie und sie brauchte nur in Ryans Gesicht zu sehen, um den Kloß in ihrem Herzen, der auf ihre Lungen und Tränendrüsen drückte, wieder heraufzubeschwören.

Ryan fing ihre Hände ab, als sie wieder zuschlagen wollte und hielt sie über seiner Brust verschränkt, sodass sie unfreiwillig näher zu ihm heranrücken musste, wenn sie sich den Arm nicht auskugeln wollte.

„Rede mit mir!“, forderte er sie auf.

Ungläubig sah sie ihn an. „Hast du mich nicht verstanden?“, brüllte sie über die Musik hinweg. „Mit dir zu reden ist genau das, was ich nicht tun will!“

Ryan nickte, während sein Blick forschend über ihr Gesicht glitt. Sie starrte in seine dunklen Augen und ihr Herz wuchs auf die dreifache Größe an. Als wäre sie der Grinch, der plötzlich Gefühle entwickelt hatte.

Wie hatte sie verpassen können, dass sie ihn liebte? Wie hatte sie nicht merken können, wie ihr Inneres bei jeder seiner Berührungen warm wurde und ihr Herz sich nach ihm ausstreckte?

Ryan starrte sie weiterhin an und sie war sich sicher, dass jede Einzelne ihrer Emotionen deutlich aus ihrem Gesicht abzulesen war.

„Was ist passiert?", fragte Ryan, seine Lippen nah an ihrem Ohr.

Ja, sie liebte ihn. Aber im Moment, da hasste sie ihn auch ein bisschen.

„Du hast dich nicht verabschiedet, das ist passiert!", schrie sie und löste sich ruckartig aus seinem Griff.

Er schüttelte den Kopf, während sein Gesicht jede zweite Sekunde mit hellblauem Licht erleuchtet wurde. „Nein. Das ist es nicht nur. Es ist noch was anderes passiert."

Er und seine beschissenen Gedankenlesekünste! Kein Wunder, dass sie ihn liebte. Der Vollidiot machte es ihr verdammt schwer, es nicht zu tun.

„Ryan, hau ab!", brüllte Grace und schob sich in die Menge. Sie wollte heute keine Konfrontation mehr. Sie wollte einfach eine Weile vergessen. Spaß haben.

„Hey Süße", sie spürte plötzlich fremde Lippen an ihrem Ohr. „Willst du tanzen?"

Abrupt wandte sie sich um, bereit, demjenigen, der ihr Ohr sexuell belästigt hatte, eine Abfuhr zu erteilen. Doch als sie Ryan sah, der sich keine zwei Meter von ihr entfernt befand und sich auf sie zubewegte, überlegte sie es sich anders.

„Sehr gerne", schrie sie zurück, sah Ryan herausfordernd an und fing an, ihren Rücken gegen die Vorderseite des fremden Typen zu pressen, während sie sich bewegte, die Arme immer noch über ihrem Kopf. Sollte Ryan doch sehen, was er davon hatte.

Sie wandte den Kopf, die Musik dröhnte in ihren Ohren, ihre Augen flogen zu der Stelle, an der Ryan eben noch gewesen war – doch sie konnte ihn nicht entdecken. Er war weg. Verwirrt tastete sie die Menschen mit ihrem Blick ab, während sie die Hände des Fremden auf ihrer Hüfte ignorierte.

Hatte er aufgegeben? War Ryan wirklich gegangen? Plötzlich wurde sie von den Füßen gerissen und verlor den Boden unter sich, als zwei starke Arme sie nach oben hoben. Ein spitzer Schrei fuhr ihr über die Lippen, der jedoch vom Bass der Musik verschluckt wurde. Bevor sie wusste, was geschah, hatte jemand sie über die Schulter geworfen und dem Hintern nach zu urteilen, den sie von ihrer Position aus sehr gut betrachten konnte, wusste sie auch genau, wer das war.

„Lass mich runter, Ryan!", fluchte sie und schlug mit ihren Fäusten auf seinen Rücken ein. „Lass mich los!"

„Ich denke nicht daran."

Die Menge starrte sie mit großen Augen an, doch Ryans Blick musste sehr einschüchternd sein, denn niemand unternahm etwas, um ihr zu helfen. Blöde Menschheit und ihr Mangel an Zivilcourage!

„Ryan!", schrie sie. „Ryan, lass mich los!"

Doch er hielt sie nur fester in seinem Griff, verließ mit ihr die Tanzfläche und bog in einen Gang, in dem die Musik nur noch ein Rauschen war.

Ein Mann in schwarzer Kleidung mit der Aufschrift *Security* trat auf sie zu und räusperte sich. „Kann ich behilflich sein?"

„Ja", blaffte Ryan. „Sie könnten die Tür dort drüben aufhalten."

„Was?"

„Die Tür da. Die in den Innenhof führt."

„Zu den Mülltonnen?"

„Genau die."

„Aber ... darf ich fragen, warum die Lady Sie schlägt?"

„Sie ist meine Schwester und neunzehn! Sie darf überhaupt nicht hier sein!", fuhr Ryan ihn an. „Und jetzt machen Sie die Tür auf."

„Oh bitte, deine Schwester!?", schnaubte Grace wütend, während der Securitymann ihr ins sehr weiße Gesicht starrte, bevor sein Blick zu dem sehr schwarzen Ryan wanderte.

„Schwester ...soso ...", hüstelte er.

„Halbschwester", knurrte Ryan. „Dann mach' ich es eben selbst!"

Er stieß den Mann beiseite, der mit seiner kleinen gedrungenen Statur zugegebenermaßen seinen Job verfehlt hatte, und stapfte durch die Tür, die blechern wieder ins Schloss fiel, während Grace' Hintern kalte Luft entgegenschlug.

„Ryan!"

„Jaja, ich lass' dich runter", sagte er und zog sie von seiner Schulter, um sie vor sich auf den Boden zu stellen. Grace sah sich kurz um und schlang die Arme um ihren Oberkörper. Sie standen zwischen einem Haufen eingezäunter Müllcontainer, in denen, dem Geruch nach zu urteilen, keine Rosen entsorgt wurden. Welch ein romantischer Ort.

„Also", meinte Ryan mit ruhiger Stimme. „Darf ich mich erst dafür entschuldigen, dass ich einfach gegangen bin oder willst du mir erst erzählen, was passiert ist?"

„Sie wollen Dad einfach aufgeben!", fuhr sie ihn an und ballte ihre Hände zu Fäusten.

„Okay, ich schätze also Letzteres. Wer will deinen Dad aufgeben?"

„Madison und Amelia! Sie meinten, dass es sich für sie nicht lohnt und er sie nur verletzt und sie besser dran wären, wenn sie ihn einfach links liegen ließen."

Ryan nickte fest. „Okay."

„Okay?!", schrie sie und ihre Stimme hallte blechern von den Müllcontainern wider. „Nichts daran ist okay!"

„Grace! Ich hasse es, dir das sagen zu müssen, aber ich stimme deinen Schwestern zu."

„Was!?"

„Sie haben recht. Es macht sie kaputt, es macht dich kaputt. Dein Vater muss den nächsten Schritt machen. Es ist nicht deine Verantwortung, ihn glücklich zu machen. Er ist selbst dafür verantwortlich, dass er glücklich ist."

„Du bist auf ihrer Seite?", fragte sie ungläubig.

„Ich bin auf *deiner* Seite, Grace!", presste er zwischen den Zähnen hervor und umfasste ihre Schultern mit beiden Händen. „Ich bin *immer* auf deiner Seite, falls du es noch nicht gemerkt haben solltest. Bist du auch auf deiner Seite? Du willst nicht erfolgreich sein, weil du nicht wie dein Vater werden willst. Du willst deine Meinung nicht vertreten, aus Angst, dann ein schlechter Mensch zu sein. Du versuchst, es allen recht zu machen, weil du von allen gemocht werden willst und das Gefühl hast, dein Verhalten während deiner Jugend wieder gutmachen zu müssen. Du willst deinen Vater retten – indem du dich selbst kaputtmachst. Also – ich frage dich, Grace: Stehst du auch auf deiner Seite? Denn es wirkt fast so, als würdest du gegen dich selbst arbeiten."

Ihre Augen brannten, doch sie schwieg.

Was sollte sie dazu auch sagen? Er sagte die Wahrheit. Sie tat all das, was er gerade von sich gegeben hatte. Aber bedeutete das wirklich, dass sie gegen sich selbst arbeitete?

Ihr Atem ging schwer und sie schloss die Augen, um sich zu beruhigen. „Es ist nicht fair, Ryan", sagte sie leise.

Seine Finger strichen sanft über die nackte Haut an ihren Schultern. „Ich weiß, dass es nicht fair ist, dass dein Vater nicht ..."

„Davon rede ich nicht", unterbrach sie ihn wirsch. „Es ist nicht fair, dass du jede einzelne Unsicherheit von mir kennst, jeden meiner Fehler, genau weißt, warum ich handele, wie ich es tue – und ich keine Ahnung davon habe, wie es bei dir ist."

Überrascht ließ er seine Hände fallen. „Was?"

„Klar, ich kenne dich Ryan, aber eigentlich, wenn ich darüber nachdenke, dann weißt du viel mehr über mich als ich über dich."

Seine Augen verengten sich. „Versuchst du gerade das Thema zu wechseln?"

Vielleicht. Vielleicht wollte sie einfach nicht mehr über die Fehler reden, die sie machte. Darüber nachdenken, dass sie ihr eigenes Leben sabotierte – aus Angst in alte Muster zurückzufallen. Aber vielleicht hatte sie auch endlich nur das ausgesprochen, was sie seit Tagen dachte.

„Du erzählst mir nichts, Ryan. Wieso? Wieso muss ich dir alles erzählen und du erzählst mir gar nichts?"

„Was erzähle ich dir nicht?"

„Alles, was mit Mary-Ann zu tun hat zum Beispiel!"

Ryan machte abrupt einen Schritt nach hinten und seine Miene wirkte auf einmal so verschlossen, dass Grace beinahe selbst zurückgestolpert wäre.

„Ich wüsste nicht, was ich dazu erzählen sollte. Es stand doch ohnehin alles in der Presse."

„In der Presse stand nicht, wie du dich gefühlt hast, Ryan. Was sie ... was sie so Schreckliches getan hat, dass du es so verbissen unter den Teppich kehrst."

„Wie soll ich mich schon gefühlt haben?", knurrte er. „Brillant! Ich fühle mich immer toll, wenn mich jemand verarscht."

„Wie hat sie dich verarscht, Ryan? Was zum Teufel hat sie getan?"

„Warum ist das wichtig?", fuhr er sie an. „Warum zum Teufel ist das so wichtig?"

„Weil ich versuche, dich zu verstehen, Ryan! Weil ich dir helfen will, weil ich will, dass du glücklich bist und ich ..."

„Sie hat mich betrogen!", herrschte er sie plötzlich an. So als wolle er sie einfach endlich zum Schweigen bringen. „Sie hat mich zweifach betrogen, Grace. Aber als wäre das nicht schon genug gewesen, hat sie meinen Agenten auch noch erpresst, damit er mich nicht zu einer anderen Mannschaft wechseln lässt. Und als ich es herausgefunden habe? Als ich mit ihr Schluss machen wollte? Tja, da hat sie mir eine Schwangerschaft vorgetäuscht, damit ich sie nicht alleine lasse. Wie also soll ich mich also gefühlt haben? Ich war beschissen begeistert! Ich war so froh darüber, dass ich mehr als einmal daran gedacht habe, sie grün und blau zu schlagen! Und Gott weiß, ich hätte es getan, wenn sich mir die

Möglichkeit dazu geboten hätte! Zu was für einem beschissenen Helden macht mich das jetzt, hm?"

Seine laute Stimme scholl in die Dunkelheit und schien sie wie ein eisiger Nebel zu umschließen. „Zu was für einem großartigen Mann macht es mich, dass ich sie so sehr gehasst habe, dass ich nur bereut habe, ihr nicht mehr angetan zu haben, als sie lediglich als Miststück zu beschimpfen?"

Grace starrte ihn an, die Hand zu ihrem Mund erhoben. Ihre Augen brannten. „Oh Ryan", flüsterte sie leise.

„Hör auf, mich so mitleidig anzusehen!", fluchte er, die Hände zu Fäusten geballt. „Ich war so kurz davor, sie in Grund und Boden zu stampfen, dass ich mich für meine Gedanken – und für den Umstand, dass ich es verdammt nochmal nicht tun konnte – gehasst habe!"

„Ryan, du bist kein schlechter Mensch, weil du ihr wehtun wolltest. Du bist ein wunderbarer Mann. Der Beste, den ich kenne. Das, was sie getan hat, ist schrecklich. Einfach nur furchtbar ... es ..."

„Natürlich war es furchtbar", knurrte er. „Aber das rechtfertigt überhaupt gar nichts!"

Grace nickte stumm, wollte ihre Hand nach seinem Gesicht ausstrecken, ließ es aber. Sie hatte das Gefühl, dass jede Berührung für ihn jetzt zuviel war.

„Hast du ..." Sie räusperte sich. „Hast du sie geliebt?"

„Was?"

„Mary-Ann. Hast du sie geliebt?"

„Warum willst du auf einmal darüber reden?", knirschte er.

„Weil ..." Sie zuckte die Schultern, konnte ihm den Grund nicht nennen. „Ich möchte es einfach gerne wissen."

„Schön. Nein. Ich habe sie nicht geliebt. Ich dachte, ich würde sie lieben. Aber ich tat es nicht. Fühlst du dich jetzt besser, weil ich mich dir anvertraut habe? Weil du endlich das dreckigste Geheimnis meines Lebens kennst? Weil du endlich weißt, dass ich alles andere als ein Held bin?"

Ja, sehr.

Sie nickte. Er hatte sie nicht geliebt. Sie wusste nicht, warum das so wichtig gewesen war – aber das war es.

„Hast du mit ihr abgeschlossen?", fragte sie ruhig. „Bist du über sie hinweg?"

„Natürlich bin ich das." Seine Miene war ausdruckslos und Grace wusste nicht, ob sie ihm glauben sollte.

„Kann ich dann jetzt anfangen, mich zu entschuldigen?", fragte Ryan und er klang so wütend, dass Grace augenblicklich ihre Augenbrauen tiefer ins Gesicht zog.

„Du hörst dich nicht so an, als wolltest du dich aufrichtig entschuldigen", sagte sie.

„Du hast die Entschuldigung doch noch gar nicht gehört!", antwortete er gereizt.

„Das muss ich auch nicht, wenn deine Stimme sich anhört, als würdest du Glas spucken!"

„Meine Stimme ist normal!", fuhr er auf. „Du bist es, die mich mit Fragen über Mary-Ann reizt und sich mehr als merkwürdig verhält."

Ungläubig sah sie ihn an. „*Ich* verhalte mich merkwürdig? *Du* warst es, der gestern in mein Atelier gestürmt ist, mich geküsst hat und dann mit mir ins Bett gesprungen ist – nur, um am nächsten Morgen einfach abzuhauen!"

„Ich weiß!", fuhr er sie an. „Ich weiß, dass das dumm war. Ich weiß, dass ich unüberlegt gehandelt habe!

Aber das kennst du doch von mir. Manchmal rede ich, ohne nachzudenken. Manchmal tue ich dumme Dinge und bereue sie. Manchmal reagiere ich nicht richtig! Aber warum regst du dich plötzlich so auf, Grace? Ich habe doch auch schon früher dumme Dinge getan! Ich war schon immer ein Idiot. Das hat dich sonst noch nie gestört. Warum denn auf einmal jetzt?“

„Weil ich davor noch nicht wusste, dass ich dich liebe, du Blödmann!“, schrie sie.

Ryans Kinnlade klappte nach unten und erschrocken schlug Grace die Hand vor den Mund.

Das hatte sie definitiv noch für sich behalten wollen. Aber vielleicht hatte er sie ja nicht richtig verstanden. Vielleicht ...

„Du *liebst* mich?“ Seine Stimme überschlug sich.

Ach verdammt!

„Wo kommt denn das auf einmal her?“

„Auf einmal? Wir hängen seit Monaten aufeinander rum, Ryan!“

„Ja und?“ Er fing an, nervös auf und ab zu gehen. „Als ich Samstag vorgeschlagen habe, dass wir mehr als Freunde sein sollten, konntest du gar nicht schnell genug aus dem Auto springen!“

„Weil du nur mit mir ins Bett wolltest, Ryan, nicht mit mir zusammen sein.“

Er starrte sie verwirrt an. „Ich ... aber ... wir sind befreundet! Du wolltest, dass alles wieder so wird wir früher. Du ... wir sind ... nur Freunde. Das hast du doch sonst auch immer ... du ...“

Na klasse, jetzt wurde Ryan panisch.

„Ja, ich weiß, was ich gesagt und was ich gedacht habe“, seufzte sie und rieb sich mit den Händen über die Augen. „Tut mir leid, ich wollte dich mit dieser Information nicht so überfallen. Aber offensichtlich habe ich mich geirrt, als ich dachte, wir wären nur Freunde und ich würde nicht mehr von dir wollen. Ich ...“ Sie wandte den Kopf und starrte die grauen Mülltonnen zu ihrer Rechten an, bevor sie die Schultern zuckte. „Keine Ahnung. Ich wollte es wohl nicht sehen, aber ... ich liebe dich.“

Wenn man es einmal losgeworden war, fiel es einem gar nicht mehr so schwer, die Worte zu sagen.

„Und das fällt dir jetzt plötzlich ein?“, fragte Ryan ungläubig, die Hände am Kopf. Offensichtlich tat er sich mit dem Hören der Worte sehr viel schwerer als sie mit dem Sagen. „Du bist ja doch nur genauso wankelmütig wie alle anderen Frauen, mit denen ich was hatte.“

„Oh nein!“ Grace streckte den Arm aus und bohrte ihren Zeigefinger in Ryans Brust. „Wage es nicht, mich mit deinen verrückten Freundinnen zu vergleichen. Ich habe mich nicht auf einmal entschieden, dich zu lieben. Ich habe es wohl schon die ganze Zeit getan, aber zu viel Angst gehabt, es mir einzugestehen!“

Ryan lachte auf, eine Hand in seinem Nacken. „Ach, tatsächlich? Und wer sagt mir, dass das stimmt? Wer sagt mir, dass du morgen nicht plötzlich aufwachst und dich entscheidest, doch nicht in mich verliebt zu sein? Wer sagt mir, dass du nicht wieder in die nächstbeste Disco gehst und dich an einen fremden Typen ranschmeißt?“

Er hatte wieder angefangen zu schreien und Grace hielt das wirklich nicht für notwendig.

„Beruhige dich“, wies sie ihn an. „Das habe ich doch nur gemacht, um dich eifersüchtig zu machen, du

Strüh! Der Kerl hat mich doch gar nicht interessiert. Das hat doch nichts bedeutet."

„Ich soll mich beruhigen!? Weißt du, wie oft ich den Satz schon gehört habe? *Es hat doch nichts bedeutet, Ryan. Es ist anders als du denkst. Beruhige dich, Ryan.* Aber ich werde mich verdammt nochmal nicht beruhigen, denn du machst gerade alles kaputt." Ryan presste die Lippen aufeinander, die Hände zu Fäusten geballt. „Wir hatten was Gutes zusammen, Grace! Etwas, auf das ich mich verlassen konnte und jetzt kommst du damit an, dass du mich liebst!? Nein! Das ..."

„*Du* hast doch die Regeln geändert, Ryan!" Verzweiflung kam in ihr auf, denn mit jedem Wort, das von Ryans Lippen kam, schwand die Möglichkeit, dass er ihre Gefühle erwiderte. „*Du* hast mich geküsst. *Du* hast mit mir geschlafen."

„Soweit ich mich erinnern kann, braucht man für den eigentlichen Akt immer noch mindestens zwei Personen!", fuhr er sie an. „Und wer ist es, der jetzt gerade die Regeln ändert? Das bist du! Und wenn du sie jetzt ändern kannst, dann kannst du das morgen immer noch und übermorgen auch und ..."

„Ryan! Meine Gefühle werden nicht von jetzt auf gleich verschwinden! Ich kann doch auch nichts dafür, ich ... oh." Grace blinzelte und verengte dann die Augen.

Sie konnte auch nichts dafür.

„Oh mein Gott!" Ernüchtert ließ Grace ihren Finger von seiner Brust gleiten und machte einen Schritt nach hinten. Es war, als wäre plötzlich ein Baum umgefallen, der ihr die ganze Zeit die Sicht versperrt hatte.

Wie hatte ihr das entgehen können?

„Oh mein Gott“, wiederholte sie. „Du bist doch nicht über Mary-Ann hinweg.“

„Was?“

„Du hast sie nicht geliebt, aber du bist trotzdem nicht darüber hinweg, was sie dir angetan hat. Du vertraust mir nicht.“

„Was?“

„Du vertraust mir nicht.“

„Was redest du da!? Natürlich vertraue ich dir.“

„Nein. Tust du nicht. Zumindest nicht meinen Gefühlen. Du vertraust nicht darauf, dass ich es ernst meine. Weil du mit Mary-Ann noch nicht wirklich abgeschlossen hast. Du vertraust mir als platonischer Freundin, aber sobald die Grenze verwischt ... oh Ryan.“ Die Hand fuhr zu ihrer Stirn. „Ich bin gar nicht das Problem.“

„Was?“

Er war heute wirklich schwer von Begriff.

„Ich bin nicht das Problem!“ Sie lachte trocken. „Ich dachte, ich würde mich wieder selbst manipulieren und nicht das Ich sein, das ich sein möchte. Dass wir deswegen nicht zusammen sein könnten. Ich dachte, es liegt an mir, aber ... *du* bist das Problem, Ryan! Du vertraust Frauen nicht. Du erwartest von jeder Einzelnen, dass sie dich belügt, betrügt und manipuliert. Und das verstehe ich, du musstest schon eine Menge einstecken, aber ... damit wirst du nicht glücklich.“

„Wovon redest du?“

„Ich dachte, *ich* wäre das Problem!“, wiederholte sie. „Dass ich Angst davor habe, keine erfolgreiche Beziehung führen zu können, in der ich ganz ich selbst sein kann, aber das ist Blödsinn! Ich führe seit Jahren erfolgreiche Beziehungen! Mit Kaylie, mit meinen

Schwestern ... und mit dir die letzten Monate! Und ich ... ich mag mich. Ich mag die Person, die ich bin und die Leute, mit denen ich mich umgebe. Ich ...“

„Also, ob man unsere Beziehung erfolgreich ...“

„Natürlich ist sie erfolgreich. Wir reden immer noch miteinander und bedeuten einander was! *Du* bist das Problem, Ryan. Ich glaube, es könnte gut sein, dass du mich auch liebst, aber ... du traust mir nicht – und ehrlich gesagt, habe ich dein Misstrauen nicht verdient. Du projizierst die Probleme, die du bereits hattest, auf mich. So wie ... so wie ich meine Jugend auf mein jetziges Leben projiziere. Meine Güte, ich bin so dumm ...“

„Ich projiziere überhaupt nichts! Du bist es, die von einem Moment auf den nächsten ...“

Sie schüttelte den Kopf. „Nein.“ Ihr Herz wurde leicht. Denn sie mochte ihr Leben! Mochte den Menschen, der sie mit Ryan war. Der sie mit Kaylie war. Sie liebte ihn und ihre Freunde und sie würde sie mit keinem Erfolg tauschen wollen. In keinem Moment in ihrem Leben war ihr das so klar gewesen wie jetzt.

„Nein. Du siehst nur das, was du gewohnt bist zu sehen. Ich liebe dich, Ryan. Und das nicht erst seit gestern. Ich mag langsam darin gewesen sein, es zu merken, aber alle anderen haben es schon längst gesehen. Nur du nicht. Meine Liebe ist verdammt nochmal aufrichtig und du musst aufhören, mich mit Mary-Ann und all den anderen Freundinnen, die dein Leben zur Hölle gemacht haben, zu vergleichen. Du kennst mich doch, Ryan! Du weißt doch schon längst, wer ich bin. Besser als ich selbst es weiß. Du musst mir nur noch vertrauen. Das ist alles.“

Ryan rührte sich nicht und seine Miene war Stein.

Grace lächelte schwach. „Ich kann dir da nicht helfen, Ryan. Das ist dein emotionales Päckchen. Ich kann dir nur sagen, dass ich meine Meinung nicht ändern werde und dass ich dich nie hintergehen würde. Aber das weißt du doch schon längst. Du kennst mich besser als jeder andere. Ansonsten …" Sie schloss die Augen. „Ich glaube, du solltest erstmal deinen inneren Kram auf die Reihe kriegen, bevor ich dir noch einmal meine Liebe gestehe."

Sie strich ihm sanft über den Unterarm und wollte sich an ihm vorbeidrängen, doch seine Hand fuhr blitzartig vor und hielt sie am Handgelenk zurück.

„Und das war's jetzt?" Eine Mischung aus Angst, Verzweiflung und Wut zeichnete sich auf seinen Zügen ab. „Du gehst und … dann? Dann ist unsere Freundschaft vorbei?"

Grace Herz tat weh und sie wünschte so sehr, dass sie ihm helfen könnte – doch sie konnte ihn nicht darüber hinwegsehen lassen, was seine Ex-Freundinnen bei ihm für Narben hinterlassen hatten. Er musste lernen, ihr zu vertrauen. Dazu konnte sie ihn nicht zwingen.

„Nein. Dann gebe ich dir Zeit."

„Zeit wofür? Um zu entscheiden, ob … ich dich liebe oder … zu schauen, ob du mich immer noch liebst? Ich … Zeit wofür?"

„Zum Nachdenken."

„Nachdenken, worüber?"

Sie lächelte. „Über mich. Über dich. Größtenteils über dich. Darüber, ob du mutig genug bist, der Held zu sein, den alle in dir sehen."

„Ich bin kein Held! Wie oft soll ich das denn noch sagen?"

„Nein. Du hast recht. Zurzeit bist du wohl noch ein Feigling. Aber ... du könntest meiner werden.“ Sie lächelte, stellte sich auf die Zehen und küsste ihn sanft – bevor sie durch die Tür zurück in den Club verschwand.

Ein Problem war gelöst. Zwei Weitere lagen noch vor ihr. Dennoch fühlte sie sich leicht. Denn sie mochte den Menschen, der sie war. Sie musste nur noch mutig genug sein, ihn auch in all ihren Lebensbereichen zu zeigen. Nicht nur vor Ryan.

Kapitel 24

Er war das Problem.

Er war das Problem.

Er war das Problem?

Er war das Problem!?

Seit wann war er das Problem? Er war noch nie das Problem gewesen, in keiner seiner Beziehungen. Es waren immer seine Freundinnen gewesen, die ein Problem nach dem anderen kreiert hatten und sich jetzt anhören zu müssen, dass *er* es sein sollte, der das Problem war, war einfach nur absurd! Grace war es doch gewesen, die aus dem Blauen heraus beschlossen hatte, dass sie ihn ... ihn ... liebte.

Er stellte den Motor aus und blieb erneut eine Weile im dunklen Auto sitzen.

Wieso hatte sie alles ändern müssen? Bei dem Gedanken daran, sie zu verlieren, schnürte sich seine Kehle zu, aber bei dem Gedanken daran, dass er ihr glaubte, mit ihr zusammenkam und dann von ihr fallen gelassen werden würde, weil ihr einfiel, dass sie sich ihre Gefühle wohl doch nur eingebildet hatte ... bei dem Gedanken ging es ihm noch weitaus schlechter.

Er presste beide Fäuste auf sein Gesicht und hatte das seltsame Verlangen, seine Mutter anzurufen. Aber was erhoffte er sich von ihr zu hören? Sie würde ihm nicht die Sicherheit geben können, die er brauchte.

Er wollte wissen, woran er war.

Das war doch das Einzige gewesen, was er je gewollt hatte. Er wollte sich sicher sein, dass seine Beziehung nicht durch eine weitere ungeahnte Überraschung in den Dreck gezerrt wurde. Und wie konnte er das bei Grace?

Grace, die ihr eigenes Leben manipulierte, aus Angst vor Erfolg. Grace, die im einen Moment betrunken versuchte ihn zu küssen, im nächsten nur seine Freundin sein wollte, dann mit ihm ins Bett stieg, dann wütend war und ihn dann wieder sanft küsste. Grace, die nicht zu wissen schien, was sie vom Leben wollte.

Grace, die immer Farbe in ihren Haaren hatte. Grace, die sich an ihrem eigenen Lachen verschluckte. Grace, die Nutella mit Salami kombinierte und ihm einen Vortrag über Haute cuisine hielt. Grace, die ihn trösten konnte, ohne auch nur einen Finger zu rühren. Grace, die nachts anrief, um ihm von Enten zu erzählen. Grace, die die süßesten Geräusche im Schlaf von sich gab.

„Fuck", murmelte er und stieg aus dem Auto.

Er brauchte seine Glückskappe.

Er brauchte diese beschissene Kappe! Denn seitdem sie verschwunden war, ging sein Leben den Bach runter.

Ryan schloss seine Haustür auf und fing systematisch an, jeden einzelnen Raum zu durchsuchen. Er stülpte seine Wäschebeutel aus, leerte seine Küchenschränke, warf die Kissen von seinem Sofa und durchforstete seinen Kleiderschrank.

Er bemerkte erst, dass jemand ins Wohnzimmer getreten war, von dem er gerade die Kommode mit seinen

DVDs und Blu-Rays ausleerte, als dieser sich direkt hinter ihm räusperte.

Ryan fuhr herum und starrte in das schockierte Gesicht seines Bruders. „Was machst du hier?"

„Ähm, sollte das nicht meine Frage sein?", bemerkte Ruffy und besah sich das Chaos um sie herum.

„Musst du nicht noch DJ spielen?", fragte Ryan genervt und fuhr fort damit, die Schublade, in der er Tischdecken und Placemats aufbewahrte, zu durchwühlen.

„Mein Gig ist vorbei. Schon seit einer Stunde."

„Ach, wirklich?"

„Ja. Es ist halb sechs, Ryan."

„Mhm", grunzte er und zog kurzerhand die Schublade aus der Kommode, um sie umzustülpen.

„Okaaay", sagte Ruffy gedehnt und nahm sie ihm aus den Händen. Das war eine Schande, denn Ryan hatte sie gerade auf dem Boden zerschmettern wollen.

„Ich weiß, es ist dein Haus, Bro, aber ... ich nehme mir das Recht raus, zu fragen, warum du es zerstörst?"

„Ich zerstöre es nicht!", sagte Ryan wütend. „Ich suche etwas."

„Deinen Verstand?"

„Wenn du noch ein Wort sagst, dann sind es gleich deine Zähne."

Ruffy hob beide Hände in Abwehrpose. „Alles klar, du hast schlechte Laune ... soll ich raten?"

Ryan empfahl ihm, es zu lassen.

„Ist was mit Grace?"

Sein Bruder musste wirklich lebensmüde sein. „Nein", knurrte Ryan und stapfte zum Sofa, um die Polsterkissen davon wegzuziehen.

„Das übersetze ich mit Ja.“

„NEIN!“ Ryan fuhr herum und sein Kiefer knackte laut. „Du wirst ihren Namen nicht in den Mund nehmen und du wirst keinen dummen Kommentar machen, hast du verstanden!?“

„Ich …“

„Ob du verstanden hast!“

„Ja, habe ich!“ Ruffy sah ihn bestürzt an. „Meine Güte, was ist denn los?“

„Ich finde meine Glückskappe nicht! Das ist los.“

Ryan konnte in Raphaels Gesicht deutlich erkennen, dass er ihm kein Wort glaubte, aber diesmal hatte er dazugelernt und nickte nur.

„Okay. Wie sieht sie aus? Soll ich suchen helfen?“

„Schön.“ Er wandte sich ruckartig ab und legte sich auf den Boden, um noch einmal unter der Couch nachzusehen. „Sie ist rot. Ich habe sie auch beim Opening Day getragen. Vielleicht erinnerst du dich?“

Ryan suchte mit seinem Blick den Boden ab – und Ruffy sagte nichts mehr. Das war untypisch, weswegen er misstrauisch zu seinem Bruder aufsah, der erstarrt zu ihm hinabschaute. „Ruff? Hast du einen Anfall?“

Er konnte seinen Bruder schlucken sehen und plötzlich besorgt, richtete Ryan sich auf. „Was ist los?“

„Ähm …“ Ruffy räusperte sich und kurzes Entsetzen glitt über seine Züge. „Sagtest du Glückskappe?“

„Ja!“

„Dieses hässliche rote Ding, das beinahe auseinanderfällt, war deine … Glückskappe?“

„Ja, verdammt. Ich habe sie seit dem College. Wieso? Hast du sie gesehen?“

„Oh …“ Ruffy bekam große Augen. „Oh. Das wusste ich nicht.“

„Du wusstest *was* nicht?“

„Na ja, dass sie dir so wichtig ist. Ich hätte doch nie …“ Er verstummte abrupt.

„Du hättest *was* nie?“ Ryan verengte die Augen und trat einen bedrohlichen Schritt auf seinen Bruder zu. Er hatte gerade ein sehr schlechtes Gefühl bekommen.

Ruffy kratzte sich am Kopf, bevor er murmelte: „Na ja, dann hätte ich sie doch nie auf Ebay verkauft.“

„Du hast *was*!?“

„Na ja, ich dachte, sie wäre alt und du würdest sie sowieso nicht brauchen! Das war doch das Gleiche wie mit der Jogginghose und dem alten Handschuh, du …“

„Du hast meine Jogginghose und meine alten Handschuhe auch verkauft?“ Ryan hatte angefangen zu schreien und er sah auch nicht, dass er bald damit aufhören würde.

„*Einen*, nur *einen* Handschuh“, sagte Ruffy, der sichtlich bleich geworden war, beide Hände erhoben, als würde er damit rechnen, dass Ryan ihn gleich schlug. „Und ich brauchte eben Geld und ich dachte, dir fällt es doch sowieso nicht auf, wenn …“

„*Das* ist deine andere Beschäftigung? Meinen Kram bei Ebay zu verkaufen?“

„Hey, es ist eine prima Geschäftsidee! Du glaubst ja gar nicht, was verrückte Fans bereit sind zu zahlen.“

„Das ist keine Geschäftsidee, das ist Diebstahl!“, fuhr Ryan ihn an.

„Meine Fresse!“ Ruffy schlug sich hart gegen die Stirn. „Es war deine Glückskappe! Ich hätte viel mehr Geld verlangen sollen!“

„Ruffy!“ Ryan packte seinen Bruder grob an den Schultern. „Was ist nur falsch in deinem Kopf? Du kannst nicht einfach meine Sachen verkaufen! Es sind *meine* Sachen! Ich verkaufe doch auch nicht deine Organe auf dem Schwarzmarkt!“

„Also Organe sind jetzt doch was anderes als so eine blöde …“

„Ich habe übertrieben, um meinen Punkt zu verdeutlichen!“, brüllte Ryan und so langsam tat ihm sein Hals weh.

Nervös blickte Ruffy über seine Schulter und zurück zu Ryan. „Ja, schön. Ich hätte dich vielleicht fragen sollen. Aber du hättest Nein gesagt.“

„Und ob ich Nein gesagt hätte!“ Ruckartig ließ er seinen Bruder los. „Denn es sind *meine* Sachen und ich werde sie alle zurückbekommen! Hast du mich verstanden? Ist mir egal, wie. Du holst sie zurück!“

„Also Ry-Ry …“ Ruffy räusperte sich. „Vielleicht solltest du erst einmal darüber nachdenken: Bist du gerade wirklich wütend auf mich oder eher auf dich selbst, weil du es mit Grace versaut hast?“

„Ziemlich sicher auf dich!“, fuhr er ihn an. „Und habe ich dir nicht gesagt, dass du sie nicht erwähnen sollst?“

„Schön. Ich kaufe deine Sachen zurück. Wenn du jetzt schlafen gehst.“

„Warum sollte ich das tun?“

Ruffy zuckte die Schultern. „Weil du scheiße aussiehst. Ich schätze, wegen einer Frau, deren Namen ich nicht benutzen darf? Ach, und Ryan: Ich breche das College ab. Zumindest für ein Jahr. Ich versuche, mir meinen Traum zu erfüllen und wenn ich versage, dann versage ich. Es ist egal, was du sagst. Es ist egal, was Mom sagt. Es ist egal, dass ich Angst habe. Denn das ist es, was ein richtiger Mann tut. Er nimmt sich das, was er will. Solltest du vielleicht auch mal probieren."

Ryan sah seinem Bruder nach, der in den Flur verschwand – und fragte sich, wann Ruffy der Mutigere von ihnen beiden geworden war.

***

Es war nicht richtig. Dass sie Ryan als feige bezeichnet hatte, aber selbst keinen Deut besser war.

Grace drückte das Gas durch und schob sich die Brille höher auf die Nase. Sie hasste Ryan dafür, dass er so rational mit ihrem familiären Problem umgegangen war. Aber sie liebte ihn dafür, dass er ihr damit weitere Enttäuschungen hatte ersparen wollen. Denn er hatte recht. Wie ihr Vater mit ihr und ihren Schwestern umging, machte sie unglücklich. Und die Situation belastete sie so sehr, dass sie nachts nicht einschlafen konnte. Gut, die Schlaflosigkeit der letzten Nacht war wohl noch auf ein paar andere Dinge zurückzuführen, an die sie jetzt nicht denken mochte. Ein Schritt nach dem anderen. Wichtig war: Jeder war für sein eigenes Glück verantwortlich und dafür zu sorgen, dass andere ihres auch fanden, war zu viel für einen einzelnen Menschen. Eine Last, die niemand stemmen konnte.

Sie parkte vor der breiten Glasfront des Ateliers ihres Vaters und stieg hastig aus, bevor sie der Mut verließ. Die Tür war nur angelehnt – ihr Vater schloss seine Kreativität nicht ein – und so konnte sie problemlos ins Innere gelangen.

Mitchell Hayden saß gerade an der Töpferscheibe, als sie die Tür ins Schloss fallen ließ und er sah nicht auf. Aber das hatte Grace auch nicht erwartet.

„Dad", sagte sie über das Surren des Geräts hinweg, während er in fließenden Bewegungen die Hände um den feuchten Ton gleiten ließ. „Dad!"

Ihr Vater reagierte immer noch nicht. Sein Blick war vollkommen auf seine Arbeit konzentriert und leider trieb er seine Scheibe mit dem Fuß und nicht elektrisch an, sodass sie den Stecker hätte ziehen können.

Grace atmete tief durch und allem in ihrem Körper widerstrebte es, das zu tun, was sie vorhatte, aber sie achtete nicht auf ihn. Es war Zeit, dass sie anfing, auf ihrer Seite zu sein.

„Dad!", sagte sie noch einmal, bevor sie an die Töpferscheibe trat und mit ihrer Hand gegen den rotierenden Klumpen Ton schlug.

Das weckte tatsächlich die Aufmerksamkeit ihres Vaters. Ruckartig flog sein Kopf in die Höhe.

„Gracie! Was zum Teufel ist in dich gefahren?", fluchte er.

Aufgrund dieser Aussage musste sie doch tatsächlich lachen. Was würde er wohl sagen, wenn sie mit *Ryan* antwortete?

„Ich will mit dir reden, Dad", sagte sie und straffte ihre Schultern.
Mut nicht verlieren. Sie durfte den Mut nicht verlieren.

„Und dafür musst du meine Arbeit zerstören?" Er sah sie grimmig an und stand auf.

„Offensichtlich", sagte sie und räusperte sich. „Denn anders kann ich ja deine Aufmerksamkeit nicht gewinnen."

Ihr Vater schien verwirrt. „Wozu brauchst du Aufmerksamkeit?“

Ja, das Konzept von Aufmerksamkeit hatte er noch nie verstanden.

„Dad, ich weiß nicht, ob Amelia oder Maddie mit dir gesprochen haben, aber sie … sie wollen den Kontakt zu dir abbrechen, wenn du nicht anfängst, dir etwas mehr Mühe zu geben.“ Die Worte flossen über ihre Zunge wie Teer. Zäh und bitter.

„Mehr Mühe geben? Mehr Mühe geben womit?“

Grace lachte erneut. Wie konnte er so ignorant sein?

„Mit ihnen, Dad! Damit, dich für ihr Leben zu interessieren. Damit, dich für *mein* Leben zu interessieren. Nicht für die Kunst, die ich mache, sondern für alles andere. Madison war letztens im Krankenhaus und kurz vor einem Blinddarmdurchbruch – wusstest du das? Und Amelia hat sich verlobt.“

Mitchell runzelte die Stirn. „Warum haben sie nichts gesagt?“

„Weil du nicht zuhörst, Dad“, flüsterte Grace und ihre Augen fingen an zu brennen. „Weil du nicht nachfragst und dich nicht interessierst.“

„Mhm.“ Mitchell senkte den Blick. „Und jetzt wollen sie nicht mehr mit mir reden?“

„Ja.“

„Okay. Es ist ihre Entscheidung.“ Er nickte knapp, bevor er sich wieder hinter die Töpferscheibe setzte.

Grace starrte ihn wortlos an, sah dabei zu, wie er nach einem neuen Tonklumpen griff.

„Nein“, sagte sie und griff diesmal nach der Töpferscheibe, um sie von ihm wegzuziehen. „Ich glaube es dir nicht. Ich glaube dir nicht, dass dich das nicht im Mindesten berührt."

„Gracie. Es ist ihr Leben. Sie führen schon lange ihr Eigenes, treffen ihre eigenen Entscheidungen. Ich bin glücklich mit meinem Leben, ich wüsste nicht, was ich ändern sollte."

„Du bist glücklich?" Sie presste die Lippen aufeinander und biss sich die Tränen zurück. „Du bist nicht einsam? Du bist nicht ... allein?"

Er lächelte kurz. „Nein. Ich habe doch dich."

Ihre Lippen fingen an zu zittern, bevor sie sacht den Kopf schüttelte. „Nein. Hast du nicht. Das ist zu viel, Dad. Ich kann nicht die Verantwortung dafür übernehmen, dass du nicht mehr einsam bist. Das ist zu viel Druck für mich. Es ist dein Leben, du hast es gewählt ... und ich muss meines leben, ohne mir Sorgen um dich zu machen. Ich kann nicht jedes Mal vorbeischauen, wenn du mich anrufst und ... es verletzt uns. Uns alle, dass du dich nicht für unser Leben interessierst."

Mitchell sah sie unentwegt an, bevor er langsam nickte. „Verstehe."

„Okay." Sie schluckte, nickte und fragte: „Was meinst du damit, dass du verstehst?"

„Ich denke darüber nach." Er hatte die Augenbrauen tief in sein Gesicht gezogen und nickte immer wieder, bevor er die Töpferscheibe zurückzog.

Grace sah auf ihn hinab und wusste nicht, was sie noch sagen sollte. Deshalb ging sie. Sie war bis zur Tür gekommen, als das Surren der Scheibe für einige Sekunden verstummte.

„Gracie."

„Ja?"

„Es tut mir leid. Dass es euch verletzt."

Sie nickte erneut, bevor sie nach draußen trat, ihr Handy aus der Tasche zog und wählte.

Ihre Chefin schaltete ihr Arbeitstelefon nie aus und so hob sie nach dem dritten Klingeln ab.

„Hayden. Dass Sie es wagen, sich noch bei mir zu melden, ist wirklich ein Wunder."

Grace zog eine Grimasse und schluckte. Dann atmete sie tief durch und sagte: „Miss Zernowitz, mein Verhalten tut mir aufrichtig leid. Ich hatte kein Recht, Sie so zu beschimpfen."

„Nein, hattest du nicht", bestätigte ihr Boss ihre Worte.

„Wie gesagt: Es tut mir aufrichtig leid." Sie räusperte sich und fuhr mit fester Stimme fort: „Dennoch ist es mein Job, Sie auf mögliche Fehler in Ihrer Beurteilung hinzuweisen und ich werde diesem weiterhin nachgehen – wenn auch in einer angemesseneren Art und Weise. Ich bin eine verdammt gute Fotografin und ich mache einen ausgesprochen guten Job und so möchte ich auch behandelt werden. Wenn Sie dazu nicht fähig sind, sehe ich leider keine Möglichkeit, unsere Arbeitsbeziehung weiterhin aufrechterhalten zu können."

Eine kurze Stille entstand auf der anderen Seite, dann: „Ich will so einen Ausbruch nie wieder haben. Damit das klar ist. Dennoch kann ich nicht behaupten, dass mir dein plötzliches Rückgrat nicht imponiert hätte. Ich respektiere Expertise, ich respektiere Zielstrebigkeit und ich respektiere Menschen, die wissen, was sie können und wollen – und ich erwarte dich morgen um zehn im Büro, ist das klar?"

„Natürlich, Miss Zernowitz."

„Dann haben wir ja alles geklärt." Im nächsten Moment hatte sie aufgelegt.

Grace starrte auf ihr Telefon, lächelte, atmete zitternd aus, wollte es wegstecken – doch hielt inne.

Sie zögerte einen kurzen Moment, betrachtete das leuchtende Display. Schließlich jedoch wählte sie noch eine weitere Nummer.

„Kingston."

„Hallo, Miss Kingston. Könnten Sie mir die Kontaktdaten des Interessenten für das Ölbild geben? Ich habe es mir anders überlegt. Ich werde es verkaufen."

Kapitel 25

Der Wecker zeigte acht Uhr, als Ryan sich ins Bett legte. Der Wecker zeigte elf, als er vom Klingeln seines Handys geweckt wurde.

„Hale?", meldete er sich, den Kopf immer noch unter dem Kissen.

„Hale! Wo steckt dein fauler Hintern?", bellte Coach Thompson.

„Ich bin krank", sagte Ryan und legte auf.

Er würde heute ganz sicher nicht spielen. Ausbuhen konnte er sich auch selber.

Der Wecker zeigte zehn nach elf, als er wieder einschlief. Der Wecker zeigte kurz nach zwei, als Ryan vom Klingeln an der Tür geweckt wurde. Es war elf nach zwei, als Ryan stöhnte, die Arme über seinen Kopf warf und sich immer noch nicht bewegt hatte.

Es war dreizehn nach zwei, als er hörte, wie die Tür unten geöffnet wurde, er hören konnte, wie Ruffy sich mit irgendwem unterhielt, und jemand die Treppe hochpolterte.

Ryan hatte keine Ahnung wieviel Uhr es war, als jemand ihm die Decke wegzog, denn er war viel zu sehr damit beschäftigt, zu fluchen.

„Hey!" Widerwillig zog er sich das Kissen vom Kopf und drehte sich auf den Rücken.

„Dir auch einen wunderschönen guten Morgen", schnaubte Ty, der die Decke einfach so hinter sich auf den Boden warf und ihn kopfschüttelnd betrachtete.

„Ich weiß nicht, ob ich erleichtert oder verwundert darüber sein sollte, dass du offensichtlich in Anziehsachen geschlafen hast. Ich meine, alles ist besser als nackt, aber … Jeans mit Gürtel stelle ich mir trotzdem ungemütlich vor."

Ryan sah an sich herunter und war zugegebenermaßen etwas verwirrt darüber, dass er noch angezogen war. Aber jetzt, wo er darüber nachdachte, konnte er sich auch nicht mehr daran erinnern, sich ausgezogen zu haben.

Er zuckte die Schultern. Wen juckte es?

„Hau ab, Ty."

„Ah, ich wünschte, ich könnte das, aber mir wurde gesagt, dass du ein gebrochenes Herz hast und deshalb fühle ich mich dazu verpflichtet …"

Augenblicklich richtete Ryan sich im Bett auf. „Ich hab' kein beschissenes gebrochenes Herz, ich habe eine Faust, die juckt – also verschwinde, bevor ich dem Jucken nachgebe!"

„Leere Drohungen, Augenringe und wütender Blick – sieht für mich wie ein gebrochenes Herz aus."

„Und was weißt du von gebrochenen Herzen?", knurrte Ryan. „Alles, was du je getan hast, ist es, Caras zu brechen und ihr zu beweisen, dass du keins hast."

Ty hielt inne, starrte ihn für einige Momente still an, bevor er ein grimmiges Lächeln zustande brachte. „Du bist ein Arschloch, wenn du Frauenprobleme hast, hat dir das schon einmal jemand gesagt? Aber ich kenne dich lange genug – und bin gutmütig genug, um darüber hinwegzusehen.“

Ryan stöhnte laut auf, zeigte Ty den Mittelfinger und schwang die Beine über die Bettkante, um in das anliegende Bad zu stürmen und die Tür hinter sich ins Schloss zu rammen.

Er konnte den Mist gerade echt nicht gebrauchen. Ja, er war ein Arschloch – aber er hatte kein gebrochenes Herz! Er stellte sich unter die kalte Dusche und ließ das Wasser auf sein Gesicht prasseln, bis sein Gehirn eingefroren zu sein schien. Als er sich eine Jogginghose und ein T-Shirt überzog und aus dem Bad kam, war Ty leider immer noch da. Er saß auf Ryans Bettkante, die Beine lang ausgestreckt und an den Knöcheln überschlagen.

„Versucht, dich zu ertränken?“

„Versucht, dich zum Verschwinden zu bringen.“

„Hat nicht geklappt.“

„Das sehe ich.“ Er blickte zur Tür und dann zurück zu seinem Freund.

„Ich kann schneller rennen als du, Ryan“, stellte Tyler trocken fest – und leider hatte er recht.

Ryan verschränkte die Arme fest vor seiner Brust und kam sich auf einmal vor, als müsse er sich gleich eine Standpauke von seiner Mutter anhören. Nur dass seine Mutter bedrohlicher war.

„Was willst du von mir hören?“, fragte er leise.

„Was passiert ist. Und warum dein Wohnzimmer aussieht, als hättest du zwei wilde Bären zum Brunch eingeladen. Ich nehme an, Grace ist immer noch wütend auf dich?“

„Nein. Also, ja. Aber nicht, weil ich mich aus dem Staub gemacht habe."

„Warum dann?"

„Weil ich womöglich nicht adäquat darauf reagiert habe, dass sie mir gesagt hat, sie würde mich lieben."

Ty hob eine Augenbraue. „Das hat sie gesagt? Hast du dich gestern auch schon aufgeführt wie heute? Wenn ja, kommen mir die Gefühle doch absurd vor."

Ja, Tys Unglaube war gerechtfertigt.

Ryan fuhr sich mit der flachen Hand übers Gesicht und ließ sich neben seinen besten Freund fallen. „Ich hatte gute Gründe zu reagieren, wie ich reagiert habe."

„Wie hast du reagiert?"

„Ich habe ihr gesagt, dass sie wankelmütig ist, sie mit meinen Ex-Freundinnen verglichen und ihr quasi vorgeworfen, dass ihre Liebe nur eine Phase sei."

Ty nickte langsam. „Verstehe."

Ryan schloss die Augen. „Ich bin ein Arschloch, oder?"

Sein Freund klopfte ihm auf die Schultern. „Alter, das steht überhaupt nicht zur Debatte. Was hat sie gesagt?"

„Sie hat angefangen zu lachen und behauptet, dass nicht sie, sondern ich das Problem sei und ich meinen Kram auf die Reihe bekommen solle."

„Schlaues Mädchen, unsere Grace."

„*Meine* Grace." Die Worte waren Ryan herausgerutscht, bevor er sich hatte zurückhalten können und er verzog augenblicklich das Gesicht, als er Tys Blick auf sich spürte.

„Ach wirklich? *Deine* Grace? Du liebst sie also auch?"

„Natürlich liebe ich sie! Sie ist Grace! Aber dich liebe ich auch. Und Captain Crunch liebe ich auch! Lieben und *verliebt* sein ist etwas anderes."

Ty lachte trocken und schlug ihm hart auf den Rücken. „Gott, bist du dumm.“

„Was?“

„Meine Fresse, Ryan! Du kannst Grace haben, du kannst mit deiner besten Freundin zusammen sein … und wirfst sie weg! Was ist nur falsch in deinem Kopf? Man wirft eine Frau wie Grace nicht weg. Ich weiß das verdammt nochmal am besten, also hör mir jetzt gut zu: Du bist so ätzend verliebt, dass Jake sich gerne übergeben würde. Du bist so unglaublich verliebt, dass Frauen anfangen zu seufzen, wenn sie sehen, wie du Grace ansiehst. Du bist so verliebt, dass du in komplette Panik ausgebrochen bist und es einfach mal absichtlich versaut hast. Aber jetzt reiß dich verdammt nochmal zusammen und sei ein Mann! Das ist ja lächerlich traurig mit anzusehen! Krieg deinen Kram zusammen und hör auf, deine Ex-Freundinnen als Referenz für alle Frauen zu nehmen – denn das ist Gott sei Dank nicht die Wahrheit!“

Ryan vergrub sein Gesicht in den Händen und schüttelte den Kopf.

Ja verdammt, das wusste er auch!

Es war eine Ausrede. Dass er nicht wusste, ob er verliebt in sie war. Denn natürlich wusste er es!

Er war ja nicht zurückgeblieben, sondern nur leicht emotional verkrüppelt. Grace war alles, was er in einer Frau suchte und mehr. Und wenn er ehrlich war, dann waren seine Gefühle nicht das Problem. Er war sich so sicher, dass er Grace liebte, wie er sich sicher war, dass die Erde rund war. Nein, eigentlich war er von Ersterem sogar noch überzeugter.

Das Problem war sein Kopf. Sein Kopf, der ihn davor warnte, dass Grace zu gut war, um wahr zu sein. Dass sie früher oder später in der Reihe seiner Ex-Freundinnen enden würde – denn Gott wusste, dass er Frauen offensichtlich dazu trieb, durchzudrehen. Und das nicht auf die gute Art und Weise.

„Ryan, ich wiederhole mich noch einmal und diesmal reagier bitte auf intelligente Art und Weise. Krieg deinen Mist zusammen und bettle Grace auf Knien an, dich zu nehmen und nie wieder gehen zu lassen, denn ansonsten müssen Jake und ich dich leider aus unserem Freundeskreis werfen. Mit einem Waschlappen können wir nämlich nichts anfangen."

Ryan starrte auf den Boden, den Kopf immer noch zwischen seinen Händen. Schließlich richtete er sich auf. „Du hast recht. Du hast vollkommen recht."

„Ich weiß! Warum klingst du überrascht?"

Ryan beachtete ihn nicht, lief stattdessen ums Bett herum und zog sein Handy vom Nachttisch, bevor er eine Nummer wählte, die er immer noch auswendig kannte.

„Hallo?"

„Hey, Mary-Ann. Willst du dich immer noch mit mir treffen?"

***

„Ich fühle mich ausgelaugt."

„Wieso?"

„Von meinen Gefühlen."

„Ach ja, daran erinnere ich mich noch." Kaylie zog ihren Arm fester um Grace, die ihren Kopf auf die Schulter ihrer besten Freundin sinken ließ und die Augen schloss. „Es muss erst schlimmer werden, bevor es besser werden kann.“

„Wann wird es besser?“

„Möchtest du gerne eine Uhrzeit haben?“

„Das wäre super, ja. Sind es mehr als zwanzig Minuten?“

Kay lachte und tätschelte ihre Seite. „Ryan kommt schon noch zur Vernunft.“

Grace nickte. Sie zweifelte nicht einmal wirklich daran, dass Ryan einsah, dass er ohne sie nicht leben konnte. Er war ein kluger Mann – er würde schon noch merken, dass sie das Beste war, was ihm passieren konnte, oder?

Ja, da war sie sich sicher. Und der Grund, warum sie die letzten zwei Stunden geheult hatte, war, dass sie sich das erste Mal seit Jahren so fühlte, als habe sie die Verantwortung für das Glück ihres Vaters abgegeben – es waren Tränen der Freude. Nicht Tränen der Verzweiflung, Angst und Einsamkeit. Er würde sich vielleicht nie ändern, aber dennoch: Mitchell Hayden hatte gesagt, dass es ihm leidtat, sie verletzt zu haben. Für ihren Vater war das ein Sprung ins kalte Wasser. Und so bestand zumindest die kleine Chance, dass er sich mehr Mühe geben und sich das Verhältnis zwischen ihm und ihren Schwestern in eine positive Richtung bewegen würde. Mehr als diese Chance brauchte sie gar nicht,

Womit nur noch das Problem namens Ryan blieb, von dem sie kurzzeitig abgeschweift war. Aber es war erst knapp zweiundsiebzig Stunden her, dass Ryan ihr praktisch vorgeworfen hatte, ihre Gefühle seien nur Einbildung. Das war noch nicht allzu lang, nicht wahr?

Nein, sie vertraute darauf, dass Ryan zu ihr kommen würde. Und sollte er bald vor ihrer Tür stehen, dann würde sie ihn total gelassen und kühl begrüßen, damit er richtig dafür arbeiten musste, sie zu bekommen!

Es klingelte.

Grace fiel fast vom Sofa bei dem Versuch, schnellstmöglich aufzuspringen und zur Tür zu stürmen.

„Hallo?", keuchte sie über die Freisprechanlage.

„Hey, hier ist Emma."

„Oh."

„Also, ein bisschen enthusiastischer könntest du ja schon klingen – aber du hast Baseballerprobleme, wir waren alle schon einmal an dem Punkt, deswegen kann ich dir Mitgefühl entgegenbringen."

„Komm hoch", lächelte Grace schwach, drückte den Summer und lehnte die Tür an, sodass Emma hereinkommen konnte, bevor sie zu Kaylie zurück aufs Sofa krabbelte.

Ihre Freundin sah sie amüsiert an. „Wen Bestimmten erwartet?"

Grace zuckte die Schultern. „Ich dachte, es wäre vielleicht der Pizzamann. Ich habe wirklich Hunger."

„Wir haben nichts bestellt, Strüh", sagte Kaylie mitleidig.

„Das weiß ich selbst." Grace verzichtete darauf, das Thema auszuweiten und Gott sei Dank trat in diesem Moment auch schon Emma ins Wohnzimmer.

„Fliegender Wechsel?", fragte Kay in Emmas Richtung lächelnd und stand vom Sofa auf.

„Du gehst?" Grace hörte sich panischer an, als ihr lieb war.

„Ich muss arbeiten, Süße. Ich habe keinen Liebeskummer und kann mich deswegen leider nicht guten Gewissens krankmelden“, sagte ihre Freundin entschuldigend und drückte ihr einen Kuss auf den Kopf. „Aber Emma ist gut in Krisensituationen. Sie ist mit Luke verheiratet! Das ist wie ein Master-Abschluss in Drama.“

„Hey! Luke ist gar nicht so kompliziert, wie alle immer behaupten“, verteidigte Emma ihren Ehemann sofort.

„Ja, das liegt daran, dass du mindestens genauso kompliziert bist!“, meinte Kaylie grinsend und umarmte Emma zur Begrüßung und gleichzeitigem Abschied.

Emma verdrehte die Augen, lächelte aber. „Das sagt die Richtige, mit ihrem Mister Helfersyndrom an der Seite.“

„Das nennt man Feingefühl!“, berichtigte Kaylie sie. „Dex liegt eben das Wohl seiner Freunde und Familie am Herzen.“

„Mhm, natürlich.“

„Hallo, mein Kerl hat sich von seinen Ex-Freundinnen emotional verkrüppeln lassen!“, unterbrach Grace sie. „Ich gewinne.“

Beide sahen zu ihr rüber und dann wieder sich an.

„Sie hat recht“, stimmte Kaylie zu. „Ihr Mann ist zurzeit der Problematischste.“

„Danke“, sagte Grace zufrieden. „Und du kannst jetzt auch gehen, ich muss Emma eine Frage stellen.“

Kaylie grinste ein letztes Mal, hob die Hand und verschwand, während Emma den Raum durchquerte und sich neben Grace sinken ließ.

„Willst du mir wirklich eine Frage stellen oder wolltest du nur aufhören, darüber nachzudenken, dass Ryan sich so anstellt?“

„Beides. Emma ...“ Grace biss sich auf ihre Unterlippe, ließ nachdenklich den Nacken auf die Rückenlehne sinken und legte ihre Füße auf den Tisch. „Wann wusstest du, dass Luke der Richtige ist?“

„Ähm ... tut mir leid, ich kann dir kein Datum geben, ich habe es nicht in meinen Kalender eingetragen.“

Grace lächelte schwach. „Komm schon. Woher wusstest du es?“

Emma legte ihre Füße neben die von Grace und seufzte leise. „Ich wusste es nicht. Ich bin gesprungen und habe einfach gehofft, dass er mich auffängt.“

Grace drehte den Kopf in Emmas Richtung. „Wirklich? Du wusstest es nicht?“

„Nein. Ich meine, ich habe ihn geliebt, aber ich konnte unmöglich wissen, ob es das Richtige war, hierzubleiben und das Risiko einzugehen, dass die Vollidiotenseite in ihm doch überwiegt und er mich fallen lässt.“

„Verstehe.“

„Wieso? Wartest du auf eine rote Glühlampe in deinem Kopf, die dir ankündigt, dass Ryan der Richtige ist?“

Ja, das wäre nett. Die Lampe musste aber nicht rot sein. Ein aussagekräftiges Grün würde es auch tun.

„Ich weiß nicht, es ist nur ... wenn wir wirklich zusammengehören würden, sollte es dann nicht leichter sein? Wenn er der Richtige wäre, sollte er dann nicht sofort wissen, dass meine Liebe echt ist und dass es ihm genauso geht? Sollten wir nicht weniger Angst haben?“

Emma verdrehte die Augen und ließ ihre Füße vom Tisch gleiten, bevor sie sich aufrecht hinsetzte. „Ihr alle immer mit eurem: *Es müsste doch leichter sein.* Hallo, Beziehungen sind nicht leicht! Jeder, der was anderes behauptet, lügt! Es gibt kein Perfekt. Es gibt kein Einfach. Wenn zwei verschiedene Menschen aufeinanderprallen, bedeutet das immer unterschiedliche Meinungen, unterschiedliche Vergangenheiten und Probleme. Wie kommt ihr alle auf die irrsinnige Vorstellung, Liebe sei ein Schützenfest, bei dem kein einziger rosa Ballon je platzen würde? Man kriegt im Leben nichts geschenkt und das ist bei der Liebe nicht anders. Man muss verdammt nochmal andauernd an seiner Beziehung arbeiten. Und das ist nicht nur wunderbar, das ist auch anstrengend. Und ich will Luke genauso oft umbringen, wie ich ihn küssen will."

„Aber ihr beiden ..."

Emma schüttelte den Kopf und schnalzte mit der Zunge. „Nein, du hörst mir jetzt mal zu: Jedes Mädchen, jede Frau hängt diesem Wunschtraum nach, dass sie ihren Märchenprinzen findet, mit dem sie die perfekte Beziehung führt, die nur aus Höhen besteht und so leicht ist wie Atmen. Aber diese Vorstellung ist ein Irrtum. Es gibt keine einfachen Beziehungen. Es gibt keine perfekten Paare. Denn der Mensch ist nicht perfekt. Wie sollten es da seine Beziehungen sein? Jedes Paar hat seine Probleme. Jedes Paar hat Momente, in denen es zweifelt, in denen es unsicher ist. Jedes Paar steht mal kurz davor, sich zu trennen oder wusste zu Anfang noch nicht, ob sie wirklich die Richtigen füreinander sind. Häng nicht dem Wunschtraum nach, dass dich irgendwann der perfekte Mann findet, mit dem du ein stets sorgloses Leben führen kannst. Lebe lieber in der Realität, in der jeder mal Probleme hat. In der jeder irgendwo Differenzen hat. In der jeder zweifelt und Angst davor hat, dass es womöglich doch nicht passt. Der Märchenprinz ist eben nur das – ein Märchen!"

„Aber Luke und du ..."

„Oh mein Gott." Emma fing an zu lachen. „Würdet ihr alle endlich aufhören, mich und Luke als Maßstab zu nehmen? Wir haben so viele Probleme, dass man eine ganze Zeitschrift damit füllen könnte. Was viele Reporter übrigens versuchen zu tun. Wir sind nicht perfekt! Ich bin nicht perfekt, er ist nicht perfekt – aber weißt du was? Wir arbeiten an uns! Wir arbeiten an unserer Beziehung und uns ist beiden klar, dass wir nie damit aufhören werden, an unserer Beziehung zu arbeiten. Und das ist okay. Manchmal ist es anstrengend. Manchmal ist es schwer. Manchmal ist es wunderbar und sorglos. Aber wenn das Einzige, was dich davon abhält, mit Ryan zusammen zu sein, deine Unsicherheit ist, dass ihr möglicherweise nicht perfekt zusammenpasst, dann bist du verdammt nochmal eine glückliche Frau!"

Wow. Emma hatte definitiv die Fähigkeit, Dinge auf den Punkt zu bringen.

„Könntest du zu Ryan fahren und ihm das bitte genauso sagen?", flüsterte sie.

Emma lächelte milde. „Ich glaube, das ist etwas, wo er selbst hinter kommen muss."

Ja, aber was, wenn er zu dumm dafür war?

„Schön. Dann lenk mich wenigstens von ihm ab", bat Grace und zog sich eine Decke über die Beine. Sie war es leid, immer wieder Ryans Worte durchzugehen und auf ihr Handy zu schielen.

„Mhm." Emma warf ihr einen Blick zu und fing an, an den Fransen der Decke herumzuzupfen. „Da gäbe es tatsächlich etwas … und eigentlich würde ich dich gerne um einen Gefallen bitten."

Grace richtete sich höher im Sitz auf. „Was gibt es denn?"

Emma atmete schwer aus, bevor sie feierlich sagte: „Grace. Ich habe keinen Hunger auf Torte."

Interessant.

„Und?"

„Ich habe sonst aber *immer* Hunger auf Torte."

„Gut für die Tortenindustrie, würde ich sagen."

„Grace. Ich habe keinen Hunger auf Torte und stattdessen Heißhunger auf Äpfel."

Sie hob eine Augenbraue. „Du musst mir schon etwas mehr geben."

„Ich glaube …" Emmas Kopf lief rot an. „Mein Körper will mir etwas sagen."

„Was denn?"

Emma kratzte sich am Kopf. „Na ja, vielleicht ist es Blödsinn, ich kann es natürlich nicht wissen, aber ich bin schon seit einer Woche überfällig und …"

Ruckartig fielen Grace' Füße vom Tisch und ihr Mund formte sich zu einem großen O. „Du bist schwanger!?", kreischte sie etwas lauter als gewollt.

„Ich weiß es nicht. Eigentlich wollten Luke und ich noch warten und ich nehme die Pille, aber da waren die Austern, die mein Magen wirklich nicht lecker fand und … na ja, es ist eigentlich die vollkommen falsche

Zeit, um schwanger zu werden, aber ..." Sie holte tief Luft. „Ich habe keinen Hunger auf Torten!"

„Du hast keinen Hunger auf Torten", wiederholte Grace und nickte langsam. „Meine Güte ... weiß Luke davon? Also, dass du denkst ..."

„Nein, nein", unterbrach Emma sie hastig. „Soweit ich weiß, könnte ich komplett spinnen. Es ist eigentlich sehr unwahrscheinlich und es ist Saisonstart – und wenn dein Freund sich endlich zusammenreißen und aufhören könnte, so beschissen zu spielen, dann hätten die Delphies eine wirklich gute Chance, dieses Jahr zu gewinnen. Habe ich mir zumindest sagen lassen, was weiß ich schon, also ..." Sie rieb sich mit der Hand die Schläfe. „Ich will es ihm erst sagen, wenn ich sicher bin."

„Okay, klingt vernünftig. Und was ist der Gefallen, den ich dir tun soll?"

„Na ja ... kannst du den Test holen?"

Überrascht hob Grace die Augenbrauen. „Was?"

„Den Schwangerschaftstest. Ich will nicht riskieren, dabei abgelichtet zu werden, wie ich einen kaufe. Seit der Hochzeit sind die Paparazzi wirklich hartnäckig geworden und nachher weiß es alle Welt eher als Luke. Und wie gesagt: Ich will ihn nicht unnötig mit möglichen Babynews aufregen, solange ich noch nicht sicher bin. Denn er wird ausrasten, wenn er davon hört. Und wenn Luke ausrastet, dann raste ich auch aus – und das Ganze endet in einem Desaster. Und ich will kein unnötiges Desaster, sondern wenn, dann ein Fundiertes."

Grace musste lachen. „Du denkst nicht, dass er sich freuen wird?"

„Doch, natürlich wird er sich freuen – nachdem er ausgerastet ist. Glaub mir, ich kenne ihn. Er wird erst einmal einen kleinen Panikanfall haben, bevor er anfängt, mich in Watte zu packen und mir einen Helm für den Alltagsgebrauch zu schenken. Also ... könntest du den Test kaufen und dann, wenn es nötig ist, kann ich mir darüber Gedanken machen, wie ich es ihm beibringe, ohne dass er ausrastet."

Grace lächelte und drückte Emma fest an sich. „Ihr werdet großartige Eltern."

„Ja, bau bloß kein Druck auf", murmelte Emma.

Kapitel 26

Grace starrte in ihren Einkaufswagen und wünschte sich, sie hätte einen Korb genommen. Vor ihr lagen eine Flasche Gin, zwei Flaschen Tonic Water, zwei Tüten Chips und ein Schwangerschaftstest. Sie fragte sich gerade, was das wohl für einen Eindruck auf die Menschen um sie herum machen musste, als sie ihre Einkäufe auf das Band legte und dem Blick der Kassiererin begegnete.

Oh, okay. Der war unangenehmer als erwartet.

Die Blondine, die zäh auf einem Kaugummi herumkaute, zog den Alkohol über den Scanner und hielt inne, als sie nach dem Schwangerschaftstest griff. Sie hob langsam ihr Kinn und sah Grace vorwurfsvoll an.

„Der ist nicht für mich", sagte sie hastig. „Also, der Test. Beim Gin habe ich die Absicht, ihn komplett zu trinken."

Die Kassiererin lächelte verkniffen. „Natürlich", sagte sie in normaler Lautstärke, bevor sie leise murmelnd hinzufügte: „Manche Menschen sollten sterilisiert werden."

Grace schnappte nach Luft. „Entschuldigen Sie mal! Aber Sie kennen mich nicht! Was fällt Ihnen ein, so über mich zu urteilen?"

„Ich urteile nicht, Ma'am. Das ist nicht meine Aufgabe." Zuckersüß lächelnd zog sie auch die Tonicflaschen über den Scanner, bevor sie ihr die zu zahlende Summe nannte.

Grace drückte ihr das Geld in die Hand und ihr riss der Geduldsfaden.

„Schön", knurrte sie. „Er ist für mich. Ich bin Lehrerin und hatte ungeschützten Sex mit einem meiner Schüler. Außerdem bin ich Groupie der Delphies und sammle die Trikots derjenigen, mit denen ich schon im Bett war. Und wenn ich schwanger bin, esse ich die Chips und wenn nicht, feiere ich mit dem Gin. Zufrieden?"

Die Kassiererin hatte den Mund entsetzt geöffnet, doch Grace gab ihr keine Zeit mehr dazu, noch einen Kommentar loszuwerden. Sie verdrehte die Augen, nahm die Tüten und verließ den Laden. Menschen hatten Probleme! Warum konnte sich nicht einfach jeder um den eigenen Kram kümmern?

Ihr Handy klingelte, als die warme Luft ihr entgegenschlug und sie auf ihr Auto zusteuerte. Die eine Hand weiter am Einkaufswagen, zog sie ihr Telefon aus der Hosentasche.

„Hallo?"

„Grace, hier ist Ruffy."

„Oh." Abrupt blieb sie stehen. „Hey. Was ist los?"

„Nun, ich bin ein anständiger Mensch."

„Schön zu hören."

„Ja, also: Danke dafür, dass du letztens bei meinem Gig warst."

„Gerne. Du bist gut."

„Ich weiß. Die Sache ist die: Weil ich ein anständiger Mensch bin und ich dich mag, dachte ich, sollte ich dir vielleicht etwas sagen."

Nervös tippte Grace mit ihrem Zeigefinger auf den Griff, den sie umklammerte. „Was willst du mir sagen?"

„Ryan trifft sich heute Abend mit Mary-Ann."

„Strong? Mary-Ann Strong?" Grace bekam ein flaues Gefühl im Magen. Ryan traf sich mit seiner verrückten, wunderschönen und reichen Ex-Freundin?

„Ja. Ich hab' ihn beim Telefonieren belauscht und ich finde, ich war dir etwas schuldig, weil du mich doch vor ihm verteidigt hast und alles, also ... er trifft sich heute Abend um acht mit ihr. Im Red-Level-Restaurant."

Grace starrte auf ihre Einkäufe, während sie versuchte, nicht in Panik auszubrechen. Ryan würde doch nicht ... er ... er würde doch nicht ...

„Und was genau denkst du, erreichst du damit, es mir zu sagen?", fragte sie, sich zur Ruhe zwingend.

„Keine Ahnung ... ich dachte, du könntest ihn vielleicht zur Vernunft bringen?"

***

Ryan hasste alles an diesem Restaurant.

Die parfümierten Spitzenservietten, die weiße, makellose Tischdecke, die dezente Musik und die steifen Ober. Das Red Level rühmte sich mit fünf Sternen und Diskretion. Zugegeben, Philadelphias High Society bestand größtenteils aus Geschäftsmännern, denen New York City zu laut war, aber dennoch konnte man sagen, dass die Leute, die hier aßen, schon das ein oder andere Mal in einem Klatschblatt abgelichtet worden waren. Ryan hatte die Paparazzi vor dem Restaurant, die zweifelsohne ihretwegen hier waren, gekonnt ignorieren können und dennoch fragte er sich, wie er es ein Jahr mit dem Gefühl durchgehalten hatte, nicht einmal in der Öffentlichkeit niesen zu dürfen.

Er war überrascht, dass Mary-Ann bereits am Tisch saß, als er hereinkam. Normalerweise hatte sie nie darauf verzichtet, zu spät zu kommen, um einen extravaganten Auftritt hinzulegen. Nicht überrascht war er darüber, dass sie atemberaubend aussah. Er war sich ziemlich sicher, dass sie ihre private Stylistin und Make-up-Artistin überall mit hinnahm. Niemand konnte sich selbst die Haare so perfekt an den Kopf pflastern oder einen so geraden Lidstrich ziehen. Nicht, dass Ryan davon besonders viel Ahnung hatte, aber wenn man mit einer Schauspielerin ausging, bekam man einiges mit.

Mary-Ann trug ein eisblaues Kleid, das Ryans Meinung nach sehr gut zu ihrem Wesen passte, und erhob sich von ihrem Stuhl, als er an ihren Tisch trat.

„Ryan. Ich war sehr erfreut darüber, dass du deine Meinung geändert hast und mich doch sehen wolltest.“

„Ja? Fühl dich nicht allzu gut deswegen. Ich treffe dich aus pur selbstsüchtigen Gründen. Ich will meinen Kram zusammenkriegen.“

Mary-Ann lächelte leicht und als ihr offensichtlich klar wurde, dass sie weder eine Umarmung, noch einen Wangenkuss, noch einen Handschlag von ihm bekommen würde, setzte sie sich wieder. „Das klingt nur fair, denn nichts anderes möchte ich. Ich habe mich wirklich geändert. Ich wünschte, du könntest das sehen.“

Ryan sah keine Veränderung. Und wenn es um eine innere Veränderung ging – dann gab es nur zwei Dinge, die ihn weniger interessierten. Die aktuellen Farben der Sommermode und was für Schuhe sie heute Abend trug.

„Mary-Ann, es geht heute Abend nicht um dich. Tut mir leid, dich enttäuschen zu müssen, ich weiß doch, wie gerne du über dich selbst redest, aber es wird heute nur um das gehen, was *ich* will. So viel schuldest du mir. Du sagst, was du sagen willst, ich frage, was ich wissen will – und du rufst mich nie wieder an. Verstanden?“

Die Augen seines Gegenübers waren groß geworden, vielleicht, weil ihr Ryan in ihrer ganzen Beziehung nie so eine Ansage gemacht hatte und sie faltete ihre Hände auf der Tischdecke zusammen.

„Okay. Wenn es das ist, was du willst. Ich hatte ehrlich gesagt gehofft, dass wir … zumindest Freunde sein könnten.“

Wäre Ryan an einem anderen Ort gewesen, hätte er vermutlich einen Lachanfall bekommen. Aber seine Erziehung war zu gut, als dass er in einem Fünf-Sterne-Restaurant anfangen würde, eine Szene zu machen. Das war sowieso immer eher ihr Part gewesen.

„Nein danke“, sagte er verkniffen. „Ich habe genug Freunde.“

„Man kann nie genug …“

„Doch, glaub mir. Das kann man. Also: Was ist es, was du mir unbedingt sagen wolltest?“

Mary-Ann sah sich nervös nach dem Ober um. „Sollten wir nicht erst bestellen? Ich möchte ungern unterbrochen werden, wenn …“

„Kein Problem.“ Ryan winkte einen Ober heran, der beinahe über seine Schuhe stolperte, um schnellstmöglich zu ihnen zu kommen. „Wir hätten gerne nichts“, sagte er knapp. „Und es wäre toll, wenn Sie uns die nächste halbe Stunde nicht belästigen würden. Danke.

Sie können jetzt gehen." Er wartete, bis der verdutzte Ober außer Reichweite war, dann sagte er: „Rede."

Mary-Ann sah mit jedem verstreichenden Moment unglücklicher aus, aber das war nicht Ryans Problem.

„Okay. Ich sagte dir bereits, dass ich alle meine losen Enden schließen möchte", begann sie.

„Ja und ich weiß wirklich nicht, warum du mich noch als lose betrachtest. Ich bin in meiner Meinung doch schon sehr festgefahren."

„Ryan. Lass mich bitte sprechen."

Er hob nur eine Augenbraue, schwieg jedoch.

„Ich ... habe viele Dinge getan, die ich bereue. Ich war nicht fair zu dir und ich habe deinem und meinem Ruf geschadet. Dafür wollte ich mich entschuldigen. Es tut mir leid."

Er verengte die Augen. „Was genau?"

„Wie bitte?"

„Ich möchte wissen, was genau dir leidtut."

Perplex blinzelte sie ihn an, bevor sich ihre Hand fest um ihr Wasserglas schloss. „Willst du eine Aufzählung?"

„Ja, warum nicht? Du bist es, die ihre losen Enden schließen will. Wir wollen doch nicht, dass du eines übersiehst."

Mary-Ann stieß hart Luft aus. „Du wirst mir das hier wirklich nicht einfach machen, oder?"

„Nein, so wie du mein Leben nicht einfach machst. Ich erwidere den Gefallen nur."

„Schön. Es tut mir leid, dass ich dich betrogen habe. Es tut mir leid, dass ich die Schwangerschaft vorgetäuscht habe. Es tut mir leid, dass ich deinen Agenten bestochen habe. Ich war egoistisch und habe nicht nachgedacht. Ich will nichts außer deiner Vergebung, Ryan. Dann kann ich damit abschließen und weitermachen.“

Vergebung. Interessantes Konzept.

Ryan presste seine Lippen aufeinander und nickte knapp. Sein Blick glitt an ihrer Erscheinung hinunter und er fühlte nichts. Keine Reue, keine Sehnsucht, keine Zuneigung. Überhaupt nichts. Er war schon lange über sie hinweg. Er hasste sie nicht mehr. Dafür reichten seine Gefühle nicht. Er würde ihr vergeben. Es machte ihres und sein Leben leichter. Er wollte das Kapitel so fest abschließen wie nur möglich, damit er ein Neues beginnen konnte. Mit Grace.

Alles, wofür er hergekommen war, war eine Frage.

„Bevor ich dir vergebe“, sagte er langsam, „gibt es noch etwas, das ich wissen möchte.“

„Alles.“

„Warum?“, fragte er steinern. „Warum hast du all das getan? Lag es an mir oder warst du immer schon durchgeknallt und ich nur zu verknallt, um es zu erkennen? Du hast mich doch nicht einmal geliebt, Mary-Ann. Warum dir die Mühe machen, mich zu behalten?“

„Oh Ryan, das hat nichts mit dir zu tun. Ich ... habe mich schon immer schwer damit getan, Menschen gehen zu lassen. Mein Therapeut meint, das liegt an meiner Angst vor Ablehnung. Ich kann es nun einmal nicht haben, wenn jemand Nein zu mir sagt.“

„Na ja. Offensichtlich fällt es dir ja auch schwer, selbst Nein zu sagen.“

Sie schloss kurz die Augen und nickte. „Ich ... gebe zu, dass ich einige Probleme hatte und sie auf dir abgeladen habe. Aber nein, es lag nicht an dir. Ich meine, du warst ein toller Fang, Ryan. Wer wäre so dumm, dich einfach ohne einen Kampf aufzugeben?“

„Und warum hast du mich betrogen?“

„Ich war einsam. Du warst oft weg, ich war oft weg. Willst du mir wirklich erzählen, dass du mir immer treu warst?“

„Ja“, sagte Ryan trocken.

„Oh.“ Ihre Wangen liefen rosa an und sie senkte den Blick. „Nun, das hätte niemand ahnen können.“

Doch, das hätte jeder ahnen können. Jeder, der ihn kannte. Aber es war egal. Egal, was sie sagte, denn nichts, was aus ihrem Mund kam, berührte ihn im Mindesten. Es war erleichternd. Befreiend.

„Verzeihst du mir?“

Ryans Mundwinkel zuckten und als er langsam nickte, fühlte es sich an, als würde eine Last, die er seit Jahren mit sich herumschleppte, von ihm abfallen. Ihm war nicht klar gewesen, dass er noch so viel mit sich herumgetragen hatte. Dass er sie offensichtlich noch einmal hatte sehen müssen, um damit abzuschließen.

„Danke“, flüsterte Mary-Ann und ihre Augen glänzten, als sie ihre Hände auf die seinen legte und kurz drückte. „Das bedeutet mir ...“

Etwas schlug Ryan hart gegen den Kopf.

„WAS ZUM TEUFEL IST LOS MIT DIR!? BIST DU BE-SCHEUERT?“

Überrascht blickte er auf. Es war eine Hand gewesen. Grace’ Hand, die erneut ausholte, um ihm hart gegen die Schulter zu boxen.

„Du sollst deinen Kram auf die Reihe kriegen, nicht wieder was mit deiner durchgeknallten Ex-Freundin anfangen! Was ist los mit dir!? Hörst du mir denn überhaupt nicht zu? Ich liebe dich und ich wollte dir nur etwas Zeit geben, um dich zusammenzureißen, nicht um mit einer blonden Barbie-Schauspielerin ins Bett zu springen."

„Ich habe Barbie nur synchronisiert, nicht gespielt", räusperte sich Mary-Ann.

„Das ist uns allen doch egal!", fuhr Grace sie an. „Darum geht es hier jetzt nicht. Und ehrlich: Du würdest ganz Philadelphia einen Gefallen tun, wenn du jetzt aufstehen und einfach wieder zurück nach Hollywood gehen könntest. Und nimm verdammt nochmal deine dreckigen Finger von seinen Händen!"

Erschrocken zog Mary-Ann ihre Hände weg und hielt sie über dem Tisch, während Grace erneut auf Ryans Schulter schlug.

Irgendwie war er stolz darauf, dass ihre Schläge wirklich wehtaten und als er die Wut in ihren Augen sah und die offenkundige Eifersucht in ihrer Miene, konnte er nicht verhindern, dass sein Herz noch größer wurde. Er mochte ein Arschloch deswegen sein, aber Eifersucht stand ihr! Ihre Haare waren das reinste Chaos und ihre Unterlippe verheißungsvoll vorgeschoben.

Okay, je schneller er das Missverständnis beendete, desto eher konnte er sie küssen. Außerdem sahen bereits ausnahmslos alle Gäste zu ihnen hinüber und er wollte seine Beziehung mit Grace nur ungern mit einem Mediendesaster einleiten.

„Grace", sagte er und stand auf. „Ich ..."

„Halt die Klappe, Ryan, zu dir komme ich gleich!", fuhr sie ihn an und der nächste Schlag landete auf seiner Brust. „DU!", schrie sie dann Mary-Ann an. „Dass du es auch nur wagst, hierherzukommen und Anspruch auf ihn zu erheben. Du hast ihn nicht verdient! Du solltest im Gefängnis dafür sitzen, was du ihm angetan hast. Er gehört mir, verstanden? Es ist zu spät für dich. Du hattest deine Chance, du hast sie vergeben und ich werde ganz sicherlich nicht deine dummen Fehler machen, also vergiss es, dass du jemals wieder die Chance bekommen wirst, dich an ihn ranzumachen."

„Grace", sagte Ryan lauter und fischte ihre Hand aus der Luft, die noch immer vorwurfsvoll auf Mary-Ann gerichtet war.

„Lass mich los", fuhr sie ihn an. „Du bist noch viel schlimmer! Wie kannst du überhaupt hier sitzen? Was ist falsch in deinem Kopf? Du glaubst mir nicht, dass ich dich liebe, aber ihr vertraust du plötzlich wieder?"

Ihr Kopf war umwerfend rot angelaufen und ihre Hände nun zu Fäusten geballt.

„Ich glaube dir, dass du mich liebst", sagte Ryan mit hoffentlich beruhigender Stimme.

„Und was zum Teufel tust du dann hier?" Ihre Augen glänzten auf einmal und Ryans Inneres zog sich unangenehm zusammen. „Warum bist du dann nicht längst vor meiner Tür aufgetaucht und hast mir gesagt, dass ich das Beste bin, was dir je passieren konnte? Oder … oder liebst du mich etwa nicht?" Sie klang auf einmal panisch. „Denn ich könnte schwören, dass …"

„Doch, ich liebe dich, Grace."

„Und was tust du dann hier!?" Erneut landete eine Faust auf seiner Brust, dicht gefolgt von ihrem Zwilling. Während sie immer wieder zwischen ihm und der verdattert aussehenden Mary-Ann hin- und herfuhr. „Wie konntest du mich auch nur eine Sekunde länger leiden lassen? Wie konntest du …"

„GRACE!“, sagte Ryan laut und umschloss ihr Gesicht mit beiden Händen, damit sie dazu gezwungen war, endlich nur ihn anzusehen. So wie es sich gehörte.

„Was!?“, fuhr sie ihn an, während sich eine Träne aus ihrem Augenwinkel löste. „Was willst du dazu noch sagen?“

Er fuhr mit seinem Daumen über ihre Wange und fing die Träne ab, bevor er dieselbe Stelle sanft küsste.

„Grace“, flüsterte er und seine Mundwinkel zuckten, bevor er ihr die unordentlichen Haarsträhnen hinters Ohr strich. „Ich bin hier, um endgültig mit dem Kapitel abzuschließen – um meinen Kram zu regeln. Damit ich mit dir neu anfangen kann. Nicht, um wieder mit ihr zusammenzukommen.“

Sie starrte ihn mit großen dunkelblauen Augen an. „Oh. Aber ... warum sagst du das denn nicht?“

„Nun, ich habe gewartet, bis du Luft holst“, grinste er. „Außerdem muss ich sagen, dass du mir mit deinem Auftritt hier meinen Plan zunichtemachst, vor deiner Türschwelle aufzutauchen und meine bereits geplante, spektakuläre Rede zu halten.“

Der süßeste, leiseste Oh-Ton glitt über ihre Lippen. „Das wollte ich nicht. Ich dachte nur ...“

„Du musst schon etwas Vertrauen in mich haben, Grace.“

„Du hast mir auch nicht vertraut! Du hast auch gesagt, ich ...“

„Ja, schreib das dem Alkohol zu.“

„Du warst nicht betrunken.“

„Dann schreib es meinem wenig heldenhaften Ich zu“, murmelte er, bevor er sie küsste. Und er ließ sich Zeit damit. Denn wenn er schon keine Rede halten würde, dann konnte er ihr zumindest mit diesem Kuss beweisen, dass er es ernst meinte.

Er spürte, wie Grace' Fäuste gegen seine Brust sanken, sich schließlich lösten und ihre Fingernägel über den Stoff seines Hemdes kratzten, bis sie ihn in ihren Händen zusammenraffte. Gott, Grace war dafür gemacht, geküsst zu werden. Sie war …

„Okay", durchbrach eine pikierte Stimme die Stille. „Ich werde dann wohl nicht mehr gebraucht, schätze ich?"

Ryan sah verwirrt zur Seite und erkannte Mary-Ann, die sie genervt betrachtete.

„Nein, du kannst gehen", flüsterte Grace, bevor sie sich auf die Zehen stellte und sein Gesicht wieder zu ihrem herunterzog. Und er war ein weiser Mann. Er würde sich nicht gegen diese Aufforderung zur Wehr setzten.

Grace' Lippen strichen über seine und er nahm in der hintersten Ecke seines Kopfes wahr, dass die Menschen um sie herum angefangen hatten zu tuscheln. Doch damit hatte er kein Problem. Sollten sie ihm doch Hausverbot geben. Er hatte ohnehin nicht vor wiederzukommen.

Er ließ seine Hände von ihrem Gesicht gleiten, ließ die eine in ihrem Nacken, während er seinen freien Arm um ihre Mitte schlang und zu sich heranzog.

Es vergingen Ewigkeiten, bevor sie sich voneinander lösten und Grace ihn mit zufriedenstellend verklärtem Blick ansah.

„Weißt du was?", flüsterte sie. „Ich finde, hier ist auch ein guter Ort, um eine Rede zu halten."

Er lachte leise. „Wirklich?"

„Ja. Du könntest mir zumindest sagen, worum es ungefähr in deiner Rede gegangen wäre. Und dann kann ich überlegen, ob ich dich dann noch zurückgenommen hätte.“

„Nun, ich hätte damit angefangen, dir zu sagen, dass wir alles haben, was man als Paar braucht, nur kein Timing. Ich hätte gesagt, dass unser Timing von Anfang an beschissen war, aber es mir jetzt reicht. Dass ich nicht wieder darauf warten werde, dass unser Zeitpunkt verstreicht.“

„Oh. Das ist ein guter Anfang.“

„Ich weiß.“

„Womit hättest du geendet?“

„Damit, dass ich dich gefunden habe. Und dich jetzt also auch behalten darf.“

Sie lächelte. „Mhm.“

„Und?“, fragte er.

„Was?“

„Darf ich? Dich behalten?“

Er konnte sie schlucken sehen, bevor sie nickte und mit belegter Stimme sagte: „Okay. Solange du sorgfältig mit mir umgehst.“

„Werde ich“, sagte er ernst. „Kriege ich dafür eine 100 Jahre-Garantie auf dich?“

„Fangen wir mit zwanzig an und gucken dann, wie es läuft“, lächelte sie wackelig, während ihre Hände um sein Gesicht wanderten. „Und Ryan: Darf ich noch eine Sache tun?“

„Du darfst heute Nacht eine Menge mit mir tun.“

Sie grinste. „Es geht aber nicht um heute Nacht. Es geht um gleich.“

„Was willst du denn tun?“

„Nun … draußen steht ein Haufen Reporter.“

„Und?“

„Darf ich rausgehen und ihnen sagen, dass du ein Held bist?“

„Aber ich bin kein Held“, murmelte er.

Sie lächelte, stellte sich auf die Zehen und küsste ihn. „Keine Sorge. Dazu kann ich dich ausbilden.“

Epilog

„Nein, das gefällt mir überhaupt nicht", stellte Jake fest.

„Ich finde es gut", befand Ty.

„Natürlich findest du es gut, du bist ja auch eine Pussy!", fuhr Jake ihn an. „Ihr könnt nicht zusammen sein. Ihr macht unsere Dynamik kaputt."

Grace sah ihn mit gehobenen Augenbrauen an. „Es wird sich nichts ändern, Jake."

„Ihr haltet gerade Händchen", knurrte der Baseman.

„Und?", fragte Grace langsam.

„Ihr habt früher nie Händchen gehalten."

Augenverdrehend wollte Grace Ryan ihre Hand entziehen, doch der ließ sie nicht los.

„Ich lass' mir doch von dem Pimpf nicht verbieten, mit meiner Freundin Händchen zu halten", stellte er angesäuert fest. „Er hat Ty, mit dem er Händchen halten kann!"

„Alter, denk nicht mal dran", sagte der bestürzt und nahm seine Hand vom Tresen, die gefährlich nah an Jakes Arm gewesen war.

Jake schnaubte. „Es kann nicht dein Ernst sein, Ryan, dass du dich in den Lovey-Dovey-Virus einreihst, der offenbar unser Team befallen hat."

„Tja, so ist es aber", sagte er schlicht. „Mein Immunsystem ist furchtbar und ich werde den Virus auch nicht mehr verlieren."

Grace grinste. „Nie mehr", flüsterte sie in Jakes Richtung.

Er verzog das Gesicht und rieb sich gequält mit Zeigefinger und Daumen über die Augen. „Gott, bitte hört
auf! Wenn ihr auch noch wie Emma und Luke anfangt,
Kinder in die Welt zu setzen und Minivans zu kaufen
und Häuser in der Vorstadt zu suchen …“

„Ich habe bereits ein Haus in der Vorstadt“, sagte
Ryan grinsend und küsste Grace auf die Schläfe. „Eine
Sorge weniger für uns würde ich sagen, oder? Und für
den Minivan würde ich ein zeitloses Silber bevorzugen,
was meinst du?“

„Oh, das klingt wunderbar“, seufzte Grace gespielt
verklärt. „Gibt es gute Schulen bei dir in der Gegend?“

Jake war immer blasser geworden und für einen kurzen Moment fürchtete Grace, er könne anfangen zu hy-
perventilieren. Doch stattdessen rief er nur: „Ty! Könntest du mir endlich helfen, dem Wahnsinn hier ein
Ende zu bereiten?“

„Luke und Emma bekommen ein Kind?“, fragte der
nur irritiert.

„Das war nicht der Punkt, Ty!“, beschwerte sich Jake,
auf dessen Stirn eine große ungeduldige Ader pochte,
bereit zu platzen.

„Hey, das freut mich für die beiden“, ignorierte Ty seinen Spielerkollegen. „Die verlieren echt keine Zeit,
was?“

Grace seufzte schwer. Eigentlich hatte die Information noch unter Verschluss gehalten werden sollen. Ihr
war schleierhaft, woher gerade Jake davon wusste. „Be-
halt das Ganze für dich, Ty. Die Presse soll noch keinen
Wind bekommen. Wer hat es dir verraten, Jake?“

Der winkte nur ab. „Ach, irgendwer. Ich habe meine
Quellen.“

„Es war Kaylie“, folgerte Grace.

„Es war nicht Kaylie.“

Sie nickte. „Ja, es war Kaylie.“

Jake schnaubte und wandte sich demonstrativ zu Ty. „Ich werde mich nicht auf die negativen, sondern auf die positiven Dinge konzentrieren.“

„Und das Positive bin ich?“, fragte Ty besorgt.

„Ja. Denn wenigstens du bleibst mir noch erhalten. Wie steht's? Fahren wir nach Saisonende zusammen in den Männerurlaub? Direkt nach Silvester? Keine Frauen erlaubt?“

Ach, war das süß. Jake befand sich offensichtlich noch in der Highschool. Er hatte Angst, seine Freunde würden ihn fallen lassen, jetzt wo sie ein Paar waren. Grace verstand immer mehr, warum er Kaylie so wichtig geworden war.

„Männerurlaub“, sagte Ty hölzern und nippte an seinem Bier. „Jake, ich muss dich enttäuschen. Ich fahre nirgendwo mit dir hin. Größtenteils liegt das an dem Wort Männerurlaub, aber ein wenig auch daran, dass ich für die Woche nach Silvester schon verplant bin.“

„Ach, was machst du denn?“, fragte Grace neugierig und lehnte sich gegen Ryans Seite, was einen erneut wehleidigen Ton aus Jake kitzelte.

„Ich habe Familientreffen in Florida.“

„Und dafür lässt du mich fallen?“, beschwerte sich Jake.

Grace verstand die Frage nicht. Für Florida hätte sie Jake auch fallen lassen.

„Jap, lasse ich“, nickte Ty und drückte sich vom Tresen ab. „Familie ist wichtig.“

„Wenn du Familie sagst", meinte Ryan langsam. „Sprichst du dann auch von Cara und Danny?"

Tys Augen verengten sich minimal. „Natürlich spreche ich auch von Cara und Danny."

„Aha."

Alle kannten Ryan gut genug, um den skeptischen Unterton herauszuhören. Doch alle kannten Ty gut genug, um nicht darauf zu reagieren.

Augen wurden verengt und herausfordernde Blicke wurden zwischen Ryan und Ty ausgetauscht. Doch zum Glück gab es Jake, der gegen jede unangenehme Stille immun zu sein schien.

„Hey, aber nur weil ihr jetzt zusammen und überglücklich seid und den ganzen Mist, heißt das jetzt nicht, dass ihr mich für meinen freien Lebensstil verurteilt, oder?", wollte er von Grace und Ryan wissen.

„Wir haben dich dafür auch schon verurteilt, bevor wir zusammen waren, Jake. Also keine Sorge. Da wird sich nichts ändern."

Das schien Jake zu beruhigen und er nickte zufrieden. „Schön."

„Vielleicht solltest du Ty unterrichten, Jake", bemerkte Ryan grinsend, mit Blick auf seinen besten Freund. „Sein Lebensstil ist so unfrei und langweilig. Daran sollte was geändert werden."

„Jaja, du Held", murmelte Ty und wandte ihm den Rücken zu. Die höflichere Variante eines Mittelfingers.

„Komm, Jake. Wir lassen die Turteltauben alleine, damit sie Liebesgedichte und ihren Entenhass teilen können."

Jake tat ihm den Gefallen und im nächsten Moment waren Ryan und Grace alleine.

„Ich habe gar kein Liebesgedicht vorbereitet", gab Grace zu. Missbilligend schüttelte Ryan den Kopf und reichte ihr ihr Bier. „Was bist du nur für eine furchtbare Person?"

„Hast du etwa ein Gedicht?"

„Natürlich. Grace, ich würde gerne Händchen halten und Jake dann ordentlich zusammenfalten."

Sie lachte und nahm einen Schluck Bier. „So romantisch."

„Ich gebe mir Mühe."

Sie nickte, bevor sie flüsterte: „Ryan, was ist das mit Cara und Tyler?"

Ryan lächelte und küsste ihr den Bierschaum vom Mundwinkel. „Eine wirklich spannende Geschichte."

„Die du mir nicht erzählen wirst?", folgerte sie.

Er schüttelte langsam den Kopf, während sein Blick zu Tylers Rücken flog, der mit Jake beim Billardtisch stand. „Nein. Das muss er schon selbst machen ..."

Na klasse. Grace würde sie also nie hören.